Styx Riders

Tome 3 : La luxure d'Arès

Ce livre est une fiction. Les noms, caractères, professions, lieux, événements ou incidents sont les produits de l'imagination de l'auteur, utilisés de manière fictive. Toute ressemblance avec des personnes réelles, vivantes ou mortes, serait totalement fortuite.

Images de couverture :
© Forma82 – Shutterstock
© Intueri – Shutterstock
Couverture : Camille Decoster

Collection dirigée par Arthur de Saint-Vincent
Ouvrage dirigé par Camille Léonard

34-36, rue La Pérouse
75116 Paris
www.hugopublishing.fr

ISBN : 9782755664454
Dépôt légal : avril 2023
Imprimé en Espagne par Liberdúplex

KALYPSO CALDIN

Styx RIDERS

TOME 3 : LA LUXURE D'ARÈS

Hugo Poche

NEW ROMANCE®

CHAPITRE 1

GOLD

La *Luxure* défie la nuit, illuminée par les projecteurs qui l'entourent.

Je crache la fumée de ma clope, le cul posé sur la selle de ma moto et le regard rivé sur ce club de strip-tease qui ne ressemble à aucun autre. Tout en élégance, son architecture imite celle d'un temple grec, avec ses rangées de colonnes de marbre et ses fresques gravées dans la pierre. Un grand escalier invite les simples mortels à pénétrer dans le monde des dieux – enfin, des déesses, plutôt.

Pour oublier sa condition humaine, il n'y a pas meilleur endroit sur Terre.

J'écrase mon mégot sous ma botte et m'engage dans les marches. Plusieurs Styx Riders s'y attardent. Eux aussi sont venus se perdre dans la caresse de la *Luxure*, ou simplement se rincer l'œil.

Une aura chargée de sexe, de fantasmes et de mystères entoure le temple. Pour ma part, j'ai besoin de cette énergie capable de mettre mes pensées sur pause, de me faire oublier mes putains d'insomnies.

Cette nuit encore, je n'ai pas réussi à fermer l'œil. C'est la deuxième fois cette semaine. Depuis que ma frangine Cassiopée a quitté le bercail pour Chicago, mes démons ont pris sa place au cœur de notre maison vide. Mon moral douille sévère, même si, au quotidien, je ne le montre pas. De plus, ma mère me harcèle pour que je règle mes différends avec mon père. Elle semble croire que ça améliorera ma vie. Personnellement, je ne suis pas convaincu qu'il soit possible de recoller les morceaux de notre famille qui a volé en éclats.

Je chasse ces pensées en m'arrêtant devant la porte du temple. Ce soir, je retrouve un gars de mon passé qui prétend avoir des infos utiles concernant Isaac Romy, un ancien Styx Rider qui s'est cru assez malin pour trahir le club. J'ai une dent personnelle contre lui. Il y a neuf mois, cet enfoiré a envoyé des gangsters à mon garage pour qu'ils canardent les environs et réduisent au silence Alex, qui avait démasqué leur employeur. Ma sœur était présente ce jour-là… Par chance, personne n'a été blessé, mais retrouver Romy est devenu une obsession pour moi. Je veux qu'il paye pour ce qu'il a fait. Et si possible lui broyer les côtes à mains nues.

J'inspire, salue les mecs de la sécurité, puis je me perds au cœur de la *Luxure*. L'établissement porte bien son nom. L'air embaume le désir et le sexe. Qu'on regarde à gauche ou à droite, des nanas se dévoilent dans une semi-obscurité aux reflets violets. De la fumée artificielle rase le sol, donnant l'impression d'évoluer à l'aveuglette.

– Bonsoir, Gold.

Une serveuse en petite tenue m'envoie un baiser du bout de ses lèvres bleues, le visage dissimulé par un maquillage complexe. Toutes les filles font ça ici : employer pseudos, masques et déguisements pour ne pas qu'on les reconnaisse.

– Noxa, pas mal le masque, dis-je.

Elle me propose une coupe de champagne, avant de me prévenir que « mon ami » veut me voir.

– Où est-il ? demandé-je.

– Au fond de la salle, sur la gauche, à côté de l'issue de secours. Pas le mec le plus agréable de la Terre. On se voit plus tard, Gold !

Déjà, Noxa s'éloigne vers l'étage, là où se trouvent les trois salons VIP. Je me détourne, inspectant la foule autour de moi. Depuis qu'un mec m'a vidé un chargeur dans le torse en plein milieu d'un marché de plein air, quand j'étais dans l'armée, les rassemblements me foutent mal à l'aise. J'ai traîné mes guêtres d'ancien soldat dans suffisamment d'endroits pour savoir que le danger peut venir de partout. Et surtout de la pénombre.

Je slalome entre les tables et les fauteuils en cuir, appréciant que les gens s'écartent spontanément autour de moi. Ma carrure aide à ne pas me faire emmerder.

Au-dessus de ma tête, des acrobates aériennes s'enroulent et glissent le long de pans de tissus suspendus, aussi légères que des écharpes de brume. Je m'attarde sur elles une seconde. D'autres danseuses se déhanchent dans des cages, tandis que sur une scène plusieurs filles se contorsionnent autour de barres métalliques en se jouant des mains tendues de la clientèle masculine. À la *Luxure*, on ne touche pas, on regarde. Pas comme au *Purgatoire*… Celui qui ose enfreindre la règle se retrouve très vite confronté aux agents de sécurité baraqués postés un peu partout.

Cela dit, ça ne m'empêche pas de me taper régulièrement une employée d'ici, en coulisses. Mais c'est uniquement parce qu'elle le désire autant que moi.

Je retrouve Jasper, l'homme avec qui j'ai rendez-vous ce soir, quelques instants plus tard. Nous étions ensemble chez les *marines*. D'habitude, on se posc chez lui pour boire un verre, parler du bon vieux temps et canarder des bouteillcs à l'arrière de sa bicoque branlante avec nos flingues. Mais manifestement, il avait besoin d'un peu d'air aujourd'hui…

– Une des filles vient de me dire que tu n'avais pas été réceptif à ses charmes, lancé-je en m'écroulant sur la banquette à côté de lui.

Jasper a la gueule d'un gars qu'on n'aborde pas, qu'on ne regarde pas et à qui on ne parle pas. Habillé tout en noir, le visage balafré mais dénué d'expression, il est aussi immobile qu'une statue.

Le genre de statue capable de dégainer en une microseconde si c'était nécessaire.

– Je ne suis pas d'humeur, gronde-t-il.

– Je t'offre un truc à boire ? lui proposé-je.

– Non. Je suis là pour te dire qu'il se passe un truc louche en ville.

Il attend qu'une bande de gars nous ait dépassés pour ajouter :

– En moins de cinq jours, trois soldats ont déserté.

Il me sort ça comme si c'était peu commun. Pourtant, beaucoup de recrues quittent les rangs sans tenir compte du contrat qui les lie à Oncle Sam quand elles n'en peuvent plus. Je le fais remarquer à Jasper et il éclate de rire.

– Ce n'est pas un hasard, affirme-t-il. Tous les trois appartenaient à l'ancienne unité d'Isaac Romy.

Mon sang se glace quand j'entends le nom de cette enflure.

– Bordel de merde… soupiré-je.

– J'aurais pas dit mieux.

Je demande à mon ancien camarade d'écrire les noms des gars sur un papier. Je compte mettre sur le coup le pirate informatique des Styx Riders, Buck, afin qu'il rassemble toutes les informations disponibles sur ces types.

– Je crois qu'ils pourraient chercher à rejoindre leur pote, reprend Jasper. Je me répète, mais fais gaffe à toi, petit. Il est temps que je parte. Si tu veux passer à la maison un jour ou l'autre, n'hésite pas.

Sur ce, il me laisse seul. J'envoie aussitôt un texto à Bradley pour lui dire qu'on doit parler. Il me donne rendez-vous dans deux heures au *Purgatoire*. Parfait. D'ici là, j'ai le temps de me détendre un peu. J'en ai franchement besoin si je ne veux pas exploser !

Sans tarder, je grimpe les marches menant à l'étage. Trois salles VIP s'y trouvent. Le Panthéon et le Théséion pour les friqués qui veulent des shows privés. Et l'Olympe, réservée aux Styx Riders. Je me sens apaisé dès que j'y pénètre. Elle est insonorisée, et j'aime le silence et le calme… Ils me permettent de garder le contrôle sur mes émotions.

Coup de chance, aucun membre du MC n'a décidé de venir se rincer l'œil ce soir. Je suis seul dans la pièce baignée dans une lumière tamisée.

La porte se ferme derrière moi avec un petit chuintement. Je m'approche des vitres teintées donnant sur la salle principale de la *Luxure* en contrebas. Filles, clients, nul n'échappe au regard de ceux qui ont le privilège de se tenir sur l'Olympe.

Je me dirige ensuite vers le bar pour me servir un bourbon. Enfin, tant que j'y suis, je pourrais boire directement à la bouteille.

Une bombe atomique entre dans la pièce d'une démarche chaloupée au moment où je me laisse tomber dans un large fauteuil noir. Lady, la fameuse employée avec qui j'entretiens des rapports privilégiés…

– Salut Gold, me lance-t-elle. J'ai reçu ton SMS.

Tout en avalant une gorgée d'alcool, je la détaille. Elle se dissimule derrière un demi-masque en strass et ses lèvres sont peintes en argenté. En guise de fringues, elle porte seulement un soutien-gorge et un string blancs. Simple, efficace et terriblement bandant ! Lady sait y faire…

– On dirait que les démons du *Purgatoire* ne peuvent pas te soulager, ce soir ? se moque-t-elle.

– Tu crois que les déesses y parviendraient ? répliqué-je sur le même ton.

En guise de réponse, elle fait tressauter les ailes couvertes de plumes immaculées dans son dos.

– Absolument, affirme-t-elle. Tu m'en laisses un peu ?

Tout en se coulant sur mes genoux, elle attrape mon verre et le termine d'une traite.

– Besoin d'une danse ou d'un peu plus ? murmure-t-elle ensuite à mon oreille.

Mon regard caresse ses courbes affriolantes, s'arrête sur le charmant V tracé par son string entre ses jambes, remonte vers ses seins rebondis. Franchement, elle me pose la question ? Je l'attrape par la taille et la plaque contre moi.

– À ton avis ? lui renvoyé-je.

Ses mains se perdent dans mes cheveux, les miennes sur son corps. Sa chaleur attise la mienne, et mes caresses d'abord lentes deviennent plus sauvages. Je glisse mes doigts sous le tissu de son sous-vêtement et prends possession de son intimité ainsi que de son plaisir. Elle soupire mon nom en accélérant la danse lascive de ses hanches contre moi. Ma langue parcourt son cou, dérive lentement vers ses seins. Elle gémit, je souris. Je connais son corps par cœur et sais trouver ses points faibles.

Quelques minutes plus tard, au bord de l'explosion, je m'enfonce en elle, laissant le plaisir balayer mes émotions. Lady est ballottée sur mes hanches sans aucune douceur.

Dès que l'incendie dans mes organes s'éteint, nous nous séparons. J'ai des paillettes plein le tee-shirt.

– Je vais redescendre, Van m'a demandé de remplacer une fille dans les cages et je dois filer me remaquiller avant, me dit Lady. Prends soin de toi, mon cœur, OK ?

– Je te retourne le conseil, lancé-je en levant mon verre.

Elle s'apprête à quitter l'Olympe quand la porte s'ouvre sur une nana au visage couvert d'un masque vénitien intégral doré. Elle s'arrête net en nous apercevant. Elle porte une robe blanche légère, plutôt courte, cintrée par une ceinture dorée. Ses seins plus petits que ceux de Lady se devinent sous le tissu ample. Sans mentir, elle doit être l'une des filles les plus habillées du staff.

Tendue à l'extrême, elle reste immobile. Elle me fait penser à un lapin pris entre les phares d'une voiture.

Ou d'une Harley-Davidson.

Je mate ses jambes, longues et dorées, tandis qu'elle murmure :

– Euh…

Je peux sentir sa peur et sa stupéfaction.

C'est quoi son problème ? Je ne vais pas la bouffer.

Sauf si elle me le demande.

– Lux ! s'exclame Lady avec un large sourire.

– Je suis attendue au Panthéon, couine l'inconnue. Mauvaise salle ! Désolée de vous avoir dérangés…

– C'est juste à côté, l'aide Lady. Ici, nous sommes dans l'espace réservé aux Styx Riders. D'ailleurs, Lux, je te présente Gold. Gold, voici Lux, elle ne travaille ici que depuis quelques jours.

Lux. Elle porte bien son surnom, la demoiselle. Sous l'éclairage artificiel, sa peau brille de mille feux.

Elle tente de reprendre contenance en toussant, puis lance :

– Enchantée. Je dois y aller.

Un truc m'interpelle dans sa voix. J'ai l'impression de l'avoir déjà entendue… Je tente d'obliger mon cerveau à superposer toutes les nanas de mon entourage à cette inconnue. En vain.

Sans plus de cérémonie, elle rouvre la porte et disparaît.

– C'est qui ? demandé-je à Lady.

– Notre nouvelle chanteuse, me répond la strip-teaseuse. Si tu l'entendais, tu en perdrais tes moyens ! Elle est vraiment douée.

Personne autour de moi n'exerce le chant, à ma connaissance.

Une brebis, peut-être ? Possible.

– Tu connais son prénom ? enchaîné-je. Le vrai, je veux dire.

Lady secoue la tête et réplique :

– J'ai beau t'adorer, chéri, tu sais très bien que je n'ai pas le droit de trahir la véritable identité de mes collègues. Tu as un *crush* sur la nouvelle ?

Je secoue la tête. Si je devais craquer sur toutes les femmes que je trouve sexy, je n'en finirais pas.

– Merci pour la petite danse, Lady, dis-je.

– Avec plaisir.

Je me lève, prêt à retourner auprès des miens au *Purgatoire*, quand elle lance :

– Tu devrais passer lundi soir, Lux chante en public. Crois-moi quand je te dis que ça vaut le détour.

Avant, je passais mes lundis soir avec Cassiopée, devant un film qu'elle choisissait. Puisque je ne compte pas me morfondre tout seul dans mon canapé, je pourrais me laisser tenter par la proposition…

Je redescends au rez-de-chaussée et sors mon portable pour prévenir les gars de mon arrivée imminente. Une partie de billard me tente bien avant de parler au prés'. En général, je joue contre Ash, mon sergent d'armes. On s'est dit que celui qui se ferait battre cent fois par l'autre deviendrait son larbin. Je compte bien l'avoir à mes pieds, pour une fois. Ça changerait.

Mon SMS envoyé, je range mon téléphone dans la poche arrière de mon jean et prends la direction de la sortie principale. Le temple grouille de monde et ça va empirer dans les heures à venir. Je fais bien de partir maintenant…

Soudain, un éclair blanc et doré sur ma droite attire mon attention. Au sommet de l'escalier menant au Théséion, Lux se tient debout. Je m'arrête, à nouveau heurté par un sentiment de familiarité. Elle observe la foule ; lorsque son regard se pose sur moi, elle me fixe et commence à descendre l'escalier, les épaules affaissées. Au moment où elle passe devant moi, je lui barre le passage. L'agent de sécurité le plus proche de moi fronce les sourcils, mais n'intervient pas.

– Tu t'es encore trompée de salle, lui fais-je remarquer. Là-haut, c'est le Théséion, pas le Panthéon. Tu es là depuis combien de temps ? Vanessa ne t'a pas fait visiter ?

La gérante de la *Luxure* n'est pourtant pas du genre à laisser les filles se perdre…

Lux baisse la tête et se masse le bras, gênée.

Allez, parle-moi, ma jolie.

J'aime moyennement les sentiments étranges qu'elle éveille en moi.

– Si, finit-elle par soupirer. Mais je confonds toujours les salons VIP. Quelle idée de leur donner des noms aussi compliqués…

Elle a parlé si bas que j'ai failli ne pas saisir ce qu'elle disait. Je comprends que, dans le fond, elle s'adressait plus à elle-même qu'à moi.

– On se connaît ? lui demandé-je.

Est-ce qu'on a déjà baisé ? Non, je m'en souviendrais. Son décolleté *très* plongeant dévoile un minuscule tatouage au-dessus de son nombril. Pas un délicat papillon ou une connerie de ce genre : un poignard à la lame rouge. Si je l'avais déjà vu, je ne l'aurais pas oublié.

Je remonte mes yeux le long de l'ouverture de sa robe, puis caresse du regard son cou fin. Enfin, je fixe ses iris. Gris, communs.

OK, ils ne m'apprennent rien.

Mal à l'aise, Lux fait volte-face avec une telle vitesse qu'elle manque de foncer dans un client qui quitte le Théséion.

– Oh, désolée ! s'exclame-t-elle.

– Encore toi ? tique l'homme. Je vais finir par me demander si tu ne fais pas exprès de gâcher les prestations, jeune demoiselle.

OK, le mec a beau porter un costard à huit mille balles, il ne parle pas à une femme comme ça.

– Un problème ? interviens-je.

Il perd un peu de sa superbe ; pas assez toutefois pour le dissuader de se plaindre :

– J'avais payé pour être tranquille trente minutes avec des filles, mais elle a bousillé la séance et ça a gâché l'ambiance.

– Tu sais ce qui gâcherait vraiment ton ambiance ? grondé-je. Que tu ne puisses plus jamais foutre un pied à la *Luxure*.

– Et vous êtes ? s'énerve le type.

Pour commencer, pas de bonne humeur.

– Un ami très, très proche du patron, asséné-je.

Histoire d'accentuer mes dires, je tapote le patch des Styx Riders sur mon *cut*. L'homme blêmit.

– Bouge, lui ordonné-je.

Quoique vexé, il s'exécute. Lux reste pantoise.

– Évite quand même que ce genre d'erreur arrive trop souvent, lui glissé-je.

Sans même voir l'expression de son visage, dissimulée par son masque, je devine qu'elle est embarrassée. Son cou vire au rouge, et elle a cette manie de se gratter le bras.

Sa bouche s'ouvre, mais aucun son n'en sort. Putain, j'ai l'impression d'être un ogre prêt à la bouffer.

– Faut que tu te détendes, ajouté-je.

Elle opine, puis s'éloigne en bredouillant qu'elle doit retourner bosser. Je pousse un long soupir quand je constate qu'une fois de plus, elle prend la mauvaise direction. Sérieux, cette meuf, il lui faut un GPS.

– Ton autre gauche ! lui lancé-je.

CHAPITRE 2

RUBY

Mon autre gauche. Quelle idiote ! Heureusement qu'un masque cache mon visage, sinon tout le monde se rendrait compte de ma gêne intersidérale.

Je prends la direction indiquée par Gold. Je ne me ferai jamais aux noms de temples grecs donnés aux carrés VIP… Ça fait une semaine que j'ai commencé à travailler à la *Luxure* – les lundis, mercredis et samedis – et je me trompe chaque fois. Ça jase déjà du côté des filles, dans les loges. C'est dire !

Je me tourne une dernière fois en direction du frère de ma meilleure amie. J'ai vraiment cru qu'il allait me reconnaître ! Par chance, il me côtoie trop peu en tant que Ruby pour faire le rapprochement. À bien y réfléchir, je ne sais pas si c'est une bonne chose, cela dit. Depuis des années, j'espère secrètement que ce mec finira par me regarder. Tout chez lui m'attire : sa prestance, son calme, sa force, l'aura intrigante qu'il dégage… et son physique plus qu'avantageux aussi.

Ce soir, enfin, il m'a vue…

Ou plutôt, il a vu Lux.

Le surprendre en compagnie de Lady m'a pétrifiée. Je me remets à peine du choc. De la succession de chocs que je vis depuis quelques minutes, en fait. Je me suis sentie tellement stupide en me trompant une première fois de salle, puis une seconde fois… Et cet homme en costume qui m'a rabrouée… Bref, panique à bord !

Gold continue de m'observer en plissant les yeux d'une manière très sexy. Lux ne lui inspire pas que de l'impassibilité, contrairement à Ruby. Je devine même chez lui une pointe de désir et de curiosité à cet instant. Il apprécie les filles du genre de Lady, celles qui savent s'affirmer. Sous le masque, je ne suis pas de leur catégorie. De nature plutôt réservée, je préfère observer que foncer, me cacher au lieu de m'exposer.

Mais à cet instant, je ne suis pas Ruby : je suis Lux, et cette dernière me souffle d'en profiter. J'ai choisi ce surnom parce que dans les ténèbres du club de strip-tease, j'aime représenter la lumière. J'aime qu'on me regarde, qu'on m'apprécie… J'aime briller dans l'ambiance mystérieuse du temple, même de façon éphémère.

Une chaleur victorieuse descend le long de ma colonne vertébrale. Quelqu'un me bouscule, s'excuse, mais ça n'a pas d'importance. Gold me sourit. J'imagine ses bras m'enlacer, m'attirer contre lui, me protéger du monde extérieur. Depuis mes seize ans, ce gars hante mes fantasmes… Je pousse le vice jusqu'à me demander ce que je ressentirais si je passais mes doigts dans ses cheveux blond foncé, rasés sur le côté et plus longs sur le haut. Une coupe qui rappelle son passé militaire…

– Tout va bien, Lux ? m'interpelle une voix féminine.

Vanessa ! Je me tourne vers ma patronne d'un bond, gênée.

– Je… oui ! m'empressé-je de répondre. Je vais au Panthéon !

– Je sais, les clients t'attendent depuis dix bonnes minutes, me dit-elle. Tu t'es encore perdue ?

Mon Dieu, faites qu'elle ne me vire pas !

Je baragouine quelque chose à mi-chemin entre un « oui » et un « désolée ». Vanessa soupire et me répète :

– Le Théséion est à gauche, le Panthéon à droite et l'Olympe au milieu. Note-le quelque part en rentrant chez toi, chérie, il va falloir que ça s'imprime.

J'opine. Sous mon masque, je me liquéfie.

– Allez, va, reprend ma boss en tapotant mon épaule avec sollicitude. N'hésite pas à demander ton chemin aux serveuses si tu ne sais pas où aller, elles ne vont pas te manger.

Je m'apprête à m'éloigner quand, soudain, Lady s'approche de nous et lance :

– Vanessa, je peux te parler avant de monter dans une cage ?

– Pas maintenant, soupire ma patronne.

– C'est important.

– Je sais de quoi il retourne, on en a déjà discuté.

Je hausse les sourcils. D'habitude, mon employeuse ne se montre pas aussi froide… Lady n'insiste pas : elle se détourne et fend la foule d'un pas rapide.

– Bon courage, Lux, me glisse Vanessa comme si de rien n'était.

Je hoche la tête et me remets en mouvement.

Le Théséion est à gauche, le Panthéon à droite et l'Olympe au milieu.

Il faut que j'apprenne cette phrase par cœur !

Je m'engage dans l'escalier qui mène au salon VIP dans lequel je suis attendue pour chanter. Mon travail ne me demande pas de me dévêtir devant les clients, raison pour laquelle j'ai envoyé une candidature. Non seulement je ne bosse que neuf heures par semaine, mais ça paie vraiment bien, aussi. Parfait pour rembourser mon prêt étudiant, et peut-être même prendre un appartement pour moi seule. Depuis la naissance de mes demi-frères et sœur, il n'y a plus beaucoup de place dans la maison de ma mère… Ces objectifs me poussent à la rigueur. J'ai de la chance d'avoir été admise à la *Luxure*. Des filles y postulent tous les jours et ne sont jamais rappelées.

Lorsque j'arrive devant la porte sombre gardée par un agent de sécurité, je m'oblige à cesser de penser. À devenir Lux, juste Lux. Puis j'inspire et entre dans le Panthéon. À l'intérieur, quatre hommes d'affaires discutent autour d'une table en profitant du spectacle que leur offre une strip-teaseuse. Je sens leurs regards descendre le long de mon corps. Leur appréciation transpire dans leurs sourires, dans leurs yeux. Je ne peux pas dire que je m'habitue à être observée comme un morceau de viande, mais c'est le jeu dans ce genre de clubs. Éveiller la passion, entretenir le mystère, devenir un fantasme. Mais un fantasme *intouchable*. Ce mot d'ordre rend le boulot plus facile.

– Lux, nous t'attendions ! Tu sais te faire désirer, n'est-ce pas ? lance un grand brun à l'air charmeur.

S'il connaissait la vérité, il trouverait la situation beaucoup moins sexy…

Je m'approche des fauteuils, semblables à ceux de la salle Olympe, et fais glisser ma main sur le cuir. Mes gestes lents attisent une étincelle de désir voilé chez mes clients. Plus encore quand je me place sur la petite scène, à côté de ma collègue. Cette dernière se déhanche et me frôle, séductrice. Elle ne porte plus que son string, et la lumière ricoche sur les milliers de paillettes qui couvrent son corps nu.

Les types ont l'air d'aimer le show. Pendant quelques secondes encore, nous les laissons profiter, alors que leurs pourboires remplissent l'urne en verre posée sur leur table. Enfin, je détache la partie inférieure de mon masque vénitien, l'abandonne au bord de la scène et attrape le micro.

Je suis capable d'interpréter un répertoire de chansons varié, dans des styles divers. Ce soir, ce sera de la pop, à la demande de mes clients. Ma voix envahit bientôt la salle. Les mouvements de mon corps et ceux de la strip-teaseuse s'adaptent pour suivre le rythme de la mélodie. Je veille à choisir des morceaux langoureux : la lenteur, c'est la base, ici. Je l'ai remarqué dès ma première soirée. Les filles dans les cages, autour des barres métalliques ou sur leurs pans de tissu, semblent tout faire au ralenti. Quand je lui ai fait part de mon observation, Van m'a confié que les hommes adoraient ça. D'une certaine façon, ils se sentent hors du temps. Ainsi, ils ont l'impression de le contrôler. Étrange, non ? S'ils nous demandent de danser plus vite, on s'exécute. Plus lentement ? On obtempère. Ils sont les dieux et nous les marionnettes – encore une phrase de ma chef ! Elle a ajouté juste après, avec un petit rire, que c'était en tout cas ce qu'ils croyaient. Après mon altercation de ce soir avec le client en costume, j'ai saisi ce qu'elle voulait dire.

Heureusement que Gold était là pour prendre ma défense. Je ne doute pas qu'un agent de sécurité serait intervenu rapidement, mais ça me touche qu'il ait décidé de s'impliquer.

Chanter en pensant à lui ne me dérange pas. Je n'ai pas vraiment à me concentrer : je répète quasi quotidiennement depuis que je suis toute petite. J'ai pris des cours jusqu'à ce que ma mère n'ait plus eu les moyens de m'en payer ; ensuite, j'ai continué à m'entraîner seule, en mémoire de mon père. La musique était sa passion… Chacune de mes interprétations lui est destinée : elles me rapprochent de lui. Malgré le cadre peu orthodoxe de la *Luxure*, j'espère qu'il est fier de moi de là-haut.

La chanson gagne en intensité, l'ambiance également. Les clients sourient, fascinés. La chaleur envahit mon corps et je laisse la mélodie m'entraîner.

Au bout d'une demi-heure, à la fin de ma prestation, je remercie les hommes d'affaires en leur rappelant que les déesses restent à leur disposition. D'un mouvement du menton, je salue ma collègue, qu'on a payée pour rester un peu plus longtemps, puis je quitte le Panthéon. Sans attendre, je rejoins les loges, au rez-de-chaussée. En nage, j'attrape une bouteille d'eau dans le grand frigo, puis j'ôte mon masque, que je pose sur la table qui m'est réservée. Vanessa m'a conseillé d'opter plutôt pour le maquillage intégral, pour éviter la sudation excessive, et je crois que je vais finir par accepter. Parce que là, j'ai l'impression d'avoir couru trente kilomètres avec le casque de Dark Vador sur la tête.

Je me débarrasse de la robe de Lux et enfile mon soutien-gorge. Je suis en train de délacer mes sandales spartiates quand plusieurs filles entrent dans la vaste salle. Quand on bosse dans un club de strip-tease, il vaut mieux ne pas être pudique…

– Lux ! Comment ça va ? me lance Lady en s'approchant de moi.

Elle a l'air moins remontée que lors de son altercation avec Vanessa. Je la trouve plutôt sympa. Notre patronne l'a chargée de me coacher pour mes débuts à la *Luxure* et elle prend son rôle à cœur. Mais depuis que je l'ai vue avec Gold sur l'Olympe, je ne peux m'empêcher de nourrir une certaine amertume. Est-ce qu'elle couche avec lui ? Même si je crains sa réponse, je compte bien en apprendre plus.

– Ça va, soupiré-je. Je finirai par ne plus confondre les salles VIP. Un jour.

– On est toutes passées par là… Mais tu es quand même du genre tête en l'air, non ?

Je tire la langue. Lady s'esclaffe, et je profite de sa bonne humeur pour lui demander :

– Entre Gold et toi… Il se passe un truc ?

D'abord surprise, elle marque un temps d'arrêt. Une boule obstrue ma gorge. Bien sûr qu'elle a plus de chances que moi auprès de lui : elle a vingt-cinq ans, d'abord, alors que je n'en ai que dix-huit. Et elle ne rougit pas à tout bout de champ, elle…

– Rien de sérieux, finit-elle par me répondre. Tu le connais ?

– Non, mens-je.

– Ce n'est pas l'impression que j'ai eue quand tu es entrée dans la salle…

Je frissonne en passant un coup de lingette sur mon visage. Quelle gourde, je me trahis toute seule !

– D'accord, j'ai saisi, se moque Lady gentiment. Si jamais tu veux lui faire du rentre-dedans, vas-y, il est célibataire.

– Je ne compte pas…

– Très bien, comme tu veux ! me coupe-t-elle. Tu m'accroches mon soutien-gorge, s'il te plaît ?

Je m'exécute, agacée par ma propre curiosité.

– Tu l'as laissé te toucher là-haut, non ? murmuré-je.

– Peut-être bien, me répond mon amie, évasive.

– L'interdiction pour les clients de poser la main sur nous… Elle ne s'applique pas aux Styx Riders ?

Lady éclate de rire.

– Du calme, Lux. Ce ne sont pas des macs, aucun d'eux ne s'approchera de toi… si tu ne le lui demandes pas au préalable, OK ?

Je dois avouer que ça me soulage. Par Cassie, je sais que les Styx Riders ne sont pas les brutes que beaucoup de gens se représentent, mais tout de même, je ne sais pas exactement à quoi m'en tenir avec eux.

– Tu as un copain ? embraye Lady.

– Non…

– Dans ce cas, fais-toi plaisir, me conseille-t-elle. Avec Gold ou un autre, la règle ne s'applique que si tu le décides.

Elle m'envoie un clin d'œil, dépose un baiser sur ma joue, puis quitte la loge par une porte à l'arrière. Je ne tarde pas à l'imiter, les épaules écrasées par une fatigue aussi bien physique qu'émotionnelle.

Le moins que l'on puisse dire, c'est que je ne m'attendais pas à croiser le frère de ma meilleure amie à la *Luxure* ce soir. Mon cerveau s'en remet à peine.

La sortie donne sur un parking privé surveillé par un agent de sécurité, que je prends le temps de saluer.

– Bonne soirée, Gabe, lui lancé-je.

– Fais attention à toi, à lundi, me répond-il.

Je regagne le tas de ferraille qui me sert de voiture. Il roule à peine, mais je compte bien le faire réparer dès que j'aurai mis assez d'argent de côté.

Une fois derrière le volant, je pousse un long soupir pour me détendre. Ensuite, je prends la route. Je vis encore chez ma mère et mon beau-père, avec mes petits frères et ma petite sœur de deux ans. La maison est située au nord de la ville, dans un quartier populaire. Heureusement, à l'heure qu'il est – presque minuit –, la circulation est plutôt calme et me permet de rentrer en une demi-heure seulement.

Quand je franchis la porte du pavillon plongé dans le noir, une odeur de désodorisant au melon, de cigarette et de nourriture refroidie m'accueille. Les ventilations ne fonctionnent plus dans la cuisine, si bien qu'il subsiste en permanence des relents alimentaires dans l'air. Quant à la puanteur de la clope, elle vient de Clay, mon beau-père. Un enfoiré avec qui je ne m'entends pas. Mes heures à la *Luxure* me font des vacances loin de lui, au moins…

Je dépose mon sac à main dans le couloir de l'entrée, puis je file à la cuisine pour manger un morceau. Il reste du gratin de courgettes. Je le fais réchauffer au micro-ondes, perdue dans mes pensées. Elles se focalisent sur Gold : je n'arrive pas à effacer de ma mémoire son expression quand il m'a découverte sous les traits de Lux. Ça me donne de l'espoir. Peut-être qu'il y a une chance pour que j'existe enfin à ses yeux ? Pour qu'il se rende compte que je ne suis pas seulement la meilleure amie de sa sœur, mais avant tout une femme ?

Au moment où le four sonne, j'entends les escaliers craquer. Je récupère le plat, attrape une fourchette et reste appuyée contre le plan de travail, attendant que Clay surgisse. Ça ne manque pas : il entre dans la cuisine un instant plus tard, en pantoufles et pyjama.

– Ta mère a galéré avec les triplés, ce soir, annonce-t-il. Ils avaient de la fièvre. J'ai dû trouver une pharmacie de garde et pendant ce temps-là, elle était seule à gérer les mômes.

– Je bossais, rappelé-je.

– Ouais, n'empêche qu'on voit tes priorités.

J'enfourne une bouchée de gratin sans répliquer. À quoi cela servirait-il qu'on se dispute encore ? À réveiller les bébés ? Inutile de rendre cette nuit encore plus difficile pour maman.

Mon beau-père se sert un verre d'eau, me décoche un coup d'œil suspicieux, puis me demande :

– Ton boulot, il consiste en quoi déjà ?

Je n'ai rien dit autour de moi de la nature exacte de mon travail. Si ma mère apprenait que j'ai été embauchée dans un club de strip-tease, elle en deviendrait dingue. Quant à Clay, il utiliserait l'information contre moi afin de me chasser de la maison, comme il en rêve depuis qu'il a emménagé.

– Je suis serveuse, mens-je.

– Ouais, serveuse, c'est ça… lâche-t-il. Tes mains brillent.

Je suis son regard et constate que des paillettes sont restées accrochées à ma peau. Mince ! Je tente de trouver une explication du genre… anniversaire d'une collègue ? D'un enfant ? Mais Clay ne me laisse pas le temps de me justifier. Il ricane, puis il quitte la pièce.

La prochaine fois, il faudra que je fasse plus attention ! Ou mon étourderie finira par me trahir…

CHAPITRE 3

GOLD

Je gagne deux parties de billard sur trois contre Ash. Il me file les cent dollars que nous avons pariés avec un grognement mécontent. J'ai l'impression qu'un truc le perturbe, et pas seulement ses défaites. Je le trouve tendu… Ça concerne peut-être son salon de tatouage ? Ou sa régulière ? Est-ce qu'il y aurait de l'eau dans le gaz entre eux ? Ce serait vraiment le pire scénario possible pour son moral…

Je l'invite au comptoir pour en discuter. Quand je lui parle de sa copine, il grimace.

– Tout va bien avec Heden, et même très bien… commence-t-il.

– Mais ? lâché-je en prenant une gorgée de ma bière.

– Je vais lui demander d'emménager avec moi… Je ne sais pas encore quand.

Bordel, il flippe, en fait ! Alors que j'éclate de rire, il me décoche un regard à faire froid dans le dos.

– Tu veux que je t'en colle une, enfoiré ? s'agace-t-il.

Il aurait parfaitement le droit de le faire sans que je puisse m'en offusquer. C'est mon sergent d'armes, il est au-dessus de moi dans la hiérarchie du club. Les *enforcers* tels que moi agissent sous ses ordres directs. On s'occupe des missions dangereuses, celles qui impliquent en général du sang et des flingues. Le rôle d'Ash est de les superviser, même s'il est sur le terrain avec nous dans la plupart des cas.

– Désolé, je ne m'y attendais pas, c'est tout, m'excusé-je. Tu as peur de sa réaction ?

– Surtout de sa réponse, me renvoie-t-il. Et si elle me dit non ?

Parfois, je me dis que l'amour ne peut pas nous briser, nous mettre à genoux.

Puis je me rappelle Ash.

Il en a bavé avant de trouver sa moitié en Heden Otila. Il y a une dizaine d'années, sa fiancée l'a largué le jour de leur mariage, sans une explication. À cause de son cœur brisé, il s'est peu à peu empli de colère, de rancœur et de violence… Ses émotions négatives se sont apaisées désormais, mais elles l'ont dirigé pendant si longtemps qu'il en garde forcément des séquelles.

Dans les *marines*, on m'a appris à contrôler mes sentiments, à les oublier quand la situation l'oblige. Je ne suis jamais tombé amoureux, je me contente de plans cul sans importance. Les relations courtes me conviennent, je ne compte pas m'embarquer dans une véritable histoire. Ça nous fout dans un tel bordel… Suffit de voir mon sergent d'armes. Ou Alex, tiens ! Le môme ne me l'avouera pas, mais depuis le départ de Cassiopée pour Chicago, il douille.

Du coup, je me tiens loin de cette merde qu'est l'amour. Il vaut mieux.

Je cherche une réponse à donner à mon frangin quand Gun, notre vice-président, se joint à nous en s'exclamant :

– Il vous arrive quoi, à tous les deux ? C'est quoi ces mines de chien battu ?

Ash roule des yeux, grogne et se lève. Pendant une fraction de seconde, je me demande s'il ne va pas envoyer une droite à son meilleur pote. C'est déjà arrivé… Certes, il se prend le retour de boomerang dans la gueule juste après, mais ça ne l'arrête pas.

– Gold, tu me suis, on va tirer, m'ordonne-t-il.

Bien, chef ! Je me marre devant la mine déconfite de Gun et lui glisse :

– Ça concerne Heden… Mais rien de grave, ne t'inquiète pas.

Sur ce, j'accélère pour rejoindre Ash, qui a déjà pris la direction du sous-sol. Des pièces y sont aménagées pour nous permettre de nous entraîner au maniement du pistolet ainsi qu'au combat rapproché, et pour gérer tout ce dont nous ne pouvons pas discuter lors des simples messes à l'étage.

Une fois dans le stand de tir, mon sergent d'armes sort tous les flingues pour les nettoyer. Je crois que ça le détend. Je me joins à lui en silence, dans l'attente qu'il reprenne la parole.

– Elle se passe comment, ta soirée ? finit-il par me lancer.

– Bien, réponds-je.

– Tu es allé à la *Luxure* ?

Ça ressemble plus à une affirmation qu'à une question. Je hausse un sourcil, et Ash m'avoue :

– Un mec du club t'a vu y entrer. Il t'a même pris en photo et a envoyé un message à tout le monde pour prendre les paris sur la strip-teaseuse que tu allais baiser.

Je me renfrogne et prends le temps de finir de démonter le Glock que je suis en train de manipuler avant d'indiquer :

– Je devais voir un vieil ami.

– Un vieil ami, répète Ash, goguenard. Il ne s'appellerait pas Lady, par hasard ?

Putain, je suis tellement prévisible ? Je pousse un grognement histoire de clore la conversation. On n'est pas là pour parler de ma queue, à ce que je sache…

Pendant un moment, mon sergent et moi continuons à nettoyer les pistolets en silence. Il est important de veiller à ce qu'ils soient toujours opérationnels : les Styx Riders ne sont jamais à l’abri d’une attaque de gang ou d’un MC d’une ville voisine qui déciderait de se la jouer Rambo. Enfin, depuis que nous avons neutralisé les Red Birds puis Rodz, le dealer qui tentait de nous doubler, plus personne n’ose se dresser devant nous. Nous avons repris le contrôle de la ville et gérons en paix nos ventes d’armes à travers le pays.

– Demain matin, tu passeras chercher Reed et vous me rejoindrez au *diner* de Wendy, m’ordonne soudain Ash avant de se lever et de se placer dans un box de tir.

Des coups de feu résonnent alors que des balles transpercent la tête de la silhouette accrochée à une dizaine de mètres.

– Pourquoi le *diner* de Wendy ? m’étonné-je. Ce n’est pas la porte à côté.

– Un mec prétend pouvoir nous dire où se planque Isaac Romy, il veut qu’on le rejoigne là-bas, m’explique Ash. Le président veut qu’on le rencontre pour déterminer s’il est fiable.

– Ouais, j’y crois moyen. Aucune des pistes qu’on nous a filées ne s’est révélée sérieuse jusque-là. Je te parie que c’est juste le trentième type qui veut mettre la main sur la prime qu’on a promise.

– Le trente-quatrième. On y va quand même.

– OK.

Je hoche la tête en observant mon ami. Il paraît toujours aussi morose… Je ne suis pas un grand bavard, mais je lui glisse tout de même :

– Arrête de te faire du mouron pour Heden.

– Je ne me fais pas de mouron ! proteste-t-il.

– C'est ça, ouais.

Ash soupire, secoue la tête, puis change à nouveau de sujet :

– Comment va Cassiopée, au fait ? Elle se plaît bien à Chicago, non ? Pas trop dur pour toi ?

– Oui, elle adore sa nouvelle fac. De mon côté, elle me manque, mais je finirai par m'habituer à son absence.

– Et Alex ?

Pour lui, c'est une autre histoire… Lorsqu'il est devenu prospect, les gars et moi, on lui en a fait baver. Mais il a réussi à intégrer le club au bout de quatre mois, là où d'autres en mettent presque huit, parce qu'il est doué d'une résistance physique et émotionnelle hors du commun. Cependant, le départ de Cassiopée lui a mis un sacré coup au moral.

– Tu devrais l'inviter au lac un week-end, suggéré-je à Ash. Ça le détendrait.

– Heden a eu la même idée. J'organiserai un barbecue samedi prochain, tu seras le bienvenu si tu veux te joindre à nous.

– Ça roule. Bon, allez, je remonte. À demain, sergent.

– À demain, soldat.

Je laisse Ash au stand de tir et rejoins le rez-de-chaussée, où je remarque immédiatement la présence de Bradley au comptoir. Je me dirige vers lui, fais signe au barman de me servir une nouvelle bière et m'installe sur un tabouret. Sans préambule, j'annonce :

– Trois *marines* de l'ancienne unité d'Isaac Romy ont déserté ces derniers jours.

Le président ne commente pas tout de suite, se contentant de tapoter son index contre son verre. Puis, au bout d'un moment, il lance :

– Tu en penses quoi ?

– Qu'ils vont essayer de rejoindre leur camarade. Mais pourquoi maintenant ? Putain, ça fait neuf mois qu'il a disparu dans la nature !

J'entends soudain un bruit dans mon dos. Alex vient de débarquer et de s'installer à son tour au bar, juste à côté de moi. Il décoche un rapide coup d'œil à Bradley puis s'exclame :

– Salut prés', salut beau-frère.

– Alex. Qu'est-ce que tu fous là ? lui demande notre supérieur.

– Fallait que je bouge, je vais devenir dingue chez ma tante.

Cette dernière sait pour l'entrée d'Alex chez les Styx Riders. Ça lui a fait péter un plomb : elle a débarqué un soir au *Purgatoire* en furie. Bradley lui a indiqué que faire partie du club était le choix de son neveu et que nous veillerions à sa sécurité. Mine de rien, il a aussi rappelé à madame Anson que c'était grâce à nous que les flics s'en sortaient face aux gangs de Black Lake. Elle l'a encore mauvaise. Tu m'étonnes !

– J'ai entendu ce que vous disiez, ajoute Alex en me volant mon verre. Il est évident que Romy aurait pu quitter la ville depuis le temps, même avec un contrat sur sa tête. Un truc le retient dans notre ville, un truc qui l'a poussé à appeler ses ex-camarades de régiment en renfort.

– Il est temps de foutre un coup de pied dans la fourmilière, gronde Bradley en se levant. Allez pioncer, tous les deux, vous faites peine à voir.

– Tu veux crécher chez moi ? proposé-je à Alex lorsque notre président s'est éloigné.

Un sourire triste étire les lèvres du jeune homme.

– C'est sympa, mais je vais rentrer, me dit-il. Je ne veux pas que ma tante s'inquiète en se demandant où je suis passé.

Brave môme. Je suis un peu plus fier de lui chaque jour qui passe. Je sais qu'il rend ma frangine heureuse, qu'il fera tout pour elle, et que ce qu'il a traversé lui a donné de solides valeurs.

Je tapote son épaule en lui rappelant :

– Sois pas en retard lundi matin au garage.

Depuis la fin de sa terminale, il bosse pour moi à temps plein. Il est sérieux et motivé, nous formons une bonne équipe ensemble.

– Je vais essayer, boss, me renvoie-t-il.

– Si tu n'es pas à l'heure, je te vire, plaisanté-je.

– Pigé, boss. Bonne nuit, boss.

– Va te faire voir, tu me fatigues !

De retour chez moi, je me prépare un risotto aux poireaux, parce que ça me détend. J'adore m'enfermer dans ma cuisine et me vider l'esprit en concoctant des plats en bien trop grande quantité pour moi tout seul. J'en mange une partie, et le reste, je le donne aux gars du club qui vivent seuls, pour les changer de la nourriture surgelée.

Dès que j'ai terminé mon dîner en solo, je prends une douche, puis je me pose dans mon lit avec mon téléphone. Minuit est passé depuis longtemps, mais je ne trouve pas le sommeil. J'en profite donc pour répondre aux mails des fournisseurs du garage, avant de parcourir l'actualité locale. Je cherche en particulier ce qui pourrait avoir un lien avec les gangs de la ville. Rien de fou à signaler, cependant.

Au bout d'un moment, mes yeux commencent à se fermer. J'enchaîne les insomnies ces derniers temps et je commence à les sentir passer…

Alors que je cède au sommeil, les images d'une fille en robe blanche me bercent. Lux. Au-dessus de son nombril, le poignard rouge gravé sur sa peau m'obsède. Je tente de regarder sous son masque, en vain.

Qui es-tu ?

– Lux, me répond-elle.

Je suis hypnotisé par les boucles couleur chocolat qui tombent sur ses frêles épaules, ses mouvements gracieux, son aura de mystère.

Je te connais, Lux. Je t'ai déjà vue... mais où, bordel ?

Mon réveil sonne à six heures. Ma vision disparaît ; pas la frustration qui l'accompagnait, en revanche.

La tête dans le cul, je prends un petit déjeuner à base de fruits et de muesli, puis je fais des pompes et des tractions histoire de garder la forme. Ensuite, je me lave, je m'habille, et j'enfourche ma Harley. Je passe chercher Reed devant chez lui. Il m'attend déjà, en compagnie de Martia, sa régulière, appuyée contre l'encadrement de la porte. Elle m'offre un signe de main poli, auquel je réponds par un hochement de tête.

– Soyez prudents, les garçons, nous recommande-t-elle.

Toujours !

Une demi-heure plus tard, Reed et moi rejoignons Ash à notre point de rendez-vous. Il nous attend à l'intérieur du *diner* de Wendy avec l'air de celui qui n'a pas dormi de la nuit. Bienvenue au club ! Au moins, une délicieuse odeur de pain chaud et de bacon flotte dans l'air. C'est toujours ça de pris pour nous mettre de meilleure humeur.

Des camionneurs et des techniciens se remplissent déjà la panse dans le restaurant – dont la propriétaire ne s'appelle pas Wendy, d'ailleurs, mais Irina. Elle a demandé la protection des Styx Riders moyennant une contribution financière chaque mois. Derrière son comptoir, à côté de la machine à pop-corn, un patch du MC aussi gros que mon poing est affiché fièrement. Ça détonne avec le reste de la décoration – plutôt printanière –, mais au moins ça dissuade les petites frappes du coin de tenter de la braquer.

– Salut, sergent, lancé-je en m'installant en face d'Ash.

– J'adore cet endroit ! s'exclame Reed avec l'entrain d'un gamin. J'emmène souvent Martia et les gosses manger ici. Je vous conseille la formule petit déj', elle est super.

Il est le seul à la commander : nous ne sommes pas venus ici pour grailler, à la base. Mais Ash et moi prenons tout de même un café.

– C'est quoi, cette tête ? enchaîne Reed en jetant un regard interrogateur à notre sergent d'armes.

– Heden a chopé un truc, grommelle-t-il en réponse. C'était… le bordel, ce matin.

Reed éclate de rire.

– Laisse-moi deviner, tu as été d'astreinte pour tenir ses cheveux au-dessus de la cuvette ?

– Ouais. Le premier qui me les casse aujourd'hui, je le bute.

Autant dire que ni Reed, ni moi ne nous risquons à continuer de le charrier.

Le gars qu'on attend se pointe vingt minutes plus tard. Dans la trentaine et gras du bide, il ratisse la salle du regard jusqu'à nous repérer. Il avance vers nous d'une démarche qui se veut assurée, mais un truc dans ses yeux trahit chez lui une nervosité plutôt fréquente de la part de ceux qui traitent avec les Styx Riders.

– Votre traître, là, Isaac Romy, j'ai des infos sur lui, déclare-t-il en s'installant en bout de table.

Avant de vous les donner, je veux une avance sur la prime promise.

Son sourire arrogant me donne envie de lui coller une balle entre les deux yeux. Je reste pourtant immobile, faisant appel à mon sang-froid pour me maîtriser. Ash, quant à lui, ricane et lâche :

– Regarde en dessous de la table.

Le type s'exécute. Quand il voit le flingue du sergent d'armes braqué sur lui, il blêmit.

– Attendez, je ne suis pas votre ennemi ! proteste-t-il.

– Non, mais on en a vu défiler, des mecs comme toi. Tous ceux qui t'ont précédé nous ont fait perdre notre temps. Là, on sature, tu vois ?

– Tu as intérêt à être convaincant, ajouté-je.

– Vous pensez que je pourrais vous mentir ? s'indigne le gars.

– Si tu te présentais, d'abord ?

– Billy Frise.

Je sors mon portable et envoie le nom à Buck. Il va se charger de trouver un maximum d'infos sur ce type pendant qu'on discute.

– On t'écoute, Billy Frise, affirme Ash, d'un ton un peu plus conciliant.

– L'autre jour, je vendais ma dope du côté de Memphis Avenue à un gars qui connaît un agent de sécurité qui bosse au casino. Figurez-vous que ce type, l'agent de sécurité, a entendu un client dire qu'il avait vu votre Romy.

Je m'enfonce dans la banquette, les bras croisés sur mon torse. Je m'en doutais, putain ! Cette rencontre ne nous mènera nulle part.

– Tes infos puent, Billy, commente Ash.

– Bah, je pensais que ça vous serait utile !

– Qu'un mec t'a dit qu'un autre mec lui a dit l'avoir vu ? se moque Reed. Où ça, d'ailleurs ?

– Au casino !

– Bien sûr, Billy Frise, au casino. Romy a un contrat sur sa tête, mais il irait jouer au poker comme si de rien n'était ?

À mon tour de prendre la parole :

– Billy Frise, ou plutôt Billy Friserman, tu habites une bicoque dégueulasse sur Queen Avenue. Tu as été marié six mois, puis un jour tu as passé ta femme à tabac et tu t'es pris quatre ans de prison. Depuis, tu la harcèles, sans tenir compte des ordonnances restrictives. Tu as un chien du nom de Check, un berger allemand que tu ne sors jamais de ton minuscule jardin. Tu as pris un abonnement au câble pour des chaînes porno… et tu dois un sacré paquet d'argent à divers organismes. Tu as une vie palpitante, Billy Friserman.

Le visage de l'enfoiré se décompose au fil de mes révélations. Les infos, je les tiens de Buck, qui vient de me faire un topo rapide par SMS.

– Comment vous…

– On a ton adresse, mon gars, le coupe Ash avec un sourire sombre.

– Je voulais juste aider…

– Ouais, on a compris le topo. Barre-toi, maintenant, lui ordonne mon sergent, à bout de patience. S'il se trouve que tu nous as menti, je passerai personnellement chez toi faire un brin de causette. Tu piges ?

– Vous êtes vraiment des…

– Fais gaffe à ce que tu vas dire, glousse Reed. J'en connais un qui a la gâchette facile ce matin.

Ash décoche un coup d'œil mauvais à mon camarade *enforcer*, mais il se retient de commenter. Dans la foulée, Billy déguerpit du *diner* en vitesse.

– Vous en pensez quoi ? nous demande Reed.

– Qu'on s'est déplacés pour rien, gronde Ash. On décolle dans cinq minutes, j'ai besoin de rouler. Dépêche-toi de terminer ton petit déjeuner, Reed.

– À vos ordres, sergent.

Pendant que notre frangin engloutit ce qu'il reste de ses pancakes au sirop d'érable, je suis Ash dehors, curieux de savoir s'il a demandé à Heden d'emménager avec lui. Jusqu'à maintenant, je n'avais jamais vu mon pote aussi nerveux.

– Pas eu le temps, elle était vraiment mal ce matin, soupire-t-il. Je verrai plus tard.

Je ne suis pas vraiment en mesure de lui filer des tuyaux, puisque je ne suis jamais resté avec une meuf plus de deux semaines. Aucune ne m'a donné envie d'aller au-delà.

Une fois, Cassiopée m'a sorti qu'aimer, c'était lâcher prise. Bon courage à la nana qui essaiera de m'entraîner dans le vide…

– C’est ta régulière, le lien entre vous est puissant, me contenté-je d’assurer à Ash. Elle dira oui, j’en suis certain.

J’ai vu comment ils se regardaient, tous les deux. Mon ami se met la pression pour rien. Tout ira bien avec sa nana.

– Oh, bonjour, Gold ! entends-je soudain derrière moi.

Surpris, je me retourne vers une grande brune habillée d’une robe blanche. Pendant une fraction de seconde, elle me rappelle Lux, mais ce sont seulement ses vêtements qui produisent cet effet. Ce n’est que la meilleure amie de ma frangine, Ruby. Le genre étudiante sage qui se présente aux élections des représentants des élèves, pas du tout le type de fille à travailler dans un club de strip-tease.

– Salut, lui réponds-je.

Elle me décoche un sourire que je ne parviens pas à interpréter, m’observe en silence pendant plusieurs secondes, puis rentre dans le *diner*.

C’était quoi, ça ? On aurait dit qu’elle s’attendait à ce que je lui parle, ou un truc du genre.

Ash se marre, perché sur sa moto.

– Quoi ? lui lancé-je.

– Rien du tout, réplique-t-il. Tu la connais d’où, cette nana ?

– C’est la meilleure pote de Cassiopée.

Il ricane.

– Putain, Gold, tu as grillé la manière dont elle te matait ?

– C'est la moto qui fait ça, c'est tout, affirmé-je.

Sur ce, Reed sort du restaurant en se massant le ventre, mettant fin à cette conversation un peu trop étrange à mon goût. Sans attendre, nous démarrons et prenons la route, direction le *Purgatoire*.

CHAPITRE 4

RUBY

Gold ne m'a pas reconnue hier soir. Si cela avait été le cas, il ne m'aurait pas regardée avec autant d'indifférence devant le *diner*... Tant pis pour moi ! En même temps, à quoi m'attendais-je ?

Un peu frustrée, je prends la commande de ma mère au comptoir du restaurant. Lorsque j'en ressors, les Styx Riders ont disparu. Je les croise de plus en plus souvent ces temps-ci. Auparavant, les rencontrer dans les quartiers nord était rare. Il doit se passer quelque chose dans leur club, quelque chose qu'une fille comme moi ne peut pas comprendre...

Il me faut dix minutes pour rentrer chez moi, en passant par une pharmacie. Clay dort toujours à poings fermés quand j'entre dans la maison, et ma mère peine avec les triplés. Le truc avec eux, c'est qu'ils tombent malades en même temps ! En ce moment, ils couvent un début de rhume.

– Voilà ce que m'a donné la pharmacienne, annoncé-je en passant un sachet en papier kraft à ma mère. Ça devrait les aider à aller mieux. J'ai aussi déposé ton petit déjeuner dans la cuisine.

Je tends ensuite les bras vers ma petite sœur, Joyce, en soupirant :

– Viens là, toi, ma petite chérie. Oh, tu ne te sens pas bien, je sais…

Je la berce lentement tandis que ma mère me décoche un coup d'œil soulagé.

– Merci, souffle-t-elle. Je devais bosser chez madame Richardson demain, je vais annuler pour emmener les triplés chez le médecin.

Ma mère travaille quelques heures par semaine chez des particuliers, pour lesquels elle fait le ménage. Pendant ce temps-là, c'est Kaysie, sa meilleure amie, qui garde les enfants. Contrairement à Clay, qui est bien incapable de lever le petit doigt pour faire quoi que ce soit dans cette maison. Il ne parvient pas à garder un job : il en change si souvent que maman ne peut jamais être certaine qu'il apportera un salaire à la fin du mois. Et ses virées fréquentes au casino n'arrangent rien…

J'aurais bien proposé à ma mère d'aller chez le médecin à sa place, mais j'ai des cours à la fac toute la journée demain. Je me promets de trouver du temps tout de même pour l'aider autant que possible au cours de la semaine à venir.

Peu à peu, Joyce cesse de geindre entre mes bras. Épuisée, elle s'endort même une demi-heure après que ma mère lui a fait prendre ses médicaments. Jayden et Jayson rendent eux aussi les armes dans la foulée. Maman et moi les montons dans leur chambre, puis je m'attaque à la préparation du déjeuner pour ce midi. Je suis plutôt douée pour confectionner gâteaux et pâtisseries, grâce à ma mère. Elle m'a tout appris ! En revanche, je suis moins forte pour les plats salés. Aussi, quand Clay descend pour mettre les pieds sous la table, il râle devant mes simples wraps aux crudités. Concentrée sur un devoir à rendre pour mardi, j'ai fait brûler le gratin de pommes de terre que j'avais prévu initialement… Je me retiens de le lui dire, sinon il risque de s'énerver.

La seule chose que j'aime chez mon beau-père, ce sont les enfants qu'il a donnés à ma mère. Si Joyce, Jayden et Jayson n'existaient pas, je suis convaincue qu'elle aurait largué ce poivrot depuis longtemps.

Comment a-t-elle pu accepter de sortir avec ce type ? Ça me dépasse… Dans le genre enfoiré, on ne fait pas pire.

Pendant qu'il critique la nourriture, j'échange des textos avec Cassie. J'aimerais lui demander si son frère lui a parlé de moi ou de Lux… mais je suis réaliste : probablement pas. Alors je préfère ne lui poser aucune question, de peur de trahir le secret de mon job à la *Luxure*.

Vous me manquez trop, Alex et toi, m'annonce-t-elle avec un smiley triste.

Toi aussi. On se voit bientôt ! lui envoyé-je en réponse.

***

Le lendemain soir, je me gare sur le parking réservé au staff de la *Luxure*, agacée par les humeurs de mon beau-père que j'ai dû subir aujourd'hui encore. Je prends quelques instants pour me ressaisir derrière mon volant tout en observant ce qui m'entoure. Ma voiture fait tache à côté de celles des autres employés. Je l'ai achetée d'occasion il y a deux ans, après avoir trimé en tant que plongeuse dans un restaurant du centre-ville pendant toutes mes vacances scolaires. Avec mes maigres économies, c'était le seul véhicule dans mes moyens…

Je me décide enfin à sortir. À peine ai-je verrouillé mes portières qu'un éclat de voix me parvient. Instinctivement, je jette un coup d'œil aux agents de sécurité qui gardent l'entrée du club. Ils ne font pas mine de vouloir intervenir, l'air plutôt embarrassés. Je comprends pourquoi en suivant leur regard. Appuyée contre sa voiture, Lady hurle au téléphone, furieuse.

– Tout ça, c'est votre faute… Évidemment que je lui ai demandé, plusieurs fois, même !

Mal à l'aise, je m'approche des vigiles. Lorsque je suis à leur hauteur, l'un d'eux me glisse :

– Elle est de mauvaise humeur depuis son arrivée…

– Vous savez ce qu'elle a ?

Lady a baissé d'un ton, mais son visage reste tordu par la colère. Son interlocuteur ou interlocutrice doit vraiment l'énerver, parce qu'elle envoie plusieurs coups de pied dans sa roue avant de raccrocher. Ensuite, elle reste immobile pendant une minute, les yeux fermés, le souffle saccadé. Je ne rentre pas à l'intérieur du club, préférant l'attendre, inquiète.

– Désolée, lance-t-elle finalement en me rejoignant. Un différend à régler.

– Tout va bien ?

Elle me sourit et m'affirme :

– Oui, vraiment. On y va ?

Sur ce, elle entre la première dans le long couloir qui mène aux loges. Sa démarche tendue m'apprend que malgré ce qu'elle prétend, elle ne s'est toujours pas remise de son coup de téléphone. Qu'est-ce qui a bien pu la mettre dans cet état ?

– Tu… tu veux parler ? lui proposé-je alors que nous entrons dans la vaste pièce commune.

– Ça ira.

Ici, l'air sent le maquillage, le parfum floral que nous portons toutes, mais aussi l'excitation liée aux représentations imminentes. J'aime ces effluves qui me plongent instantanément dans l'atmosphère de la *Luxure*… Et aujourd'hui, plus que jamais, j'ai besoin de m'y plonger : ce soir, je me produis pour la première fois non plus seulement devant quelques VIP triés sur le volet, mais dans la salle principale du club.

– Prête ? me demande Lady, avec une mine joviale que je sens un peu contrainte.

– Oui, mais je suis un peu stressée, lui confié-je. Le chant, je maîtrise. La foule, c'est une autre histoire…

– La foule va t'adorer, m'assure ma collègue en attachant ses cheveux. Je dois y aller, on se voit tout à l'heure.

Elle s'éloigne, et j'attrape à mon tour ma robe pailletée et mon demi-masque scintillant. Sous les projecteurs, Lux va briller de mille feux…

Une fois en costume, je m'efforce de maîtriser mon trac. Je ferme les yeux, prends une profonde inspiration et imagine que mon père me regarde. Si je me concentre, je peux l'entendre m'assurer que tout va bien se passer. Et même si ce n'est qu'un souvenir d'enfance embelli par le temps, je m'y raccroche…

Quelques minutes plus tard, je me dresse sur scène, attendant que le rideau se lève. Je souffle tout l'air de mes poumons, laissant lentement la personnalité de Lux prendre le dessus sur celle de Ruby.

Enfin, je me retrouve face à mon public. Les yeux se posent sur moi, le silence empli des attentes de mon auditoire me frôle comme un frisson. C'est à moi de jouer, maintenant.

CHAPITRE 5

GOLD

Il règne dans la salle bondée de la *Luxure* une atmosphère d'euphorie presque étouffante. Combinée à la chaleur humaine, elle rend l'air presque irrespirable. L'Olympe me manque déjà… J'ai suivi le conseil de Lady et me suis installé au plus près de la scène, me coinçant entre une table et une banquette circulaire. Seul. D'autres gars du club sont dispersés dans la foule, occupés à draguer des serveuses ou à piailler ensemble, mais pour ma part, je suis concentré sur la scène.

J'ai hâte de voir ce que donnera le spectacle de Lux : je suis curieux de découvrir les capacités vocales de cette fille au sens de l'orientation inexistant. Ça me rend tellement nerveux que je descends mon verre de bourbon d'une traite, au lieu de prendre le temps de le savourer. C'est dire à quel point j'ai envie d'échapper à la tension malsaine qui me colle à la peau. Être entouré par la foule n'arrange rien : je préfère largement le calme et le silence de la salle privée.

D'un mouvement de la main, je demande à une employée de me resservir. Au même moment, la musique énergique perd enfin en intensité. Les filles suspendues dans le vide cessent de se déhancher, et l'attention générale se tourne vers la scène. La lumière rose tamisée se transforme lentement en un violet profond qui accentue les ombres de la pièce.

Quand le rideau se lève, Lux apparaît dans une longue robe blanche pailletée. Elle porte un demi-masque aussi immaculé que ses fringues ; quant au reste de son visage, il est coloré en doré, pour mieux dissimuler son identité. Un grognement m'échappe alors que la serveuse me ramène mon verre.

– Elle est jolie, n'est-ce pas ? glousse-t-elle.

Je dois avouer qu'elle en jette, la petite Lux. Mais ma frustration n'a rien à voir avec son physique. Je comptais sur cette représentation pour assouvir ma foutue curiosité. Résultat : je tombe de haut. Non seulement je ne parviens toujours pas à identifier qui est cette meuf, mais en plus, à mesure qu'elle ondule sur scène, féline, ma queue se réveille. D'habitude, il faut bien plus qu'un simple coup d'œil pour m'exciter : je suis plutôt du genre tactile. Là, mon bas-ventre me signifie qu'il a bien l'intention d'échapper à tout contrôle de ma part.

Fait chier.

J'attends que la serveuse se soit éclipsée, puis je fais tourner mon verre entre mes doigts. La salle est désormais plongée dans un profond silence. J'en profite pour détailler encore une fois le poignard au-dessus du nombril de Lux. Je suis des yeux la ligne formée par sa robe échancrée sur sa peau naturellement hâlée, arrêtant mon attention sur ses seins. Sous le tissu, je les devine ronds, parfaits. J'en ai des frissons.

À l'instant où la chanteuse ouvre la bouche, je manque d'en faire tomber mon verre. Sa voix me transperce sans sommation, m'ouvre le ventre et le crâne en deux. Aussi enchanteresse qu'envoûtante, sa mélodie semble venir du royaume des dieux.

Non, je me trompe. Ce n'est pas à une déesse que j'ai affaire.

C'est à une sirène.

Comme un con, je reste subjugué les minutes suivantes, à fixer la créature mythologique capable de noyer n'importe quel homme dans un océan de plaisir. Est-ce que celles qu'a dû affronter Ulysse ressemblaient à Lux ?

Lux...

Un sourire m'échappe, et je me dis que cette femme a trouvé sa vocation. Elle est faite pour le chant, comme Cassiopée pour la danse, Ash pour le dessin ou Bradley pour mener ses troupes. Quant à moi, mon talent, c'est de garder mon sang-froid, j'imagine…

Je me demande si Lux travaille dans la musique en dehors de ce club.

Puis, brusquement, je réalise que je ne me suis jamais posé ce genre de questions à propos de gens que je ne connaissais pas. Franchement, cette fille peut bien faire ce qu'elle veut de sa vie, je m'en tamponne. Hors de question que je la laisse envahir mon cerveau.

J'en ai assez entendu pour ce soir, sans compter que la foule autour de moi commence à me prendre la tête. Je me lève et rejoins l'escalier qui monte à l'Olympe. C'est avec soulagement que j'en referme la porte derrière moi… Je profite du calme pour consulter mon portable : j'ai reçu un SMS d'Ash, qui m'informe que nous partons en mission demain soir. Nous irons faire un tour du côté de l'ancienne zone ferroviaire, où bosse un faussaire du nom de Bowers. Inutile d'appeler mon sergent pour lui demander pourquoi, il ne me dira rien cette nuit.

Je me demande si cette virée a un rapport avec Romy.

À cette pensée, mes poings se serrent. Quand j'aurai ce fils de pute devant moi, je m'assurerai qu'il paye pour sa trahison. Je déteste les gens fourbes.

Je me sers un verre de cognac pour tenter de faire disparaître le goût de bile que j'ai dans la bouche, puis je vais me poster devant la vitre teintée. Inexorablement, mon regard tombe à nouveau sur Lux, toujours au centre de la scène de la salle principale.

– Tu n'aimes pas sa voix ?

Je ne suis pas surpris par l'arrivée de Lady, puisque je l'ai vue grimper l'escalier menant à l'Olympe du coin de l'œil. Concentré sur la sirène, je reste silencieux. Ma *sex-friend* pousse un long soupir en me rejoignant. Elle se sert un verre, ce qu'elle ne fait pas d'habitude. Je devine qu'un truc la turlupine. Si notre relation avait été plus portée sur les sentiments, je lui aurais demandé ce qui ne va pas. Mais nous ne nous confions pas l'un à l'autre.

– Tout le monde trouve qu'elle a un don, pourtant, reprend-elle en buvant une gorgée de sa boisson.

Tout le monde, moi y compris. Mais j'avais besoin d'air, pour réfléchir. Pour ne plus sentir la présence de Lux dans mon âme, pour échapper à cet étrange pouvoir qu'elle exerce sur moi sans effort.

– Décris-la-moi sans son masque, demandé-je à Lady.

Il faut absolument que je sache qui elle est, ça va me rendre dingue.

– Alors là, tu rêves, lâche froidement la strip-teaseuse. Si tu veux plus d'infos sur elle, interroge-la directement.

Même si ça me saoule, je ne peux qu'admirer sa loyauté.

– Tu veux que je te tienne compagnie ? propose-t-elle.

– Non, il vaut mieux que je reste un peu seul.

Sans insister, Lady quitte l'Olympe. Je m'enfonce dans un fauteuil, un autre verre à la main, la tête renversée en arrière. Les minutes passent et je parviens à me détendre, un peu. Je suis trop à cran pour me laisser aller complètement. Dans le fond, je sais que je n'y parviendrai pas tant qu'Isaac continuera à échapper aux Styx Riders. Savoir cette enflure en liberté me mine. Cela réveille la partie de moi la plus sanguinaire. Celle qui est née lorsque j'ai dû commettre des actes terribles au nom de mon gouvernement. Celle qui m'a suivie lorsque j'ai quitté les pays ravagés par la violence où j'avais été déployé.

Alors que des images de mon passé remontent à la surface de ma conscience, un bruit feutré du côté de la porte attire mon attention. La seconde d'après, je suis debout, les sens en alerte.

Mais ce n'est que Lux.

Que Lux...

– Tu t'es encore perdue ?

Ma voix, plus tranchante que je l'aurais souhaité, ne paraît pas l'intimider. Tant mieux. Elle avance de plusieurs pas, semblant glisser sur le sol.

– Non, j'ai fini de chanter il y a cinq minutes et… Lady m'a dit que tu voulais me voir ?

Te voir, ouais. Surtout découvrir qui se cache derrière ton masque, sous la peinture dorée qui recouvre ton visage, au-delà de ta voix semblable à un murmure venu d'un autre monde.

Elle s'exprime toujours dans un souffle. Ça ne fait qu'épaissir l'aura de mystère autour d'elle.

– Elle t'a menti, affirmé-je.

– Oh ! Euh… d'accord, alors je pars. Bonne soirée.

La jolie chanteuse s'apprête à fuir à toutes jambes, quand un grognement m'échappe.

– Tu peux rester. Juste cinq minutes. Je te sers un verre ?

Il vaut mieux Lux que la solitude. Cette garce a tendance à me faire broyer du noir et à me propulser à une époque que j'aimerais oublier.

– Non, merci, je ne bois pas, me répond poliment la jeune femme.

Elle s'approche de la baie vitrée pour observer la foule en contrebas. Les strip-teaseuses ont repris leurs droits sur la *Luxure*, le club redevient le lieu de débauche féerique qu'il était avant la parenthèse hors du temps offerte par sa nouvelle recrue.

– Ôte-moi d'un doute, tu as l'âge légal pour boire de l'alcool ? lui demandé-je.

Surprise par ma question, la sirène se tourne vers moi.

– Bien sûr, m'indique-t-elle. Sinon, je ne pourrais pas travailler ici non plus.

En effet. Je connais Van, elle n'aurait jamais embauché une mineure.

– Tu as dix-huit ans depuis quand ? insisté-je malgré tout.

– C'est important ?

– Très.

Je lui sers un jus de fruits, puis je m'approche d'elle avec un sourire qui s'est révélé au fil du temps extrêmement efficace auprès des nanas.

– Je t'ai dit que je ne voulais pas boire, me rappelle Lux.

– C'est sans alcool. Prends.

Elle obtempère. Ses doigts frôlent les miens et je constate que ses ongles sont courts, dépourvus de vernis.

– Merci, me dit-elle.

– Alors, Lux, ton âge…

Elle hausse les épaules. Je suis presque certain qu'elle n'a pas dépassé la vingtaine. Le truc, c'est que je ne connais aucune nana aussi jeune. En silence, elle prend quelques gorgées de son verre puis le pose sur le bar et m'annonce :

– Je vais y aller, maintenant. Il y a peut-être des clients qui souhaitent une prestation privée.

Aussitôt, je sors de ma poche une liasse de billets et lui fourre entre les doigts.

– Ouais, moi, déclaré-je.

Sur ce, je pars m'installer dans un fauteuil, juste en face de la petite scène du salon VIP. Mon plan est simple : pendant qu'elle chantera, je pourrai la détailler plus facilement. Et surtout, pendant qu'elle chantera, je ne penserai pas à ma soif de vengeance.

Ce soir, je fais une pause avec moi-même. Avec mon soldat intérieur, celui qui ne parvient pas à trouver la paix.

– Tu veux que je chante ? s'étonne Lux.

– Tu préfères te déshabiller ?

Elle contourne le fauteuil et passe devant moi, laissant derrière elle un parfum qui s'imprime directement dans mon cerveau. Il y a un mélange de noblesse, de force et de timidité détonnant chez cette fille. La sensualité et la discrétion, réunies dans un seul corps.

– Non, déclare-t-elle, mon contrat concerne uniquement le chant.

– Alors, vas-y, Lux. Fais-moi vibrer…

Elle saisit son micro. Les premières secondes, mal à l'aise, elle évite de me regarder. Ça me tire un sourire, même si je préfère l'assurance qu'elle arborait quand elle a chanté devant la foule, tout à l'heure.

– Détends-toi, lui soufflé-je.

– Tu sais, ce n'est pas parce que tu donnes des ordres que je t'obéirai forcément, réplique-t-elle.

Tiens donc. Elle se rebelle ? D'une certaine façon, j'aime ça.

– Je suis le client, lui fais-je remarquer. Le client est roi, surtout sur l'Olympe.

Elle m'envoie un coup d'œil blasé mais ne répond rien. À la place, elle porte le micro à quelques centimètres de ses lèvres. Elle prend une grande inspiration, ce qui attire mon attention sur ses seins une fois de plus.

– Que veux-tu que je chante ? me demande-t-elle.

– Ce que tu préfères.

À elle de choisir sa chanson. Voyons ce que dissimule ce foutu corps un peu trop parfait !

Je m'attends à un truc sensuel, plutôt sexy… À la place, elle commence à interpréter *Jolene*, de Dolly Parton. Étonnant qu'à son âge elle ait ce genre de références. La seule raison pour laquelle je les partage, c'est parce que Bruce, mon meilleur pote à l'armée, était originaire du Tennessee. Il m'a bassiné avec la musique country pendant des plombes ! Jusqu'à ce qu'il meure brutalement, lors du braquage de la bijouterie où nous nous étions rendus pour acheter un cadeau pour sa sœur.

Mon palpitant se tord. Pour dénouer ma gorge, j'avale une rasade d'alcool. Je pourrais très bien ordonner à Lux de changer de chanson, parce qu'elle réveille en moi une putain de douleur teintée de manque. Mais je ne le fais pas. Parce que merde, cette fille est douée ! Sa voix apaise mes blessures internes en même temps qu'elle les ravive. Alors je la laisse poursuivre.

Au fil des secondes, ma souffrance s'atténue. J'arrive à virer Bruce de mes pensées, me concentrant sur la sirène timide qui semble s'être métamorphosée. Elle irradie la confiance en elle : elle connaît le pouvoir de son chant, il transpire par tous les pores de sa peau !

Je réalise soudain qu'un sourire triste étire ses lèvres. Je devine que cette mélodie signifie quelque chose de particulier pour elle aussi. Je me focalise sur les paroles : elles racontent les tourments d'une femme qui a galéré pendant des lustres pour séduire son copain et qui se retrouve menacée par « Jolene », une beauté fatale capable d'avoir tous les mecs à ses pieds.

Qui est la Jolene de Lux ? Qui menace de lui prendre l'homme de sa vie ? Qui supplie-t-elle ainsi ?

Le tatouage au-dessus de son nombril me nargue. Une lame aussi délicate que dangereuse…

Comme Lux ?

Lorsque le silence retombe sur l'Olympe, la jolie chanteuse reste debout sur la scène, m'interrogeant du regard. Je devine qu'elle ne reprendra pas la parole en premier, alors je lui lance :

– Dolly Parton, hein ? Un choix plutôt surprenant pour quelqu'un d'aussi jeune que toi.

Elle hausse les épaules en répliquant :

– Je ne suis peut-être pas aussi jeune que tu le penses.

– Si, tu l'es.

Aucune réaction de sa part. OK, elle me fait ramer.

– Tu aimes la country ? reprends-je.

– Est-ce que je peux y aller ?

Me parler la met mal à l'aise. Mais l'entendre s'adresser à moi me plaît trop pour que je la laisse partir aussi vite. Je secoue la tête, avant de désigner le fauteuil le plus proche du mien.

– Non, décidé-je. Assieds-toi.

– Tu es toujours comme ça ? me demande-t-elle en me rejoignant.

– Comment ?

– Aussi… catégorique.

– Et toi, tu es toujours comme ça ?

– Comment ?

– Aussi cachotière.

Elle penche la tête sur le côté. Une boucle brune tombe jusqu'à son sein. Elle l'enroule autour de son index, les jambes croisées, le dos droit.

– Cachotière ? répète-t-elle. Je ne suis pas cachotière. Pourquoi dis-tu ça ?

– Tu aimes la country ? l'interrogé-je une fois de plus.

Elle baisse la tête, aussi raide qu'une barre d'acier. Puis, dans un murmure, elle m'avoue :

– Je suis née à Nashville. Mon père adorait ce style de musique. C'est lui qui m'y a initiée.

Elle utilise le passé. Pourquoi ? Quelle est l'histoire de cette nana masquée ? Merde, c'est bien la première fois qu'une inconnue attise autant ma curiosité…

– Je vois, lâché-je. Tu réalises qu'avec une voix comme la tienne, tu aurais pu percer si tu étais restée là-bas ? Cette ville n'est pas le berceau de la country ou une connerie du genre ?

Bruce rêvait de m'emmener là-bas. On avait l'intention d'y aller lors d'une permission.

On n'en a pas eu le temps.

– Tu connais Nashville ? s'exclame Lux, sans prendre garde à chuchoter cette fois.

– De nom, lui réponds-je. Qu'est-ce qui t'a conduite à Black Lake ?

– J'y ai suivi ma mère.

– Qu'est-ce qu'elle venait y faire ?

– Cette discussion ressemble à un interrogatoire.

J'éclate de rire.

– Crois-moi, si c'était un interrogatoire, tu le saurais, Lux. Alors, pourquoi cette ville ?

– Elle voulait s'éloigner de tout ce qui lui rappelait mon père…

Ma sirène se tait, puis bondit sur ses pieds.

– Enfin, peu importe, je dois partir, décrète-t-elle.

C'est faux : elle fuit. Il faut dire que je ne suis pas le gars le plus doué de la planète pour faire la conversation.

– Merci pour… ça, ajoute-t-elle. Bonne soirée, Gold.

– Ouais, bonne soirée, Lux.

Je reste affalé dans mon fauteuil avec un sourire après son départ. Elle s'est dévoilée à moi sans s'en rendre compte… Mais bordel, ce que j'ai appris sur elle ne m'aide pas. Personne autour de moi ne vient de Nashville, n'aime la country ni n'a perdu son père…

Ou alors, peut-être que je n'y ai pas prêté suffisamment attention ?

CHAPITRE 6

RUBY

Gold joue avec moi, me pousse à me dévoiler pour tenter de deviner qui je suis. Il peut toujours courir : je ne suis pas dupe de ses pièges. Et je sais ce qui se passera s'il apprend ma véritable identité : il cessera de s'intéresser à Lux. Cela finira par se produire, c'est inévitable… Mais aussi longtemps que je parviendrai à capter son attention, je suis bien décidée à en profiter le plus possible, quels que soient les rapports qu'il souhaite entretenir avec mon *alter ego*. S'il veut m'entendre chanter, alors je chanterai. S'il en veut plus… je lui donnerai plus, sans oublier de me servir au passage.

Je regagne la salle principale de la *Luxure* avec lenteur, en lançant un coup d'œil aux fenêtres teintées de l'Olympe. Est-ce qu'il me regarde ? Est-ce qu'il pense encore à moi ? Cette étincelle dans ses yeux quand je me suis produite devant lui… Elle brillait du même désir brûlant que je perçois chez les hommes lorsqu'ils observent Lux. Elle a éveillé en moi des frissons agréables qui se sont logés dans mon bas-ventre avant de se déployer dans tout mon corps comme une nuée de papillons. Le côté autoritaire du biker m'a horripilée tout autant qu'il a renforcé autour de lui l'aura de puissance qui me fascine.

Je n'avais jamais eu de véritable conversation avec Gold jusqu'à aujourd'hui. Tout juste avions-nous échangé quelques paroles polies lorsque Cassie m'invitait chez elle. J'ignore quel poste il occupe au sein des Styx Riders, mais je devine qu'il fait partie des hauts gradés. Ça se sent à sa façon de se comporter, de s'exprimer.

Sa sœur m'a avoué une fois qu'il avait du mal à se montrer sociable. J'ai pu le constater ce soir… Mais je lui pardonne. Parce qu'à aucun moment il ne m'a manqué de respect, et surtout parce qu'il a reconnu Dolly Parton. La country n'est pas un genre très populaire, et cela me plaît que Gold fasse partie des connaisseurs.

Après un passage par les loges pour me changer, je rentre chez moi euphorique. Le moment intime que j'ai partagé avec l'homme dont je rêve depuis des années continue de faire bouillir mon sang dans mes veines et de me faire imaginer des choses aussi brûlantes que cette énergie que j'ai perçue dans ses yeux, que ses mains que je voudrais tant voir glisser sur ma peau.

Voilà. Je fantasme encore.

Je pousse un soupir. Je me projette dans les bras du biker, allant jusqu'à imaginer sa bouche sur la mienne, ses bras autour de mon corps. Bercée par sa présence invisible, je me couche le sourire aux lèvres.

Le lendemain, c'est perdue dans mes pensées que j'arpente les couloirs de ma fac. J'ai la tête encore pleine d'images de Gold… Je manque plusieurs fois de percuter des étudiants, mais je m'en fiche. Pour une fois, ma maladresse ne me gêne pas.

– Ruby.

Une grosse voix m'arrête net et me ramène directement à la réalité. Il ne peut en être autrement quand c'est Bradley Devon qui s'adresse à vous… Chaque mardi, j'ai cours de civilisations antiques avec lui pendant deux heures. C'est difficile d'imaginer le président des Styx Riders en enseignant, pourtant il maîtrise ce rôle à la perfection. Il travaille dans cette université depuis plus de dix ans, d'après ce que j'ai entendu, et tout le monde le respecte.

Je m'aperçois être passée devant lui sans le saluer. Confuse, je lui adresse un sourire embarrassé.

– Bonjour, professeur, lui dis-je. Désolée, je ne vous avais pas vu.

Je me demande s'il sait pour mon job à la *Luxure*. Même si c'est Vanessa qui gère le club, il en reste le propriétaire. J'ai posé la question à ma chef, et elle m'a conseillé de « ne pas m'en faire ».

Ne pas m'en faire…

Ce n'était pas une véritable réponse, n'est-ce pas ? Voilà pourquoi je deviens toute rouge face au président des Styx Riders. Pourtant, je lui fais suffisamment confiance pour ne rien ébruiter à propos de mon job nocturne. Après tout, il doit avoir pas mal de secrets, lui aussi…

– T'inquiète pas pour ça, Ruby, me rassure-t-il. Je voulais te voir à propos de ton devoir de théologie.

– Quel devoir ?

– Exactement, se moque-t-il en éclatant de rire. Celui que tu devais me rendre ce matin.

Je me décompose.

– Oh… oh non, je l'ai oublié chez moi, je suis désolée ! Mais j'ai mes notes dans mon sac, et j'ai deux heures de libres avant mon cours de rédaction journalistique. Je vais réécrire mon essai, je vous le rends avant la fin de la journée. D'accord ?

– D'accord, me répond monsieur Devon avec un sourire compatissant.

– Merci ! Je ne vous décevrai pas.

– Si tu as besoin de temps ou de conseils, n'hésite pas à venir me trouver.

Je le remercie une fois de plus, puis je cavale à travers la pelouse jusqu'à la bibliothèque du campus. Il me faut une heure pour réécrire mon devoir, j'utilise l'autre pour réviser mon espagnol et mon français. Je m'apprête à rejoindre l'amphi de mon dernier cours de la journée quand je reçois un message de Cassie.

Salut belle gosse, comment ça
se passe à Black Lake ?

Salut chou, impec, lui renvoyé-je. Tu me manques trop !

Dans l'escalier qui mène au rez-de-chaussée de la bibliothèque, je manque de me tordre la cheville. Je me rattrape *in extremis* en poussant un petit cri. L'employée derrière son comptoir me jette un coup d'œil inquiet, auquel je réponds par un pouce en l'air. Il faut vraiment que je reste concentrée, surtout dans les marches !

Toi aussi, m'avoue Cassie. Mais on se voit bientôt.

Ça fait presque six semaines qu'elle a quitté la ville pour Chicago. Il est prévu qu'elle revienne à la fin du mois, pour son anniversaire. J'ai hâte !

Je lui envoie plein de smileys cœur en retour, puis nous continuons de discuter pendant quelques minutes. Je suis presque arrivée au bâtiment dans lequel se trouve ma salle de cours quand j'entends les grondements monstrueux de plusieurs Harley à proximité. Je lève la tête et reconnais Bradley Devon en compagnie de quelques-uns de ses hommes. Aussitôt, je me mets à courir dans sa direction.

– Attendez, monsieur ! crié-je. S'il vous plaît !

Je cavale aussi vite que je le peux en secouant mon devoir à bout de bras. Soudain, mon pied accroche le trottoir au bord du parking et je pousse un cri en voyant le sol se rapprocher dangereusement de mon visage.

Dans une comédie romantique, un beau biker m'aurait rattrapée en mode chevalier servant. Dans la réalité, quelqu'un crochète mon bras et me tire vers le haut sans ménagement.

Ce quelqu'un, c'est Gold.

Forcément, il fallait que je me tape la honte devant lui !

Il attend d'être sûr que je sois à nouveau stable sur mes jambes pour me lâcher. Je masse mon épaule avec une grimace.

– Désolé, lance-t-il.

– M… merci, lui réponds-je. Bons réflexes.

Il m'adresse un hochement de tête impassible, puis se détourne vers sa moto. La situation n'a pas changé entre lui et moi. Je n'existe toujours pas à ses yeux, sauf si je lui tombe directement dans les bras… Les rêves qui m'ont bercée cette nuit volent en éclats.

À cet instant, monsieur Devon attire mon attention par un bruit de gorge. Je prends conscience du silence autour de moi. Je rougis, constatant soudain que tous les bikers qui nous entourent me dévisagent.

– J'ai… euh… tenez, bredouillé-je à l'attention de mon professeur.

Il prend ma feuille, la lisse du plat de la main puis la glisse dans sa besace.

– Tu n'étais pas obligée de risquer ta vie pour me rendre ton devoir, commente-t-il.

– Je sais, mais tant que je vous avais sous le coude…

Du coin de l'œil, je remarque que Gold écrit un SMS, et je suis saisie d'une brusque envie de faire une référence à Lux qu'il serait le seul à comprendre. Mais à quoi bon ? Cela gâcherait son début d'intérêt pour mon *alter ego*. Tant pis, je dois me résoudre à me contenter de l'attirance qu'il éprouve pour moi lorsque je suis masquée…

– Au revoir, professeur, lâché-je. Gold, encore merci.

Je m'éloigne. Dans mon dos, j'entends les bikers ricaner. Mais ce n'est pas de moi qu'ils se moquent : ils charrient leur président parce que je l'ai appelé « professeur ».

– Bouclez-la et démarrez, leur ordonne l'intéressé. Bowers nous attend.

***

La tête enfoncée dans le frigo presque vide, Clay pousse un grognement de troll enragé.

– Y a rien à grailler dans cette baraque !

Oui, parce que cet imbécile vide les stocks comme s'il vivait seul ici… Je me retiens de le lui faire remarquer, concentrée sur l'article que je dois écrire pour la fac. Je suis censée parler de mon environnement familial et des répercussions que celui-ci peut avoir sur mon état émotionnel. Avec mon beau-père planté en plein milieu du décor, bonjour l'angoisse… Je vais attendre qu'il s'en aille pour espérer me remettre au travail. Ma mère ne devrait pas tarder à rentrer avec les triplés, ce sera plus simple de trouver l'inspiration en sa présence.

– Eh, Ruby, tu n'aurais pas un peu d'argent sur toi ? lance Clay en claquant la porte du frigo. Je dois aller faire quelques courses.

Il essaie de me racketter à peu près trente fois par semaine… Je roule des yeux, sachant qu'il ne me lâchera pas si je ne cède pas à sa demande.

– Combien ? soupiré-je.

– Cent dollars, ça devrait aller.

Je grimace. Vanessa me paie bien, très bien même, mais il n'empêche que j'ai un prêt étudiant à rembourser, et que j'espère pouvoir économiser assez pour prendre mon propre logement très bientôt. Ensuite, à moi la liberté ! Enfin, ce pauvre type qui me sert de beau-père ne me traînera plus dans les pattes.

– OK, attends…

Je jette quelques billets sur la table. Clay s'empresse de les prendre pour les mettre dans la poche de son pantalon.

– Quand ta mère rentrera, aide-la avec les petits, m'ordonne-t-il. Je la sens fatiguée ces derniers temps.

– Tu es leur père, attaqué-je.

– Ça veut dire quoi, ça ?

Il me scrute avec un air menaçant, les lèvres retroussées. Puis il secoue la tête et quitte la maison sans un regard en arrière. J'expire et profite de ce calme inespéré pour m'atteler à mon article. J'ai du mal à trouver quoi dire. Je déteste parler de moi, parce que je ne suis pas une fille très intéressante…

Voyons, je vis avec un mec que je déteste, accro aux jeux d'argent et à la bière, qui me vole une partie de mon salaire et me rabaisse. En dehors de lui, j'adore ma mère, les triplés, et ce minuteur sur le plan de travail en forme de lapin.

Je devrais peut-être en parler ? Ça fait partie de mon environnement, après tout…

Je pousse un soupir, et mon regard tombe sur un dessin collé sur le frigo. C'est Jayden qui l'a fait, il y a quelques jours. Il est très coloré, il donne le sourire et respire la bonne humeur. Mais parmi ces gribouillis joyeux, il y a un point noir qui ressemble à un moucheron.

C'est parfait, ça ! Le dessin d'un enfant de deux ans, sur lequel une bestiole – à savoir Clay – a été écrasée, évoque ma vie. J'ai même une idée de titre : « Le moucheron écrasé sur la mosaïque ».

Enfin inspirée, je m'affaire à rédiger un article à peu près potable en utilisant ce que j'ai appris pendant mes cours de rédaction. J'ai presque terminé lorsque ma mère rentre avec Joyce et Jayden dans les bras.

– Chérie, tu peux aller chercher les courses dans le coffre ? me demande-t-elle. Je m'occupe de Jayson.

– Tu es allée au supermarché ? m'étonné-je. Clay m'a dit que tu étais partie chez Kaysie.

Elle secoue la tête. Elle a l'air éreintée, même si elle refuse de l'avouer. Parfois, je l'entends pleurer dans sa chambre. Il faut dire que mon beau-père ne l'aide pas le moins du monde.

Mon instinct me souffle qu'en ce moment même il s'occupe en effet des courses, mais pas alimentaires. Il adore parier sur les chevaux…

– Laisse, je m'occupe de Jayson et des sacs, dis-je à maman.

Jayson est le plus petit des triplés, et celui qu'on entend le moins. Il s'amuse avec tout ce qu'il trouve, il sourit facilement et il adore manger la pâte à modeler. Lorsque je détache sa ceinture de sécurité, il s'accroche à mes épaules et babille joyeusement.

– Moi aussi je t'aime, mon cœur, lui glissé-je.

Quinze minutes plus tard, pendant que maman prépare un risotto, je fais prendre leur bain aux triples J en ajoutant beaucoup de mousse dans l'eau. Lorsque je redescends après les avoir rhabillés et déposés dans leur chambre, Clay n'est toujours pas rentré.

– Il passe la soirée chez des amis… m'indique ma mère.

Le lendemain non plus, je ne le trouve pas autour de la table du petit déjeuner, à brailler devant les résultats du loto comme il le fait d'habitude. Je dévore quelques tartines grillées, je dépose un baiser sur les joues rebondies des trois petits démons, puis j'embrasse aussi ma mère, qui me lance :

– À demain, je suppose ! Fais attention à toi.

Le mercredi, je termine les cours tardivement, et je file directement à la *Luxure* depuis la fac. C'est aussi ce jour-là que je retrouve Courtney, mon amie de lycée. Elle travaille dans le magasin de ses parents ; juste en face, un petit restaurant nous permet de manger ensemble avant que je parte pour le club de strip-tease.

– Alors, ma beauté, ton job se passe comment ? me demande-t-elle une fois que nous sommes attablées avec nos salades.

Courtney est la seule à qui j'ai révélé l'existence de Lux, parce qu'elle n'a aucun lien avec les Styx Riders, la *Luxure* et le monde des bikers en général. Elle a le recul nécessaire pour me soutenir dans ma double vie, et je lui en suis reconnaissante.

– Tu ne vas pas me croire, lui dis-je avec un sourire. Gold m'a parlé !

– Attends, le frère de Cassie ? Tu baves sur lui depuis des lustres, non ?

J'opine et je raconte à Courtney l'étrange soirée passée en compagnie du biker, lundi. Lorsque je me tais, elle récapitule, au bord de la syncope :

– Il t'a filé deux cents dollars pour écouter une seule chanson et te poser quelques questions sur toi ? Tu portais toujours tes fringues ?

Je pouffe, même si je sens mes joues me brûler.

– Bien sûr que je portais encore ma robe.

– Alors tu lui plais, affirme mon amie.

Je plante ma fourchette dans une tomate cerise récalcitrante en haussant les épaules. J'aimerais croire Courtney, penser que j'ai réellement une chance d'éveiller l'attention de Gold. Mais je suis réaliste.

– *Lux* lui plaît, rectifié-je. Et seulement parce qu'il veut savoir qui se cache derrière le masque.

– Chérie, tu *es* Lux, réplique Courtney. Saisis ta chance de faire tomber les barrières qui vous séparent !

– Comment ça ?

– Tu es la meilleure pote de sa frangine ! C'est pour ça qu'il ne t'a jamais vraiment regardée, en tant que Ruby. Mais à présent, les cartes sont rebattues…

Je secoue la tête en roulant des yeux. Mon amie de lycée me pointe avec sa fourchette et insiste :

– Je crois que Lux l'émoustille. Tu devrais essayer de le chauffer un peu pour voir jusqu'où ça peut aller.

Je me fige, pas trop sûre de comprendre ce que Courtney entend par « le chauffer ». Devant ma mine interrogative, elle pousse un soupir théâtral.

– Seigneur, aidez-moi à dévergonder cette brebis égarée… Ruby, ma tendre Ruby, je parie que ton Gold paiera pour un autre show privé, ce soir. À ce moment-là, sors-lui le grand jeu. Vois si Lux a autant de pouvoir sur lui que je le pense. Fais-lui aimer ça au point qu'il ne puisse plus s'en passer…

Commencer une histoire purement physique avec le mec de mes rêves et de mes fantasmes, voilà ce que mon amie me suggère… Une partie de moi m'ordonne de m'exécuter sans réfléchir. L'autre me conseille de ne pas m'impliquer dans une relation de toute façon vouée à l'échec.

– Rends-le accro à Lux, conclut Courtney. Et quand ce sera fait, enlève ton masque. À ce moment-là, pense à prendre une photo. Je veux voir ça, pigé ?

CHAPITRE 7

GOLD

Bowers est l'un des faussaires les plus réputés dans les milieux louches de Black Lake. Quiconque a besoin d'une nouvelle identité a de grandes chances de passer par lui pour se la forger… Pour cette raison, Bradley est persuadé que les déserteurs de l'ancienne unité d'Isaac Romy chercheront à le contacter très bientôt.

S'ils le font, nous en serons immédiatement avertis.

Au début, Bowers a rechigné à s'engager à nous filer des infos, mais nous nous sommes montrés extrêmement convaincants. Rien de tel que de sortir un flingue pour faire changer une crapule d'avis en vitesse…

Et maintenant, nous passons à la deuxième phase du plan.

– Eh, Tom ! appelé-je le barman de la *Luxure* en claquant mes mains sur le comptoir.

L'intéressé cesse sa discussion avec un client régulier pour me venir rejoindre.

– Salut, Gold, me lance-t-il. On te voit souvent ici, ces derniers temps. Quoi de neuf ?

– Écoute, j'ai un truc à te dire. Je compte sur toi pour qu'un maximum de monde se retrouve au courant. Compris ?

Tom va faire un malheur : c'est la personne la plus accro aux potins que je connaisse. Je me penche vers lui et annonce :

– La prime sur la tête d'Isaac Romy a doublé. Trente mille dollars à qui nous le ramènera… mort ou vif.

Le barman se fige, les yeux écarquillés.

– Trente mille ? répète-t-il.

– Eh oui, confirmé-je en lui tapotant l'épaule. Il faut qu'à la fin de la semaine l'info ait fait le tour de la ville.

– Pas de problème, Gold, je m'en charge.

Déjà, je le vois se jeter sur une bande de mecs couverts de tatouages pour leur annoncer la nouvelle. Parfait…

J'ai accompli ma part de la mission. De son côté, Ash se charge de passer le mot aux commerçants. Gun va mettre ses collègues détectives privés sur le coup, et Reed va avertir ses amis du côté nord de la ville.

Ce n'est plus qu'une question de temps avant qu'Isaac ne perde ses alliés. Trente mille dollars, ça va faire tourner des têtes…

Libéré de toute obligation, je fends la foule jusqu'à la salle Olympe. Au passage, j'attrape un verre posé sur le plateau d'une serveuse et lui tends un billet. Quand j'arrive au salon VIP réservé aux Styx Riders, je grimace : il y a déjà quelques gars à l'intérieur, et une fille qui danse pour eux. Comme ce ne sont que des membres lambda du club, je leur ordonne de sortir et ils s'exécutent sans discuter. L'un d'eux me fait tout de même remarquer que j'ai une sale gueule. Je lui réponds avec un doigt d'honneur qui le fait marrer.

Dès que je suis seul, je profite du silence. La foule me fatigue tellement… Entouré de monde, je me crispe dès que l'on me frôle. Pas facile à gérer.

Je me sers à boire et envoie un message à Vanessa pour qu'elle demande à Lux de rappliquer. Sa voix me hante depuis lundi. Je sais par Lady qu'elle bosse aussi le mercredi et le samedi, alors je suis bien décidé à ne pas laisser passer cette occasion d'en apprendre plus sur elle. Enfin, pour ça, mon interrogatoire devra être un peu plus subtil que celui de l'autre soir.

Découvrir l'identité de la sirène est devenu une obsession chez moi. Je n'arrête pas de penser à elle. Il faut dire que la certitude de l'avoir déjà croisée ne me quitte pas. Et puis, me concentrer là-dessus m'empêche de songer à l'absence de Cassiopée et à la rage que m'inspire la trahison d'Isaac.

Je m'installe confortablement dans un fauteuil en attendant Lux. Mais elle ne débarque qu'une heure plus tard, alors que je m'apprêtais à mettre les voiles.

– Je croyais que tu me poserais un lapin, ricané-je.

– Bonjour, Gold, réplique-t-elle avec calme. Quelle chanson te ferait plaisir, ce soir ?

Elle va droit au but. J'aime ça.

Encore une fois, je lui laisse le choix de la mélodie. Elle y mettra plus de cœur, et cela me permettra de collecter de nouveaux indices sur sa personnalité.

Je croise mes chevilles sur la table basse en l'observant alors qu'elle récupère son micro. Ce soir, elle porte une robe blanche plus longue que d'habitude, beaucoup moins décolletée, mais entièrement ouverte dans son dos. Alors qu'elle se retourne pour ôter la partie inférieure de son masque, je la suis des yeux, incapable de ne pas apprécier la vision de rêve qu'elle m'offre. Je remarque qu'elle porte un autre tatouage au creux de ses reins : une note de musique. Ça lui va bien. Et ce dessin-là, je comprends ce qu'il signifie, contrairement au poignard au-dessus de son nombril. Il faudra que je l'interroge à ce sujet, un de ces jours…

Lorsqu'elle se retourne, un sourire étire ses lèvres, comme si elle avait deviné que je la matais à peine un instant plus tôt. La malice brille dans ses yeux et ça titille ma queue autant que ma méfiance.

Avant qu'elle commence à chanter, je lui demande :

– Tu trouves ton compte à la *Luxure* ?

– Comment ça ?

– Ça te plaît de bosser ici ?

Elle se tend, puis hausse les épaules et déclare :

– Ça paie les factures.

Sa fatalité me fait de la peine. J'insiste :

– Pourquoi ici ? Avec ta voix, tu pourrais travailler n'importe où.

C'est bien la première fois que l'histoire de l'une des employées du club m'intéresse à ce point. Cassiopée serait contente, elle qui affirme que je ne pense qu'aux Styx Riders…

Lux prend une grande inspiration, comme si cette discussion l'embarrassait. Tant mieux. Plus les gens sont nerveux, plus ils ont tendance à se trahir. Une seule erreur de la part de la sirène et je pourrai peut-être apprendre qui se dissimule derrière son masque.

– Pourquoi veux-tu le savoir ? me renvoie-t-elle.

Elle se recroqueville sur elle-même sans s'en rendre compte, sur la défensive. Merde, soudain, je n'ai plus envie de la pousser dans ses retranchements. À quoi est-ce que je joue ? Me comporter comme un salaud avec elle ne m'aidera pas. Au contraire, je risque de la braquer ; et alors, peut-être même ne voudra-t-elle plus se retrouver en ma présence… Je m'astreins donc à garder le silence, ce qui semble la tranquilliser. Elle ferme les yeux, ouvre la bouche et commence à chanter. Cela suffit à la métamorphoser. Son trouble disparaît, remplacé par une énergie pure qui me heurte de plein fouet. Cette fois encore, elle a opté pour de la country. Ça lui va bien. Son corps ne tarde pas à se joindre à la fête : elle ondule des hanches avec une sensualité à me faire gémir d'envie. Je me mets à imaginer ce que ça donnerait si elle se mettait à bouger de la sorte sur mes genoux, et la vision ne me déplaît pas, au contraire.

Je brûle de me lever pour attirer la sirène à moi. Le seul truc qui m'en empêche, c'est sa voix. Une véritable tuerie ! Ce serait un sacrilège de la faire taire…

Quand la chanson s'arrête et que Lux s'immobilise, je continue de la couver du regard. Puis, après quelques secondes, je lance :

– Recommence.

Elle prend un air surpris, et un peu vexé. Je m'empresse de préciser :

– Tu as chanté parfaitement bien. Bordel, j'en ai encore des frissons. Mais c'était quoi, ça ?

D'un vague signe de la main, je désigne sa poitrine et ses jambes. Elle hausse un sourcil.

– Comment ça, Gold ?

– Pourquoi tu t'es mise à danser comme si tu voulais allumer toutes les étoiles dans le ciel ?

– Les étoiles ?

Je prends mon nez entre mon index et mon pouce, souffle et grogne :

– OK, comme si tu voulais m'allumer, moi. C'est ça ? Tu cherches à me séduire, Lux ?

À nouveau, elle se tend. Au lieu de répondre à ma question, elle me demande :

– Tu n'as pas aimé ?

Si. Bordel, si !

– J'ai kiffé, chérie, tu n'imagines même pas à quel point… mais je t'ai demandé de chanter, pas de me faire bander.

Le cou de la sirène vire au cramoisi. Je suis prêt à parier que ses joues aussi, sous son maquillage. Pendant une poignée de secondes, elle ne réplique rien. Elle me fixe avec une intensité telle que j'ai la sensation que son vrai prénom va me revenir. Il titille le bout de ma langue.

Allez, encore un peu... Qui est-elle, merde ?

– OK, donc j'interprète une autre chanson, mais je ne danse plus, finit-elle par conclure.

– Tu danses, mais tu suis le rythme de la musique, lui indiqué-je. Tu en es capable : sur les dernières notes, ton corps a repris le contrôle sur ton envie de me baiser.

– Mon envie de te… Mais non ! Ce n'est pas ce que tu crois.

Elle va se liquéfier sur place.

– Tu n'as pas envie de me baiser ? Je ne te fais pas d'effet, Lux ?

– Non. Enfin, si, mais… c'est quoi cette question ? couine-t-elle.

J'éclate de rire. Cela l'aide à se détendre. Elle reprend une mine déterminée et annonce :

– Très bien, j'y vais. Je choisis la chanson ?

– Oui.

L'instant d'après, un morceau de Johnny Cash s'échappe d'entre ses lèvres pulpeuses. Et cette fois, au lieu d'onduler comme si elle s'apprêtait à enlever lentement sa robe, elle virevolte au rythme de la mélodie. Le moins qu'on puisse dire, c'est qu'elle est aussi douée pour chanter que pour danser… Elle se perd dans son interprétation sans me jeter un seul regard, se produisant avant tout pour elle-même.

Quand le silence retombe sur l'Olympe, il me frustre. Je veux encore être bercé par la voix de la sirène, sentir mon cerveau se mettre sur pause, mes pensées se figer.

– C'était bien ? me demande-t-elle en venant s'asseoir sur le fauteuil à côté du mien, comme la dernière fois.

– Tu es qui ? me contenté-je de lui renvoyer, un peu trop brusquement.

– Lux.

– Évidemment… Laisse tomber. Tiens.

Je sors de ma poche une autre liasse de billets. Elle s'en saisit, mais au lieu de la coincer dans la ceinture dorée qui lui entoure la taille, elle la fait rouler entre ses doigts, les yeux baissés.

J'ai envie qu'elle tourne la tête. Qu'elle donne l'autorisation à mes doigts avides de se poser sur sa peau hâlée. Ma queue ne s'est toujours pas remise de sa première prestation.

Mais je l'oublie lorsque Lux déclare soudain :

– Au Centennial Park de Nashville, on trouve la réplique exacte du Parthénon d'Athènes. J'y allais souvent avec mon père quand j'étais petite. Alors quand j'ai su que la *Luxure* recherchait une chanteuse, je n'ai pas hésité, j'ai postulé.

Voilà qu'elle répond aux questions que je lui ai posées tout à l'heure… Pas trop tôt.

Je me lève pour aller chercher deux verres. Cependant, m'éloigner de la sirène ne suffit pas à faire descendre mon érection.

– La *Luxure* ressemble au temple d'Athéna. Le club te rappelle ta ville natale, deviné-je.

– Oui.

– C'est mignon.

Elle se tourne vers moi, ses yeux gris lançant des éclairs.

– Tu te moques, Gold ?

– Non. Tiens, bois.

Elle attrape le verre que je lui tends et trempe le bout de ses lèvres dedans, déposant une trace brillante sur la surface transparente. La différence entre l'or de son maquillage et le rose dévoilé sur sa bouche me chope à la gorge. Je termine mon whisky d'une traite.

– Je ne peux pas accepter, déclare-t-elle alors.

– Accepter quoi ?

– Autant d'argent pour si peu.

Elle me tend la moitié des billets que je viens de lui donner. Je la dévisage sans les prendre.

– Pourquoi ? lui demandé-je.

– Parce que ce show a duré moins d'une demi-heure. Il faudrait que je chante au moins quatre fois plus longtemps pour qu'il vaille le prix que tu voulais me payer. Et encore.

Elle se lève d'un bond et se dirige vers la porte. Je me redresse moi aussi, la rejoins et lui barre le passage.

Elle fait ma taille, à deux ou trois centimètres près. Quand je la regarde dans les yeux, je n'ai pas besoin de les baisser et ça, c'est appréciable.

Surprise, elle entrouvre la bouche avec un petit jappement affolé. La seconde d'après, elle reprend contenance et souffle :

– Il y a un problème, Gold ?

– Reste.

Je me rapproche encore un peu d'elle. Tout à coup, il n'y a presque plus aucun écart entre son visage et le mien. Pourtant, elle ne recule pas. Ses yeux plongent dans les miens, j'y lis à la fois de la surprise et… quelque chose de bien plus euphorisant.

– D'accord, lâche-t-elle.

Son regard descend sur mes lèvres. Elle déglutit, arrête presque de respirer, et soupire :

– Gold ?

Elle fait un pas en arrière. Son dos frappe le mur. Je pose une main sur la surface plane juste à côté de son visage et lui glisse :

– Tu veux qu'on fasse durer le plaisir pendant deux heures ?

Ses muscles se relâchent.

– Comment ? murmure-t-elle.

– En faisant ce que tu veux. Tout ce que tu veux, Lux…

CHAPITRE 8

RUBY

Gold me fixe avec une intensité hors du commun, comme si m'observer pouvait lui permettre de percer chacun de mes secrets. Adossée contre le mur, je garde les bras le long de mon corps, curieuse de découvrir où cette étrange conversation va nous mener. Prétendre que je ne suis pas excitée par la situation serait un mensonge : quelques centimètres seulement me séparent du torse massif de Gold, et sa chaleur irradie, m'englobe. Tout mon sang semble affluer vers un même point : mon bas-ventre.

Je reste cependant assez lucide pour résister à l'attirance que je ressens et protester :

– Tu me proposes de coucher avec toi contre de l'argent ?

Surpris, Gold fronce les sourcils, recule, renifle… et éclate de rire.

– Putain, mais non ! s'exclame-t-il.

– Franchement, il y a de quoi se poser des questions, tu ne trouves pas ? répliqué-je. Tu me suggères de rester deux heures de plus, et tu me chauffes.

Il le fait très bien. Mon cœur bat si vite qu'il menace de s'échapper de ma poitrine.

– Je te chauffe ? répète Gold, amusé.

– Tu me vois bien sûr dans l'obligation de refuser, décrété-je. Je ne me prostitue pas, je chante.

Il me dévisage comme si j'étais un peu folle.

– Et c'est bien ce que je voulais, Lux, affirme-t-il. Que tu chantes. Rien de plus.

– Mais ça, c'était quoi, alors ? rétorqué-je en le désignant comme il l'a fait tout à l'heure, après ma première prestation.

Son visage s'assombrit. J'ajoute :

– Ça portait à confusion, vraiment. Tu cherchais à me séduire, Gold ?

Un sourire de prédateur naît sur sa bouche tandis que dans ses iris verts un orage se met à gronder. Avec un long soupir, il se penche sur moi. Un clignement de paupières plus tard, ses bras forment une cage autour de mon visage.

– Tu n'es attendue par personne, ce soir ? me souffle-t-il.

Mon « non » ne s'échappe pas de ma gorge, même si mes lèvres bougent. Mon cerveau est en plein bug. Il tente de redémarrer en essayant d'ignorer le biker qui me fait face, mais impossible. Sa bouche frôle mon menton, affolant mes sens.

Le contact de sa barbe contre mon épiderme allume un brasier en moi.

Mon Dieu, cela fait tellement longtemps que j'attends que le frère de ma meilleure amie m'approche de cette façon, qu'il me regarde avec des yeux chargés de désir… Mon rêve se réalise : j'existe pour lui, là, à cet instant précis.

Les conseils de Courtney me reviennent. Dois-je profiter de ce moment sans penser à la suite ? Ou bien vaut-il mieux que je me préserve de la déception à venir ? Je ne sais pas ; mes pensées se mélangent sans que j'arrive à les ordonner. Déstabilisée, je souffle :

– Que fais-tu ?

– Je te montre la vraie définition du mot « chauffer », mon cœur.

Ce surnom envoie des décharges électriques dans mes veines. À moins que ce ne soient les mains de Gold qui se perdent soudain dans mon cou ? Ses doigts caressent ma clavicule, ses lèvres se posent juste sous mon oreille. Je ferme les yeux. Une partie de moi m'ordonne de me laisser aller, l'autre de résister. Sans pouvoir me contrôler, je plaque mon corps contre celui du biker et ça le fait sourire. Le genre de sourire qui restera à jamais gravé dans ma mémoire.

L'une de ses mains agrippe mes fesses et son bassin se plaque contre le mien. Mon Dieu. Comment on respire, déjà ? Voyant que je ne le repousse pas,

Gold dépose des baisers le long de mon épaule, puis la mordille. Je gémis et couine :

– J'ai compris.

– Ah ouais ?

Ce jeu entre le biker et moi me plaît beaucoup trop pour que je puisse me soustraire à la partie. Je suis en train de vivre l'un de mes fantasmes…

Je soupire quand, d'un mouvement des hanches, Gold presse son érection entre mes jambes. L'une de mes cuisses s'enroule autour de sa taille en guise de réponse, tentant de l'attirer plus près. Il reste bien campé sur ses pieds, déterminé à me prouver qu'il bougera seulement lorsqu'il l'aura décidé. En attendant, je perds peu à peu mes repères. L'odeur de l'ex-militaire envahit mes sens, sa présence m'obnubile. Les veines parcourues par un véritable incendie liquide, je laisse tomber toutes mes barrières. La frontière entre Lux et Ruby disparaît.

– J'aime t'écouter chanter, j'aime te voir danser… mais j'aime aussi ton corps contre le mien, admet Gold. Qu'en dis-tu, Lux ? Du chant, de la danse et du sexe.

– Il n'est plus question d'argent, n'est-ce pas ?

– Il n'a jamais été question d'argent. Tu n'es pas une prostituée.

Les caresses du biker se font de plus en plus primitives. Mon corps entier frémit quand il glisse sa jambe entre les miennes pour la presser contre mon intimité. Je suis à la fois transie de plaisir et angoissée que tout cela ne soit qu'un rêve. Et si, d'ici quelques minutes, je me réveillais dans mon lit, seule ?

– J'attends une réponse, Lux, me rappelle Gold tout en frottant sa cuisse contre mon bas-ventre.

Incapable de résister, je pose mon front contre son épaule en exhalant un simple « oui ». L'instant d'après, mes doigts s'insinuent sous son jean.

Je convoite Gold depuis que je suis en âge de comprendre ce qu'est le désir. Et là, il me donne enfin ce que j'ai tant attendu… Submergée par sa chaleur et bercée par ses mouvements, j'arrive malgré tout à déboucler sa ceinture et à déboutonner son pantalon. Quand ma main s'empare de son sexe, je le sens se raidir. Une seconde plus tard, il écarte sa jambe de mon intimité, saisit mes hanches et me soulève. J'ai le réflexe de m'accrocher à son tee-shirt, mais il attrape mes poignets et les bloque au-dessus de ma tête. La pression qu'il exerce sur moi suffit à me maintenir contre le mur.

– Laisse tes mains là-haut, m'ordonne-t-il.

– Pourquoi ?

– Parce que je veux que tu me laisses faire.

Je n'y vois aucun inconvénient…

Les mains du biker envahissent mon corps, avides de le posséder, même par-dessus ma robe. Elles se perdent le long de mes jambes, les découvrent, s'en nourrissent. Bientôt, l'une d'elles glisse sous le tissu et effleure mon intimité. Je me cambre, le souffle coupé.

– Tu finiras par te dévoiler, Lux, soupire Gold.

Il insère brusquement deux doigts en moi. Je me redresse sous l'effet de la surprise et du plaisir. Un grondement satisfait échappe à l'ex-militaire quand je me resserre instinctivement autour de lui. Ses va-et-vient menacent de me faire perdre la tête. Je me mords les lèvres pour ne pas gémir, mais c'est un combat perdu d'avance.

– Donne-moi ton nom, souffle le biker à mon oreille.

– Lux, répété-je, bornée.

Même si ma réponse ne le satisfait pas, Gold continue de me faire onduler contre lui, attisant les flammes qui dévorent ma chair.

– Ton vrai nom… insiste-t-il.

– Lux.

Tout en continuant de me maintenir contre le mur, il tire un préservatif de l'intérieur de sa veste sans manches. D'un coup de dents, il en déchire l'emballage.

– Je ne craquerai pas, Gold, le préviens-je.

Il lève la tête, plante ses yeux verts dans les miens et affirme :

– Tu n'as pas idée de ce que je peux te faire…

– Ah oui ? Montre-moi.

Je lui prends le préservatif des mains et entreprends de le lui mettre. À ma grande surprise, il se laisse faire, une ombre sexy imprégnant ses traits. Dès que j'ai terminé, il bloque à nouveau mes bras.

– Tu me défies ? ricane-t-il.

Non, je te désire, espèce d'idiot !

Je reste silencieuse, me contentant d'adresser à Gold un sourire empli d'innocence. Son expression change une fraction de seconde alors qu'il perd un peu de son masque d'assurance.

– Et maintenant ? lui lancé-je.

Je le devine prêt à entrer en moi, et je tremble d'anticipation. Il est du genre vraiment, vraiment bien membré. Je n'en ai jamais douté, mais j'en ai la confirmation désormais…

Lentement, il s'insinue entre mes jambes, sans me quitter du regard. Quand je tente de bouger contre lui, il s'immobilise. Frustrée, je grimace et pousse un soupir. Il veut jouer à ça ? OK, alors il va en prendre pour son grade.

– Tu couches avec moi pour essayer de découvrir qui je suis, n'est-ce pas ? m'amusé-je.

– Je couche avec toi parce que j'en ai envie, réplique-t-il.

– On peut arrêter tout de suite. Parce que tu ne sauras jamais qui se trouve sous le masque, sexe ou pas.

Gold s'enfonce un peu plus profondément dans mon intimité. Mon cri envahit la salle insonorisée. Le plaisir déferle en moi, me noie, me déconnecte de la réalité.

– Si, affirme le biker. Je le saurai un jour, Lux.

Et ça marquera la fin de notre aventure…

Il pourrait passer une main derrière mon visage pour détacher mon masque et découvrir qui je suis. Je le laisserais faire, je crois. Mais il n'esquisse pas le moindre geste en ce sens, il accepte mon anonymat. Il ne cherche pas à me forcer la main.

J'ignore ce qu'il lit sur mon visage, mais ça lui fait froncer les sourcils. Il se retire avec douceur avant de me pénétrer à nouveau. Je ferme les yeux pour profiter de notre danse sensuelle. Ses coups de reins ne tardent pas à me faire suffoquer. Ballottée contre mon amant, je le laisse m'imprégner d'un bonheur physique absolu.

Nos souffles s'emmêlent, sans que nos lèvres se touchent. Je me demande s'il ne m'embrasse pas à cause du maquillage ou parce qu'il a peur de ce qu'un baiser pourrait signifier.

Il accélère tout à coup, et je suis incapable de garder les bras levés plus longtemps. Je les enroule autour de ses épaules et enfouis mon visage dans son cou, la respiration saccadée, le corps en ébullition. Une décharge électrique me traverse ; je me cambre en arrière en poussant mon dernier cri. Gold ne tarde pas à me rejoindre dans la jouissance. Nous nous retrouvons bientôt immobiles, l'un contre l'autre, toujours dans la même position. Mes jambes tremblent tellement que le biker me conduit jusqu'à un fauteuil avant de me libérer. Nos ébats lui ont plu, je le devine à son sourire.

Il se rhabille sans me quitter du regard pendant que je replace ma culotte. Puis, après avoir récupéré l'ensemble de ses affaires, il me lance :

– À bientôt, Lux.

Et je me retrouve seule, encore ébranlée par ce qui vient de se passer. Alors que je tente de reprendre mes esprits, la voix de Van résonne dans mon écouteur :

– Lux, tu es attendue au Panthéon.

Je me relève en vitesse. J'espère que ma patronne n'apprendra jamais ce que Gold et moi avons fait… La règle numéro un à la *Luxure*, c'est de ne pas coucher avec les clients.

Encore un peu étourdie, je rejoins le bar et me sers une tequila. Il est rare que je consomme de l'alcool, mais là, c'est un cas de force majeure.

***

Pendant tout le reste de la semaine, j'essaie de ne plus songer à ce qui s'est passé entre Gold et moi, puisque ça ne se résume qu'à du sexe. Pas plus. Autant m'habituer tout de suite à la frustration que cela éveille en moi…

Lorsque le samedi arrive, je ne cesse de guetter son arrivée à la *Luxure*, mais il ne se montre pas de la soirée. Après quelques shows privés, je passe dans les loges pour me rhabiller, le moral dans les chaussettes. Perdue dans mes pensées, je ne remarque pas tout de suite les coups d'œil insistants que me jette Lady.

– Quelque chose ne va pas ? finit-elle par me demander.

Je lui décoche un sourire faussement détendu en haussant les épaules. Je me vois mal lui expliquer ce qui me mine. D'une part, parce que c'est elle qui couchait avec Gold avant que nous nous rapprochions, et d'autre part, parce que je m'en veux d'accorder autant d'importance à ce qui s'est passé mercredi soir.

– Rien de grave, ne t'en fais pas, dis-je.

Lady n'insiste pas, ce qui me va très bien. Je ne peux m'empêcher de me demander si le biker est toujours en relation avec elle. Lui envoie-t-il des messages ? Lui donne-t-il de l'importance ? Je me mords la langue. Ces questions indiscrètes, je dois les garder pour moi ; sinon, ma collègue comprendra à coup sûr que je fais une fixette sur notre « ami » commun.

– Tu fais quoi, là tout de suite ? s'enquiert-elle soudain.

– J'enfile mes bottines ?

Lady éclate de rire et lève les yeux au ciel en secouant la tête.

– Je veux dire, après le travail ? précise-t-elle. Tu rentres chez toi ? Parce que, pour ma part, j'ai bien envie d'aller faire un tour à l'*Envers*. Ça te dit ?

Comment refuser ? L'*Envers* est le night-club le plus réputé de Black Lake. Et j'ai bien besoin de danser pour penser à autre chose qu'à Gold.

– Mon Dieu, tu sais prononcer les mots qu'il faut ! m'exclamé-je.

– Adjugé ! s'esclaffe Lady. Mon frère bosse comme videur là-bas, il nous fera entrer par-derrière. Tu es prête ?

J'acquiesce, et nous décidons de prendre sa voiture pour nous y rendre. Comble du bonheur, elle me propose de la conduire ! Son cabriolet bleu électrique me fait de l'œil chaque fois que je le vois sur le parking de la *Luxure*. Lady travaille au club depuis plusieurs années, et manifestement, son salaire vaut de se trémousser chaque soir autour d'une barre de pole dance.

– J'ai vu comment tu le regardais, me lance-t-elle en agitant ses clés devant mon visage. Surtout, pas une seule rayure, OK ?

Je m'empare du trousseau avec un grand sourire, et quelques minutes plus tard, nous démarrons. Le trajet jusque l'*Envers* est assez rapide ; lorsque nous arrivons là-bas, je gare le bolide sur le parking du casino de Black Lake. Le night-club se trouve dans son sous-sol.

– Je veux la même, déclaré-je en parlant de la voiture. Mais en blanc. J'adore le blanc.

– J'ai cru comprendre, se moque gentiment ma collègue en ouvrant sa portière. On dirait que le doré te plaît beaucoup aussi, d'ailleurs.

Lorsque je la rejoins à l'extérieur, Lady glisse un bras sous le mien avec un large sourire. Ce soir, elle est d'une bonne humeur rayonnante, et ça fait plaisir à voir.

– Alors, Gold et toi ? s'exclame-t-elle.

Je me raidis, étonnée par tant de spontanéité, tandis que ma collègue poursuit :

– Tu sais qu'il veut absolument connaître ton identité ?

Un frisson parcourt mes bras sous ma veste en jean.

– Tu lui as dit qui je suis ? m'inquiété-je.

– Chérie, si je ne savais pas tenir ma langue, je ne bosserais pas à la *Luxure*, affirme Lady.

– Merci. C'est juste que…

– Qu'il te connaît dans la vraie vie et que tu n'as pas envie qu'il le sache ?

Je m'arrête net sur le trottoir, sous la lueur des néons criards d'un sex-shop miteux. Le casino de Black Lake a beau être réputé et surveillé comme une véritable forteresse, il n'en reste pas moins placé dans la partie nord de la ville. Autant dire que les commerces du coin craignent à mort.

– Quoi ? couiné-je.

– Ça me paraît évident, reprend ma collègue. Même Gold l'a compris, chérie. Je suis surprise qu'il n'ait pas encore deviné ton identité, d'ailleurs. Tu lui parles beaucoup en dehors du travail ?

Lentement, nous nous remettons en route tandis que j'avoue :

– Non, presque jamais, en fait. On se croise de temps à autre, mais il ne m'a jamais regardée. Pour lui, je ne suis pas plus intéressante qu'un insecte.

– Alors sois une guêpe et pique-le. Il n'aura pas d'autre choix que de réaliser que tu existes. Et maintenant… tequila !

J'éclate de rire alors que Lady me tire par le bras pour nous entraîner dans le sous-sol du casino. Quelques minutes plus tard, nous pénétrons dans la salle enfumée de l'*Envers*, où s'agite une véritable marée humaine. Nous nous frayons un passage jusqu'au bar, et ma collègue paie la première tournée. Nous sirotons nos boissons, puis elle m'attire sur la piste de danse. À partir de cet instant, je décide d'oublier Gold ainsi que l'ensemble de mes états d'âme. Je me laisse couler dans une bulle hors du temps où seule la musique règne. Mon corps ondule en rythme et cela me fait du bien…

Quand Lady me propose une pause tequila après une petite demi-heure, j'accepte. Nous nous installons au comptoir, et cette fois, c'est moi qui commande les boissons. Ma collègue me parle d'elle : elle m'avoue qu'elle élève seule son fils, Allan, âgé de cinq ans.

– Il est malade, m'apprend-elle avec une grimace. Et ses soins coûtent si cher…

– Mince, je suis désolée. C'est ton emploi à la *Luxure* qui te permet de les payer, c'est ça ?

Le sourire de Lady se crispe.

– Je n'ai pas d'autre choix, soupire-t-elle. Ce job offre un meilleur salaire que n'importe quel autre en ville pour une fille sans diplôme. Et toi, alors ?

À mon tour de me confier. Je parle à ma collègue des triples J, puis de ma mère et de mon abominable beau-père. Ensuite, nous retournons danser.

Il doit être environ trois heures du matin quand je pense à consulter mon téléphone. Je constate que ma mère m'a envoyé un SMS, qui m'inquiète. Elle veut qu'on parle dès que je serai de retour à la maison… En temps normal, elle ne m'envoie pas de messages, sauf quand elle ne va pas bien et qu'elle se dispute avec Clay. Je devine qu'une fois de plus, cet enfoiré a fait des siennes.

– Je dois rentrer, annoncé-je à Lady. Un problème perso à régler…

– D'accord, me répond-elle. Il vaut mieux que tu prennes un taxi, OK ? Tu tiens à peine sur tes jambes.

– Tu as raison. À demain.

Je l'embrasse sur la joue, puis je quitte le club. Une fois dehors, je contourne le casino pour me trouver un taxi. D'après ma collègue, ils se garent souvent devant l'entrée principale du bâtiment. Je souris, soulagée, lorsque j'en aperçois un au moment où je tourne à l'angle de la rue. Mais avant que je puisse le rejoindre, une voix familière quoique déformée par l'alcool s'écrie, non loin de moi :

– Vous ne pouvez pas faire ça !

Clay.

Dans un premier temps, je soupçonne mon cerveau de me jouer un mauvais tour. La tequila doit imprégner mon système nerveux et déformer la réalité. Mais l'hallucination ressemble quand même beaucoup à mon beau-père… Il hurle à l'injustice en accusant deux agents de sécurité du casino de lui avoir volé son argent.

C'est bien lui ! Bon sang, quelles étaient les chances pour que je le croise ce soir ?

– Reviens quand tu auras de quoi payer ou tu le regretteras, le menace l'un des molosses.

– Vous me devez de la thune, bande d'enfoirés ! vocifère Clay.

Alors qu'il attire l'attention générale sur lui en continuant de crier, son regard croise le mien. Je voudrais prendre mes jambes à mon cou, mais il s'avère plus rapide que moi.

– Ruby ! s'exclame-t-il. Je suis content de te voir. Tu ne vas pas me croire… on m'a volé mon argent. J'ai besoin que tu m'en prêtes. Il faut que je retourne à l'intérieur, ces fils de putes vont m'entendre !

Il se fiche de moi ou quoi ?

Remarquant les coups d'œil qu'il jette à mon sac, je colle ce dernier contre ma poitrine. Hors de question qu'il me rackette une fois de plus ce soir.

– Non, désolée, lâché-je.

Personne n'intervient quand Clay me chope par les épaules pour me secouer avec violence.

La tequila remonte dans ma gorge et je manque de lui vomir dessus. Il le mériterait, cela dit.

– Arrête ! protesté-je.

– Cinquante dollars ? Juste cinquante !

Il me lâche pour empoigner la bandoulière de mon sac. Je tente de l'arrêter, mais il a bien plus de force que moi.

– J'ai besoin de cet argent, stop ! crié-je. Je dois rentrer en taxi !

– Je suis ton père, faut aider son père. Je te rembourserai !

D'un geste brusque, il tire mon sac à lui. Déstabilisée, je titube, et le talon de ma chaussure se coince dans une bouche d'égout. Je perds l'équilibre ; un instant plus tard, mes fesses frappent lourdement le bitume. J'ai mal, mais je me sens surtout terriblement humiliée.

– Clay ! Arrête, je t'en prie ! le supplié-je.

– Je te rembourserai, répète-t-il.

Sur ce, ignorant mes larmes, il fouille dans mon sac pour en extraire mon portefeuille, le vide de tout l'argent qu'il contient, puis balance mes affaires sur le trottoir et court en direction du casino.

L'enfoiré !

Mon cri indigné se transforme en jappements de douleur quand j'essaie de me relever. Quelques personnes s'approchent de moi, enfin décidées à m'aider. Bien sûr, c'est plus facile d'arriver après la bataille !

Soudain, j'entends le son reconnaissable du moteur d'une Harley-Davidson. Le bitume vibre sous mes paumes alors qu'une moto s'arrête à quelques centimètres de moi. Je tourne la tête et reconnais Alex, qui tend la main dans ma direction.

– Ça va, Ruby ? s'inquiète-t-il. Qu'est-ce que tu fous par terre ?

Lui et moi, nous nous entendons bien. Nous n'avons pas grand-chose en commun, lui le Styx Rider et moi l'étudiante ordinaire, mais le fait qu'il sorte avec Cassie nous a permis de nous rapprocher un peu. Je l'apprécie : je le sais profondément gentil et serviable.

– Je… euh… bredouillé-je.

Mon talon reste coincé dans la bouche d'égout lorsque je tente de me redresser. J'en ai assez ! Mes larmes redoublent.

Tant pis, qui a besoin de chaussures, de toute façon ?

À cet instant précis, je déteste Clay de toute mon âme. Comment ose-t-il dévaliser sa propre belle-fille ?

Je récupère mon sac et mon portefeuille vide sans avoir répondu à Alex. Si j'ouvre la bouche, je risque d'éclater en sanglots…

– Tu te rends compte que j'ai failli te rouler dessus ? me fait-il remarquer.

– Je sais ! explosé-je. Je sais…

Inutile d'en rajouter, je me sens assez stupide comme ça…

Je pousse un soupir fatigué en essayant de garder le contrôle sur mes nerfs. M'attaquer à Alex ne servirait à rien, et ce serait injuste.

En voulant fuir son regard, je rencontre celui de Gold, perché sur sa propre bécane.

Bien sûr, il est là aussi, sinon ce ne serait pas drôle... Le karma s'acharne sur moi ce soir.

L'ex-militaire m'observe, les bras croisés, les yeux plissés. Il doit se dire que je suis pitoyable. Il a bien raison.

– Je dois y aller, dis-je, désespérée de m'être donnée en spectacle ainsi.

– Attends, tu peux nous raconter ce qui s'est… Ruby !

Alex tente de me retenir, mais je le dépasse en serrant mon sac contre ma poitrine et file en vitesse. À présent, impossible pour moi de prendre un taxi, je n'ai plus d'argent… J'ai un début de nausée. Il faut que je rentre, pour me blottir dans les bras de ma mère, pour qu'elle me dise que tout ira bien. Demain sera un autre jour. Avec un peu de chance, Clay tiendra parole et me remboursera.

N'importe quoi, idiote !

Ou peut-être qu'en revenant à la maison il se fera écraser par un bus ? Je ne souhaite pas sa mort, mais six mois de coma, ce serait déjà bien…

Une violente douleur me transperce soudain le pied. Je me retiens de hurler et me rattrape à un mur pour ne pas tomber. Je viens de marcher sur du verre… Incapable de retenir mes jurons, je sautille, avant de me laisser glisser jusqu'au sol, loin de la bouteille cassée. Je ferme les yeux, prends une grande inspiration…

Les malédictions n'existent pas, n'est-ce pas ?

– Rah, par tous les dieux, j'en ai ma claque !

– Tu veux que j'appelle quelqu'un ?

Mon cœur s'emballe lorsque j'entends la voix de Gold. Ses bottes de moto sont plantées devant moi. Je lève les yeux, profitant de la vue de son jean si bien ajusté, de sa ceinture munie d'une boucle en argent et de son tee-shirt moulé à ses abdos sous sa veste.

L'univers vient de s'excuser de son comportement, on dirait.

Gold se baisse de façon à placer son visage à ma hauteur et, plus lentement, il répète :

– Tu veux que j'appelle quelqu'un ?

– Non, pourquoi ? soufflé-je.

– Parce que tu te vides de ton sang sur le trottoir ?

D'un mouvement de la main, je balaie sa remarque. Il s'adresse à Ruby pour la première fois, et c'est parce que je fais tellement pitié qu'il ne peut pas m'ignorer. Génial…

– Oh non, ce n'est qu'une pauvre égratignure de rien du tout, affirmé-je. Je vais bien. Je vais juste rester là deux minutes, le temps de… de…

– De crever d'une hémorragie ? De trouver une autre paire de pompes ? De décuver ?

– Je ne suis pas saoule !

Gold hausse un sourcil.

– Si tu le dis. File-moi ton pied.

– Tu sais, pouffé-je, je préférerais que tu me demandes ma main.

OK, je suis encore un peu saoule.

CHAPITRE 9

GOLD

Tout en essayant, en vain, de dissimuler les sanglots dans sa voix, Ruby me décoche un sourire qui trahit la douleur qu'elle ressent. Son visage ruisselle de larmes, ses grands yeux marron sont emplis de colère et de tristesse. Quant à son rire, il est forcé. Cette meuf ferait une bien piètre actrice…

– C'est de l'humour, lance-t-elle face à mon impassibilité.

– J'avais saisi. Ton pied.

Au lieu d'obtempérer, elle me demande :

– Tu m'as suivie ?

Dans ma main, je tiens toujours le bracelet que lui a offert Cassiopée pour son anniversaire, et qu'elle a perdu dans sa chute. Je me coltine le rôle du bon samaritain parce qu'Alex a dû répondre à un appel de sa tante et que cet enfoiré de Snack ne pense qu'à son estomac.

Tu la connais mieux que moi, qu'il m'a sorti.

Tu parles, c'était une excuse pour se débiner ! Cette nana, j'ai dû discuter avec elle deux fois à tout casser, et encore, on n'a pas engagé des conversations de malade. Mais bon, là, elle a l'air de galérer, et mes vieux m'ont bien élevé, mine de rien.

– Tu as fait tomber ça, lui dis-je en lui rendant son bijou.

– Oh, le bracelet de Cassiopée ! Elle me l'a offert pour mes dix-sept ans.

– Je sais. Montre-moi ton pied, maintenant.

Le visage de Ruby se ferme. Sur un ton plus doux, j'ajoute :

– Relax. Je veux juste regarder, OK ?

– Pourquoi est-ce que tu m'aides ? me renvoie-t-elle.

– Parce que tu comptes pour ma sœur.

Surprise, elle me laisse enfin prendre son pied blessé pour que je puisse l'examiner. Elle a de longues jambes, plutôt douces, aussi. Je pose son mollet sur ma cuisse en plongeant mon regard dans le sien.

– Le morceau de verre aurait pu se casser, lui fais-je remarquer. Tu as du bol sur ce coup-là, je vais pouvoir l'enlever facilement.

– D'accord, répond-elle en se marrant à moitié.

Ou alors, elle chiale ? Je n'en suis pas bien sûr.

– OK, à trois, j'y vais.

Terrifiée, elle prend une grande inspiration.

– Très bien, alors attends que je me prépa… aïe !

J'ai tiré sans prévenir, afin qu'elle n'ait pas le temps de se tendre davantage. Sous le coup de la souffrance, elle sursaute, se cogne l'arrière du crâne contre le mur derrière elle, se met à geindre et m'envoie son talon dans l'estomac.

Putain, quel danger public !

Je grogne et, irritée, elle m'accuse :

– Tu avais dit que tu compterais jusqu'à trois, c'est ta faute !

Sa voix part si haut dans les aigus que je la devine sur le point de se briser. À mon avis, elle a vraiment passé une sale soirée.

– L'esprit est incapable de se préparer à souffrir, pigé ? Anticiper ne fait que rendre les choses plus difficiles. Maintenant, c'est réglé, au moins. Tu ne vas pas tomber dans les vapes ?

– Non.

– Plaque un truc sur ton pied, ça saigne.

Elle obtempère avec un pauvre mouchoir en papier qui s'imbibe dans la seconde. Ses mains tremblent, ses lèvres aussi. Elle est si pâle qu'on dirait un macchabée. On n'est pas sortis de l'auberge…

– Attends, soupiré-je, j'ai mieux.

– Une hache ? Il faut amputer, c'est ça ?

– Désolé, je l'ai laissée chez moi.

– Non, souffle-t-elle, tu as de l'humour ? Alors ça, je ne m'y attendais pas.

Sa pique me tire un rictus.

– Ça m'arrive. Parfois.

Je dénoue un bandana que je garde toujours autour de mon poignet – on ne peut pas savoir quand on aura un garrot à faire – et l'enroule autour du pied de Ruby. Silencieuse, elle me regarde faire, l'air choquée.

– C'est quoi, ton problème ? m'agacé-je.

– Désolée, lâche-t-elle. C'est juste que d'habitude… tu m'ignores.

OK, là, elle vient de me vexer.

– N'importe quoi, lui renvoyé-je.

– Je ne peux pas te le reprocher. Après tout, on n'est pas vraiment du même monde, toi et moi.

Je pourrais me contenter d'ignorer sa pique. Mais j'éprouve le besoin de me défendre, j'ignore pourquoi.

– Je t'ai rattrapée quand tu as failli t'étaler par terre sur le parking de la fac, lui rappelé-je.

– Je sais ! Je veux dire… Laisse tomber. Je vais rentrer chez moi. Merci, Gold.

Un truc dans sa façon de prononcer mon surnom m'interpelle. Il ricoche dans ma boîte crânienne, m'envoyant des décharges électriques dans tout le corps.

– Merci, répète-t-elle en constatant que je reste immobile. Je vais appeler une amie pour qu'elle passe me prendre.

– Tu as besoin d'un téléphone ? lui proposé-je, retrouvant mes esprits.

– Oh ! Non, j'ai le mien. J'attends juste que tu… En fait, tu me bloques le passage.

Merde. Après un dernier hochement de tête, je me redresse et m'éloigne de quelques pas pour lui laisser un peu d'intimité. Je me cale contre un mur en sortant une clope de mon paquet.

Je préfère garder un œil sur Ruby. Elle est saoule et blessée, on ne sait jamais ce qui pourrait lui arriver. Et si elle se faisait agresser, Cassiopée m'en voudrait à mort de ne pas avoir pris un peu de mon temps pour veiller sur elle.

Les minutes s'étirent. Une voiture bleue finit par se garer le long du trottoir, et Ruby grimpe à l'intérieur, côté passager.

Parfait.

Maintenant que j'ai fait ma B.A. de la soirée, je rejoins Alex et Snack à l'intérieur du casino. Nous sommes venus pour y faire passer le message de l'augmentation de la prime que nous offrons pour la capture d'Isaac Romy. Tout un tas de gens louches se croisent ici, certains d'entre eux seront forcément appâtés par l'argent que nous mettons en jeu…

Je traverse à grands pas la salle principale, ornée de dorures du sol au plafond. Tout dans la décoration de l'établissement est conçu pour faire perdre la tête aux clients et les pousser à dépenser sans compter. C'est Yvan Potosko qui est aux commandes ici ; la salle de jeu lui permet de blanchir l'argent issu de son réseau de dealers de drogue. Il ne cherche pas de noises aux Styx Riders, alors on le laisse tranquille nous aussi.

Je rejoins les gars au bar. Snack a déjà pillé les petits fours et Alex se plaint du prix des cocktails.

– On est dans un casino, gamin, lui lancé-je. Tout est hors de prix.

Tant pis pour ça : j'ai trop soif. Je commande une boisson à la nana derrière le comptoir tandis que mes deux acolytes vont faire un tour du côté des tables de jeu, et j'attends. J'ai grillé les regards insistants que les agents de sécurité ont posé sur moi. Tous se demandent ce que trois membres du MC viennent faire ici. M'est avis que Potosko sera mis au courant de notre présence très, très vite…

Ça ne manque pas : cinq minutes plus tard, l'intéressé s'installe à côté de moi. Avec son costume à dix mille dollars, il pue l'élégance, la richesse et le pouvoir. Une meute de mecs prêts à dégainer l'entoure. Je bois une gorgée de ma boisson comme si tout cela ne m'impressionnait pas le moins du monde.

– Il y a une raison particulière pour qu'un Styx Rider franchisse les portes de mon casino ? me lance Potosko.

– Les meufs ? ricané-je.

– Si je ne me trompe pas, vous avez ce qu'il faut de votre côté en matière de filles.

Son ton est méfiant, d'autant plus lorsqu'il me fait remarquer :

– Vous avez du sang sur votre jean.

– J'ai aidé une demoiselle en détresse.

– Ah oui ?

Putain, c'est si difficile à croire que je puisse filer un coup de main à une nana comme Ruby ? Le doute dans l'expression de Potosko me saoule. Alors je change de sujet en vitesse, pas de la meilleure des humeurs :

– On raconte qu'Isaac Romy a été vu ici récemment.

– Vous êtes donc en mission officielle ?

D'un signe de main, j'ordonne à la barmaid de me resservir un verre, puis je lâche :

– Oh non, elle le sera quand Bradley Devon se pointera pour poser lui-même les questions.

Potosko éclate de rire, avant de passer une main sur sa veste pour lisser un pli imaginaire.

– Vous transmettrez mon bonjour à votre président, déclare-t-il. Et vous lui direz qu'on sait pour la prime. Que tout le monde sait pour la prime, en fait. Si votre gars met un pied dans mon établissement, il n'en ressortira pas.

Sur ce, il s'éclipse avec ses sbires. Alex et Snack me rejoignent aussitôt. Un peu en retrait, ils n'ont pas manqué une miette de notre discussion.

– Je flaire l'arnaque, gronde Alex, méfiant. Je ne le sens pas, ce type.

– Moi non plus, répliqué-je. Mais il a l'air de vouloir coopérer, alors ça me va. Écoutez, éclatez-vous, OK ? Moi, je rentre. S'il se passe un truc, appelez-moi.

Je leur tape dans le dos, puis je les abandonne pour regagner ma moto. Alors que je m'apprête à l'enfourcher, un SMS de Cassiopée me coupe dans mon élan :

Ruby vient de me raconter
ce que tu as fait pour elle.
Merci de l'avoir aidée.

Rapidement, je tape en réponse :

De rien. Ta copine est une catastrophe
ambulante, tu le savais ?

Ensuite, je range mon téléphone et grimpe sur ma bécane. C'est seulement en rentrant chez moi que je lis le message que m'a renvoyé ma frangine :

Son beau-père lui a volé son argent
devant le casino. Tu as vu
quelque chose ?

Bordel de merde ! Pourquoi Ruby ne m'a-t-elle rien dit ? J'aurais pu le retrouver, ce gros enfoiré de mes deux !

Voilà pourquoi elle pleurait. Je pensais que c'était à cause de la douleur, mais elle a douillé bien plus que je l'imaginais, ce soir… Et je déteste cette idée, même si je ne sais pas exactement pourquoi.

Je balance mon portable sur la table de la cuisine et je file sous la douche. Quand j'en sors, je me sens mieux, mais il me suffit de songer au visage ravagé par les larmes de la meilleure amie de ma sœur pour réveiller en moi des envies de meurtre.

CHAPITRE 10

RUBY

Courtney me dépose devant la *Luxure* alors que je la remercie pour la centième fois de s'être déplacée au beau milieu de la nuit pour me tirer d'embarras. Je suis encore choquée par ce que Clay a fait. Que vais-je dire à ma mère ? La vérité ? Comment va-t-elle le prendre ?

– Rentre doucement, et ensuite dors, d'accord ? me conseille mon amie. En attendant, je te suis jusque chez toi et j'attends que ton beau-père revienne pour lui mettre la raclée de sa vie.

Ma kick-boxeuse préférée en serait capable, je le sais… Mais cela lui attirerait des ennuis, et Clay n'en vaut pas la peine.

– Le sort s'en chargera, soupiré-je avec amertume.

– Je peux quand même lui filer un coup de main, ricane Courtney.

Elle m'adresse un sourire compatissant, puis elle ajoute :

– Même si nous avons quitté le lycée, on reste une équipe, OK ? Les cheerleaders se soutiennent entre elles. Appelle-moi quand tu veux, quel que soit le jour ou l'heure.

Ses paroles me touchent. Je dépose un baiser sur sa joue, puis je descends de sa voiture pour rejoindre la mienne. Une demi-heure plus tard, je me gare devant chez moi. La place de Clay est vide. Je suis soulagée, car cela veut dire que je ne vais pas avoir à le croiser une fois de plus ce soir… Cela aurait été au-dessus de mes forces.

Je salue Courtney qui me fait des appels de phares pour me souhaiter une bonne nuit, puis je rejoins la maison en boitillant. À ma grande surprise, ma mère ne dort pas : elle broie du noir devant la télévision.

– Désolée de revenir si tard, je suis sortie avec une collègue, lui dis-je. Tu veux parler ?

Elle me jette un regard triste. Cela me renvoie à la période où elle passait des heures entières sur le canapé à enchaîner les séries, après la mort de papa… Mon cœur se serre lorsque je remarque les traces de larmes sur ses joues. Je la rejoins et m'installe à côté d'elle. Ses bras m'entourent, mais je n'ai plus envie qu'elle me remonte le moral.

C'est à moi de le faire.

– Qu'est-ce qui s'est passé ? lui demandé-je.

– Je crois que Clay ne reviendra pas, chérie.

Je fronce les sourcils.

– Comment ça ?

– Il a pris ses affaires, notre argent, et il a fichu le camp ce soir. Il a dit qu'il ressentait trop de pression ici, avec les triplés et…

Ma mère ne termine pas sa phase, mais je la complète dans mon esprit sans problème. C'est de moi que Clay voulait parler… Ma présence l'irrite depuis qu'il a emménagé ici.

– On s'en fiche, décrète maman. On va s'en sortir.

– Et les bébés ?

– Eux aussi s'en sortiront, avec ou sans leur père. Regarde, tu as réussi à devenir quelqu'un de bien, toi.

Sauf que papa ne s'est pas barré avec nos économies : il est mort, et je sais qu'il aimait ma mère et moi plus que tout. Clay, lui, peut toujours refaire surface dans quelque temps pour nous pourrir la vie…

– Comment s'est passée ta soirée, ma chérie ? me demande maman.

Changer de sujet semble important pour elle, alors je n'insiste pas pour continuer à parler de ce qui s'est passé avec mon beau-père. Avec un soupir, je désigne mon pied et explique :

– Je me suis blessée, mais un gentil garçon m'a aidée à m'en sortir.

J'imagine la tête que tirerait Gold s'il apprenait que je l'ai qualifié de « gentil garçon »… Mais bon, je ne veux pas inquiéter ma mère en lui révélant que je me suis approchée d'un biker.

– Je vais te désinfecter ça, déclare-t-elle. Que t'est-il arrivé exactement ?

Je lui raconte que mon talon s'est coincé dans une bouche d'égout, sans mentionner que c'était à cause de Clay. Alors que j'évoque Gold, je ne peux m'empêcher de sourire, et elle me lance :

– Tu peux m'en dire plus sur ce jeune homme ?

– Il est… grand, soufflé-je, embarrassée.

– Grand ? Allez, je suis sûre que tu peux faire mieux.

Je rougis et admets :

– Je connais ce mec depuis un moment, mais jusqu'à maintenant, on n'avait jamais vraiment parlé.

– Continue.

– C'est le genre de gars brut, sans artifice, un guerrier, tu vois ? Un homme d'action.

– Tu sembles le connaître plutôt bien, ce « gentil garçon » à qui tu n'as jamais vraiment parlé, pouffe ma mère.

Mon visage s'embrase un peu plus.

– Il a l'air de te rendre toute chose ! ajoute maman. Mon petit doigt me dit que tu es en train de tomber amoureuse.

Sans aller jusque-là, c'est vrai que Gold me plaît beaucoup…

– Je suis contente que vous ayez pu discuter, achève ma mère. N'oublie pas de me le présenter quand il aura compris quelle adorable personne tu es.

– Merci… Bonne nuit.

Je l'embrasse avant de monter me coucher. Ses paroles pleines d'espoir m'ont mise de bonne humeur… mais mon enthousiasme est douché lorsque j'entre dans ma chambre. Les larmes aux yeux, je me précipite sur mon lit pour attraper le bocal en verre dans lequel je stocke mes économies.

Il est vide.

Il ne me reste rien, pas un seul dollar. Clay ne s'est pas contenté de me voler mon portefeuille devant le casino, il vient aussi de me dépouiller jusqu'au dernier centime. Je gardais cet argent durement gagné à la *Luxure* pour payer mes fournitures, rembourser mon prêt étudiant, peut-être m'acheter une nouvelle voiture ou prendre un appartement pour moi toute seule… Je peux faire une croix sur tous mes plans à présent.

Une main posée sur ma bouche, je retiens un sanglot à grand-peine. Je ne veux pas inquiéter ma mère, elle a déjà bien assez de préoccupations comme ça… Tout en maudissant mon beau-père, je m'enfonce sous mes couvertures pour laisser mes larmes couler. Je finis par m'endormir ainsi, les doigts crispés autour de mes draps.

Le lendemain matin, c'est maman qui me réveille, lorsqu'elle me crie que quelqu'un me demande à la porte. Je m'arrange un peu en passant devant le miroir et descends. Alex, l'air un peu gêné, se tient sous le porche en se dandinant d'un pied sur l'autre.

– Salut, me dit-il. Je voulais… m'assurer que tu allais bien.

– Oui. C'est gentil d'être passé me voir.

– C'est normal, tu n'avais pas l'air en forme hier soir et Cassie me tuerait si je te laissais en plan.

– Merci. Et toi, comment tu vas ?

Alex hausse les épaules, comme si cette question n'avait pas réellement d'importance.

– Quelques problèmes familiaux à régler, mais dans l'ensemble, ça roule, me révèle-t-il. Écoute, je me suis dit que tu pourrais me donner un coup de main sur un truc…

– Oui ?

L'air gêné, il m'avoue :

– Je galère pour l'anniversaire de Cassie, et je me demandais si tu pouvais m'aider à lui choisir un cadeau. Je peux te parler des idées que j'ai eues pour que tu me dises si tu penses qu'elles pourraient lui plaire ?

– Bien sûr.

– Génial, tu me sauves ! Alors voilà…

Nous nous asseyons sur la première marche du porche, et il me tend son téléphone. Je découvre qu'il a fait une liste regroupant une dizaine de cadeaux différents : une lampe en forme de lune, des carnets personnalisés avec le prénom de ma meilleure amie, des bougies parfumées, de nouveaux pompons de cheerleading, une immense grenouille en peluche… Je souris et commente :

– Alex, il est évident que tu connais Cassie par cœur. Tout ce que tu as choisi lui plaira beaucoup. Tu n'as pas à t'inquiéter.

Il souffle tout l'air de ses poumons avec soulagement.

– C'était tellement galère, et hyper stressant… Encore merci.

– De rien.

– Tu es sûre que le plaid n'est pas un peu trop rose ?

J'éclate de rire. Je n'ai jamais vu Alex manquer autant de confiance en lui.

– Cassie va adorer, affirmé-je.

– Génial. On se voit plus tard ? Appelle-moi si tu veux un conseil ou si tu as besoin de quoi que ce soit. Je serais ravi de te renvoyer l'ascenseur.

Je le salue de la main alors qu'il rejoint sa moto, puis je rentre dans la maison pour petit-déjeuner et travailler un peu pour la fac.

À onze heures du matin, Clay n'est toujours pas rentré. Tant mieux ! Je songe à me déplacer au commissariat pour porter plainte à propos du vol de mes économies, mais j'y renonce. Après tout, comment puis-je prouver à la police que je possédais 1 500 dollars en liquide ?

En revanche, je me décide à demander à Vanessa de me donner plus d'heures à la *Luxure*. Si je travaille cinq soirs par semaine au lieu de trois, je serai en mesure d'aider ma mère à garder la tête hors de l'eau… Maintenant que mon beau-père est parti, elle va se retrouver encore plus en difficulté, financièrement parlant.

Alors que maman est en train de préparer à manger pour ce midi, je lance soudain :

– S'il revient, vire-le.

– Chérie…

– On s'en sortira. Mon boulot paie bien, je vais faire plus d'heures, on va remonter la pente… mais n'accepte plus ce type à la maison.

Elle se retourne, nerveuse, et s'appuie contre le plan de travail. Elle semble avoir pris dix ans en une nuit. Je sens une bouffée de haine à l'encontre de Clay m'envahir, et je reprends, déterminée :

– Je sais que tu voulais éviter à Jayden, Jayson et Joyce de grandir sans père… mais crois-moi, ils s'en sortiront mieux si leur géniteur reste loin d'eux. Tu trouveras quelqu'un de bien qui te rendra heureuse, qui vous rendra heureux. Ne cherche pas à récupérer ce mec, s'il te plaît – parce qu'il reviendra, je le sais. Ne lui donne pas une autre chance.

Malheureusement, cela s'est déjà produit par le passé…

Ma gorge se noue. Encore une fois, je dois retenir mes larmes… Ma mère s'avance vers moi et caresse mes cheveux, comme elle le faisait lorsque j'étais enfant.

– Tu as raison pour Clay, dit-elle. Mais je ne peux pas te laisser prendre cette famille sur tes épaules. Je trouverai un job ; toi, contente-toi de t'épanouir, OK ?

– Arrête, déclaré-je en me levant. Tu t'occupes de moi depuis toujours, c'est mon tour à présent.

Je dois aller voir quelqu'un, je reviens dans une heure. Appelle-moi si nécessaire.

Je l'embrasse puis quitte la maison. Dehors, le soleil brille. C'est toujours ça de pris…

Quelques minutes plus tard, je gare mon tas de ferraille devant la *Luxure*. À cette heure-ci, le club est fermé, mais il continue d'attirer les regards du haut de son escalier immaculé… Je reste un instant immobile à l'observer, toujours aussi surprise par l'effet que ses colonnes d'inspiration antique ont sur moi. Mon père aurait adoré ce bâtiment, j'en suis certaine.

Je contourne le temple pour rejoindre l'entrée du personnel le cœur lourd. Pourvu que Vanessa accepte de modifier mon contrat ! Arrivée devant la porte arrière, je tape le digicode, puis j'entre et rejoins le bureau de ma patronne. Elle ne s'y trouve pas… Pourtant, je sais que le dimanche matin, elle vient travailler pour gérer les affaires administratives.

À mon grand soulagement, je la repère dans la salle principale, parmi les agents d'entretien. Je traverse rapidement la grande pièce dénuée de magie sans ses enchanteresses sensuelles jetant des sorts du haut de leurs cages. Installée au bar, un tas de papiers devant elle, Vanessa discute avec un interlocuteur que je ne reconnais que lorsque je ne suis plus qu'à quelques pas. Bradley Devon… Surprise, je me fige. Mais le président des Styx Riders m'a entendue arriver. Il se retourne et me lance :

– Bonjour, Ruby.

Rougissante, je lève la main pour le saluer et bredouille :

– Bonjour, je… euh… je ne voulais pas vous déranger. Je repasserai plus tard.

– Vanessa et moi avions terminé, ne t'inquiète pas, déclare monsieur Devon en se levant. Je vous laisse discuter tranquillement.

– Approche, renchérit Van, ne reste pas plantée là.

J'en suis sûre à présent : Bradley sait que je travaille dans son club de strip-tease sous le masque de Lux. Cela ne semble pas le perturber. Il semble même plutôt amusé par mon embarras.

Son sourire dépourvu de jugement me soulage. Il sait faire la part des choses entre l'étudiante que je suis en journée et la créature sensuelle que je deviens le soir… Tant mieux.

– Merci pour… votre discrétion, professeur, lui glissé-je.

Il m'adresse un hochement de tête, puis il s'éloigne. Encore toute rouge, je m'installe face à Vanessa au comptoir.

– Qu'est-ce qui te rend si nerveuse ? me demande-t-elle.

Elle se sert un verre et m'en propose un. Je décline, la gorge trop nouée pour avaler quoi que ce soit.

– Il… il s'est passé quelque chose, expliqué-je. Pas ici, rien à voir avec le boulot.

Je peste intérieurement en constatant que j'ai encore des sanglots dans la voix. Si je voulais éviter d'inquiéter ma patronne, c'est raté.

– Si tu as des ennuis, tu peux m'en parler, tu sais ? m'assure-t-elle.

– Merci, c'est juste… un souci familial à régler. Mais j'ai besoin d'argent, et je venais te voir afin de savoir s'il était possible que je travaille cinq soirs par semaine au lieu de trois.

Vanessa plisse les paupières pour me détailler.

– Tu te sens capable de tenir le rythme ?

– Sans problème.

– Alors c'est bon pour moi. Je m'occupe de modifier ton contrat, tu n'auras qu'à le signer demain soir.

Je suis si soulagée que je lui saute dessus pour la prendre dans mes bras.

– Merci, merci, merci ! m'exclamé-je.

– Avec plaisir, chérie.

Déjà, elle se replonge dans ses papiers. Plus légère, je retourne à ma voiture. C'est vrai que travailler deux soirs de plus par semaine à la *Luxure* va charger mon emploi du temps, mais pour aider ma mère, je vendrais mon âme si c'était nécessaire…

Au moment où je m'installe derrière mon volant, je reçois un appel de Cassie. Je décroche, active le kit mains libres et m'engage sur la route.

– Si j'étais là, lance ma meilleure amie sans préambule, je te ferais le plus gros câlin du monde ! Ce loser de Clay va payer pour ce qu'il t'a fait.

Tu veux que je lui envoie mon frère ? Je peux prétendre qu'une fois, ce chien a essayé de me peloter…

J'éclate de rire, mais je décline la proposition :

– C'est gentil, mon chou, mais j'ai surtout besoin que cet enfoiré reste loin de moi et de ma mère pour l'instant.

– Je comprends. Comment va ton pied ?

– Mieux. Ton frère m'a bien aidée. Il m'a parlé, pour une fois…

Je m'arrête à un feu rouge, un sourire planant sur mes lèvres. Repenser au moment où il a dénoué le foulard autour de son poignet pour l'enrouler autour de mon pied emballe mon cœur. Je me jure d'essayer de nettoyer le sang sur le tissu du mieux que je peux en rentrant. Cela dit, je ne suis pas encore certaine que je vais rendre le bandana à Gold. Je pourrais aussi le garder en souvenir…

– Il n'est pas super à l'aise avec les gens en général, déclare Cassie.

Le feu passe au vert, et je redémarre… avant d'apercevoir la voiture qui déboule sur ma gauche. Elle fonce à vive allure, trop vite pour pouvoir freiner à temps. Par instinct, je braque, retiens mon souffle, et attends le choc.

Pendant une fraction de seconde, il ne se passe rien, comme si le temps venait de s'arrêter.

Puis les deux véhicules entrent en collision. Mon tas de ferraille est violemment projeté sur le côté, et moi avec. Une nouvelle secousse le traverse lorsqu'il emboutit un poteau. Alors seulement, il s'immobilise.

Choquée, je reste accrochée à mon volant, les mains tremblantes. Le côté passager de ma voiture a pris le plus gros du choc. J'ai eu beaucoup de chance… À côté de moi, la portière est pliée et la fenêtre explosée en morceaux.

La voix de Cassie à travers le téléphone me ramène à la réalité. Mon cerveau sort lentement de sa léthargie.

– RUBY ! hurle-t-elle, affolée. Qu'est-ce qui s'est passé ? Tu es blessée ? Oh mon Dieu !

– Je… je vais bien, réponds-je. Enfin, je crois.

Merci la ceinture de sécurité… Je palpe quand même mon corps, au cas où. Tout a l'air en ordre.

J'expose la situation à ma meilleure amie en quelques phrases histoire de la tranquilliser même si, pour ma part, je n'en mène pas large.

– Tu crois que je devrais appeler la police ? demandé-je.

Des passants se dirigent vers moi. Je baisse ma vitre pour leur assurer que je n'ai rien. Une femme propose d'appeler les secours. En vérité, je ne crois pas que leur intervention soit nécessaire, je ne suis pas blessée. Quant aux forces de l'ordre… J'étais au téléphone quand on m'a emboutie, et la voiture qui a causé l'accident a fui. Toute cette histoire me retombera forcément dessus. Non ?

– Ça va aller, merci, affirmé-je. Je vais me débrouiller.

– Vous êtes sûre ?

– Oui, merci. Je vais me garer sur le bas-côté.

Je redémarre, le cœur au bord des lèvres. Un froid étrange inonde mes veines quand ma voiture se met en mouvement. Pendant ce temps, Cassie me pose mille questions. Est-ce que j'ai vu la plaque d'immatriculation de l'autre voiture ? À quoi ressemblait-elle ? Est-ce que j'arrive à bien respirer ? Mon crâne me fait-il mal ?

– Arrête, je vais bien ! finis-je par m'exclamer. Concernant l'accident, ça s'est passé trop vite, je n'ai pas noté le moindre détail.

Je soupire, puis j'ajoute :

– Je ne sais pas quoi faire. Je n'ai pas envie d'appeler ma mère, elle a assez de problèmes à gérer comme ça…

– Il y a beaucoup de dégâts ? me demande ma meilleure amie sur un ton plus doux.

Je lui fais un topo rapide en sortant de mon tas de ferraille pour en faire le tour.

– OK, tu es où exactement ? enchaîne-t-elle.

– Devant le salon de thé, sur Elm Street.

– D'accord. Je raccroche et j'appelle mon frère pour qu'il vienne remorquer ta voiture. Ce ne sera pas long.

– Att…

Trop tard, Cassie n'est déjà plus en ligne. Je me mords la lèvre. Je n'ai pas d'argent pour payer les frais de garage… Je n'ai pas encore touché mon salaire de la semaine. Mais il semblerait que je n'aie pas mon mot à dire, parce que je reçois un SMS de ma meilleure amie m'annonçant que Gold arrive. Ma gêne atteint un niveau intersidéral. Je m'assois sur le trottoir et compte les minutes dans ma tête en essayant de me calmer et de retrouver une respiration normale.

Un quart d'heure plus tard, un 4 × 4 énorme se gare juste devant ma voiture. Habituée à voir Gold sur une moto, je mets un moment avant de réaliser que c'est lui qui vient d'arriver. Lorsqu'il saute sur le trottoir, je l'observe. Il porte une paire de Ray-Ban et des vêtements noirs qui soulignent sa musculature. D'un pas tranquille, il me rejoint. Je me remets debout tant bien que mal en arborant un sourire embarrassé.

– Bonjour, lui lancé-je.

– Décidément, tu cumules les ennuis ces temps-ci.

Un rictus étire ses lèvres. Je me tends un peu plus. Mais aussitôt, il se détourne sans m'accorder davantage d'attention, puis fait le tour de ma voiture.

– OK, monte à l'avant, m'ordonne-t-il. Je m'occupe de ta caisse.

– Je…

Je passe une main tremblante sur mon front avant de reprendre :

– Je n'ai pas d'argent… Enfin, j'en aurai demain, mais pas aujourd'hui.

Gold baisse ses lunettes, m'envoie un coup d'œil par-dessus la monture, puis lâche :

– Pigé. Grimpe.

– Gold…

– J'ai dit « grimpe ». On s'arrangera au garage.

Je me renfrogne face à son côté autoritaire. Je n'aime pas qu'il me parle ainsi, comme si je n'avais pas le moindre libre arbitre…

– Quoi ? s'exclame-t-il, constatant mon agacement.

– On ne s'adresse pas aux gens de cette façon.

Je l'imaginais déjà m'envoyer bouler, mais au contraire, il m'adresse un sourire presque animal.

– De quelle façon, exactement ? me demande-t-il, intrigué.

– Comme si le monde était à tes pieds. Les formules de politesse, tu connais ? « S'il te plaît », « merci » et… oh, même « bonjour ».

Mes nerfs me lâchent. En temps normal, jamais je n'oserais m'adresser à Gold de cette façon. Sauf que depuis hier, j'en bave. Je suis à bout…

L'ex-militaire m'observe de la tête aux pieds d'un air pensif. Immobile, j'attends une réaction de sa part, n'importe quoi… Finalement, il me lance :

– S'il te plaît, Ruby, accepterais-tu de poser ton cul sur mon siège passager ? Merci. Ah, et bonjour. Satisfaite ?

Sur ce, il se retourne vers ma voiture. Discussion close !

D'accord, ça me va. Au moins, il ne m'a pas plantée là en me disant de me débrouiller toute seule.

– Je, euh… merci, bredouillé-je.

Gold m'ignore. Je devrais avoir l'habitude… Je tourne les talons et rejoins son 4 × 4. L'habitacle sent le cuir, le neuf et le parfum de son propriétaire. Je n'arrive pas à en identifier les fragrances exactes, mais en tout cas, j'aime beaucoup. Il m'aide à me détendre, au moins un peu.

– Raconte-moi ce qui s'est passé, me somme le biker quand il en a terminé avec ma voiture et se cale derrière son volant.

En sa présence dans un endroit aussi confiné, mon cerveau tourne à plein régime. Je me force à regarder le pare-brise pour ne pas le mater. Les mots sortent de ma bouche mécaniquement, trop vite, et ce que je dis n'a parfois pas grand sens. Ça n'a pas l'air de gêner Gold, qui ne me coupe pas une seule fois.

– Pourquoi n'as-tu pas appelé les flics ? me demande-t-il lorsque je me tais enfin.

– Parce que j'étais au téléphone quand c'est arrivé.

– Tu vas faire comment pour l'assurance si tu ne signales pas l'accident ?

Piquée au vif, je ne réponds rien. Sur le coup, je n'avais pas pensé à ça… J'ai de nouveau envie de pleurer.

– Tu n'es pas blessée, au moins ? enchaîne-t-il.

Dans sa voix, il y a trace d'un véritable intérêt, et cela me remonte un peu le moral. Je secoue la tête, la gorge nouée. Il n'y a que mon orgueil qui a souffert, le reste va bien…

– On devra remplacer ta portière et réparer la carrosserie, annonce le biker. Ça aurait pu être pire.

Je ne vois pas comment. Rappelons que mon beau-père vient de quitter le navire en laissant ma mère toute seule avec trois bébés…

Je me mords la langue pour ne pas m'énerver contre Gold. Le pauvre n'y peut rien.

– D'accord, soufflé-je. Je pourrai rembourser les réparations en plusieurs fois ? Je suis payée chaque semaine mais en ce moment, je suis un peu à sec.

Il me décoche un regard insondable. J'aimerais savoir à quoi il pense, mais le lui demander ne me paraît pas judicieux.

– Ça me va, me répond-il. Tu bosses où ?

CHAPITRE 11

GOLD

– Comment ça, je bosse où ? répète Ruby.

La question semble pourtant claire… Mais la jeune femme me dévisage comme si je débarquais d'une autre planète. J'ai l'impression qu'elle me prend pour un blaireau sans cœur ou un truc du genre. Il faut dire que c'est sûrement le cas. Quand ma sœur m'a appelé pour me mettre au courant de l'accident, je n'ai pas pu m'empêcher de lever les yeux au ciel en me demandant comment la catastrophe ambulante qui lui sert de meilleure amie avait fait pour rester en vie aussi longtemps.

– Tu pourrais au moins t'inquiéter de son état ! s'est indignée Cassiopée à l'autre bout du fil.

– Si elle allait mal, tu serais bien plus paniquée, ai-je rétorqué. J'en conclus qu'elle n'a rien ?

– Franchement, Gold, tu devrais être plus sympa avec elle ! Ruby est géniale ! Très gentille et…

Ont suivi d'autres compliments qui ont failli me faire raccrocher. Franchement, les mièvreries de lycéennes, ça va bien cinq minutes.

Ma passagère me tire soudain de mes pensées en me répondant, rougissante :

– Je suis serveuse.

– Serveuse ? m'étonné-je.

Je ne l'imagine pas porter des plateaux toute une soirée sans tuer quelqu'un au passage. Et surtout…

– Quel genre de restaurant paie en liquide chaque semaine ?

Peu de patrons font ça… en dehors des Styx Riders. Cela nous permet de blanchir l'argent que nous gagnons grâce à notre activité de vente d'armes.

– Le mien, déclare Ruby.

– Si tu le dis.

Elle roule des yeux. Ça me tire un sourire. On dirait que chacune de mes paroles l'énerve.

– Je fais aussi des études pour devenir journaliste, reprend-elle pour briser le silence.

– Ah ouais ?

Tout à coup, je perçois une lueur dans ses yeux. Son visage s'éclaire alors qu'elle déclare fièrement :

– Absolument ! J'ai commencé un cursus spécialisé à la fac.

– Je savais déjà que tu vas à l'université, dis-je. « Professeur Devon », tu te rappelles ? Putain, les gars ont charrié Bradley tout le reste de la soirée après ça.

Ruby sourit en baissant son regard vers ses doigts.

– Oui, c'est juste que moi je le connais en tant que prof, pas en tant que président d'un club de bikers hyper flippants, lâche-t-elle.

– Un club de bikers hyper flippants ? répété-je.

– J'habite dans la zone nord de la ville, avoue-t-elle. Des rumeurs courent sur vous là-bas.

Pas la peine de lui demander lesquelles, je crois savoir...

Quelques secondes de silence s'écoulent, puis elle souffle :

– Pour en revenir au paiement des réparations…

– Je dois déterminer combien tu me devras exactement en faisant un check-up rapide au garage, mais je suis OK pour un remboursement en plusieurs fois, la coupé-je.

– Oh mon Dieu, merci !

Son soulagement me vexe. Elle me prend pour quel genre de mec ? Complètement insensible ?

Quand elle se tourne vers moi, son sourire se fane en découvrant mon expression.

– Quoi ? demande-t-elle d'une petite voix.

– Rien.

Nous arrivons au garage quelques minutes plus tard. Snack et Alex sont déjà au travail. Pendant que j'examine son véhicule cabossé, Ruby reste debout dans un coin de l'atelier, son attention rivée sur moi. Je ne parviens pas à déterminer ce qu'elle pense et ça m'emmerde. Elle a une manière très particulière de m'observer, comme si elle me passait au crible sans mon consentement.

Je décide de l'ignorer. Inutile que je me prenne la tête : de toute façon, cette meuf est intouchable. C'est la meilleure amie de ma sœur, pas une minette que je pourrais mettre dans mon lit…

Au terme de mon inspection, j'évalue le prix des réparations aux alentours de mille cinq cents dollars. Mille pour Ruby, parce que je sais que Cassiopée va criser si je ne fais pas un prix à sa copine. Cette dernière sourcille à peine quand je lui annonce le montant.

– Est-ce que ça te va si je te paye trois cent cinquante par semaine ? me demande-t-elle. Je pourrai te ramener le premier versement mardi.

Est-ce que ça lui va, à elle ? Je n'ai pas envie qu'elle crève de faim parce que j'empoche tout son salaire. Mais je me vois mal l'interroger sur sa situation financière, alors je lâche :

– Marché conclu. Tu pourras récupérer ta voiture mercredi.

Elle pousse un soupir en posant une main sur son cœur.

– Merci, Gold ! Sans toi, je ne sais pas ce que j'aurais fait. Tu es plutôt sympa, finalement.

Ça veut dire quoi, ça ?

La vache, je viens de me manger une gifle monumentale. Snack et Alex se marrent dans leur coin, n'ayant rien manqué de la conversation.

Ah ouais ? Ben je vais leur filer la voiture à retaper. Ça leur fera les pieds, à ces enfoirés.

– Bon, je vais y aller, déclare Ruby. Je repasse mardi sans faute avec l'argent.

– Inutile, tu me donneras ça mercredi.

– Oh, d'accord.

Voilà, c'est officiel. Par son expression surprise, Ruby me fait comprendre que je me comporte comme un blaireau avec elle depuis… depuis quand, en fait ? Je ne saurais même pas dater ma première rencontre avec cette nana. Ça doit être de ça que parle Cassiopée : je ne fais pas gaffe aux gens autour de moi, en dehors de ma famille et des frangins du club.

Ruby me salue une dernière fois de la main avant de s'éloigner en direction de la porte. Elle boite encore légèrement. Je me rappelle soudainement qu'elle habite du côté nord de la ville. Ça fait une trotte depuis le garage…

Je vais lui montrer, à cette meuf, qu'elle se trompe à mon sujet ! Je détiens tous les codes sociaux nécessaires, nom de Dieu !

– Eh, l'interpellé-je.

– Oui ? lâche-t-elle en se retournant.

– Tu as déjà roulé à moto ?

Du coin de l'œil, j'aperçois Alex et Snack se figer. Je les ignore et vais plutôt chercher le casque que je laisse dans mon bureau. Je le jette à Ruby, me rappelant trop tard qu'elle a deux mains gauches. Heureusement, elle le rattrape sans le laisser tomber.

En revanche, elle a l'air de faire une attaque cérébrale ou un truc du genre.

– Eh, tu es toujours là ? demandé-je en faisant claquer mes doigts devant son visage.

Elle papillonne des paupières un instant avant de répondre :

– Non. Enfin si, je suis là, quelle question ! Mais non, je n'ai jamais fait de moto.

– OK, alors tu vas monter derrière moi. Ensuite, tu enverras un message à Cassiopée.

– Pour lui dire quoi ?

– Que j'ai été sympa avec toi.

J'ai l'air détaché comme ça, mais ce que je viens de proposer à Ruby n'a rien d'anodin. Aucune nana n'est jamais montée sur ma bécane. Chez les bikers, c'est un privilège généralement réservé aux régulières… Je ne sais pas ce qui m'a pris tout à coup.

Je me tourne vers Alex et Snack, qui ne se sont pas remis du choc, et leur ordonne de s'occuper de la voiture. Puis je sors du garage. Ruby m'emboîte le pas d'une démarche peu assurée.

– Je ne crois pas, lance-t-elle alors que nous arrivons devant ma moto.

– Tu crois pas quoi ?

Elle plante ses yeux marron dans les miens.

– Que je vais monter avec toi, complète-t-elle. Je vais rentrer à pied.

Et puis quoi encore ?

– Pourquoi ? grondé-je. Je conduirai prudemment, c'est promis.

– Ce n'est pas ça, Gold. C'est juste que je ne souhaite pas te servir d'instrument pour gagner des points auprès de Cassie. Tout ça, là… Je sais que tu le fais pour elle et je te suis déjà très reconnaissante de m'avoir aidée avec ma voiture. Pas la peine de te forcer à être aux petits soins avec moi, je peux me débrouiller seule à partir de là.

Elle me rend le casque, puis tourne les talons.

Bordel, elle vient de me foutre un vent au calme !

Alors qu'elle s'éloigne sur le trottoir en sortant ses écouteurs, je reste planté là comme un con.

– Bah alors, boss, tu vas chialer ? me lance Alex en s'approchant de moi avec une moue faussement désolée. En même temps, tu as merdé.

– Boucle-la.

– Ruby a raison, je trouve. C'est quoi, cette façon de traiter les meufs ? Franchement, tu me déçois.

Il se mange mon poing dans l'épaule, recule, puis éclate de rire.

– J'imagine déjà la tête de Cassie quand je vais lui raconter ça ! Bordel, j'aurais dû filmer. Ta tête quand elle t'a tourné le dos, putain ! C'était excellent.

– Ce soir, tu restes au garage jusqu'à ce que toutes les bécanes soient aussi brillantes qu'à leur sortie d'usine, lui ordonné-je en guise de vengeance.

– Mais…

– Pas de « mais ». Au boulot !

CHAPITRE 12

RUBY

Cela fait des années que je rêve que Gold me propose de monter à l'arrière de sa moto. Je grimpe sur sa Harley et ensuite, nous défions le monde, rien que tous les deux.

Ça aurait pu arriver aujourd'hui. Mais si j'accepte volontiers le jeu qui s'est établi entre Lux et lui, je refuse de m'impliquer émotionnellement en tant que Ruby. Parce que je sais que cela ne mènera à rien, et que je refuse d'être déçue…

La sonnerie de mon téléphone remplace soudain la voix de Charlotte Laurence à travers mes écouteurs. Au moins, cela me tire de mes pensées moroses. Quand je constate que c'est Cassie qui m'appelle, je souris et décroche sans attendre.

– Ton frère est venu me chercher, lui dis-je.

– Évidemment ! Derrière ses airs d'ours mal léché, jamais il ne laisserait sans assistance une jeune fille en détresse. Comment tu te sens ?

– Ça aurait pu être pire. Merci pour ton aide.

– C'est normal, tu es ma meilleure amie, me répond Cassie. Tu vas parler de ce qui s'est passé à ta mère ?

Je secoue la tête.

– Non, je vais inventer un truc… Je n'ai pas envie qu'elle se fasse encore plus de souci en ce moment.

– Comment tu vas payer pour les réparations ?

– Ça va aller, j'ai quelques économies, mens-je. Tu sais quoi ? Je n'ai plus envie de penser à cet accident. Parlons d'autre chose. Alex ne te manque pas trop ?

Je m'assois sur un banc, sous le couvert d'un arbre, pour reposer mon pied qui me fait déjà souffrir. De son côté, Cassie s'exclame :

– Si, beaucoup ! C'est compliqué de gérer la distance, mais on va y arriver.

– En tout cas, il est complètement accro, ça se voit.

Mon amie pousse un petit rire, puis elle m'avoue :

– Une part de moi aimerait qu'il vienne habiter à Chicago. Mais c'est impossible, il tient trop aux Styx Riders… Pour oublier la frustration, je me concentre sur mes études. C'est ce que mes parents m'ont conseillé de faire.

– Ils pensent quoi d'Alex ?

– En fait… ils ne l'ont jamais rencontré. J'attends un peu avant de le leur présenter. Mon père a une mauvaise opinion des bikers. C'est pour ça que mon frère et lui ne s'entendent plus très bien, d'ailleurs.

Elle soupire, puis déclare :

– Écoute, je dois y aller, mais je te rappelle très vite. J'ai hâte de te revoir, ma Ruby.

Un dernier au revoir, et elle raccroche. Mon sourire se fane peu à peu quand je reprends pied dans la réalité. Heureusement, il fait beau. Je renverse la tête en arrière et ferme les yeux. L'espace d'un instant, je ne pense plus à rien et ça fait un bien fou !

Je rouvre les paupières quand le grondement d'une moto résonne dans la rue. Je souris en reconnaissant Gold au loin. Je suis contente de le revoir. C'est vrai qu'il manque de tact et qu'il est plutôt gauche dans sa façon de s'exprimer, mais il reste gentil. Par deux fois, il m'a porté secours ; d'accord, c'était parce que je suis l'amie de Cassiopée, mais cela m'a bien aidée tout de même.

La moto, d'une flamboyante couleur rouge, s'arrête devant moi. Gold m'observe derrière ses lunettes fumées. Il est tellement sexy… Assez pour que mon ventre se torde.

– Des regrets ? me lance-t-il.

Quand il enlève ses Ray-Ban, sa beauté me frappe de plein fouet.

– Et toi ? me contenté-je de lui demander.

– Comment ça ?

– Cassie m'a expliqué que les bikers n'invitaient personne à monter sur leur moto, sauf leurs copines.

Il hausse ses larges épaules et soupire :

– Leurs régulières.

– Pardon ?

– Chez nous, on n'appelle pas ça des copines, on appelle ça des régulières.

Je hoche la tête et lâche :

– C'est étrange.

– Pour quelqu'un qui ne fait pas partie de notre monde, sûrement, ouais. Bref, il arrive quand même qu'on fasse des exceptions.

Sans vraiment savoir pourquoi, je me lève pour m'approcher de la moto. Elle est aussi impressionnante que son propriétaire. Un véritable destrier d'acier capable de défier l'univers tout entier.

– Que va penser ta régulière ? demandé-je.

Un léger sourire étire le coin des lèvres du biker.

– Si j'en avais une, je ne t'aurais pas proposé de monter, déclare-t-il. On ne rigole pas avec elles.

– Merci, mais ma mère vient me chercher, affirmé-je.

Du moins, elle le fera quand je l'aurai appelée pour le lui demander…

– Je dirai quand même à ta sœur que tu as été sympa avec moi, promis, ajouté-je.

Gold ouvre la bouche pour parler, mais la referme aussitôt. À la place, un grondement animal lui échappe.

– Putain, en vrai, je ne suis pas le gros con que j'ai l'air d'être, finit-il par lâcher.

– Et moi, je ne suis pas vraiment une moralisatrice, pouffé-je. À bientôt, Gold.

Sur ce, je me détourne, parce que si je continue à me tenir si près de lui, je risque de craquer et d'accepter sa proposition. Je me rassois sur mon banc en lui adressant un sourire poli, alors qu'il continue de me fixer sans ciller. Au bout d'un moment, il secoue la tête, rajuste ses lunettes puis remet les gaz. Retrouvant enfin mes facultés mentales, j'appelle ma mère. Malgré toute ma bonne volonté, je ne peux envisager de rentrer chez moi à pied vu mon état…

Elle passe me prendre une demi-heure plus tard, accompagnée des triples J. Son inquiétude est palpable. Lorsque je m'installe sur le siège passager, les questions ne tardent pas à fuser. Est-ce que je vais bien ? Suis-je allée à l'hôpital ? Ai-je mal à la tête ? Aux cervicales ?

– Calme-toi, maman, la tranquillisé-je. Je n'ai rien, d'accord ?

Je lui raconte mon accrochage en m'efforçant de minimiser l'incident, prétendant que j'étais garée quand on m'a emboutie. Je lui annonce ensuite que je pourrai récupérer ma vieille Volvo au garage dès mercredi. Soulagée, ma mère s'exclame :

– Mon Dieu, chérie, ne me fais plus jamais une telle peur.

Dans la foulée, elle me propose de me prêter sa voiture pour les deux prochains jours. Je la remercie chaleureusement. J'ai la meilleure maman de la Terre…

Une fois rentrée, je file réviser, mais impossible de me concentrer. Je passe plus de temps à penser à Gold qu'à mes cours. Une partie de moi me traite d'idiote pour avoir refusé de monter sur sa moto. J'aurais sans doute dû en profiter.

Mais est-ce que je ne profite pas déjà assez dans la peau de Lux ?

D'une certaine façon, je dupe Gold sous les traits d'une chimère. J'assouvis mes propres désirs sans qu'il sache exactement de quoi il retourne entre nous. C'est mal. Je dois absolument arrêter ! Pourtant, après avoir senti le biker en moi, contre moi, je ne peux me résoudre à renoncer à lui…

Lorsque je me couche, je pense toujours à lui. Je me réveille le lendemain en ayant rêvé de ses mains sur ma peau, de ses lèvres dans mon cou… Chamboulée, je prends une douche, grignote à peine au petit déjeuner, puis file à la fac dans la voiture de ma mère. Je passe la journée dans les nuages, à la fois épuisée et excitée.

Est-ce que Gold viendra ce soir à la Luxure *? Est-ce qu'il me demandera un show privé ? Voire plus ?*

La réponse s'impose lorsque, après ma prestation publique, Vanessa m'annonce à travers mon oreillette que l'ex-militaire m'attend sur l'Olympe. Vêtue d'une robe dorée bustier qui m'arrive à mi-cuisses et maquillée dans les mêmes tons, je grimpe les marches menant au salon VIP. Mon cœur bat la chamade, et des tas de scénarios défilent dans mon esprit. J'en ai la gorge sèche.

J'entre dans la pièce insonorisée, immédiatement accueillie par un silence qui semble m'écraser. Appuyée contre la porte, j'examine Gold, qui observe la foule grouillante de la *Luxure* en contrebas. Il porte un jean délavé bleu foncé et un tee-shirt blanc moulant. Les muscles de son dos dessinés sous le tissu me donnent envie de les sentir du bout de mes doigts, de les griffer, de les posséder…

Je m'avance enfin vers lui. Il se retourne.

– Cette couleur te va bien, lâche-t-il.

– Bonjour à toi aussi, Gold, lui réponds-je en utilisant le timbre bas propre à Lux. Et merci. Que veux-tu que je chante ?

M'emprisonnant de son regard de chasseur, il garde le silence, comme chaque fois que je lui pose une question dont je détiens déjà la réponse. Il veut que je choisisse la mélodie, je le devine…

Je monte sur la scène. Une étincelle de désir brille dans les yeux du biker, alimentant le mien avec une facilité déconcertante. Mais je prends une grande inspiration et je décide de laisser mon cœur parler. Mon corps aura bien le temps de s'exprimer ensuite…

Bientôt, *Wayfaring Stranger* de Johnny Cash envahit la pièce. J'ai toujours aimé les paroles de cette chanson, qui parle de retrouvailles, de famille, d'espoir. C'était la préférée de mon père… Elle a ce pouvoir de me faire pleurer et rire à la fois. Elle me promet qu'un jour je le retrouverai, où qu'il soit, et qu'il me prendra dans ses bras.

Gold m'écoute sans m'interrompre. Il ne trahit aucune émotion, j'ignore s'il apprécie ou non ce qu'il entend. En tout cas, quand je me tais, mes doigts serrent tellement le micro qu'ils me font mal. Je crains d'être déçue si le biker me dit qu'il ne trouve rien de particulier à cette chanson…

À mon grand soulagement, un demi-sourire étire finalement ses lèvres, et il me confie :

– Je ne la connaissais pas, celle-là.

– Mon père l'adorait.

J'arrive à parler de lui seulement quand j'endosse l'identité de Lux. Étrange. Comme si la réalité ne pouvait pas m'atteindre à travers elle.

– Il avait bon goût, commente Gold.

– Tu en veux une autre ?

Il secoue la tête et se lève pour gagner le bar.

– Je te sers un truc ? me propose-t-il.

J'acquiesce. Ma gorge s'assèche de seconde en seconde. Je rejoins l'ex-militaire, qui me tend un jus d'ananas. L'odeur me soulève l'estomac. Je suis allergique à ce fruit… Quand je l'indique à Gold, il avale la boisson à ma place et lâche :

– Désolé, je ne savais pas. Qu'est-ce que tu préférerais ?

– Une menthe à l'eau, s'il y a.

Il hausse un sourcil, surpris, puis verse un fond de sirop dans un verre, avant de faire de même avec l'eau. Il me tend ensuite la boisson et retourne s'installer dans son fauteuil. Je le suis à pas lents, pas trop sûre de ce qu'il attend de moi à présent.

Une autre chanson ? Du sexe ? Mon départ ?

Penché en avant, les coudes posés sur ses jambes écartées, il ne se rend pas compte de l'effet qu'il a sur moi. Il prend possession de mon oxygène, de mon corps, de mon cœur, sans même le vouloir… La voix chevrotante, je lui demande :

– Est-ce que tu as envie de… enfin…

Je me sens bête de lui poser une question pareille. La dernière fois, ça c'était fait beaucoup plus naturellement !

Un sourire presque animal étire ses lèvres et il murmure :

– Approche.

Je m'exécute. Son visage atteint pile la hauteur de mon tatouage, invisible sous le tissu de ma robe. Ses mains glissent sur mes jambes, remontent lentement le long de mes cuisses en laissant une traînée invisible sur leur passage, annihilant mes pensées. Elles caressent mes hanches, soulèvent ma robe jusqu'au-dessus de ma taille. Enfin, quand le poignard devient visible au-dessus de mon nombril, Gold pose ses lèvres dessus. Ce contact me déchire de l'intérieur. Je me mords la lèvre alors que sa langue descend vers ma culotte et qu'il se saisit de mes fesses pour m'attirer plus près.

– Ce tatouage a une signification ? me demande-t-il.

– Oui.

– Laquelle ?

– C'est une dague à double tranchant.

Gold se débarrasse du triangle de dentelle noir et m'adresse un sourire espiègle. Son souffle brûlant caresse ma peau alors qu'il reprend :

– Pourquoi une dague ?

– Je n'ai pas envie de parler de ça maintenant.

Le biker ricane, mais n'insiste pas. Lorsque sa barbe entre en contact avec mon bas-ventre, je retiens mon souffle. Puis je m'embrase quand, sans crier gare, sa bouche se perd sur mon intimité. Sans pitié, elle prend possession de moi, fait plier mon âme. Tendue à l'extrême, je ferme les yeux pour laisser le plaisir m'envahir. Je sais que j'avais décidé de ne pas recommencer avec Gold, mais à cet instant, je jette mes résolutions aux orties.

D'un mouvement impatient, il m'oblige à poser mon pied toujours glissé dans ma ballerine sur le fauteuil, pour surélever ma jambe et lui offrir plus d'espace. Je gémis lorsque que son index glisse en moi. Je me cramponne à sa tête, sentant les prémices de l'orgasme me brûler de l'intérieur. Le moins que l'on puisse dire, c'est que même s'il n'est pas doué pour s'exprimer, cet homme sait se servir de sa langue.

– Gold…

Mon soupir se transforme en gémissement sous l'assaut d'une vague de plaisir. Mes muscles se crispent, y compris mes jambes, et je suis à deux doigts de basculer vers l'avant. Le biker m'attire alors à lui avec un mélange de douceur et de fermeté. Une main sous mon genou, il me soulève pour que je puisse m'asseoir à califourchon sur lui. Mon entrejambe pulse à chaque frôlement de son pantalon sur ma peau, et mon cœur bat si fort qu'il me semble résonner partout dans la pièce. Je suis surprise que mon compagnon de sexe ne l'entende pas. Toute tremblante, à bout de souffle, submergée par le plaisir, je plonge mon regard dans le sien. Ses yeux verts sont empreints d'un désir vorace.

– Donne-moi ton prénom… souffle-t-il.

Le bustier de ma robe s'ouvre sur mon ventre, et sa bouche se saisit d'un de mes tétons. La boule de volupté coincée au creux de mes reins s'embrase. Mes hanches répondent à mes instincts les plus primaires et se mettent à onduler contre l'érection de mon amant. Je le veux tout entier, je veux qu'il me libère de cet étau invisible qui engonce ma poitrine dans l'attente de le sentir en moi.

Il pousse un grognement excité quand je déboutonne son jean, et il soulève la partie inférieure de son corps pour me permettre de l'en débarrasser. Dans la foulée, il m'emprisonne dans ses bras parfaits afin de presser mes seins contre son torse.

– Ton prénom, répète-t-il.

Son sexe bandé appelle mes doigts.

– Lux, réponds-je.

– Non.

Pourtant, c'est tout ce qu'il aura.

J'approche mon visage du sien, ignorant son mécontentement, puis je murmure à son oreille :

– Et toi, Gold, quel est ton prénom ?

En guise de réponse, j'entends l'emballage d'un préservatif se déchirer. Ma bouche se perd dans son cou, mes dents frôlent sa peau. Il frissonne. La seconde d'après, il s'enfonce si profondément en moi que je n'arrive pas à retenir un cri. Ses coups de reins trahissent sa frustration face à la manière dont je résiste à son interrogatoire. Ils sont brutaux, possessifs. Délicieux. Je geins, ensevelie par mes propres sensations.

Gold continue d'aller et venir en moi, imposant son propre rythme à notre danse effrénée. C'est trop… Des gémissements remontent dans ma gorge, de plus en plus fort, à l'image des va-et-vient de mon biker. Son propre plaisir s'échappe d'entre ses lèvres quand les muscles de mon vagin se contractent autour de lui.

Il me saisit par la nuque alors que de puissantes secousses traversent mon corps. L'orgasme le déchire à son tour et il retombe contre le dossier du fauteuil, essoufflé, m'entraînant dans sa chute. Le menton posé contre son épaule, je tente de reprendre ma respiration, me remettant difficilement de ce trop-plein sensoriel.

Quand enfin je me détache de lui, remets ma culotte et me dirige vers la porte sans un mot, il me lance :

– À bientôt, Nashville.

Le surnom me surprend autant qu'il me fait sourire.

– À bientôt, Gold, lui réponds-je.

CHAPITRE 13

GOLD

Le mercredi après-midi, une migraine de malade me flingue le cerveau. Je viens de passer la matinée à me taper la paperasse du garage, et la nuit d'avant à rouler dans les rues de Black Lake. Quitte à ne pas réussir à dormir, autant que je me rende utile en faisant des tours de garde. Même si, franchement, je doute qu'Isaac Romy apparaisse un jour sur mon chemin comme si de rien n'était. Il n'empêche que j'écume l'ancienne zone ferroviaire, pas loin du commerce de Bowers, là où ses potes sont le plus susceptibles de se pointer pour se créer une nouvelle identité. Jusque-là, ça n'a rien donné. Le truc le plus intéressant que j'ai vu, ce sont des clébards en train de se battre pour un reste de nourriture.

Bref, mes soirées ne sont pas incroyables. Il n'y a qu'avec mes frangins que j'arrive à passer de bons moments… et Lux. Elle parvient à dissiper ma solitude à l'aide de sa voix et de son corps. Qui l'aurait cru ? La sirène s'est fait une place dans mon cœur de pierre.

Pour une fille que je connais à peine, chapeau.

Un bruit métallique me ramène à la réalité. Sous la chaleur étouffante de cette fin de journée, le garage pue autant l'huile que la transpiration. Snack vient d'enlever son tee-shirt, faisant tomber une clé à molette au passage. Une cliente occupée à payer sa facture auprès d'Alex lui lance des coups d'œil sans équivoque. Elle n'est pas la première à baver sur l'un des gars de l'atelier : il faut croire que le combo mécanique, muscles et Styx Rider ramène un sacré paquet de points auprès des meufs. Mais la blondinette n'a pas l'air au goût de Snack, parce qu'il l'ignore et s'approche de moi. Je viens de finir de changer les plaquettes de frein sur la voiture de Ruby.

– Ça me rend curieux, quand même, boss, me dit-il.

– De quoi tu parles ? lui renvoyé-je, fronçant les sourcils.

– Tu changes la courroie de distribution de cette fille, et maintenant ses plaquettes de frein, sans modifier le montant de sa facture. Pourquoi ?

Bonne question. Il fallait que je me vide l'esprit, et bricoler me le permet. Sauf que j'aurais pu m'occuper des bécanes en attente plutôt que de cette voiture… Ne trouvant pas d'explication satisfaisante, je hausse les épaules en lâchant un simple :

– J'en avais envie.

– Envie de rendre service à une meuf qui t'a humilié devant nous il y a trois jours à peine ? se marre Snack. Tiens donc…

Mon grondement menaçant n'efface pas son sourire.

– Va jouer ailleurs, gamin, tu m'emmerdes ! lui ordonné-je.

Histoire de ne pas céder à la tentation de lui envoyer mon poing dans la figure, je grimpe dans la voiture pour récupérer les clés dans la boîte à gants. Alex m'a dit que c'est là qu'il les avait rangées. Ruby ne va pas tarder à se pointer, autant que tout soit prêt à son arrivée.

La vache, elle a un bordel monstre là-dedans !

Je farfouille à la recherche du trousseau. Ah, enfin… Quelle idée de le fourrer tout au fond.

En l'attrapant, je fais tomber tout un tas de pochettes de CD, qui se répandent par terre.

Elle ne peut pas avoir une clé USB comme tout le monde, la Ruby ? Histoire de rendre la vie des garagistes plus simple ?

Alors que je ramasse les pochettes, je me fige en découvrant dessus les visages d'artistes country de la vieille école. Ça va de Kenny Chesney à Don Williams en passant par Dolly Parton et Johnny Cash…

L'image de Lux s'impose aussitôt dans mon esprit. Je ne suis pas du genre à ignorer mon instinct quand un truc le fait tiquer.

Et là, c'est le cas.

– Pourquoi tu bugues ? me lance Snack.

Parce que mon imagination tourne à plein régime.

Je soupire et je tente de me montrer rationnel. Pourquoi est-ce que je m'enflamme ? Les femmes qui aiment la country ne courent pas les rues, mais il y en a sans doute plus d'une à Black Lake tout de même.

– Boss, elle arrive, reprend mon employé. Tu devrais peut-être arrêter de fouiller dans ses affaires.

Je range les CD et quitte l'habitacle étouffant de la voiture. Je m'efforce de me comporter comme si je ne venais pas de me prendre une énorme claque mentale alors que Ruby entre dans l'atelier. Elle porte un panier en osier et arbore un sourire lumineux. Ses cheveux sont coiffés en deux tresses, et je remarque qu'elle ne se maquille pas. Est-ce parce qu'elle n'aime pas ça, ou parce qu'elle se tartine déjà la face le soir, à la *Luxure* ?

Non. Il ne faut pas que je m'enfonce dans ce genre de délire.

Je la détaille mine de rien, appréciant un peu trop la façon dont sa petite robe écarlate met en valeur son corps élancé. Elle a l'air du Chaperon rouge sur le point de rencontrer le grand méchant loup…

– Plutôt pas mal, me souffle Snack. Merde, elle a de ces jambes…

Il pousse un long sifflement, bientôt étouffé par mon coup de coude dans son estomac. Cassiopée n'apprécierait pas qu'il essaye de se taper sa meilleure amie.

Moi non plus, d'ailleurs.

– Bonjour !

Ruby s'arrête devant mon frangin et moi, inconsciente des remarques dont elle vient de faire l'objet à l'instant.

– Salut, lui répond Snack. On se disait que tu avais de très jolies tresses. Pas vrai, Gold ?

Qu'il aille se faire foutre, l'enfoiré.

– Merci ! s'exclame la jeune femme. Je… ne m'attendais pas à ça.

Un étrange silence s'installe entre nous. Maintenant qu'il vient de dégoupiller sa grenade, Snack s'éloigne, fier de lui. Ruby me décoche un sourire poli, à des années-lumière de celui, bien plus enjôleur, de Lux.

Pourquoi est-ce que je me prends la tête ? Ces deux nanas n'ont rien en commun, c'est évident. Sauf les goûts musicaux, et la taille. Et c'est vrai que la voix de l'une comme de l'autre est un peu grave…

Merde, reprends-toi, Gold ! Tu dérailles.

– Quelque chose ne va pas ? me demande Ruby en écarquillant les yeux.

– Rien du tout, mens-je. Bonjour. Belle journée, n'est-ce pas ?

Surprise, elle penche la tête sur le côté. Sa leçon de savoir-vivre après son accident me reste en travers de la gorge, alors je m'efforce d'insister sur les formules de politesse aujourd'hui.

Bon, il faut croire que ça manque de naturel.

– D'accord… souffle-t-elle. Pour te remercier de m'avoir aidée, je t'ai fait des muffins. Tiens.

Elle me tend le panier. Je la dévisage, ébahi.

– Des muffins ?

La vache, depuis quand est-ce que des pâtisseries me touchent autant ? Je mets ça sur le compte de la fatigue. Et puis personne, en dehors de Cassiopée et de mes parents, ne m'offre de cadeaux. Merde, j'apprécie beaucoup trop l'initiative de Ruby.

– Tu n'aimes pas ça ? suppose-t-elle face à mon manque de réaction.

La tristesse dans sa voix me serre le cœur.

– Si, je… commencé-je.

Mais à cet instant, Alex se joint à nous et pioche allègrement dans le panier.

– C'est une tuerie, ces gâteaux ! s'exclame-t-il. Comment ça va, Ruby ?

Même si elle essaie de garder bonne figure, l'intéressée baisse sa garde une fraction de seconde. Je perçois une sorte de lassitude chez elle. Je me souviens de ce que Cassiopée m'a raconté : que le beau-père de sa meilleure amie lui a piqué son argent dans la nuit de samedi à dimanche.

Quel genre de connard s'abaisse à faire ce genre de choses ?

Cela dit, il ne faut pas se mentir. Ruby est une proie dans un monde de prédateurs. Je n'ai pas de mal à imaginer que sa naïveté et son bon cœur attirent les raclures.

– Eh, boss, ça va ?

J'émerge et réalise que les deux jeunes m'observent avec inquiétude. Je dévisage Ruby en silence depuis près d'une minute maintenant, pas étonnant que mon comportement leur paraisse étrange…

Une fois de plus, l'image de Lux se superpose à la sienne. Les mots franchissent ma bouche avant que je puisse les retenir :

– Tu mesures combien ?

Bonjour le tact. Mais à ce stade, je m'en balance.

Ruby marque un temps d'arrêt, les sourcils froncés, puis lâche :

– Pardon ?

– Tu veux ses mensurations, aussi ? pouffe Alex.

– Toi, va jouer ailleurs, lui ordonné-je. Tout de suite.

Je lui fourre le panier de muffins entre les mains et désigne le fond de l'atelier. Il a ce sourire qui me donne envie de lui coller une rouste.

– À vos ordres, mon commandant ! me lance-t-il.

Sur ce, il s'éloigne avant que je puisse lui faire ravaler son impertinence. Il me le paiera, plus tard… Pour l'instant, je dois m'assurer d'un truc :

– Ta taille, répété-je à l'attention de Ruby. S'il te plaît…

– Pourquoi ?

– Tu es née dans quelle ville ? enchaîné-je. Je dois l'indiquer sur les papiers que je dois remplir.

Son visage se décompose. Toutefois, c'est avec détermination qu'elle me répond :

– Je ne suis pas née ici, mais je ne vois pas l'intérêt de te préciser ça. Tu as bossé au noir sur ma Volvo.

Un point pour elle. Merde.

– Il y a un problème, Gold ? ajoute-t-elle.

Fait chier. Comme si une nana comme Ruby pouvait travailler à la *Luxure* ! Je déraille.

– Non, aucun, réponds-je. Suis-moi.

Nous faisons le tour de sa voiture ensemble et je lui explique en détail ce que j'ai réparé dessus, sans parler des à-côtés dont je me suis occupé bénévolement. Conclusion : sa portière est comme neuve, même si la couleur est un poil plus sombre que le reste de la carrosserie, que j'ai d'ailleurs redressée, et je me suis occupé des petites imperfections qui la striaient un peu partout.

– Mon Dieu, Gold ! s'exclame Ruby. Elle est magnifique, on dirait qu'elle est neuve !

Je n'irais pas jusque-là… Sa voiture semble plutôt en fin de vie, au contraire. Mais l'important, c'est qu'elle soit satisfaite.

Au moment de passer au paiement, elle me tend les trois cent cinquante dollars convenus. Aussitôt, je lui propose :

– Si ça t'arrange, on peut baisser à deux cents par semaine.

– Pourquoi ?

Je hausse les épaules. Le garage sert principalement à blanchir l'argent issu des ventes d'armes du club. Les Styx Riders ne sont pas à quelques billets près. Que Ruby me règle en trois semaines ou en cinq, je m'en carre.

– Ça ira, je t'assure, affirme-t-elle.

– OK, tu veux que je sorte la voiture de l'atelier ? Je n'ai pas envie que tu écrases l'un de mes gars dans la manœuvre.

– Je conduis très bien, figure-toi !

Aïe, on dirait qu'elle est piquée au vif. La voir sortir de ses gonds me plaît bien. J'aime les nanas qui ont du caractère.

– Je vais même te le prouver ! déclare-t-elle en se glissant derrière le volant. Bonne journée, Gold, à la semaine prochaine.

Je réprime un sourire pendant qu'elle démarre et sort du garage à la vitesse d'une tortue estropiée. Elle arrive même à frôler l'encadrement plutôt large de la porte…

Alors qu'elle s'apprête à repartir en marche avant, elle freine net au moment où je me matérialise à hauteur de sa vitre.

– Qu'est-ce qu'il y a ? me lance-t-elle. Tu veux que je te roule dessus, c'est ça ?

– Merci pour les muffins, Ruby. Au revoir, Ruby. À la revoyure, Ruby.

– Tu te moques de moi ?

– À toi d'en juger.

Elle fronce à la fois les sourcils et le nez. Ça accentue ce côté mignon que je lui trouve depuis qu'elle m'a tendu son panier plein de muffins. Rien que pour sa gentillesse, je n'ai pas envie d'accepter son argent. Comme je sais qu'elle refusera que je répare sa voiture gratuitement, il me vient une idée qui nous arrangera tous les deux. Avant qu'elle ne puisse rebondir sur ma pique, je lâche :

– Tu sais que l'anniversaire de Cassiopée aura lieu très bientôt ?

– Bien sûr, c'est ma meilleure amie.

– On le fêtera au bord du lac…

– Tu m'invites ?

– Bien sûr, réponds-je sur le même ton qu'elle, c'est ta meilleure amie.

Elle se renfrogne de nouveau face à ma moquerie. La voyant ouvrir la bouche, je prends les devants et déclare d'un ton plus sérieux :

– J'ai un service à te demander.

Elle m'observe avec méfiance. Promptement, je lui explique :

– Puisque tu es douée en confection de gâteaux, j'annule le second paiement si tu acceptes d'en faire un pour ma sœur. Ce sera une surprise : du coup, je compte sur toi pour la boucler.

Comme elle ne réagit pas, j'ajoute un :

– S'il te plaît, Ruby.

Elle soupire, puis me demande :

– Tu te moques encore de moi ?

– Pourquoi penses-tu que je me fous de ta gueule chaque fois que je fais preuve de politesse ?

Elle grimace et devine :

– Tu me fais payer ce que je t'ai dit dans la voiture, la dernière fois.

Plutôt futée.

– Mais je m'en fiche, affirme-t-elle en roulant des yeux. C'est d'accord pour le gâteau. Tu veux quelque chose de particulier ?

– Avec Alex, on en a discuté…

Et deux bikers en train de parler pâtisserie, ça a fait jaser les gars du Purgatoire*, pour sûr !*

– On s'est dit que si c'était un truc en rapport avec le cheerleading, ça lui plairait, continué-je. Tu en penses quoi ?

Ruby n'hésite pas une seconde avant de déclarer :

– Ça me va.

– Super, voilà le numéro de ma ligne pro.

Je lui tends une carte qu'elle prend en écarquillant les yeux.

– Ta ligne pro ? répète-t-elle.

– Comme ça, tu pourras me contacter si tu as une question ou un truc comme ça.

Elle se referme sur-le-champ, sans que je parvienne à comprendre pourquoi. Je note de l'agressivité dans sa voix quand elle me lance :

– Merci, Gold. Salut.

Et elle démarre en trombe, n'attendant pas que je me sois éloigné de sa voiture. Je reste planté là comme un con, jusqu'à l'arrivée d'Alex.

– Qu'est-ce que tu lui as dit pour qu'elle se foute en rogne une fois de plus ? se moque-t-il. Tu as un sérieux problème avec cette fille, boss.

– Rien de spécial, putain !

– Bien sûr que si. Il en faut beaucoup pour mettre Ruby dans cet état, je te jure.

Je suis largué… Je retourne dans l'atelier en envoyant un message à ma sœur :

Ta meilleure pote, Ruby…
Elle est née où ?

Cassiopée ne me répond pas.

Pourquoi ça m'énerve qu'elle ne me réponde pas ? J'ai envie qu'elle dissipe mes doutes concernant son amie, qu'elle m'assure qu'une nana comme elle ne peut pas mener une double vie. Parce que ce serait le comble, n'est-ce pas ? Que je me rende compte que Lux et Ruby sont une seule et même personne…

Pendant les heures suivantes, Alex, Snack et moi retapons des motos en dévorant les muffins que la brunette nous a laissés. Elle a un don pour la pâtisserie, ma parole ! Je gère en cuisine, sauf en ce qui concerne les desserts. Je les rate systématiquement… À la base, je comptais demander à un pro de faire le gâteau d'anniversaire de Cassiopée, mais si Ruby est partante, alors je n'y vois aucun inconvénient.

Un peu avant la fermeture, n'y tenant plus, je téléphone à ma frangine pour en avoir le cœur net.

– Je vais mourir, soupire-t-elle en décrochant. Qui aurait cru qu'une fac de sport puisse me mettre à plat tous les soirs ?

Je m'appuie contre le mur du garage en m'allumant une clope.

– Encore heureux que tu ne te sois pas engagée dans l'armée, renvoyé-je à ma sœur. Tu chialerais comme une môme de deux ans.

– Eh, s'exclame-t-elle, j'ai besoin de ton réconfort, pas de ta moquerie ! Je viens de voir ton SMS. Pourquoi tu veux savoir ça à propos de Ruby ?

Merde, je n'ai pas réfléchi à une excuse valable. Je me contente d'un grondement.

– Ce n'est pas une réponse, ça, se marre Cassiopée. Attends, laisse-moi réfléchir… Je sais qu'elle vient du Tennessee, mais je ne me souviens plus de la ville exacte. Tu veux que je lui pose la question ?

Je ferme les yeux en essayant d'ignorer le goût acide qui a envahi ma bouche.

Nashville se trouve dans le Tennessee…

– Non, c'est bon, lâché-je.

– Qu'est-ce qui se passe ? insiste ma frangine. Il y a un problème avec Ruby ? Gold ?

Bordel de merde !

Une partie de mon cerveau tente de me persuader qu'il n'y a aucune chance pour que Ruby couche avec moi plusieurs fois par semaine : j'ai l'air de la mettre en rogne chaque fois qu'elle me voit, ça m'étonnerait qu'elle rêve secrètement de me sauter dessus…

L'autre se dit que, tout de même, ça commence à faire beaucoup de coïncidences.

– Raconte-moi ta vie à Chicago, demandé-je à Cassiopée pour essayer de penser à autre chose.

– Pas si vite, grand frère, tu ne vas pas te défiler ! Je veux savoir pourquoi ma meilleure amie t'intéresse.

– Elle ne m'intéresse pas.

Cassiopée ronchonne, me lance que je crains, puis raccroche. Elle a autant de patience que moi…

Perturbé par notre conversation, je fume ma cigarette en essayant de me détendre. Peine perdue : mes doutes continuent de me tenailler. Tout en essayant de ne pas écraser l'écran de mon portable, j'envoie à ma sœur un seul mot :

Nashville ?

Même si elle me répond par l'affirmative, ça ne prouve rien. Des milliers de gens sont nés là-bas, il est possible que quelques-uns d'entre eux se soient paumés à Black Lake. C'est probable, même.

L'appareil vibre dans ma main.

Oui.

Putain de bordel de merde !

***

Après avoir fermé le garage, Alex, Snack et moi mettons les voiles pour le *Purgatoire*. C'est la moindre des choses pour me permettre d'avaler la pilule de ce que ma sœur vient de me révéler. Le bastion est l'endroit parfait pour oublier, ou pour réfléchir.

Alors que je sirote ma bière au comptoir, mon regard tombe sur une brebis en train de jouir, accrochée aux épaules de Josh, notre secrétaire. Elle est brune, comme Ruby et Lux. Voilà que ce détail renvoie mon esprit dans une spirale malsaine… Ne pas être certain que les deux jeunes femmes n'en font qu'une est une véritable torture mentale.

Allez, putain, il faut que je pense à autre chose !

Heureusement, à cet instant, Bradley ordonne une messe éclair en débarquant d'une arrière-salle. Tous les officiers abandonnent ce qu'ils étaient en train de faire pour le rejoindre. C'est parfait : parler des affaires du club me permettra de ne pas ressasser comme un abruti.

Une fois que nous sommes installés, le président commence par nous faire un topo sur les clients potentiels qui nous ont contactés récemment pour acheter des armes. Sur cinq mecs, seuls deux pourront faire affaire avec nous. La prudence est de mise dans ce genre de deal, on ne peut pas prendre le risque de se faire choper par les fédéraux. Nous veillons à nous renseigner sur ceux avec qui nous traitons. Jusqu'à maintenant, nous avons toujours réussi à nous en sortir sans attirer l'attention, mais ce n'est pas une raison pour relâcher notre vigilance.

Ensuite, Bradley nous explique que Jericho Ramirez, l'un de nos habitués, attend qu'on lui achemine une cargaison de M4. Il ordonne à Pulp, notre capitaine de route, de se dépêcher de régler les derniers détails de la livraison avant que le cartel ne reparte au Mexique, dans dix jours.

– Je m'en occupe, déclare l'intéressé.

Enfin, la conversation dérive sur Isaac Romy. Entendre son nom me met un sacré coup au moral. Bordel, ça me fait toujours ça, même des mois après sa trahison ! Pourtant, nous n'étions pas vraiment proches, lui et moi. Je me contentais de lui donner des ordres, comme la plupart des membres du club. Il ne traînait pas souvent avec nous, préférant rester avec les prospects. Mais on lui faisait confiance. Ça me tue encore qu'il ait choisi de devenir une taupe…

Je hoche la tête gravement quand le président me demande de contacter Jasper, mon indic chez les *marines*, pour voir s'il a d'autres infos à nous donner sur les déserteurs. Je déclare que j'irai lui rendre visite demain. Après ça, Bradley charge plusieurs gars de surveiller l'atelier de Bowers dans les jours qui viennent, au cas où Isaac aurait l'idée de s'y pointer.

Ash vrille son regard sur moi à la seconde où le prés' annonce la fin de la réunion.

– Qu'est-ce qui ne va pas ? me demande-t-il pendant que tout le monde plie bagage.

– Et de ton côté ? lui renvoyé-je.

On ne me la fait pas. Un truc mine mon sergent d'armes, je l'ai bien vu à l'expression sombre qu'il a arborée durant toute la messe. Je doute qu'il soit encore question de son intention de demander à Heden d'habiter chez lui : cette histoire est déjà réglée, à mon avis.

– Plus tard, déclare-t-il dans un grognement. Là, on va s'entraîner au combat.

Il fait signe à Reed, Gun, Alex, Snack et quelques autres gars de venir avec nous. Pendant les deux heures qui suivent, on se donne à fond, sous le regard scrutateur de notre sergent d'armes, toujours là pour corriger notre technique quand elle est défaillante. Je suis encore plus motivé que d'habitude : me défouler me fait un bien fou !

Quand je remonte à la surface avec Alex et Ash, je me sens moins tendu. Plus en phase avec moi-même. Nous nous installons à une table et je demande une nouvelle fois à mon supérieur :

– Ça va, mon pote ?

Il rit, même si le cœur n'y est pas.

– Ouais, prétend-il.

– Tu es sûr ? insiste Alex. Parce que tu as l'air franchement crispé. Je peux pas croire que ce soit Heden qui ne te satisfait pas au pieu, elle a l'air plutôt bo…

D'un coup d'œil, Ash lui intime de se taire.

– Je plaisante ! proteste le gamin.

– Elle pense quoi de ce genre de blagues, ma frangine ? ricané-je.

Alex roule des yeux et lance :

– Tu veux franchement que je te réponde ? Je peux, ça ne me dérange pas, ce ne sera pas moi le plus embarrassé dans cette… Aïe !

Il se masse l'épaule là où je l'ai frappé. Il faut dire qu'il l'a bien cherché…

– Heden est enceinte.

Je manque de m'étouffer à l'instant où Ash balance sa bombe. Alex écarquille les yeux comme s'il venait de se prendre un autre coup de poing. Notre sergent d'armes garde un visage impassible, mais ses doigts qui pianotent sur la table trahissent son état de stress intense.

– Enceinte ? répète Alex. Tu veux dire qu'elle attend un Ash junior ?

Merde, tu m'étonnes qu'il rumine, le frangin !

– Félicitations, dis-je.

– Tu vas faire un paternel du tonnerre, renchérit le gamin. Punaise… Heden se sent comment ?

– Elle est folle de joie.

– Et toi ? demandé-je.

Ash grimace, prend une profonde inspiration, puis renverse la tête en arrière.

– Je me sens… heureux, mais en même temps, je flippe sévère. Putain, vous m'imaginez élever un gosse, vous ? Alors que mon job me conduit parfois à buter des gens ?

Certains mecs lâchent les MC à cause de ça. Parce qu'ils n'arrivent plus à concilier leur rôle au sein du club et leur vie de famille. Un truc est certain, ce ne sera jamais le cas d'Ash.

Les Styx Riders imprègnent son âme, son sang.

– Tu vas gérer, comme Bradley l'a fait pour Kris et toi, affirmé-je.

Il lui faut juste un peu de temps pour intégrer la nouvelle, rien d'anormal…

Ash nous explique qu'il a appris la grossesse d'Heden la semaine dernière, et qu'elle a franchi le cap des trois mois. Il ne peut s'empêcher de sourire à mesure qu'il nous parle d'elle, de sa joie d'attendre un enfant, des projets de malade qu'elle compte mener pour l'accueillir.

– Elle va l'annoncer à ma sœur demain, conclut-il. Kris va être complètement surexcitée, j'en suis certain…

À cet instant, Gun se laisse tomber sur la chaise à côté de la mienne et lâche :

– Alors, tu leur as annoncé la nouvelle, Pap'Ash ?

– Tu étais au courant ? s'étonne Alex.

– Bien sûr que j'étais au courant, Ash est mon meilleur pote, je vous le rappelle. Il me l'a annoncé juste après en avoir parlé au prés'. Bon, c'est officiel, alors ?

– Franchement, tu vas faire ça maintenant ? grogne notre sergent d'armes.

– Bien sûr que je vais faire ça maintenant.

D'un bond, Gun se lève, saute sur la table, puis hurle :

– Oyez, oyez, fermez-la ! J'ai un truc à dire !

Le silence s'abat sur le *Purgatoire*, brisé seulement par le ricanement d'un mec dans l'assemblée :

– À propos de Kris et toi ?

– Ta gueule, Stefan, lui balance Gun. Tout d'abord, sachez que le prochain qui fait une remarque sur la fille de notre président adoré, je le descends. Ensuite… Ash, tu veux te charger de l'annonce ?

L'intéressé secoue la tête en silence. Ça veut dire que même s'il bougonne, il a envie que le club sache. De toute façon, la rumeur se serait répandue comme une traînée de poudre, même si Gun avait tenu sa langue ce soir.

– Sortez les bouteilles, les gars ! annonce notre vice-président. Dans six mois, notre sergent d'armes préféré va passer des flingues aux couches pleines de merde !

Pendant une seconde, les bikers présents au *Purgatoire* ne réagissent pas, le temps que l'information leur monte à la tête. Puis, comme si mille diables remontaient de l'enfer en même temps, ils se mettent tous à hurler. Même les brebis sont de la partie. Et bordel, ces harpies vont me faire sauter le crâne avec leurs cris suraigus !

Ash grimace. Je me marre.

Merde, il va devenir papa ! Il y a encore un an et demi, je n'arrivais même pas à l'imaginer se caser.

Puis Heden est arrivée, et elle a dompté le monstre en lui.

Moi, je suis toujours seul avec mes démons.

Aussitôt, je repense au visage masqué de Lux, superposé à celui de Ruby. Si mes doutes se confirment, la meilleure amie de ma sœur a réussi un coup de maître ! Je ne l'aurais sans doute jamais regardée si elle ne m'avait pas envoûté à la *Luxure*. Maintenant, voilà qu'elle s'est installée à la frontière de ma conscience : je ne parviens plus à me détacher d'elle.

Quitte ma tête, putain !

Envisager la possibilité que Lux soit Ruby devrait freiner mes ardeurs, non ? Mais c'est tout le contraire, et ça m'emmerde.

Comme si les dieux avaient pitié de moi, la seconde d'après, un verre de whisky se matérialise dans ma main. Pile ce qu'il me fallait pour me sortir la sirène de la tête, au moins pour ce soir. Je m'efforce de me reconnecter à l'ambiance joyeuse qui règne au bastion, je claque le dos d'Ash et lui lance :

– Déride-toi, mon pote, c'est la fête !

Elles ne sont plus si fréquentes ces derniers temps, depuis que les membres du club se casent un par un…

L'une des brebis s'approche de notre sergent d'armes et claque un baiser langoureux sur sa joue.

– Félicitations, Ash, lui dit-elle.

Le visage de mon ami se tord de dégoût. La rousse se hérisse, vexée. Je crochète ses épaules et l'attire contre moi en passant un bras autour de ses épaules nues.

– Désolée, chérie, je crois que notre petit gars est déjà pris, lui glissé-je.

– Il ne sait pas ce qu'il perd… soupire-t-elle. Tu as envie d'un remontant ?

Est-ce que j'ai envie de baiser ?

Putain, ouais.

Est-ce que j'ai envie de baiser avec elle ?

Absolument pas.

– Une autre fois, grogné-je.

– Sérieux, les mecs, vous faites chier !

La brebis s'éloigne en roulant des hanches. Très vite, d'autres membres du club l'interpellent. Elle termine sur les genoux de Snack, qui tend le pouce dans notre direction avant de partir à la recherche des amygdales de la demoiselle.

Petit à petit, la jubilation de nos frangins gomme les doutes d'Ash, ainsi que sa peur. Il se nourrit des compliments et de l'allégresse générale, fier comme un paon. Jusqu'à ce que Gun et quelques autres gars s'approchent de lui, leurs faces tordues par des sourires sadiques. Bientôt, vingt-six shooters enflammés s'alignent devant le futur père, soit le nombre exact de semaines qui restent avant l'accouchement de sa petite amie.

– Prêt pour la surprise, Pap'Ash ? lance le vice-président.

Notre sergent grommelle une insulte mais ne proteste pas. La tradition est ce qu'elle est…

Un cercle gonflé à la testostérone se referme autour de nous. Je me crispe – les foules me mettent toujours mal à l'aise –, mais je reste campé à côté d'Ash. Le premier shot passe sans problème. Le second aussi. Dès le troisième, mon frangin grimace. Les verres s'enchaînent. Chaque cul sec réchauffe l'ambiance déjà excitée.

Au bout du douzième shot, notre sergent d'armes commence à tanguer. Il y a de quoi. Ces petites merdes montent au cerveau en moins de temps qu'il n'en faut pour les vider.

– Quoi, papy, Heden a gardé tes couilles ? se moque Gun.

– Va te faire foutre, enfoiré ! réplique Ash, la face rouge.

Les derniers verres défilent, sous les applaudissements des frangins. Malgré cela, mon ami reste debout. Le vingt-sixième shot descendu, il jure de ne plus toucher à une goutte d'alcool de la soirée. Bonne idée : Heden serait bien capable de rappliquer et de nous tirer à tous une balle dans la tête pour avoir démoli son copain ! C'est qu'elle sait viser, la demoiselle.

Le reste de la soirée passe à vitesse grand V. L'ambiance est incroyable, et pourtant… je ne cesse de penser à une certaine femme en robe blanche et à la voix enchanteresse.

Même torché, je n'arrive pas à l'oublier, putain !

Chienne de vie.

CHAPITRE 14

RUBY

J'abandonne. Tenter d'attirer l'attention d'un biker est bien trop compliqué. Je dois me résoudre à accepter que Ruby n'intéressera jamais Gold, contrairement à Lux.

Comment a-t-il osé me donner sa carte professionnelle ? C'est son numéro de portable que j'aurais voulu, moi…

J'arrête d'espérer. Les contes de fées font rêver les enfants, pas les adultes.

Une fois rentrée chez moi, je tente de me détendre en jouant avec les triplés, sans succès. Et le lendemain, je passe la journée à ruminer. Autant dire que le soir, à la *Luxure*, je dois batailler pour garder le sourire. Je chante dans la salle principale face à un public fasciné, avant de vagabonder parmi la foule.

L'appel de Vanessa me demandant de me rendre sur l'Olympe ne tarde pas à arriver. Je m'y attendais… Mais si Gold croit que je vais courir le rejoindre, il se trompe.

Je lève la tête en direction de l'étage. J'espère que le biker me regarde derrière les vitres teintées. Qu'il regarde *Lux*, et qu'il la désire au point d'avoir mal. Ainsi, on sera quittes…

Je tourne le dos au salon VIP et m'enfonce parmi les clients. Gold me veut ? Dans ce cas, qu'il vienne me chercher. Et encore, seulement s'il me trouve !

La demi-heure suivante, je la passe à chanter pour des mecs qui fêtent un enterrement de vie de garçon. Ils sont en train de m'applaudir au moment où une ombre m'écrase. Je n'ai pas besoin de me retourner pour comprendre que Gold est descendu de l'Olympe… Il rêve s'il pense que j'y remonterai avec lui. Pas ce soir, je ne suis franchement pas d'humeur.

Mes clients perdent leur sourire et ont brusquement l'air de vouloir se trouver autre part. Il est inutile de poursuivre le show dans ces conditions, alors je leur lance :

– Vous permettez, messieurs ? Je reviens dans une minute.

Sur ce, sans un regard pour Gold, je me dirige vers le bar. Derrière son comptoir, Tom me salue avec un large sourire, avant de me tendre une menthe à l'eau. Il a retenu mes préférences, et cela me fait plaisir.

Je garde les yeux rivés sur les bouteilles devant moi en sirotant ma boisson. Un homme d'un certain âge tente d'attirer mon attention, mais Gold lui assène d'une voix meurtrière :

– Tu ne vois pas qu'on discute ?

Le pauvre se liquéfie et disparaît en vitesse.

Enfin, je me tourne vers le biker et lui adresse un regard noir. Le silence entre nous est plus lourd que jamais.

« On discute » ? Non, pas vraiment...

Nous restons là un long moment, bercés par la foule, la musique, l'éclairage. Du coin de l'œil, je remarque que Gold s'agite, mal à l'aise. Tant mieux. Moi, je me sens parfaitement bien.

– Extinction de voix ? me demande-t-il finalement.

Ça pourrait être une très bonne excuse, mais je ne souhaite pas mentir. Je réponds à l'ex-militaire par un haussement d'épaules indifférent, essayant de ne pas me focaliser sur sa main posée près de la mienne. Sa chaleur corporelle irradie, bousculant mes pensées. Mais je résisterai à son charme magnétique. Il le faut. Même si je dois taire la raison pour laquelle je me tiens éloignée de lui ce soir.

Je ne peux pas vraiment lui avouer qu'il a vexé Ruby…

– On dirait que Nashville est de mauvais poil, ricane-t-il. Tom ! Sers-moi un bourbon, et apporte une autre menthe à l'eau pour la demoiselle.

– Ne m'appelle pas Nashville.

– Tiens, elle parle.

Je grogne. Gold ajoute :

– Donne-moi ton vrai prénom, je me ferai un plaisir de l'utiliser.

C'est qu'il est têtu, le biker ! Je roule des yeux en soupirant.

– De toute façon, tu te fiches bien de savoir qui se trouve sous le masque, l'accusé-je.

– Si c'était le cas, je ne chercherais pas à le savoir.

– Si, Gold. Crois-moi, tu t'en fiches. Je dois rejoindre les messieurs de la table neuf, on se voit plus tard.

Sauf qu'il enroule sa main autour de mon poignet et refuse de me libérer. Il n'y a aucune colère dans son geste ni dans son expression faciale ; cependant, je ne peux ignorer la possessivité qu'il dégage.

– Changement de programme, on reste ensemble, déclare-t-il.

– Qui l'a décidé ?

– Moi.

– Tu as bien compris qu'entre nous il ne se passera rien ce soir, n'est-ce pas ?

Il hausse ses larges épaules sans me lâcher. Des ondes agréables parcourent mon avant-bras, surtout quand, du pouce, il se met à caresser ma peau.

Mon corps me trahit. Mince, je déteste me sentir aussi vivante au contact de ce type !

– Je me fous que tu ne veuilles pas baiser, affirme Gold. On va discuter, mais pas ici. Viens.

Il m'entraîne à travers la foule, s'y frayant un passage de force, inhabituellement tendu. Dès qu'on arrive sur l'Olympe, il se décrispe un peu et me libère. Je m'appuie contre la porte, les bras croisés. Gold se place devant la baie vitrée, le dos voûté. Je le vois rarement dans une telle position de vulnérabilité… Malgré moi, je lui demande :

– Tu es agoraphobe ?

Fichue curiosité.

– Non, la foule me met juste mal à l'aise, me répond-il.

– Pourquoi ?

– On va faire un jeu, toi et moi, Nashville. Une réponse pour une réponse. Pas de mensonge.

Quand il se retourne pour planter son regard dans le mien, je fonds. Cependant, je garde la tête haute, résolue à continuer de lui en vouloir.

– Tu es sérieux ? lui lancé-je.

– Très.

Puisque je sais déjà quelle est la première question qu'il compte me poser, je secoue la tête et déclare :

– Non, je ne te donnerai pas mon prénom.

– Je ne te le demanderai pas, dans ce cas. C'est promis. Alors ? Quitte à ne pas baiser, autant s'amuser un peu, non ?

Je comprends que Gold ne compte pas laisser tomber, alors j'accepte. Ça me permettra d'en apprendre plus sur lui, d'essayer de le comprendre. Je m'avance jusqu'à un fauteuil dans lequel je m'installe, les jambes croisées. Le biker reste debout face à moi, me détaillant en silence. Cela me surprend, mais pas désagréablement.

– Avant de rejoindre les Styx Riders, j'ai passé plusieurs années dans l'armée, me raconte-t-il. Lors d'une mission, je me suis fait tirer dessus dans une rue bondée. Depuis, j'évite de me trouver confiné avec des inconnus.

Oh mon Dieu...

D'un geste de la main, il me coupe quand j'ouvre la bouche pour lui dire à quel point je suis désolée et reprend :

– J'ajoute une règle : pas de réactions aux réponses données. Pigé ?

– Oui.

– Tu portes des lentilles, ou tes yeux sont vraiment gris ?

– Je porte des lentilles. Tu as une petite amie ?

– Non. Quelle est la véritable couleur de tes yeux ?

Avec la lenteur d'un prédateur, Gold s'avance vers moi. Je déglutis, hésitant à lui révéler la vérité. Quelles sont les chances qu'il se souvienne des iris de Ruby ?

– J'attends, Nashville, insiste-t-il.

– Chocolat, finis-je par lui répondre.

Il attrape une mèche de mes cheveux et la fait rouler autour de ses doigts en répétant :

– Chocolat…

Se doute-t-il de quelque chose ? Si c'est le cas, il ne le montre pas. Sans agressivité, il tire sur mes cheveux pour m'obliger à m'approcher de lui.

– Tu sais que je ne coucherai pas avec toi ce soir ? lui rappelé-je.

Mon corps s'enflamme peu à peu en sa présence, mais hors de question que je cède à ce traître. Pour m'aider à lutter, je repense au moment où le biker m'a donné son numéro professionnel, hier. Ça fonctionne : ma colère se réveille immédiatement.

– Oui, répond-il comme si ma dernière question faisait partie du jeu. Cite-moi le nom d'une constellation.

– Eh, c'était mon tour ! protesté-je.

– Tu viens de le passer.

Le tricheur !

Avant que je puisse m'offusquer davantage, ses mains entourent mon cou et ses pouces se mettent à caresser doucement le bas de mon visage. Sous le charme de cette soudaine tendresse, j'entrouvre les lèvres. La bouche de Gold est si proche de la mienne à cet instant… Mais au lieu de m'embrasser, il répète :

– Le nom d'une constellation, Nashville.

– Je n'en connais aucune, prétends-je.

– Tu mens. Donne-moi le nom d'une constellation, la première qui te vient à l'esprit.

– J'ignorais que tu aimais autant les étoiles.

Une de ses mains descend vers ma poitrine, glisse sous le tissu de ma robe fendue, frôle mon ventre. Mon corps frissonne à ce contact.

– On va faire autrement, me souffle-t-il. Je te pose des questions, tu y réponds sans réfléchir.

– Mais…

– Ensuite, tu pourras partir.

Comment puis-je me concentrer quand il me caresse de la sorte ?

– Ta couleur préférée, commence-t-il.

– Blanc, révélé-je malgré moi.

– Tu aimes les chiens ?

– Oui.

– Tu es déjà montée sur une Harley ?

– Non.

– Plutôt salé ou sucré ?

– Sucré.

Je ferme les yeux quand il effleure mon dos.

– Ton parfum de glace préféré ?

– Menthe.

– Le nom d'une constellation ?

– La Grande Ourse.

Finalement, ce petit jeu me plaît bien. Il me donne l'impression de compter pour Gold, et pas seulement sexuellement.

– Aigle ou loup ?

– Loup.

– Muffins ou cookies ?

– Muffins.

Du bout des doigts, il titille ma lèvre inférieure. Je ferme les yeux.

– Moto ou voiture ?

– Voiture.

– Voiture ou Harley ?

– Harley.

Je me sens fondre entre ses mains sans aucune résistance. Pitoyable…

– Biker ou sportif ?

– Biker.

– Une autre constellation.

– Cassiopée.

Frappée par ma propre réponse, j'ouvre les yeux. Mon estomac se tord, mon sang se glace, mon cerveau cesse de fonctionner et je reste dans l'attente de la réaction de Gold, de son rejet, de n'importe quoi. Ça ne peut pas être un hasard s'il m'a posé cette question.

Il se détache de moi sans dévoiler la moindre émotion. Je me demande s'il a deviné ma véritable identité, mais impossible d'en être certaine sans me trahir un peu plus.

Pourquoi ne dit-il rien ? Pourquoi est-ce qu'il se contente de rester là, à me fixer avec cette intensité ?

Je me lève d'un bond, au summum du malaise, et bredouille :

– Van veut que je… Au revoir !

Puis je me précipite hors de l'Olympe, le cœur battant à cent à l'heure.

CHAPITRE 15

GOLD

Plus de doute possible : Ruby et Lux sont une seule et même personne. Merde, j'ai sauté la meilleure amie de ma sœur ! Plusieurs fois, en plus. J'espérais me tromper, je n'étais pas encore sûr de moi avant de lancer ce petit jeu des questions. Cette fois, ça y est, la situation m'a explosé à la figure…

Le pire, c'est que j'ai pris mon pied à la baiser, cette nana !

D'un geste rageur, je balance mon verre contre le mur. Je m'en veux d'avoir été aveugle. Ruby, la fille aux deux mains gauches, m'a berné. Elle a voulu jouer… et j'ai perdu.

Je me place derrière la vitre sans tain et la cherche au sein de la foule. Reconnaissable dans sa robe blanche, elle est en train de rejoindre les loges. À aucun moment elle ne se retourne vers l'Olympe. Je me sens encore plus stupide.

Bien joué, Nashville.

Dix minutes plus tard, je suis sur le parking de la *Luxure*. J'enfourche ma bécane, mais impossible de démarrer. D'habitude, rouler me permet de me détendre, de me libérer de mes fantômes. Aujourd'hui, je reste immobile. Je ne sais pas quoi faire…

Du haut de son escalier, la réplique du Parthénon me domine de toute sa hauteur. Sa puissance m'écrase, et ce que Lux m'a confié au sujet de son père me revient. Quand je pense à toutes les discussions que j'ai eues avec elle, alors qu'entre Ruby et moi ne s'étendent le plus souvent que des silences…

Encore sonné par ce que j'ai découvert, je finis par démarrer. Je roule une heure, sans but, avant de me garer au bastion. Une fois à l'intérieur, je suis déçu de constater qu'Ash n'est pas là. Il passe souvent ses soirées avec Heden depuis qu'elle lui a annoncé sa grossesse, et c'est bien normal. Pourtant, ça m'aurait bien aidé de causer à mon sergent d'armes. J'aurais pu lui parler de Ruby, de Lux, de tout le désordre dans mon crâne pour qu'il m'aide à y voir plus clair…

J'inspire un grand coup, m'imprégnant des odeurs du *Purgatoire* : l'alcool, les parfums portés par les brebis, la sueur, le sexe. Puis j'aperçois Reed près du billard, en train de jouer avec quelques-uns des gars. Je m'approche de lui ; quand il me voit, il me frappe dans le dos et déclare :

– Je te paie une bière, frangin. Tu as l'air sur le point d'exploser. Qu'est-ce qui ne va pas ?

– Rien d'important, réponds-je.

Je pourrais très bien m'ouvrir à lui… mais je n'en ai pas l'habitude. Mes émotions me poignardent le palpitant, je ne les maîtrise pas. Je déteste ça, putain !

Lux. Ruby.

Ruby. Lux.

Je devrais me sentir trahi, non ? Et pourtant, même pas. C'est comme si mon subconscient avait compris la situation avant moi. Ça ne rend pas les choses plus faciles, toutefois. Je sais déjà ce que je compte faire : mettre un terme à ma « relation » avec la sirène.

Demain.

Ou après-demain.

Plus tard. Quand exactement, on s'en fiche, non ?

Reed revient près de moi avec une bouteille. Malgré mon silence, il s'obstine à engager la conversation :

– Tu es taciturne, plongé dans tes pensées et tu broies du noir… Je ne suis pas médecin, mais ce genre de symptômes, ça sent la nana à plein nez. Ne dis pas le contraire, je te rappelle que ça fait dix ans que je suis marié à la femme la plus caractérielle de cette Terre.

Martia lui donne du fil à retordre, c'est vrai. Mais il adore ça. Pour se mettre en couple avec un biker, il faut du caractère !

Ruby en a, me fait remarquer une petite voix dans ma tête.

En effet. Elle n'hésite pas à me dire les choses, sans tourner autour du pot, quitte à me vexer. Mais est-ce qu'elle a conscience du monde auquel j'appartiens ? Est-ce qu'elle réalise que j'y demeurerai jusqu'à ma mort ? Beaucoup de femmes s'enfuient quand elles comprennent ce que sont vraiment les bikers.

Reed éclate d'un petit rire, me ramenant à la réalité. Il me mate avec un sourire à la con…

– Elle s'appelle comment ? insiste-t-il.

Je n'ai pas le temps de prétendre qu'il se trompe, car à cet instant, une voix féminine transie de colère se met à hurler dans mon dos :

– Gold ! Espèce de gros enfoiré !

Je me retourne et découvre une fille aux cheveux courts qui m'incendie du regard, insensible aux nanas presque nues et aux bikers tatoués qui l'entourent.

Qui l'a laissée entrer, merde ?

J'ai ma réponse quand Jon, chargé de surveiller la porte ce soir, débarque en trombe sur les talons de la nana, vert de rage.

– Espèce de sale petite…

La seconde d'après, il se mange le pied de la fille dans la gorge et s'écroule, le souffle coupé. Des gars s'esclaffent devant la raclée qu'il vient de se prendre. Plus méfiant, je détaille la nouvelle venue. Elle me toise en continuant d'avancer vers moi. Elle ne paie pas de mine, mais elle a quand même mis un Styx Rider KO. Raison pour laquelle l'un de mes frangins dégaine un pistolet et le lui braque dessus en lui ordonnant de ne plus bouger. Téméraire, mais pas suicidaire, la nana s'immobilise.

Le silence retombe. J'en profite pour lancer :

– Tu es qui, toi ?

– Une amie de Ruby, déclare la fille.

Celle-là, je ne l'avais pas vue venir...

D'une démarche tranquille, Bradley se joint à moi. Lorsque l'inconnue l'aperçoit, son assurance vacille.

– Si vous alliez discuter dehors ? nous propose le président.

– Non, grogne la nana.

D'une voix toujours aussi calme, Bradley reprend :

– Tu veux réellement trahir le secret de ton amie devant tout le bastion ?

Je manque de m'étouffer. Merde, il sait pour le job de Ruby ?

Bah ouais, il sait toujours tout, ce mec... Je ne devrais pas être étonné.

– Kurt, baisse cette arme, ordonne le prés'. Vous deux, dehors. Tout de suite.

Aussitôt, je me dirige d'un pas décidé vers la sortie, pressé de mettre ce mauvais moment derrière moi. Elle n'a pas intérêt à me faire chier, la garçonne en couches-culottes ! Je l'entends me talonner, aussi furieuse que moi. Une fois à l'extérieur du *Purgatoire*, je me retourne et la toise avec une grimace.

– C'est quoi, ton putain de problème ? lui lancé-je. Tu veux te prendre une balle au milieu du front ou quoi ?

– Alors, vous êtes ce genre de club ? rétorque-t-elle sans se démonter.

Voyant que je ne réagis pas, elle continue sur sa lancée :

– Un club 1 %, c'est ça ? Vous n'êtes pas censés arborer un patch ou une connerie de ce genre ?

Je retrousse les lèvres en un sourire carnassier. Cette fille cherche vraiment les embrouilles… Je me retiens de lui dire que le 1 %, il n'apparaît pas sur notre cut : on l'a tatoué sur notre peau…

– Tu as l'air de t'y connaître, remarqué-je.

– Mon père appartenait à un club de Floride, me révèle-t-elle. Maintenant, il croupit en prison et c'est tant mieux. Mais je suis là pour parler de Ruby. Elle vient de m'appeler, elle m'a raconté ce qui s'est passé à la *Luxure*. Tu es content de toi, connard ? Satisfait de l'avoir bouleversée ? Pauvre manipulateur à la con !

– Tu te rends compte que tu es venue sur mon territoire pour m'insulter ? Rentre chez toi, j'ai autre chose à faire que de t'écouter brailler.

Je m'apprête à la planter là, mais elle crie :

– Tu n'as pas le droit de reléguer Ruby au rang de simple connaissance maintenant que tu sais pour Lux ! Je ne te laisserai pas lui briser le cœur. Si tu veux mettre un terme à votre histoire, fais-le tout de suite, sans ambiguïté. Ne t'inquiète pas pour elle, je l'aiderai à s'en remettre. Ce n'est pas la première fois qu'un connard profite de son cul pour ensuite l'abandonner. En revanche, si tu oses la balader… je te le ferai payer. Elle ne mérite pas ça.

Sur ce, la fille tourne les talons et s'enfonce dans le noir. Une vingtaine de secondes plus tard, sa voiture passe devant moi en trombe.

Ses mots ont atteint leur cible.

Merde.

J'allume une clope en me disant que cette furie a raison : je dois mettre de la distance entre Ruby et moi, et ça implique de renoncer à nos entrevues au *Purgatoire*. Je n'ai pas le choix…

Mais cette idée me révulse.

– Qu'est-ce que Courtney te voulait ?

Je pivote et constate qu'Alex m'a rejoint. Je hausse les épaules.

– Elle s'appelle comme ça ? lui renvoyé-je.

– Oui. Elle était dans l'équipe de cheerleading du lycée avec Cassie l'an dernier. Elle est aussi championne de kick-boxing. La raclée qu'elle a foutue à Jon, c'était génial.

Le ton d'Alex est léger. Cependant, je ne suis pas d'humeur à rire. Le gamin le remarque et pousse un soupir.

– Pourquoi est-ce qu'elle voulait te parler de Ruby ? insiste-t-il.

Parce que j'ai merdé en beauté.

Je ne peux pas m'ouvrir à Alex : il risquerait de tout raconter à ma frangine. Alors je me décolle du mur et lâche :

– Je rentre. Bonne soirée, mon gars.

– Ouais, boss, à demain.

Les deux jours suivants, j'essaie de ne plus penser à Ruby. J'ai déjà trop de trucs en tête pour me permettre de me retourner le cerveau avec des histoires de cul. Je dois accepter l'évidence : j'ai baisé la meilleure amie de ma sœur et j'ai aimé ça. Impossible de retourner en arrière, alors autant aller de l'avant. Oublier cette aventure, faire comme si de rien n'était.

Je me fous de qui, bordel ? Ça n'arrivera pas. Ruby me manque. Je rêve d'elle la nuit, c'est un supplice. Ses chansons, son énergie, ce qu'elle dégage sur scène m'ont poignardé le palpitant…

Lorsque le mercredi suivant, elle franchit la porte du garage, je suis pris d'une soudaine envie de vomir. Comme la semaine dernière, elle a coincé un panier en osier au creux de son bras. Je tente d'ignorer le pincement dans ma poitrine, de ne pas la regarder, de faire comme si elle ne comptait pas.

De qui je me fous ? Bien sûr qu'elle a de l'importance pour moi, et pas uniquement parce qu'elle est amie avec Cassiopée. Je crevais de ne plus la voir, je m'en rends compte à présent…

Fait chier.

Snack se jette illico sur elle, répondant à l'appel de son estomac. Je nettoie mes mains, balance le chiffon sale et me dirige vers eux.

– Nom de Dieu, des cupcakes ! s'exclame mon frangin. Il faut que tu m'épouses, Ruby. Je sais que c'est plutôt soudain, mais le destin nous a mis sur la route l'un de l'autre. Je te rendrai heureuse, je te le jure.

Elle éclate de rire. Je m'approche encore, parce que je suis incapable de me détourner d'elle. Dans sa petite robe blanche, même sans maquillage, elle est plutôt sexy. Alors que Lux hypnotise avec sa voix et l'aura de mystère qui l'entoure, Ruby dégage une simplicité que j'avais déjà remarquée lors de nos précédentes discussions.

– Arrête de la mater comme ça, tu vas la faire flipper, me glisse Alex en m'envoyant un coup de coude dans les côtes.

– Comment ?

– Comme si tu voulais la bouffer plutôt que ses cupcakes.

Je ne réponds pas, enregistrant chaque détail chez Ruby qui me rappelle Lux. Sa taille, sa silhouette, son ton posé, ses cheveux bruns… Comment ai-je fait pour passer à côté de tout ça ? Putain, je n'en reviens toujours pas.

– Boss ? insiste Alex.

– Ça va, gamin, lui dis-je. Rends-moi un service : attire Snack loin d'elle, je dois lui causer.

Le jeune homme fronce les sourcils.

– À Snack ? me demande-t-il.

– À Ruby, grondé-je.

Un éclair de compréhension passe dans les iris sombres du môme, et ça ne me plaît absolument pas. Surtout combiné à son sourire à la con qui me donne envie de lui en coller une.

– Snack, amène-toi, j'ai besoin de toi sur une Harley, crie-t-il malgré tout.

La bouche pleine, le goinfre se tourne vers nous en roulant des yeux.

– Ça ne peut pas attendre deux minutes ? proteste-t-il. Je prends ma pau…

Quand il croise mon regard, il s'arrête net de râler. Bonne idée. Je ne suis pas d'humeur ces derniers jours, et les gars l'ont bien compris. Pas un n'ose me chambrer plus que nécessaire.

– OK, j'arrive, capitule-t-il. Ruby, c'était un plaisir.

La brunette le salue, puis elle se dirige vers moi avec une tranquillité étonnante, surtout lorsque je repense à la panique qui s'est emparée d'elle lorsqu'elle m'a fui à la *Luxure*.

– Bonjour, Gold, me dit-elle.

Je réponds à sa politesse par un hochement de tête, en la dévisageant. Pourquoi fait-elle comme si de rien n'était, comme si elle n'avait rien à voir avec Lux ? J'ai percé son secret, elle l'a compris, n'est-ce pas ?

Minute.

J'en ai baisé, des meufs, surtout depuis que j'ai rejoint les Styx Riders. Que l'une d'elles joue l'indifférente après une partie de jambes en l'air ne m'a jamais dérangé, au contraire. Plus on prend ça à la légère, moins on s'attache.

Je devrais pouvoir faire pareil avec Ruby.

Tu parles.

– Je t'ai apporté des cupcakes pour te remercier de me faire un rabais sur le second paiement, déclare-t-elle sur le ton de la discussion.

Je me retiens de ricaner, mais mon aigreur doit se lire sur mon visage. Ruby hausse un sourcil, et son assurance chancelle. Merde, quel enfoiré je suis ! Je ravale mon rictus avec un soupir et attrape le panier en osier qu'elle me tend.

– Je ne te fais pas de rabais, on a un accord, lui rappelé-je. Le second paiement, c'est le gâteau de Cassiopée.

– Il ne vaut pas trois cent cinquante dollars, qu'on soit d'accord. J'ai fait deux parfums pour les cupcakes : chocolat et beurre de cacahuète. Cassie m'a dit que c'étaient tes préférés.

– Tu parles souvent de moi avec elle ? m'empressé-je de demander. Tu continues de le faire ?

Voilà que le visage de la jeune femme vire à l'écarlate. Ses yeux marron sont écarquillés : elle ressemble à un lapin pris dans les phares d'une bagnole. Comme la fois où elle a déboulé sur l'Olympe par accident sous le masque de Lux.

– C'est juste venu dans la conversation, baragouine-t-elle.

Je la mets mal à l'aise, j'en ai bien conscience. Histoire d'essayer de la détendre – et moi aussi –, je mords dans un cupcake.

– Tu aimes ?

Son enthousiasme m'explose à la tronche avec autant de puissance que la saveur du beurre de cacahuète dans ma bouche. Je hoche la tête en remarquant mon reflet dans la vitre de mon bureau.

Un biker avec un panier en osier et un cupcake rose. Pitoyable…

– Ouais, réponds-je une fois que j'ai avalé ma bouchée.

– J'adore cuisiner, ça me calme, m'avoue Ruby.

– Tu cuisines ?

– Juste des pâtisseries. Ma mère m'a appris après le départ de mon père. Je suis plus sucré que sal… OK, il faut que j'y aille. C'était un plaisir, Gold !

Elle pivote avec la raideur d'un automate. Elle flippe, ça se voit. L'une des questions que j'ai posées à Lux pendant notre jeu, c'était justement si elle préférait le salé au sucré. J'avais l'intention de lui faire perdre ses moyens, de lui embrouiller l'esprit afin de l'amener à trahir le prénom de Cassiopée. Mais je dois admettre qu'en apprendre plus sur elle m'a bien plu.

– Au revoir, Gold, me lance-t-elle.

– Attends, Nashville.

CHAPITRE 16

RUBY

Surprise d'entendre le surnom avec lequel Gold me taquine lors de nos soirées à la *Luxure*, je me retiens de me retourner. Si je le fais, alors il n'y aura plus de retour en arrière possible. Je ne pourrai plus prétendre que je ne suis pas Lux…

Je me suis préparée à devoir faire appel à toute l'étendue de mon jeu d'actrice en venant au garage. Mais si Gold utilise des armes comme celles-là, je suis cuite.

Je regagne ma voiture en essayant de paraître détendue. Tu parles ! On dirait que j'ai des barres d'acier à la place des membres.

Peut-être que je n'aurais pas dû venir aux *Limbes* aujourd'hui. Mais je dois une fière chandelle au frère de ma meilleure amie pour son aide après mon accident. Raison pour laquelle je lui ai confectionné ses cupcakes préférés.

Seulement pour cette raison, Ruby ?

Je me force à faire taire mon agaçante voix intérieure et m'installe derrière mon volant. Je m'apprête à démarrer quand Gold frappe contre ma vitre. J'espérais qu'il laisse couler, mais visiblement, ce n'est pas le cas… J'ouvre ma fenêtre, et il me lance :

– Tu ne crois pas qu'il faut qu'on parle ?

– De quoi ?

Gold me fixe sans exprimer la moindre émotion. C'est pire que s'il me hurlait dessus… Les secondes s'écoulent, je souris avec politesse. À l'intérieur, pourtant, je suis fébrile. Je n'ai pas envie de briser ce qui se passe entre Lux et lui…

Les doigts serrés autour de mon volant au point de blanchir mes phalanges, j'attends patiemment que le biker prenne la parole. Soit il me traitera de menteuse, coupera les ponts et ce sera mérité, soit…

– OK, si tu veux la jouer comme ça… finit-il par lancer, un rictus mauvais sur les lèvres.

– Jouer à quoi ?

Je crains la réponse. Au lieu de me la donner, Gold tapote le toit de ma Volvo, ricane, puis lâche :

– À plus, Nashville.

De délicieux frissons dévalent ma colonne vertébrale, parcourent ma poitrine, se logent dans mon ventre. Parce que ce surnom crée entre nous de l'intimité. Celle que je rêve de partager avec cet homme depuis des années.

– Gold ? l'interpellé-je.

– Mmh ?

Es-tu en colère contre moi ? As-tu peur de la personne que je suis réellement ? Comment va évoluer la situation entre nous ?

– Le gâteau de Cassie… Tu as une préférence pour le parfum ?

Raté. Je n'ai pas assez de cran pour poser les questions qui importent vraiment…

Une étincelle de défi traverse le regard du biker. Son sourire ne me dit rien qui vaille.

– Tu penses quoi de l'ananas ? propose-t-il.

Je me crispe. Gold sait, par le biais de Lux, que j'y suis allergique. Il s'amuse à me pousser dans mes retranchements. Au moins, cela signifie que nos discussions au temple l'intéressaient réellement…

– Tu me donnes du fil à retordre, Nashville, tu sais ça ? gronde-t-il face à mon absence de réaction. Chocolat et pistache.

Que veut-il dire par là ? Et si, dans le fond, il me détestait ? Ce serait compréhensible : personne n'apprécie que l'on joue avec lui. Mais je ne me sens pas assez de courage pour l'interroger sur ce qu'il ressent. La peur d'aborder le sujet « Lux » avec lui me noue l'estomac. J'ai le terrible sentiment que si je parle avec lui d'elle… de nous, alors la bulle hors du temps que nous avions créée éclatera.

Et je n'ai pas envie qu'elle éclate.

– Ce sera chocolat-pistache, alors, lâché-je.

– Cool. Maintenant, si tu me disais pourquoi tu es partie du garage si vite, la semaine dernière ?

J'hésite à lui mentir, mais je sais que si je m'engage sur cette voie, je le perdrai inévitablement. Alors, même si ça me fait rougir, je lui avoue :

– Ton numéro professionnel…

– Quoi, mon numéro professionnel ?

– Ça m'a blessée que tu me le donnes plutôt que ton portable. Mais je ne te plais pas, je l'ai bien compris.

Gold se remet à pianoter sur le toit de la voiture. Je regarde droit devant moi, parce que je suis bien trop effrayée à l'idée d'observer son visage.

– Tu ne me plais pas, c'est ce que tu penses ? finit-il par répéter. Attends, c'est pour ça que tu faisais la gueule ?

Je hausse les épaules avec une fausse désinvolture.

– Aucune importance, prétends-je. Il faut vraiment que j'y aille.

Le biker a l'air d'avoir envie d'ajouter quelque chose, mais il choisit de reculer pour me libérer le passage. Je le remercie d'un sourire, auquel il me répond par un soupir.

– Merci pour les cupcakes, me dit-il alors que je m'apprête à démarrer.

– Avec plaisir. À la semaine prochaine, alors.

– Tu es bien sûre qu'on ne se reverra pas d'ici là ?

Mes doigts se figent autour de ma clé de contact. Gold le remarque, et il ajoute sans aucune douceur :

– Il faudra qu'on parle du sujet que tu cherches à éviter, un de ces jours. Jouer l'autruche, ça va bien cinq minutes, Nashville.

Sur ce, il me tourne le dos. Je le regarde s'éloigner en réfléchissant à ce qu'il vient de me balancer. Il a raison, il faudra bien que nous discutions de Lux, tous les deux…

Je me remémore la raison pour laquelle j'ai commencé ce petit jeu entre nous. Au début, je désirais profiter de la situation pour obtenir un peu d'attention de la part de Gold, même derrière le masque d'un *alter ego*. Aujourd'hui, j'ai simplement peur que la partie ne s'arrête. Pourtant, je sais que cela finira forcément par arriver.

Mais puis-je continuer de lui mentir ? Mérite-t-il cela ?

Je me jure de tout lui raconter très bientôt, quitte à briser ce qu'il y a entre nous. Nous ne pouvons vivre éternellement dans les non-dits.

En partant pour la *Luxure* ce soir-là, je suis beaucoup moins stressée que la veille ou l'avant-veille. Quelque part, savoir que Gold a bel et bien fait le rapprochement entre mes deux identités me libère de la pression qui s'accumulait peu à peu en moi…

Une fois dans la peau de Lux, j'essaie de ne plus penser à lui, aux questions sans réponses qui subsistent quant à notre étrange relation, à mes angoisses. Je chante et danse pour les clients, tentant de m'oublier dans mes prestations… Mais quand la voix de Van à travers mon oreillette m'annonce qu'on m'attend sur l'Olympe, mes muscles se crispent. Quelle idiote d'avoir cru que ce serait facile… J'ignore à quoi m'attendre pour la suite des événements.

Lorsque je pénètre dans le salon insonorisé, je constate que Gold ne porte pas les mêmes vêtements que tout à l'heure – quoiqu'il soit toujours habillé de noir, comme à son habitude. Cette couleur le rend terriblement sexy, elle accroît son magnétisme naturel.

Il se détourne de la baie vitrée afin de planter son regard vert dans le mien. Sur-le-champ, je me trouve sous son emprise, subjuguée par sa force, son charme.

– Nashville, me salue-t-il.

– Gold.

L'air me semble peser une tonne. J'ai du mal à calmer les battements de mon cœur. Je trouve ça tellement ridicule… En temps normal, je parviens facilement à tracer une séparation entre Lux et Ruby, à me glisser dans la peau de la chanteuse assurée en oubliant celle que je suis en dehors des murs du club de strip-tease. Pas en présence du biker.

La gorge sèche, je file me préparer une menthe à l'eau. Dans la foulée, je sers un verre de bourbon à Gold et le lui amène. Surpris, il me toise en fronçant les sourcils, avant de laisser un sourire étirer ses lèvres.

Dieu du ciel ! Ce n'est pas permis d'être aussi beau.

Je me place à côté de lui et tourne mon regard vers la salle principale de la *Luxure* en contrebas. Le silence de l'Olympe donne l'impression d'évoluer dans un univers parallèle en contraste avec ce chaudron bouillant où s'agite la foule.

– Ma sœur prétend que je me comporte comme un enfoiré avec ceux qui l'entourent, en particulier avec sa meilleure amie. Tu en penses quoi ?

La question de Gold me surprend au point que je m'étouffe. Il tapote dans mon dos alors que je dois combattre mes instincts pour ne pas me frotter les yeux.

– Quoi ? piaillé-je une fois que j'ai retrouvé la capacité de parole.

– Tu as très bien entendu, déclare le biker. Alors, à ton avis, j'appartiens à la catégorie des connards profonds ou il y a encore de l'espoir pour moi ?

Ça sent le piège. Il me teste, une fois de plus ! Je déteste quand il fait ça.

– Pourquoi me demandes-tu ça ? lui renvoyé-je prudemment.

– Parce que je veux savoir où j'ai merdé.

Il pousse un rire acerbe, et je me tourne vers lui pour l'observer. Son expression me laisse dubitative : la colère s'y mêle à la perplexité.

– Comment se fait-il que, même maintenant, tu n'oses pas te dévoiler à moi ? ajoute-t-il.

La gorge serrée, je me concentre sur mes doigts à la recherche de la réponse parfaite. Celle qui ne le vexera pas, qui ne détruira pas tout ce qui s'est créé entre nous. Mais sans attendre, Gold continue :

– Tu sais que chez les bikers, le sexe est aussi naturel que la baston ou la moto ?

– Sans doute.

– Alors pourquoi d'un seul coup ce n'est plus aussi simple, hein, Nashville ?

– Plus aussi simple ?

L'ex-militaire me fait face, les traits déformés par une fureur dirigée non contre moi, mais contre lui-même. À bout, il s'exclame :

– Pourquoi, Ruby ?

Mon prénom, dans cette salle, dans sa bouche, me fait un effet désagréable. J'ai envie de lui dire que je suis désolée, mais à la place, d'autres mots franchissent la barrière de mes lèvres :

– Tu ne me regardais pas. Pendant des mois, tu m'as ignorée. Puis voilà que j'enfile le masque de Lux, et ton intérêt pour moi s'éveille. Un corps désirable, voilà ce qui te faisait triper. Alors j'en ai profité.

Gold éclate d'un rire dénué de joie et un instant, j'imagine qu'il va me demander de quitter l'Olympe. Ce serait légitime. Après tout, je l'ai manipulé, n'est-ce pas ? Au lieu de quoi, il m'ordonne :

– Chante pour moi.

– Sérieusement ?

– C'est ton travail, non ? Alors chante pour moi.

Il se laisse tomber dans un fauteuil en face de la petite scène.

– Je choisis la chanson ? lui demandé-je.

Il opine. Je m'efforce de faire abstraction des paroles que nous venons d'échanger et m'empare du micro. Comme d'habitude, j'opte pour de la country. *Randy*, de Dolly Parton. Tout en laissant la musique bercer mon âme, je tente de lire les pensées du biker, d'apercevoir son âme tout au fond de ses yeux. Des yeux qui me dévorent, me déshabillent, allument un incendie mortel au creux de mes reins. Sa position nonchalante, jambes écartées, bras détendus, n'ôte rien à son charme.

Au fil de la chanson, je laisse des images sensuelles imprégner mon esprit. Je me rappelle des mains de l'ex-militaire sur mon corps, de son torse contre ma poitrine, de lui en moi. Quand je me tais après avoir égrainé les dernières notes, la température a augmenté dans la pièce. À moins que je ne me fasse des idées ? En tout cas, j'ai pris conscience d'une chose : je ne veux pas arrêter de coucher avec Gold. Je continuerai à le faire aussi longtemps qu'il en aura envie. On le cachera s'il le souhaite, mais je ne suis pas prête à le laisser partir.

Le biker reste immobile. Il m'observe toujours, alors que je tente de retrouver mon souffle. Je reste debout sur la scène, dans l'attente de la suite.

– Et maintenant ? lui demandé-je, n'y tenant plus.

Avec lenteur, il se lève et dévore l'espace entre nous. Il s'arrête si près de moi que son parfum inonde mes sens. Je fais l'erreur de regarder sa bouche, de me demander quel goût elle a, et je m'enflamme lorsqu'il me glisse :

– Et maintenant, Nashville ?

Mes doigts brûlent de le toucher, de se glisser dans ses cheveux, de le posséder. Je lis dans ses yeux un désir similaire, mêlé à une étincelle de défi. Il veut savoir si je vais oser coucher avec lui maintenant qu'il sait.

– Gold… soupiré-je.

– Lux ?

Son sourire plein d'insolence me frappe. Avant que je ne puisse réagir, ses mains empoignent mes fesses, ses hanches se collent aux miennes. Son érection déjà vive alimente une chaleur insoutenable entre mes jambes. Je pousse un soupir quand sa bouche se pose au creux de mon épaule. Ses dents sur ma peau m'arrachent un autre soupir, mes mains se plaquent sur sa nuque pour l'empêcher de me lâcher.

– Alors, souffle-t-il à mon oreille, fais-je partie des connards profonds ?

Incapable de faire le tri dans mes pensées, je reste silencieuse. La main de Gold file sous l'ourlet de ma robe et caresse mon intimité. Ce simple contact embrase mon être tout entier.

– Tu veux savoir ce que je pense de toi ? lance-t-il. Ça t'incitera peut-être à te montrer plus bavarde…

– Je t’écoute.

– Tu as un sacré culot, Nashville. Et je devrais détester ça, putain, mais en réalité, ça m’excite à mort…

Il me soulève sans aucune douceur et me conduit jusqu’au canapé dans le fond de la pièce. Je reste accrochée à lui, telle une noyée à une bouée de sauvetage. Allongé sur moi, il fait voyager ses mains sur mon corps déjà en feu.

– Donc, Nashville ? insiste-t-il. Connard profond ou mec passable ?

– À quoi ça t’avancera de…

D’un coup de reins, il enfièvre mon intimité et me coupe le souffle. Je me cambre alors qu’il continue de se frotter contre moi. Des gémissements de plaisir m’échappent quand il m’ordonne :

– Ne discute pas. Réponds.

– Un peu des deux.

Gold relève la tête pour me regarder. Transi de désir, il garde pourtant le contrôle de lui-même, contrairement à moi. Je fonds dans ses bras, mes cellules grises aux abonnés absents. Avec le biker, je me sens comme un pantin, une marionnette désarticulée. Je ne devrais pas aimer ça, n’est-ce pas ?

CHAPITRE 17

GOLD

Je sens Ruby se détendre au fil de mes caresses. Ses hanches se mettent à onduler contre mon érection, et je dois me faire violence pour ne pas retirer mon pantalon et la pénétrer dans la seconde.

Qu'est-ce que j'avais dit, déjà ? Qu'entre elle et moi, c'était terminé ? Tu parles.

C'est Ruby, merde ! Ruby, la meilleure amie de ma petite sœur !

Me le répéter ne fait pas descendre mon excitation. Au contraire. Savoir que cette fille a eu le cran de me mener en bateau inspire le respect. Malgré la situation compliquée, elle continue à faire preuve d'une force étonnante. Elle me tient tête, que ce soit dans la peau de Ruby ou de Lux. Et ce sourire sur son visage ! J'ai à la fois envie de l'embrasser et de lui faire regretter de me défier.

Je suis vraiment dans la merde, en fait.

– Ce n'est pas une réponse, ça, Nashville, lui fais-je remarquer.

– Tu devras t'en contenter, réplique-t-elle. À moins que tu ne comptes user de chantage sur moi ? Si je ne te satisfais pas avec mes paroles, tu ne me satisferas pas non plus ?

– Non ! Pour qui tu me prends ?

– J'essaie encore de te cerner.

Elle y arrive déjà tellement bien… Mais plutôt crever que de le lui avouer.

Ma main frôle son sein. Sa peau est si douce… Avec un sourire minable, je réalise que je ne pourrai pas arrêter ce maudit jeu entre nous. Je me suis trop habitué à Lux pour m'en détacher si facilement. Rectification : la sirène s'est incrustée en moi. Je ne peux plus l'arracher de ma chair et de mon esprit à présent.

D'un mouvement souple, elle se redresse et enroule ses bras autour de mon cou. Ainsi pressée contre moi, elle attise un peu plus mon érection, qui en devient douloureuse.

– Est-ce que ça reste uniquement sexuel entre nous ? me souffle-t-elle à l'oreille.

Je crève d'envie de lui dire non. Elle ne se rend pas compte de ce qu'elle me fait ressentir. Elle charme mon corps, fracasse mon cœur. Tout chez elle me bouleverse, j'en ai des frissons !

– Nashville… soupiré-je.

– C'est à ton tour de me devoir une réponse, Gold, me renvoie-t-elle.

Ses doigts glissent sous mon tee-shirt, s'agrippent à mon dos, griffent ma peau. Elle semble se rendre compte de l'effet qu'elle me fait, parce qu'elle sourit. Fait chier ! La seule raison pour laquelle je ne plonge pas sur sa bouche afin de la goûter entièrement, c'est parce qu'elle porte ce maquillage à la con.

– Tu réfléchis à une façon de ne pas me vexer ? reprend-elle.

En effet. Des plans cul, j'en ai eus dans ma vie. Mais aucune des femmes avec qui j'ai couché jusque-là n'a réussi à me faire douter de mes sentiments, de mes intentions comme le fait Ruby. Sauf qu'elle ignore dans quoi elle va foutre les pieds si je la laisse avancer encore.

– Je ne peux rien te promettre de plus pour l'instant, lâché-je.

Elle se fige, pousse un soupir décidé. Ses jambes toujours enroulées autour de mes hanches, elle les serre davantage et plante ses iris dans les miens.

Ma gorge se serre.

Elle ne porte pas de lentilles, ce soir. La teinte chocolat de ses yeux semble couler sur moi, fendre cette foutue armure que je m'efforce de maintenir autour de moi. La tendresse dans ses pupilles me tue…

Mes mains glissent sur elle, s'attardent sur les parties de son corps les plus sensibles. J'aime voir sa déception disparaître au profit du plaisir. Même si cela ne dure qu'un instant.

– Tu as besoin de temps ? me demande-t-elle dans un murmure.

Peut-être. Ou alors, c'est juste que j'essaie de la préserver…

– C'est toi qui en as besoin, lui dis-je.

– Comment ça ?

– Tu ne sais pas ce que je suis, hein ?

Je glisse mes doigts dans son intimité prête à m'accueillir, alors qu'elle s'agrippe plus fort à moi et presse son visage contre mon cou.

– Dis-le-moi, souffle-t-elle. Dis-moi qui tu es.

Un criminel ? Un funambule qui avance en équilibre entre le bien et le mal ? Entre la liberté et la prison ?

– Pas juste un biker lambda, affirmé-je.

– C'est-à-dire ?

En guise de réponse, j'enfonce un autre doigt en elle. Elle gémit mais se reprend et déclare avec gravité :

– Très bien, j'ai compris le message. On continue de garder ça pour nous, de faire comme si de rien n'était si c'est ce que tu veux.

Sa voix vacille sur ces derniers mots. J'ai l'impression de me manger un semi-remorque en pleine figure. La souffrance de Ruby réveille quelque chose dans mon âme, quelque chose que je voudrais faire taire. Je déteste ce sentiment. Je déteste ce que cette femme me fait ressentir.

Mais je me déteste encore plus de la blesser.

– Nashville… chuchoté-je.

– Fais-moi oublier que ça fait mal, me supplie-t-elle.

Elle s'empare de mon tee-shirt et me le retire avec une assurance démesurée. Une fois que le vêtement a volé au loin, elle observe mon torse tatoué d'un 1 % gravé à jamais sur mon palpitant, surmontant le patch des Styx Riders.

C'est exactement pour cela que je refuse de lui faire franchir la frontière entre nous. Les enfers l'attendent de l'autre côté…

Sa main se plaque sur le chiffre, ses ongles s'enfoncent dans ma peau. Sa colère transpire dans ses mouvements, dans sa façon de me mater. Un poing invisible enserre ma poitrine quand j'aperçois les larmes contenues au fond de ses yeux.

Lux n'existe plus, elle a laissé la place à Ruby. Cette nana maladroite douée à la fois pour cuisiner des pâtisseries, me retourner le cerveau et me faire la morale. Celle qui me donne envie de la faire monter à l'arrière de ma Harley juste pour la voir sourire.

La sirène qui m'a envoûté sans que je puisse me défendre.

– Ruby…

– Arrête. N'en rajoute pas. Fais-moi l'amour, Gold.

Elle ondoie contre moi. Je la fais basculer en arrière et prends l'un de ses seins dans ma bouche. Je caresse l'autre, avide de sa chaleur, de sa douceur. Ma langue arrache des soupirs de plaisir à mon amante tandis que mes doigts continuent d'aller et venir en elle, de plus en plus rapidement. Je finis par libérer ma queue de sa prison de tissu, prends quelques secondes pour enfiler un préservatif, puis pénètre Ruby avec une force que je peine à contenir. Le souffle coupé, elle m'accueille en se cambrant encore plus. Je m'abandonne en elle, l'esprit perdu dans des limbes ténébreux. Elle répond à chacun de mes mouvements par des gémissements qui se transforment bientôt en cris. Je la prends sans ménagement. Elle aime ça. En fait, elle adore ça. Mon regard se pose sur sa bouche, que je rêve d'envahir. La frustration et le désir m'arrachent un grondement animal. Puisque je ne peux pas profiter de ses lèvres, tant pis. Je me retire, puis je la retourne face contre le canapé. D'abord surprise, elle pousse un petit cri, mais ne résiste pas quand je m'enfonce profondément en elle.

– Gold…

Je dégage sa nuque pour frôler sa peau de ma langue. Mes baisers lui tirent des frissons. Les mains sur ses hanches, ses fesses contre mon bas-ventre, je n'ai plus à la regarder en face. À supporter sa colère, sa douleur émotionnelle. À me sentir comme le dernier des enfoirés de cette planète. Je peux m'imaginer que nous sommes revenus en arrière, quand Lux n'était rien d'autre qu'une inconnue, quand elle ne mettait pas mon cœur à genoux rien qu'en me regardant. Quand elle ne me donnait pas envie de plus, de toujours plus.

Les dents serrées à m'en faire mal aux mâchoires, je me concentre sur mon plaisir. Mais dès que je crois y être, le visage de Ruby tordu par la déception s'imprime sous mes paupières.

Merde !

La jeune femme tressaute à chacun de mes coups de reins, les mains posées devant elle. Ses gémissements manquent de me rendre dingue. Mon pouls bat si fort que je peux l'entendre dans mes oreilles.

L'urgence me prend aux tripes. J'ai besoin de jouir.

J'ai besoin d'elle.

Elle balance ses hanches et rejette sa tête en arrière. Enfin, j'y suis… La sensation brûlante me précipite tête la première dans un monde où je m'oublie.

La vague s'estompe peu à peu. Seul le bruit de nos respirations résonne dans la pièce. J'enroule mes bras autour de la sirène avec l'envie de lui demander pardon. Elle pleure. Je le sais, je le devine à la manière dont ses épaules se soulèvent. Pourtant, elle ne dit rien. Elle reste silencieuse, supportant sans rien dire la peine que je lui inspire. Mes entrailles se serrent.

– Je suis un gros con, dis-je.

– C'est clair.

– Je suis un biker.

Je me sens minable de la traiter comme ça. Je cherche un truc rassurant à lui dire. J'en crève d'envie. Mais rien ne vient.

– C'est pour ça que tu me rejettes ? me lance-t-elle. Que tu ne veux pas qu'il y ait plus que du sexe entre nous ?

– Tu ne me connais pas, Ruby, répliqué-je.

– Alors parle-moi de toi. Qui es-tu ?

Si je ne lui réponds pas, je la perds. Et je ne peux pas l'envisager. Alors j'approche ma bouche de son oreille et comme si les mots me brûlaient, je lui avoue :

– Pour commencer, je suis un trafiquant d'armes. Et aussi un tortionnaire, parce que je ne suis pas ce qu'il y a de plus tendre avec les ennemis du club. Certains soirs, je rentre chez moi avec du sang sur mes fringues. D'autres, je ne rentre pas du tout. Tu saisis, Nashville ?

Elle ne réagit pas. Cela me met au supplice. Incapable de supporter le silence, j'ajoute :

– Je n'ai pas envie de t'infliger ça.

– Tu… tu avais déjà parlé de ça avec d'autres filles ?

– Jamais.

– Pourquoi moi, alors ?

Parce que je veux qu'elle me pardonne.

– Tu mérites de savoir, affirmé-je.

– Tu changeras d'avis ? À propos de nous ?

Je lève la tête pour essayer de la regarder, mais dans cette position, impossible de distinguer l'expression de son visage.

– Putain, Nashville, tu as entendu ce que je t'ai dit ? m'exclamé-je.

– Oui, réplique-t-elle. Tu veux savoir ce que je trouve débile ? Pour commencer, toi.

Elle parle d'une voix égale, beaucoup trop calme.

– Moi ? répété-je, ébahi.

– Oui, confirme-t-elle. Parce que je sais tout ça, Gold ! Enfin, je m'en doutais. Tout le monde à Black Lake a conscience que les Styx Riders ne passent pas leurs soirées à faire du tricot. Il faut que je parte, pousse-toi.

Elle se dégage de mon étreinte à grand renfort de coups de coude. Je la regarde s'habiller, hébété, et ne retrouve la parole qu'au moment où elle s'apprête à rejoindre la porte.

– Nashville… l'appelé-je.

– Tu te trompes si tu penses que je ne suis pas assez forte pour gérer, affirme-t-elle. Parce que c'est ça, le problème, n'est-ce pas ?

J'opine, et elle éclate d'un rire peiné.

– Tu ne me connais pas, Gold, assène-t-elle.

Puis, sans un regard pour moi, elle quitte la pièce.

Qu'est-ce qui vient de se passer, au juste ?

***

Une poignée d'heures plus tard, je roule à moto pour évacuer mon trop-plein d'émotions.

Depuis quand est-ce que je perds la face devant une nana ? Depuis quand est-ce que je me sens obligé de parler de mes activités à l'une d'elles ?

La peine que j'ai vue briller dans les yeux de Ruby me broie les côtes, l'âme, le cerveau. Je me sens comme le pire des connards. Alors j'accélère encore, dans l'espoir de laisser cette impression derrière moi.

Ça ne marche pas, merde !

Le rugissement du moteur de ma moto ne me tire aucune satisfaction. Ma discussion avec Ruby tourne encore et encore dans mon crâne. Impossible d'y échapper. Un truc me dit que cette sensation de perdre le contrôle, je vais devoir m'y habituer…

Je roule depuis un moment quand je passe devant mon garage. Je remarque qu'il y a de la lumière à l'intérieur, filtrant par une lucarne. Aussitôt, Ruby déserte mes pensées. Le soldat en moi prend le dessus. Je gare ma bécane au bout de la rue puis, sous le couvert de l'obscurité, pistolet à la main, je me dirige vers les *Limbes*. J'arrive devant le rideau de fer baissé, longe la façade et jette un coup d'œil par la fenêtre… mais d'ici, je ne vois rien. Il va falloir que j'entre par-derrière. Sans bruit, j'atteins la porte de service. Elle est verrouillée. Bizarre. Je me demande par où est passé l'intrus pour rentrer…

La clé ne fait aucun bruit en tournant dans la serrure, la porte non plus quand je l'ouvre. Je me glisse dans l'arrière-salle plongée dans le noir. Les sens en alerte, je m'arrête une seconde. Ça pue l'huile, l'essence, le froid. Je me concentre sur les sons, capte des bruits de pas sur ma droite, celui d'un objet métallique qui tombe, un juron… J'ôte le cran de sécurité de mon arme. Un truc malsain m'anime. J'ai envie de tirer, de faire payer le braqueur.

Je m'approche d'une porte entrebâillée autour de laquelle filtre de la lumière. Derrière se trouve un petit débarras dans lequel on abandonne les pièces destinées à être jetées.

D'un coup de pied, j'ouvre le battant, pistolet pointé vers l'avant, et me retrouve face à… Alex, qui me vise lui aussi. Une chance qu'aucun de nous n'ait pressé sur sa détente.

– Putain, gamin ! m'exclamé-je.

Il baisse son 9 millimètres avant moi. À la lueur de l'ampoule, je remarque qu'il rougit.

Rapidement, je balaye la pièce du regard. J'aperçois un lit de camp, une couverture, un sac qui déborde de vêtements, un reste de plat préparé dans un coin, des livres, un chauffage d'appoint monté au maximum de sa puissance…

– Qu'est-ce que tu fous là ? a le culot de me demander Alex.

– Et toi ? lui renvoyé-je. Depuis quand est-ce que tu crèches au garage ?

Tout comme Snack, le gamin possède une clé de l'atelier. Mais il est censé m'envoyer un message s'il veut y faire un tour en pleine nuit pour une raison X ou Y.

– Une semaine, m'avoue-t-il avec une grimace. Je comptais me prendre un appartement, c'est juste le temps de me retourner.

Je range mon flingue en grommelant. Ça m'emmerde qu'Alex ne m'ait pas prévenu qu'il a des ennuis. On est frangins, merde !

– Dis rien aux gars, OK ? soupire-t-il. Je le ferai quand ma situation se sera améliorée. Surtout, pas un mot à Ash. Je n'ai pas envie de devenir un boulet pour lui, avec l'arrivée du bébé dans quelques mois.

Les épaules avachies, Alex s'assoit sur son lit pourri. Ce truc doit lui défoncer le dos tellement il est vieux… Je prends appui sur la porte, puis je lui demande, attristé :

– Qu'est-ce qui se passe ?

– Ça devenait trop compliqué avec ma tante, répond-il.

– Elle t'a mis à la porte ?

– Non, c'est moi qui suis parti. Elle a essayé de me retenir, mais… elle commençait à poser trop de questions. Il fallait que je me tire.

Ça ne m'étonne pas qu'Amaria ait réagi ainsi. Elle est flic, et les flics n'aiment pas beaucoup les Styx Riders. La seule raison pour laquelle ils nous tolèrent, c'est parce qu'ils comptent sur nous pour maîtriser les guerres de gangs. Cela dit, ils tentent de garder un semblant de contrôle sur nous.

Tu parles.

– Il en dit quoi, Rob ? lancé-je à Alex.

Son oncle conduit une Harley depuis quelques mois, et il arrive qu'il vienne passer la soirée au *Purgatoire* quand on ouvre au public. Il fait partie de ces mecs profondément gentils qu'on ne peut pas détester, même en essayant. Il a un humour pourri de comptable, il rougit à tout va, il bafouille quand on lui paie des tournées et il adore raconter aux gars des histoires datant de l'époque où il roulait à mobylette. Mais surtout, il aime Alex de tout son cœur. Ça doit lui avoir mis un coup que le gamin soit parti, ils s'entendaient bien.

– Il comprend ma décision, me dit le jeune Hispanique. Sauf que… putain, il a failli chialer !

Il tente de sourire, mais je distingue la peine dans ses yeux.

– Laisse-lui du temps, et à ta tante aussi, lui conseillé-je.

– Ouais. Je leur ai dit que je passerai les voir régulièrement, et que je leur donnerai des nouvelles. Ça les rassure.

Pour évacuer sa nervosité, il pianote sur la couverture d'un roman. Il lit beaucoup : pendant ses pauses, au déjeuner… Je crois que ça l'aide à faire face au départ de Cassiopée.

À ce propos...

– Ma sœur est au courant de ce qui t'arrive ?

– Non, me répond Alex. Je veux pas l'inquiéter.

Il ouvre la bouche pour ajouter quelque chose, mais choisit finalement de se taire. Je pousse un soupir et lâche :

– Quoi, gamin ?

– C'est juste que… Cassie va rester un bout de temps à Chicago.

Inutile de me le rappeler.

– Et ?

– Bradley n'a jamais pensé à étendre le club à d'autres villes ? Ouvrir d'autres chapitres pourrait nous rendre plus puissants. Tu en penses quoi ?

Je me retiens de me marrer devant la piètre tentative d'Alex pour faire croire que tout cela est lié aux Styx Riders. Il n'est pas question de puissance, il est question de Cassiopée, on le sait tous les deux.

– Des envies de voyage, gamin ? m'amusé-je.

– Disons que si l'occasion se présentait…

Il se masse la nuque, embarrassé. Je décide de lui venir en aide.

– Essaie d'en parler au président, on ne sait jamais, lui dis-je.

Le regard d'Alex s'illumine.

– Je lui en toucherai deux mots, déclare-t-il. Ce serait cool qu'il accepte. Je pense. Enfin… pour le club.

– Ouais, pour le club. En attendant, tu remballes tes affaires et tu viens chez moi.

– Mais…

– Pas de « mais ». Amène-toi, OK ? J'ai des chambres d'amis, et ce n'est pas comme si tu n'avais jamais créché à la maison. Grouille-toi. Je ne dirai à personne ce qui t'arrive en ce moment, sauf si tu refuses mon aide.

– Tu me menaces ? grogne-t-il.

– Ouais.

Devant mon air renfrogné, il ne proteste pas une seconde de plus. Il se contente d'attraper son sac et de me suivre.

Il est deux heures du matin quand il pose ses affaires chez moi.

– Merci, frangin, murmure-t-il.

– Pas de quoi, lui renvoyé-je. Tu es ici chez toi. Si tu as envie de faire un truc, fais-le. Évite seulement de me surprendre. J'ai parfois du mal à gérer les réflexes que mon corps a adoptés pendant ma période militaire. Du coup, fais gaffe, OK ?

– Ça marche. Je peux vraiment faire tout ce que je veux ?

Bien sûr : j'ai confiance en lui. Cependant, un truc me dit que si je le lui avoue, il va me sortir une connerie… Ça ne loupe pas, même si je garde le silence.

– Je peux inviter Ruby, par exemple ?

Le prénom de Nashville à mes oreilles sonne de façon bien trop agréable. Son image s'incruste derrière mes rétines. Je secoue la tête pour l'en sortir : aucune chance, elle reste ancrée en moi, la jolie chanteuse !

– Pourquoi est-ce que tu voudrais inviter Ruby ? grondé-je à l'intention d'Alex. Tu sors avec ma frangine.

Le gamin se marre. À quoi joue-t-il ? Il veut se prendre une volée, ou quoi ?

– Parce que tu n'as pas le courage de le faire ? lâche-t-il. Avoue qu'entre vous il y a un truc. Cette façon dont vous vous matez quand elle vient au garage… Vous couchez ensemble ?

Je me détourne. Cette discussion vire au champ de mines. Je me suis déjà mangé de sacrées explosions dans la gueule ce soir en compagnie de Ruby : j'ai eu ma dose, c'est bon.

– Bonne nuit, gamin, lancé-je.

– Promis, je garderai le…

– Boucle-la. Interdiction d'inviter Ruby ici sans mon accord, pigé ?

Il lève les yeux au ciel, toujours armé de son sourire à la con. Je claque la porte de sa chambre avec un soupir blasé.

Qu'est-ce qui m'a pris de prendre un colocataire, bordel ?

***

Le lendemain, à six heures du matin, je décide de commencer la journée par une séance de sport histoire de me détendre. Quand Alex se lève, la tête dans le cul, les cheveux en bataille, il marmonne un truc à propos des fruits mixés que j'avale dans un grand verre. Je comprends qu'il n'est pas du matin lorsqu'il fouille dans le frigo en grondant :

– Bordel, il n'y a rien de mangeable, même dans tes placards. Tout est bio ou quoi ?

– Je mange ce qui ne détruit pas mon corps, tu devrais en faire autant, lui renvoyé-je.

– Pourquoi ? J'ai des abdos en béton. Tu sais qu'Ash me fait courir trente kilomètres tous les samedis ?

– Oui. Et quand on a ce type d'activités physiques, les vitamines sont super importantes, déclaré-je en lui lançant une pomme.

Il répond à mon sourire par une grimace. Son portable sonne en même temps que le mien. Il attrape son appareil en premier et annonce :

– C'est le président, il veut qu'on passe au *Purgatoire* avant l'ouverture du garage.

– On décolle dans cinq minutes, alors. Grouille-toi.

Quand on se gare devant le bastion un peu plus tard, de nombreux gars attendent déjà devant. Ça pue la messe, cette histoire. Et on dirait bien que tous les Styx Riders sont conviés à la fête, cette fois. Nous entrons. Bradley, Ash et Gun nous attendent déjà. Ils ont l'air plutôt détendus, ce qui me rassure : si quelque chose de grave s'était produit, ils ne feraient pas cette tête-là.

Je reste debout contre un mur et attends en silence que la réunion commence. Quand le président prend la parole, le silence écrase l'assemblée.

– Salut, les gars. Je dois vous annoncer quelque chose ce matin.

– Gun a fait son coming-out avec Kris ? se marre Riv, membre du club depuis plus de dix ans.

Je jette un regard à Ash. Il ne réagit pas. Plus le temps passe, plus je suis convaincu qu'il a accepté ce qui se passe entre sa frangine et le vice-président, même s'il n'en montre rien.

– Les nomades du club des Faucheurs sont arrivés en ville cette nuit, continue Bradley comme s'il n'avait pas été coupé. Isha Otila m'a contacté pour me dire qu'ils ne restaient que quelques jours : ils doivent se rendre à Seattle pour affaires. Du coup, les gars, si vous les voyez en ville, ne déclenchez pas de bagarre. Du moins, pas plus que d'habitude.

Les nomades sont des bikers qui ne sont pas attachés à un chapitre de leur club. Ils roulent de ville en ville en représentant leurs couleurs, aussi libres que l'air. Les Styx Riders et les Faucheurs sont alliés, raison pour laquelle ils peuvent venir à Black Lake. Cependant, Bradley fait bien de nous prévenir de leur présence. Autant on s'entend bien avec les mecs d'Otila, autant ce territoire reste le nôtre.

– Gardez un œil sur eux, continue le président. Isha a prévu de passer lui aussi prochainement pour voir sa fille et fêter comme il se doit le fait de devenir grand-père. Je vous tiendrai au courant. Quelqu'un a un truc à dire avant qu'on termine la messe ?

Personne n'ouvre la bouche, alors les gars commencent à se disperser. Je me dirige aussitôt vers la sortie : c'est nécessaire si je veux ouvrir le garage à l'heure. J'ai plusieurs rendez-vous à honorer ce matin : je ne peux pas me permettre de traîner. Snack m'emboîte le pas en croquant allègrement dans un sandwich au poulet. Pourtant, il n'est même pas huit heures… Quant à Alex, il reste en arrière : le président lui a fait signe de venir discuter avec lui. À mon avis, il se doute qu'il a quitté la maison de sa tante. Bradley est au courant de tout ce qui se passe à Black Lake, c'est impressionnant.

– Prends ton temps, dis-je au gamin. Tu nous rejoindras quand tu auras terminé.

– Ça roule, boss. Préviens Snack qu'il a interdiction de piocher dans mes réserves de nourriture en mon absence.

Le reste de la journée, je me plonge dans le travail en espérant que cela me permettra d'oublier tout le reste. Je prends même mon déjeuner en classant des factures, pour ne pas avoir à songer à Ruby.

Mais en vérité, les chiffres et les lettres sur la paperasse se confondent peu à peu. Mon esprit dérive vers une certaine brune aux longues jambes, au sourire enjôleur et à la voix envoûtante. Avec un soupir, je m'appuie contre le dossier de ma chaise. J'ai l'impression d'avoir tout gâché avec Ruby. Elle a raison, je ne sais pas gérer mes relations. Je finis toujours par tout foutre en l'air…

J'ai conscience de l'avoir déçue à la *Luxure*. Me remémorer sa réaction me tord les boyaux. Mince, à quel moment ai-je perdu le contrôle de mes émotions ?

Après la fermeture du garage, je grimpe sur ma bécane et décide de rouler, comme hier. Je ne vais nulle part en particulier. La route agit sur mon âme comme un pansement, elle me détend.

À un carrefour, je tombe sur Ash et Gun. Il n'est pas rare de trouver d'autres Styx Riders sur leur moto, surtout le soir. Certains font cavalier seul, d'autres préfèrent rouler en meute. Faire un bout de chemin avec eux me convient, alors je me cale sur leur rythme. Gun prend la tête du convoi, suivi par Ash. Moi, je ferme la marche. La hiérarchie se ressent même sur l'asphalte.

Nous ne nous parlons pas : nous profitons du vent, de la liberté, de la rage crachée par nos bécanes. Nous partageons quelque chose de bien plus puissant que ce que nos mots pourraient transmettre…

Au bout d'un long moment, Gun vire brutalement sur la gauche vers le parking du bowling. Je comprends pourquoi lorsque je remarque les Harley garées devant le bâtiment. Trois Faucheurs ont décidé de se faire une partie, on dirait.

– Ça vous dit de jouer un peu ? nous lance notre vice-président.

Grave ! Balancer une boule dans les quilles, c'est un plan parfait pour me défouler un peu.

À peine entrons-nous dans le complexe que les regards des clients se posent sur nos *cuts* et que les murmures se mettent à grouiller autour de nous. Le Bowling World ne fait pas partie des commerces protégés par les Styx Riders, raison pour laquelle on ne le fréquente pas souvent. Jamais, en fait.

À une époque, je venais ici tous les mercredis soir avec ma sœur. Et puis un jour, sans que je m'en rende compte, elle a grandi et moi aussi. Nous ne sommes plus jamais venus…

Chassant cette bouffée de nostalgie de mon esprit, je cherche les Faucheurs du regard. Appuyés sur le comptoir du bar, ils discutent avec une employée. Mais ils ne parviennent pas à retenir mon intérêt plus d'une demi-seconde, parce qu'autre chose le happe. Quelqu'un.

Ruby.

Elle vient de lancer une boule sur la piste. Même si elle ne renverse qu'une seule quille, elle sautille avec un large sourire. Un putain de poing me percute l'estomac quand elle prend dans ses bras un type aux airs de fils à papa. Je me fige, submergé par l'envie de les séparer. Ils ne sont pas seuls : deux autres nanas et un mec les accompagnent. Je reconnais Lady : on dirait bien que Lux et elle sont amies.

Le blondinet en polo tire à son tour et fait un strike. Il tombe dans les bras de ma chanteuse préférée. Je prends ça pour une vengeance du destin.

Qu'ai-je dit à Ruby à la Luxure*, déjà ? Qu'entre nous, il n'y aurait rien d'autre que de la baise ?*

Merde, alors pourquoi ai-je envie d'emplafonner ce gars auquel elle sourit ?

– Ça va comme tu veux ? me demande Ash.

– Ouais.

Non.

Un truc se passe en moi. Je ne comprends pas trop ce que c'est, je sais seulement que voir Nashville avec un autre mec me donne la nausée.

– Alors amène-toi, m'ordonne mon sergent d'armes. Les Faucheurs nous ont vus, il faut qu'on aille se présenter.

Nous rejoignons les trois gars. Ils nous observent, tendus. Ils savent que d'un claquement de doigts on peut les faire dégager de la ville. Certes, notre alliance avec Otila en prendrait un coup, mais on n'hésiterait pas si c'était nécessaire.

– Bien le bonsoir, messieurs ! leur lance Gun avec un sourire éclatant. Qu'est-ce que des gaillards comme vous font au bowling ?

Il désigne à la barmaid la boisson de son interlocuteur pour lui signifier de lui apporter la même chose. Je l'imite, ainsi qu'Ash.

– Tiens, les Styx Riders ! réplique le plus âgé des Faucheurs. On est juste de passage, avec la bénédiction de votre président.

– Détendez-vous, on sait, déclare Gun. On voulait vous souhaiter la bienvenue, vous dire que si vous avez besoin d'un truc, on est là, tout près, à l'affût…

Les trois types ne relèvent pas la menace voilée et se présentent chacun à leur tour. Le costaud avec une tête de mort dans le cou s'appelle Kellan. L'aîné sans un poil sur le caillou, c'est Rock. Quant au dernier, aussi fin qu'une épingle, il se nomme Crow. Très vite, ils nous annoncent qu'ils sont dix-huit en ville, et qu'ils comptent rejoindre le nord dans quelques jours.

Au fil de la conversation, l'ambiance se modifie jusqu'à devenir plutôt sereine. Il est évident que les Faucheurs ne cherchent pas à défier notre autorité.

Je jette régulièrement des coups d'œil par-dessus mon épaule. Ruby sourit, vit, s'amuse. Après un énième tir, elle sautille. Le fils à papa l'approche une fois de plus et passe son bras autour de sa taille. Je me crispe. Qu'il la touche m'énerve, qu'il la regarde de cette façon me…

Bordel de merde, il va enlever sa putain de main ou pas ?

Je me rends compte que le silence est tombé autour de moi. Je viens de claquer mon verre sur le comptoir. Les Faucheurs, un peu éméchés, se moquent de moi. En revanche, Gun et Ash restent très sérieux. Ils échangent un regard que je ne déchiffre pas, puis le vice-président pousse un soupir.

– La prochaine tournée est pour vous, les gars, lance le sergent d'armes pour détourner l'attention des Faucheurs.

Gun en profite pour se glisser sur le tabouret à côté du mien et me souffler :

– Va la voir.

– Arrête, grogné-je.

– Tu as l'air d'être sur le point de t'arracher une côte pour oublier la jalousie qui ronge tes tripes. C'est qui, cette fille ? Tu l'as rencontrée où ?

Il vide son verre de bourbon d'une traite. Pour ma part, je me concentre sur une bouteille bleue fluorescente posée sur une étagère en face de moi pour ne pas exploser.

– Tu es franchement mal placé pour me donner des conseils en matière de relations amoureuses, renvoyé-je à mon vice-président. Tu n'es même pas foutu d'avouer à Kris que tu la kiffes.

Au lieu de se vexer comme je l'espérais, il éclate de rire, l'enfoiré.

– Tu te trompes, Gold, m'avoue-t-il. C'est tout ce qu'il y a de plus officiel entre elle et moi. Depuis pas mal de temps, en fait.

Alors là, il m'en bouche un coin.

– Sérieusement ?

Il hoche la tête avec un sourire stupide. Le même que je peux voir sur les lèvres d'Ash quand il parle d'Heden.

En parlant de ça…

D'un mouvement du menton, je désigne notre sergent d'armes, en pleine conversation avec les Faucheurs.

– Il le sait ? demandé-je.

– Aucune idée, me répond Gun.

– Tu comptes lui en parler ?

– C'est mon meilleur ami ! Bien sûr que je compte lui en parler. J'attends juste que Kris me donne le feu vert.

– Attends, c'est *elle* qui ne veut pas que tu en parles ?

– Frangin, on a beau être de foutus bikers armés jusqu'aux dents, il arrive un jour où on comprend que ce sont les femmes qui dominent ce putain de monde.

Gun éclate de rire, puis rejoint Ash comme si de rien n'était. Pour ma part, je me tourne à nouveau vers Ruby. Je l'observe pendant les minutes qui suivent, me nourrissant de son sourire. Bientôt, l'enfoiré en polo qui lui tourne autour me sort par les yeux. Même si depuis le début je tente de repousser l'évidence, la vérité m'éclate à la gueule avec la violence d'une bombe.

Ruby est à moi.

– Je reviens, lancé-je aux gars au moment où elle prend la direction des toilettes, Lady sur les talons.

CHAPITRE 18

RUBY

– Tu lui plais, non ?

Je crois que Lady se trompe à propos de Clark, un ami à elle qu'elle a invité à passer la soirée avec nous.

– Tu crois ? demandé-je, songeuse. Il veut juste se montrer sympathique, non ? Il n'est pas à mon goût, de toute façon.

– Pas assez biker, c'est ça ?

Mes joues virent au cramoisi.

– Tu parles de Gold, comprends-je.

– Bien sûr.

– Il n'y a rien d'autre que du sexe entre nous, sache-le. Il ne veut rien de plus.

Ma voix se brise tandis que je fais mine de chercher mon parfum à la noix de coco dans mon sac à main minuscule. Je baisse la tête dans l'espoir de ravaler mes pleurs. La façon dont l'ex-militaire m'a repoussée hier tourne en boucle dans mon esprit.

J'ai eu si mal qu'en sortant de l'Olympe j'ai dû demander à Vanessa de me laisser repartir chez moi. J'ignore ce qu'elle a lu en moi, mais elle a accepté et m'a même donné ma soirée d'aujourd'hui.

– Je suis désolée, trésor, me souffle Lady.

– Je suis tellement stupide d'y avoir cru, dis-je. J'ai pensé qu'il y avait une connexion entre nous. Je me trompais. Il m'a repoussée et…

Voilà, je suis à nouveau au bord des larmes.

– Tu veux qu'on aille lui péter les jambes ? me propose ma collègue.

À cet instant, la porte des toilettes s'ouvre. Je n'y prête pas attention et déclare :

– L'idée me tente bien. Je le déteste tellement que je pourrais même casser la totalité des os de son corps !

– Va falloir t'accrocher, Nashville, réplique alors une voix masculine. Je suis plutôt solide.

J'écarquille les yeux, l'attention rivée sur mon double dans le miroir. Je reste immobile en essayant de me persuader que mon esprit me joue des tours. Gold dans un bowling ? Impossible. Pourtant, force est de constater en me tournant légèrement que le reflet du biker apparaît bien dans la glace.

– Tu l'as suivie ? lui lance Lady.

– Raconte pas de conneries, gronde-t-il en réponse.

– Tu es un gros con, Gold ! Va-t'en, elle ne veut pas te voir !

Une grimace déforme le visage du biker. Si je n'avais pas été aussi tendue, j'en aurais sûrement ri.

– Juste une minute, supplie-t-il.

– Retourne jouer avec tes petits copains, d'accord ? Ruby ne mérite pas ce que tu lui infliges !

– Nashville. S'il te plaît…

Lady me regarde dans l'attente de ma réponse. Je la gratifie d'un hochement de tête.

– Tu peux y aller, je te rejoins bientôt, lui assuré-je.

– Tu es sûre ?

– Oui.

Cet idiot de biker m'a blessée dans mon orgueil, mais je sais que physiquement il ne me fera pas de mal.

Ma collègue opine, attrape ses affaires, puis sort de la pièce, non sans fusiller Gold du regard. Dès qu'elle a quitté les lieux, il bloque la porte en s'y adossant. Le silence s'abat entre nous. Dos au miroir, les bras croisés sur ma poitrine, je reste appuyée contre la rangée de lavabos encastrés. Même si plus d'un mètre nous sépare, la chaleur de l'ex-militaire imprègne ma peau. Pitoyable, non ?

– Je suis ici pour affaires, pas pour toi, m'assure-t-il d'un ton égal.

– Ravie de le savoir, lui renvoyé-je. Et c'est aussi pour affaires que tu es ici, dans les toilettes des femmes ?

Il fronce les sourcils. Mais je me fiche bien de ses états d'âme. Il mérite d'être traité comme il me traite, moi.

– Non, pour te parler, déclare-t-il.

– Me parler de quoi ? Je croyais que tout était clair entre nous. Du sexe, rien de plus. Alors ma vie en dehors de nos petites sauteries ne te concerne pas.

La seconde d'après, il avale la distance entre nous et plaque ses mains de chaque côté de ma taille. Choquée, je me tends à l'extrême en essayant de ne pas entrer en contact avec son corps. Il m'a blessée sur le plan émotionnel, mais physiquement, il continue de me faire un effet de dingue. Alors que mon regard tombe sur sa bouche pincée, mon cœur accélère. Je me penche en arrière afin de glaner un peu d'espace.

– Tu sors avec le mec que tu as pris dans tes bras sur la piste ? me demande-t-il.

Je cligne des paupières. Un instant, le visage de Clark se superpose à celui de Gold, mais le biker reprend bien vite le pouvoir sur mon esprit.

Une partie de moi hésite à lui mentir, rien que pour voir comment il réagira. Mais une aura de dangerosité bout autour de lui ; je la sens me caresser. Je n'ai pas envie qu'il arrive quelque chose à Clark, surtout que ce garçon n'a rien à voir avec toute cette histoire.

– Quelle importance ? lancé-je. Le jour où entre toi et moi il n'y aura plus de sexe arrivera bientôt.

Et alors, il n'y aura plus rien du tout. C'est inévitable, et c'est toi qui l'as choisi.

Les yeux verts de Gold me transpercent à la fois le cœur et l'âme. Le sentir si proche sans pouvoir le toucher me donne envie de pleurer. Je tombe un peu plus amoureuse de lui à chaque seconde qui passe, et ça me tue.

– J'arrête, soufflé-je, la gorge en feu.

Il encaisse mes paroles sans broncher. Au fond de ses iris brille pourtant une lueur qui ressemble à de la souffrance.

– Je ne m'impliquerai pas davantage avec toi, ajouté-je. Ça va devenir trop douloureux, je le sens. On continue chacun de notre côté.

– Non.

Son ton catégorique me frappe.

– Gold… murmuré-je.

– J'ai dit non. Je ne te laisserai pas partir.

Un rire dénué de joie m'échappe. Je lève la tête en fixant le plafond, essayant de garder pour moi les jurons qui me viennent.

Il se fiche de moi en beauté !

– C'est quoi ton pro…

Je ne termine pas ma phrase : je n'en ai pas le temps. La bouche de Gold s'abat sur la mienne. Sa langue se creuse un passage entre mes lèvres, dévorante, déterminée. Le souffle coupé, je me laisse tomber contre lui quand son corps se plaque contre le mien. Mes pensées explosent. Quelque chose se fendille en moi, et je perds le contrôle.

Incapable de résister à ce baiser, j'enroule mes bras autour du cou du biker, me presse davantage contre lui. Sa main crochète ma nuque, l'autre se pose sur mes fesses. Il me soulève sans mal, m'assoit sur le bord du lavabo et écarte mes jambes pour pousser ses hanches contre moi.

Je m'aperçois que c'est la première fois qu'il y a un rapprochement physique entre Ruby et Gold. Lux n'existe pas, ce soir : il n'y a que moi.

Les dents du biker accrochent ma lèvre inférieure. Il joue avec quelques secondes, puis il éloigne son visage du mien. De la lave en fusion remplace le sang dans mes veines. Quant à Gold, ses yeux crépitent de désir.

La porte des toilettes s'ouvre, puis se referme immédiatement. Ni lui ni moi ne réagissons, trop concentrés l'un sur l'autre.

Mais la réalité finit par me rattraper. Des perles salées roulent sur mes joues. Comme si je venais de lui tirer dessus, le biker recule.

– Pourquoi tu m'infliges ça ? grondé-je. Tu n'as pas le droit de t'amuser avec moi !

– Nash…

– Arrête ! Je te déteste tellement de me faire ressentir des émotions aussi violentes et d'en profiter sans t'inquiéter de ce que ça me fait !

Je reste assise, parce que si je me lève mes jambes risquent de ne pas soutenir mon poids. Pourtant, une partie de moi voudrait fuir le plus vite possible… À la place, je pointe un doigt accusateur sur Gold, alors qu'il continue de me fixer en fronçant les sourcils.

– Tu as été clair ! lui assèné-je. Tu ne veux pas de Ruby. D'accord. Mais tu n'auras plus Lux non plus. C'est terminé.

Le biker prend une profonde inspiration, se passe une main dans les cheveux, puis soupire :

– Tu as raison, Nashville : on arrête de jouer. Tu pensais ce que tu m'as dit à la *Luxure* ? À propos de mes activités au sein des Styx Riders ?

– Quoi ?

Je ne m'attendais pas à cette question.

– Tu te doutes que si on va plus loin, ça pourrait impliquer des trucs moches pour toi, hein ? reprend Gold. Tu seras capable de les gérer ? Admettons que je te dise que je ressens des trucs pour toi, des trucs que… je ne contrôle pas. Que depuis que je sais que tu es Lux, je suis bien incapable de te dissocier d'elle, que tu as pris trop de place dans mon cœur de gros con, hein ? Tu vois, c'est tellement fort que j'ai besoin de m'assurer que tu ne feras pas marche arrière quand tu seras confrontée à ma part sombre. Je ne te ferai jamais de mal, mais… elle sera là, elle me rendra distant, froid, tellement insondable que tu auras envie de me poser des dizaines de questions auxquelles je ne pourrai pas répondre.

Lentement, le biker me rejoint sans détourner une seule fois ses iris des miens. À nouveau, il pose les mains de chaque côté de ma taille, sur le lavabo.

– Parce que ce qui concerne le club ne concernera que le club, ajoute-t-il. Il y aura des choses que tu sauras et d'autres que je te tairai, pour ta sécurité. C'est de la frustration qui t'attend, Nashville.

– Tu… tu as tenu le même discours aux filles qui m'ont précédée ? demandé-je, un peu perdue.

– Non. Je n'ai jamais envisagé de commencer un truc sérieux avec qui que soit. Avec toi, oui. J'ai besoin d'une réponse, Ruby. Est-ce que tu sauras gérer ?

Je n'hésite pas une seconde avant d'affirmer :

– Oui.

Un sourire éclaire le visage de Gold. Il recule, me laissant pantelante sur le bord du lavabo.

– Très bien, dans ce cas, déclare-t-il.

– Comment ça, « très bien » ? Arrête de souffler le chaud et le froid ! C'est bien beau de me dire que je compte pour toi, mais tu te rends compte qu'il faudra le prouver ?

– Oh, je compte le faire, rassure-toi. Bonne soirée, Nashville.

Sur ce, il quitte les toilettes, non sans m'avoir gratifiée d'un clin d'œil.

Que vient-il de se passer ? Sa déclaration continue d'agir sur mon cœur comme une dose d'adrénaline. Je reprends doucement contenance, me tourne vers cette fille que je ne reconnais pas dans le miroir… Cette Ruby qui voit son désir le plus profond se réaliser. Est-ce qu'elle tombe à pieds joints dans un leurre ? Est-ce qu'elle est trop naïve d'y croire encore, alors que ça paraît trop beau ?

– Qu'est-ce qui s'est passé ? me demande Lady en entrant en trombe dans les toilettes. Je veux tout savoir… La vache, ta tête ! Il t'a roulé une pelle, c'est ça ?

Je souffle tout l'air de mes poumons. Comment un mec peut-il me faire passer du désespoir à la joie en quelques minutes à peine ? Il faut vraiment qu'on parle, lui et moi, quand mon cerveau aura cessé de surchauffer.

– Ruby ? insiste ma collègue.

– Il m'a dit qu'il… qu'il ressentait des trucs pour moi, raconté-je. Que si je voulais vraiment qu'on soit ensemble, il fallait que je sois sûre de moi, et que je sois consciente de ce qu'implique le fait de sortir avec un biker. Parce qu'il ne supporterait pas que je fasse marche arrière.

Lady écarquille soudain les yeux, la bouche entrouverte.

– Nom de Dieu, il a utilisé de vrais mots pour former de vraies phrases ? s'étonne-t-elle.

– Oui.

– Je ne pensais pas ça possible venant de lui. Ça doit sacrément tourner dans ses tripes pour qu'il te dise ce genre de trucs. Tu lui as répondu quoi ?

Je hausse les épaules.

– Oui, je crois ? Mais après, il est parti. Du coup, je ne sais pas si on est ensemble ou pas. Zut, j'aurais dû le lui demander.

Lady éclate de rire.

– Il faudra attendre pour ça, il vient de quitter le bowling avec ses copains, me dit-elle. Mais ne te fais pas de bile, tu auras une réponse à ta question très vite, c'est certain. Allez, viens, c'est ton tour de jouer.

***

– Arès représente la force brute, le carnage de la guerre. On le décrit comme un dieu dénué d'émotions, guidé par ses instincts primitifs. Il ne part pas au combat ; il *est* le combat. Ruby, vous pouvez nous en dire plus ?

Le professeur Devon me fixe de son regard perçant. Devine-t-il le trouble qui s'est emparé de moi depuis hier soir ? Il a raison de me pousser à me reconcentrer sur son cours : mes pensées n'arrêtent pas de dériver…

– Eh bien… personne ne l'aime vraiment, ni chez les divinités ni chez les mortels, commencé-je. Son père lui-même ne se prive pas de lui signifier à quel point il le déçoit.

– Pas mal du tout.

Bradley Devon reporte son attention sur le reste de l'amphithéâtre et reprend :

– Selon vous, les choses auraient-elles été différentes si Zeus et Héra avaient accordé plus d'amour à leur fils ? Mais si cela avait été le cas, Arès serait-il toujours la personnification de la guerre ? Est-il né pour être détesté ? Je vous laisse méditer cette question pour la semaine prochaine. C'est terminé, vous pouvez y aller.

Je me lève et m'apprête à quitter la salle de cours, mais le professeur Devon me retient.

– Ruby ?

– Oui ?

– Est-ce que tout va bien ?

Je hoche la tête.

– Ai-je donné l'impression que ce n'était pas le cas ? demandé-je. C'est vrai que j'étais un peu dans la lune pendant le cours, mais je me rattraperai, je vous le jure.

– Tu as l'air plus fatiguée que d'habitude, constate mon professeur.

– Je vous assure que je vais très bien.

– Tu penses avoir fait le bon choix en demandant plus d'heures à Vanessa ?

C'est surtout que je n'avais pas le choix. Ma mère ne peut se permettre de travailler avec les triplés, surtout si elle est contrainte de donner son salaire en paiement d'une nourrice. Je me dois de la soutenir du mieux que je peux.

– Écoute, si tu as besoin d'un autre arrangement, parles-en à ta boss, ajoute Bradley en voyant que je ne réagis pas. Au besoin, j'interviendrai, OK ?

– Merci, professeur Devon. Au revoir !

Mon sac collé contre ma poitrine, je file à toute allure en dehors du bâtiment. Que le président des Styx Riders connaisse l'identité de Lux me met un peu mal à l'aise… Toutefois, il ne paraît jamais me juger, et ça me plaît bien.

Je rejoins Tania et Suzie, deux filles avec qui je m'entends plutôt bien. Il s'agit plus de connaissances que d'amies, mais j'aime étudier avec elles.

– Désolée, j'avais un truc à régler, leur dis-je. On va à la bibliothèque ?

C'est le seul endroit où je peux réviser sans avoir les triples J dans les pattes. Je les aime de tout mon cœur, sauf qu'ils ont tendance à rendre la maison un peu bruyante.

Sur ma gauche, Suzie s'arrête net, les yeux écarquillés.

– Ce ne serait pas un biker ? s'exclame-t-elle. Mon Dieu, si, c'en est un, il a le blouson ! Regardez ça, les filles ! Sur le parking !

En effet, il y a bien un biker appuyé sur sa moto… et pas n'importe lequel. Mon cœur s'emballe quand je reconnais Gold, et les images de notre baiser au bowling me reviennent en pleine face.

Qu'est-ce qu'il fait là ? Est-ce qu'il compte enfin clarifier la situation entre nous ?

– Il vient par ici ! glapit Suzie en lissant son haut du plat de la main. Comment vous me trouvez ? Mes cheveux, ça va ?

Tania et elle échangent des piaillements réjouis, alors que je tente de garder la tête froide. Mon corps réagit toutefois à la vue du biker : des frissons dévalent mon dos.

Je n'ai toujours pas bougé quand il s'arrête face à nous, ses Ray-Ban sur le nez. Je tente d'accrocher son regard malgré ses lunettes teintées, sans succès.

– Bonjour, intervient Suzie, on peut t'aider ?

– Non, c'est bon, répond Gold d'une voix brûlante de virilité. Je viens voir Ruby.

Je me tourne vers mes deux camarades, qui me fixent maintenant comme si j'avais la peste. Ou une auréole au-dessus de la tête ? Je ne sais pas trop si elles m'envient ou si elles m'en veulent. En tout cas, savoir que l'ex-militaire est venu pour moi me donne envie de croire à ce qu'il m'a dit hier. Quand il a prétendu qu'il me prouverait que je compte pour lui.

– On se retrouve à la bibliothèque ? demandé-je aux filles.

– OK, répond Tania avec un regard qui m'assure qu'un interrogatoire m'y attendra. À plus tard…

Dès que Gold et moi nous retrouvons seuls, j'attends qu'il m'explique sa présence, en essayant d'étouffer la joie naïve qui se creuse un passage en moi. Je note en tout cas qu'il ne fait pas un mouvement pour m'embrasser.

– Salut Nashville, me lance-t-il. Il faudra que tu me donnes ton numéro, je ne me vois pas attendre dix ans devant ton université tous les quatre matins en espérant que tu en sortes.

– Tu es là pour moi, alors ? lui demandé-je.

Avec une tranquillité carrément sexy, il retire ses lunettes de soleil. Le coin de ses lèvres s'étire en un sourire mi-moqueur, mi-amusé.

– Tu es la seule étudiante que je connaisse, déclare-t-il.

– Ton président bosse ici, lui fais-je remarquer.

Il hausse les épaules, passe un bras autour ma taille, puis m'entraîne vers sa moto à pas lents.

– Je voulais te voir pour être sûr qu'il n'y a pas de lézard entre nous, lâche-t-il.

– De la part du mec qui m'a plantée hier soir, c'est étonnant comme question.

Il s'arrête et me fait pivoter de façon que je puisse le regarder bien en face. Ses yeux verts brillent de détermination.

– Ce genre de trucs, je maîtrise à peu près autant que les codes sociaux, gronde-t-il.

– Les relations, tu veux dire ?

– Ouais. Je tâtonne sévère, mais j'ai envie que ça marche entre nous. C'est vrai que j'ai été con de partir de cette façon, hier… Tu n'as pas idée de l'effet que tu me fais, Nashville. Je n'allais pas te prendre dans les toilettes, quand même. Tu mérites mieux que ça.

Pour le coup, il n'a pas tort. Je me rappelle très bien les flammes dévorantes qui me léchaient de l'intérieur après notre baiser. S'il était resté une minute de plus, je suppose que la situation aurait dérapé.

– Tu as fui pour préserver ma vertu ? m'amusé-je.

– Oh non : celle-là, je te l'ai déjà volée.

Sans crier gare, il dévore l'espace entre nous et me plaque contre son torse. Je passe mes bras autour de son cou, et c'est à mon tour de l'embrasser. Son sourire sur mes lèvres annihile mes pensées tandis que sa langue s'insinue dans ma bouche, y impose son pouvoir. Je me fiche bien qu'on nous regarde et lui aussi, visiblement.

J'ai encore des questions qui se bousculent dans ma tête, mais pour le moment, je m'en fiche. J'ai juste envie de profiter de la présence de Gold, de ces sensations qu'il alimente en moi.

Lorsqu'il me libère, je suis à bout de souffle. Devant mon regard surpris, il fait apparaître une carte entre ses doigts habiles.

– Je suis venu te donner ça, déclare-t-il.

Je recule et prends le morceau de carton qu'il me tend.

– Ton numéro professionnel… soupiré-je. Je l'ai déjà.

– Range tes griffes, mon cœur, et retourne cette carte.

– Oh… Oh !

Non seulement il a écrit son numéro de portable sur le bristol, mais j'ai aussi le droit à une autre révélation.

– Shayne ? lis-je. Attends, tu t'appelles Shayne ? Sérieusement ?

Il éclate de rire, puis glisse les mains dans les poches de son jean.

– On est à égalité, Nashville, lâche-t-il. Je me disais que je te devais bien ça après t'avoir harcelée pour connaître ton prénom. Mais fais-moi plaisir, continue de m'appeler Gold.

– Pourquoi ?

– Parce que je ne veux plus de l'identité que mes parents ont construite pour moi. Si tu veux bien, cependant, on parlera de ce sujet une autre fois.

Une vive émotion m'envahit lorsque je range la carte dans mon sac de cours. J'ai envie de me mettre à sautiller, sourire et piailler à la fois. Je garde toutefois mon sérieux et demande :

– Il y a quand même quelque chose qui m'interpelle, Gold : pourquoi as-tu changé d'avis à propos de nous ? C'est si soudain… Un jour, tu ne veux pas de moi dans ta vie, et le lendemain, tu m'en ouvres les portes toutes grandes ?

Il grimace et se gratte la nuque, embarrassé, avant de soupirer :

– C'est juste que… j'ai toujours tout fait pour éloigner mon entourage des Styx Riders. Pour les protéger, tu vois ? Mais à la *Luxure*, ton départ ressemblait à un adieu. Ensuite, je t'ai vue avec l'autre gars au bowling et tu m'as dit qu'on arrêtait tout. Ça m'a rendu… fou. J'ai compris que j'allais te perdre, et ce n'était pas envisageable.

Ses paroles se creusent un passage dans mon esprit. Incapable de parler, je me contente d'ouvrir la bouche pour respirer.

– Je ne sais pas ce que ça va donner entre nous, Nashville, parce que je ne suis pas le mec le plus doué qui soit en matière de relations, mais je ferai tout pour que ça marche, OK ? reprend Gold. Je veux connaître Ruby comme je connais Lux, je veux que tu continues de chanter pour moi tout en me racontant que tu veux devenir journaliste et en me parlant de tes études à l'université. Je te veux tout entière. Tu en penses quoi ?

– Que cette aventure me tente bien, réponds-je avec un sourire.

– Alors je te jure que tu ne le regretteras pas, Nashville.

CHAPITRE 19

GOLD

Ruby s'éloigne en direction de la bibliothèque, la démarche légère. L'observer me donne de foutues palpitations. Je n'en reviens pas de l'évolution de la situation entre nous. C'est comme si j'avais décidé de sauter dans une rivière et de me laisser porter par le courant. Ne plus lutter fait du bien. J'accepte de me sentir paumé en compagnie de ma sirène, de ne plus contrôler mes émotions, de tâtonner dans l'inconnu au risque de me manger un mur.

– Qu'est-ce que tu fais ici ? me demande mon président, apparaissant soudain à mes côtés. J'allais t'envoyer un message pour te dire de me rejoindre chez Bowers.

– Je plonge dans un océan d'incertitude et je m'y noie, répliqué-je. Ça ne se voit pas ?

– C'est à cause d'une fille de l'université ?

– Pourquoi est-ce que ça devrait avoir un lien avec une nana ?

Voilà que Bradley éclate de rire en allumant une cigarette. Le cul posé sur la selle de sa Harley, il me décoche un regard qui me signifie qu'il en a vu d'autres.

Il y a quelques semaines, Ash a customisé sa bécane en dessinant dessus une main masculine tenant un éclair semblable à celui de Zeus, le roi des dieux. Le président lui ressemble : comme lui, il est à la fois secret, protecteur et d'une force incroyable.

– Cet air-là, il est toujours en rapport avec elles, lâche-t-il.

Devinant que je ne lui donnerai pas plus de détails, il ne me questionne pas davantage. Je compte lui parler de Ruby, mais pas tout de suite : j'attends que mes émotions se soient un peu calmées pour ça.

– Alex est venu me voir, enchaîne-t-il. Il voulait savoir si les Styx Riders pourraient envisager d'ouvrir un chapitre à Chicago.

– Je me demandais quand il allait aborder le sujet avec toi.

– Chez nous, il a trouvé une famille, mais avec Cassie, il a trouvé la paix. Je connais le gamin, il a besoin des deux.

– Je suis d'accord.

Bradley ne renchérit pas. Je me doute qu'il sait déjà ce qu'il compte faire pour Alex, mais il n'en parlera qu'en temps voulu. Je change de sujet :

– Pourquoi voulais-tu que je te rejoigne chez Bowers ?

– Parce qu'il nous attend. Il a des infos à nous donner.

Je n'attends pas pour sauter sur ma bécane. La perspective d'avancer sur la piste de ce traître d'Isaac Romy me galvanise.

Nous mettons plusieurs dizaines de minutes pour rejoindre la boutique de pêche que tient Bowers dans l'ancienne zone ferroviaire. Peu de clients viennent ici pour s'acheter des cannes et des vers : ils privilégient les magasins autour du lac pour cela. Mais ce n'est qu'une couverture, de toute façon…

Ash et Gun nous attendent sur place, à côté de leurs motos. Ils ont leur gueule des mauvais jours.

– Les gars, souriez, vous êtes filmés, leur lance Bradley en désignant une caméra sur le côté du magasin.

– Je m'en occupe, déclare Ash en se décollant du mur.

Quand il passe devant moi, je l'arrête en posant une main sur son épaule.

– Ça va, frangin ? lui demandé-je.

– Ouais, me répond-il. Un client de Kris et Heden les faisait chier depuis un moment. On s'en est occupés.

Une chose est claire : personne ne fera jamais de mal aux filles du club sans en payer le prix fort. Et si quelqu'un s'en prenait à Ruby, moi aussi, je réagirais avec autant de violence…

Bradley, Gun et moi entrons dans le magasin. Bowers nous attend derrière son comptoir. Nous le saluons, et très vite, il nous balance ses informations :

– Pas plus tard qu'hier, j'ai reçu trois grosses commandes. Elles concernent des gars recherchés par le gouvernement : mon client veut que je les fasse disparaître. Ils ont demandé le pack complet : papiers d'identité, passeport, certificat de naissance, diplômes… La totale ! Ces mecs veulent mourir et renaître de leurs cendres.

– Romy fait partie du lot ? l'interrogé-je.

Bowers sait exactement qui on cherche : nous lui avons donné des photos des déserteurs, ainsi que de notre traître.

– Non, répond-il. Je trouve ça étrange. Il devrait vouloir s'évanouir dans la nature en même temps que ses petits copains, n'est-ce pas ?

Exactement. Je trouve de plus en plus louche le fait que personne n'ait aperçu Isaac depuis des mois…

Je laisse le président continuer à discuter avec le faussaire ; pour ma part, je retourne attendre dehors. Les lieux confinés, autant que la foule, me foutent la pression. J'en profite pour faire quelques repérages autour du bâtiment. On ne sait jamais quand on peut avoir besoin d'une planque…

– Demain soir, les types viendront chercher leur commande, annonce Bradley en sortant de la boutique. Je vais demander à Alex, Reed et Blue de surveiller le coin dès cette nuit. Cameron et Diax prendront le relais dans la journée. Les chances que Romy se pointe lui aussi sont minces, mais nous ne pouvons pas prendre le risque de le louper.

Nous acquiesçons, et le président reprend :

– Gun, tu viens avec moi jusqu'au *Purgatoire*, on doit préparer la prochaine messe.

Puisqu'il n'a plus besoin de moi, je monte sur ma bécane, salue les gars et reprends la route. Je ne sais pas trop où je vais aller, j'ai juste envie de rouler. Goûter à l'asphalte, à la liberté.

Il faut moins de trente secondes à Ash pour me rejoindre. Je pensais qu'il partirait avec son paternel et son meilleur pote, mais manifestement, il a besoin de décompresser lui aussi.

La première heure, nous la passons seulement tous les deux dans les rues de plus en plus sombres de Black Lake. Puis d'autres gars du club se joignent à nous. Bientôt, nous formons une véritable armée. Les hurlements des moteurs nous transpercent les oreilles, mais il n'existe pas meilleur son.

Si. La voix de Ruby.

Mes pensées dérivent vers elle quand une voiture de police dépasse notre cortège et s'arrête au bout de la rue. Les gyrophares se reflètent sur les vitrines éteintes des magasins du centre-ville fermés pour la nuit.

Une femme en uniforme, les cheveux noirs attachés en chignon, descend du véhicule, se place au milieu de la route et nous ordonne de nous garer sur le bas-côté. Nous obéissons, bien que certains des gars ricanent dans nos rangs.

– Tu l'as reconnue ? me demande Ash.

– Ouais.

Impossible de manquer sa peau cuivrée et ses yeux si semblables à ceux d'Alex. C'est la tante du gamin, aucun doute possible.

– Officier Anson, la salue mon sergent d'armes quand elle s'approche de nous. Que nous vaut le plaisir ?

– Bonsoir, messieurs, lui renvoie-t-elle. Vous en faites, du raffut. Papiers, s'il vous plaît.

Ash lui tend les siens, et elle les inspecte rapidement. Elle n'est pas vraiment là pour nous chercher des ennuis, je le sens. Non, ce soir, ce sont de toutes autres motivations qui la poussent…

– Comment il va ? nous demande-t-elle en rendant son permis de conduire à mon ami.

Ses yeux sont secs, mais je devine son chagrin.

– Il s'en sortira, réponds-je.

– Raisonnez-le, nous implore Amaria. Il ne peut pas rester loin de la seule famille qui lui reste…

– On est aussi sa famille, martèle Ash. On veille sur lui.

– Est-ce qu'il est heureux, au moins ?

Difficile d'en être sûr : le sort s'acharne sur le gamin. Il a été épanoui quelques mois en compagnie de Cassie. Il ne sera de nouveau entier que lorsqu'il la retrouvera.

Ash, lui, n'affiche pas les mêmes hésitations.

– Il l'est, affirme-t-il. Mais il trouve que tu t'impliques un peu trop dans les histoires du club, raison pour laquelle il a choisi de déménager. Il avait besoin de respirer. Et il avait du mal à accepter que tu juges ses choix.

– Je m'inquiète pour lui, rétorque Amaria.

– Et c'est normal, mais c'est à lui de se construire la vie qu'il souhaite. Il ne lui arrivera rien, tu as ma parole.

Un profond silence suit la promesse du sergent d'armes, comme si un truc invisible se tissait dans l'air. Ash crèverait sans hésiter pour protéger Alex, et je crois que sa tante vient de s'en rendre compte. Elle grimace, recule d'un pas et ordonne :

– Circulez.

– Quand il sera prêt à te parler, il t'appellera, reprend Ash. Je le saluerai de ta part.

Sur ce, nous démarrons. Deux heures plus tard, je rentre chez moi, vidé de toute énergie. La route a sur moi un effet libérateur. Elle me nettoie l'âme, et j'aime ça, parce que ça signifie que je peux la remplir de nouveau ensuite, avec des émotions positives.

Je consulte mon portable dans l'espoir que Ruby m'ait envoyé un message. Ce n'est pas le cas.

Je suppose que j'ai encore des efforts à faire pour lui prouver qu'elle compte pour moi…

CHAPITRE 20

RUBY

Ma voix tient en haleine les clients de la *Luxure*. Quand je chante, je remarque que le temps s'arrête pour moi, mais pour eux aussi. Travailler ici m'a permis de comprendre qu'il suffit de peu pour fasciner le sexe opposé. Et tant mieux : cela me permet de payer les factures de ma mère et de subvenir à nos besoins.

J'offre une dernière prestation à la demande de Van, puis je quitte la scène. Le charme est brisé : me voilà redevenue une femme comme les autres… Je prends la direction des loges, où je tombe sur Lady, qui m'attendait.

– Tu as de l'or dans la voix, tu sais ça ? s'exclame-t-elle en me prenant dans ses bras.

Elle porte une tenue blanche avec des ailes noires dans le dos. L'ange et le démon réunis en une seule et même personne. Ce contraste lui va bien. J'aime Lady pour sa bonne humeur constante, mais aussi pour sa force de caractère. Personne ne lui marche sur les pieds, elle mène sa barque d'une main de fer. J'avoue que sur ce point, on ne se ressemble pas. Si un client lui crie dessus à cause d'une prestation ratée, elle ne s'excuse pas : elle l'envoie balader. Moi, j'ai tendance à m'écraser et à attendre que l'orage passe. Pathétique, non ? Qui aurait pu penser qu'un homme comme Gold puisse s'attacher à une fille telle que moi ?

Peu importe, en fait. Autant profiter de ma chance tant qu'elle me sourit.

– Merci, réponds-je à ma collègue. Tu es à quel poste, ce soir ?

– Voltigeuse ! Parfois, ça fait du bien de s'envoyer en l'air.

La polyvalence de Lady fait d'elle l'une des meilleures strip-teaseuses de la *Luxure*. Elle est capable de remplacer n'importe qui au pied levé !

Je m'installe devant un miroir et m'occupe de démaquiller la partie inférieure de mon visage. Puis j'enfile un masque intégral blanc parsemé de diamants sur le pourtour. Lady aussi se refait une beauté en me racontant comment un agent de sécurité l'a invitée à dîner.

– Tu vas te laisser tenter ? lui demandé-je.

– Absolument !

Elle pouffe de rire, puis elle me lance :

– Tu peux m'enlever mes ailes, s'il te plaît ? Impossible de faire une prestation de qualité avec ces trucs. C'est sympa quand on vadrouille entre les tables pour vendre du rêve, mais c'est tout.

Je m'exécute. Tandis que je m'affaire sur le laçage compliqué, je m'enquiers :

– Comment va ton fils ?

– Très bien. Son père va nous rendre visite, il est heureux de le voir très bientôt.

– Et toi ?

– Oh… je suppose que oui, répond-elle en haussant les épaules.

Je la sens se tendre, alors je n'insiste pas. Je m'écarte, les ailes enfin détachées dans mes mains, et Lady se retourne.

– Merci… c'est toi l'ange dans cette histoire, me dit-elle en déposant un baiser sur ma joue. Allez, je dois y aller, à plus tard !

Elle s'éloigne, s'apprête à franchir la porte, mais se retourne à la dernière seconde et lâche :

– Au fait… devine qui t'attend sur l'Olympe !

Je souris. Je sais que Gold est là : Van m'a prévenue de son arrivée. Mais j'ai des clients à aller voir avant au Théséion.

– Je vois que ça s'est arrangé entre vous, commente Lady. Alors, vous sortez ensemble ?

Mon visage s'embrase.

– Arrête, je n'ai pas envie que tout le monde sache… soupiré-je.

– Que tu te tapes un Styx Riders ? s'amuse ma collègue. Tout le monde est au courant, chérie. Il t'a dit qu'il t'aimait ? Dis-moi qu'il l'a dit ! Ce serait tellement… intéressant.

– Comment ça, « tout le monde est au courant » ? bloqué-je. Tu veux dire Van, et même Bradley Devon ?

– Relaxe, je parle des filles, pas de la hiérarchie, me rassure Lady. Et puis, ce qui se passe à la *Luxure* reste à la *Luxure*. Tu n'es pas la première à t'amouracher d'un client, et tu ne seras sûrement pas la dernière. Travaille bien, je dois y aller. Toi aussi, il me semble.

Après cette courte entrevue aussi surprenante que stressante, je m'efforce de laisser les états d'âme de Ruby de côté pour permettre à Lux de faire rêver les hommes. C'est seulement vers minuit que je monte sur l'Olympe, avec une excitation palpable. Un sourire idiot étire mes lèvres chaque fois que je pense à Gold, et ne parlons même pas des emballements de mon cœur. Il m'attend, debout face à la baie vitrée. Il déteste se joindre au commun des mortels ; en revanche, il aime les observer d'ici.

– Bonjour, dis-je pour lui signaler ma présence.

Un instant plus tard, il s'est retourné et me dévore du regard. Ce soir, je porte une robe dorée ouverte dans le dos. Elle descend jusqu'à mes chevilles et découvre peu de ma peau. Pourtant, quand le biker m'observe ainsi, j'ai l'étrange sensation de me trouver nue devant lui.

Je m'approche d'une petite table et y dépose mon masque. Mon identité n'étant plus un secret, inutile de continuer à me cacher.

– Ma sirène monte enfin sur l'Olympe, commente Gold. Longue soirée ?

– Oui… réponds-je. Les gars du Théséion ont insisté pour que je chante une chanson pour chacun d'entre eux. Ils étaient dix. Je n'ai plus de voix… Oh, c'est pour moi ?

Je montre le pichet de menthe à l'eau posé sur le bar. Le biker lui jette un bref regard, puis reporte son attention sur moi et me lance :

– Ouais. J'ai attendu un message de ta part ce week-end.

– Je sais, répliqué-je en me servant à boire. Je voulais te faire galérer comme toi tu m'as fait galérer.

Un rire silencieux secoue les larges épaules de Gold. Je prends plusieurs gorgées de menthe à l'eau, me délectant de la fraîcheur dans ma gorge.

– C'est de bonne guerre, Nashville, s'amuse-t-il.

– Bien sûr. Tu m'as entendue chanter tout à l'heure ?

Je me place à ses côtés, désireuse de profiter de cette chaleur qu'il est le seul à véritablement m'apporter. Maintenant que je suis plus proche de lui, je remarque qu'une tension étrange bande ses muscles. Quelque chose cloche, même dans son expression. Il porte son verre de bourbon à ses lèvres pincées, le regard rivé droit devant lui.

– Gold ? l'interpellé-je.

Il me décoche un coup d'œil et me sourit, sans que son air sombre se dissipe totalement.

– Je t'ai entendue chanter, me répond-il. Tu crois que je raterais l'un de tes shows ? Pour rien au monde, ma sirène.

J'opine sans me détourner.

– Est-ce que tout va bien ? lui demandé-je.

– J'avais juste envie de te voir, de… décompresser. Ne t'inquiète pas pour moi, OK ? Ça va.

Son langage corporel clame le contraire. D'habitude, il n'hésite pas à m'approcher, à me toucher, à m'observer. Pas ce soir. Je décide de prendre les devants en glissant ma main le long de son bras, vers son épaule. Au moins, il ne me repousse pas. Il a même l'air d'apprécier : le problème ne vient donc pas de moi.

– Un souci avec le club ? deviné-je.

– On peut dire ça.

– Tu veux en parler ?

– Juste une histoire de traître qui me mine le moral depuis bien trop longtemps.

Il soupire. Je le contourne, pose mon verre sur une table puis lui ordonne :

– Viens.

Ma main s'emboîte dans la sienne avec un naturel saisissant. Je recule vers un fauteuil, l'entraînant avec moi. Je le fais asseoir avant de lui demander :

– Tu veux connaître mon talent caché ?

– Tu titilles ma curiosité, Nashville.

Je souris en voyant qu'une étincelle d'excitation s'est allumée dans ses iris. Je me place derrière lui et pose mes doigts sur ses épaules. Sans surprise, il est tendu à l'extrême… J'entreprends de dénouer chacun de ses muscles. Ma mère est diplômée en tant qu'esthéticienne et masseuse, elle m'a appris quelques trucs… Je n'ai pas eu beaucoup l'occasion de m'exercer, mais on dirait bien que je n'ai pas perdu la main !

Au fil des minutes, Gold se décrispe. Il en vient même à fermer les yeux. Son laisser-aller me soulage : cela veut dire qu'il a confiance en moi. Son souffle devient régulier, au point que je le crois endormi. J'en profite pour caresser son cou et le haut de son torse, avant de glisser ma main sous son tee-shirt. Il ne réagit toujours pas.

– Gold ?

Pas de réponse. Je me penche afin de souffler à son oreille :

– Shayne, tu dors ?

La seconde d'après, il me saisit par les bras sans même ouvrir les paupières et me fait basculer par-dessus le fauteuil. Avant que je puisse crier de surprise, je me retrouve allongée sur ses genoux et sa bouche se plaque contre la mienne. Ce baiser a sur moi l'effet d'une décharge électrique. Une chaleur anormale remonte de mes orteils à la racine de mes cheveux en un temps record. Pressée contre le torse musclé de mon biker, je le laisse m'entraîner dans les méandres du désir.

Quand il se recule enfin, il grogne :

– Ne m'appelle pas Shayne.

– Pourtant, j'aime beaucoup ce prénom.

Il pousse un profond soupir, son front posé contre le mien. Je cherche à me libérer en remuant, mais ses bras d'acier me maintiennent immobile.

– Alors juste quand on est seuls, concède-t-il. Peut-être que je finirai par l'apprécier à nouveau s'il sort de ta bouche.

Sa relation avec ses parents le mine, je le devine. Il n'en parle pas, je ne suis même pas sûre qu'il y réfléchisse souvent, mais ça le dévore de l'intérieur.

– Parle-moi, Gold, l'encouragé-je.

Il plante son regard tout à coup impassible dans le mien.

– J'ai passé un mauvais week-end, déclare-t-il. Tu te souviens du mec qui a ouvert le feu sur Cassiopée et Alex devant mon garage, il y a quelques mois ?

Bien sûr ! J'ai été effarée que ma meilleure amie ait été mêlée à cette histoire. Cependant, je n'en connais pas les tenants et aboutissants.

Je hoche la tête. Gold se laisse choir contre le dossier du fauteuil, sans cesser de me tenir contre lui. Ma nuque posée contre le cuir, j'attends patiemment qu'il poursuive.

– Ça fait une éternité qu'on le traque sans parvenir à mettre la main dessus, me révèle-t-il. Mais samedi soir, on a chopé un gars avec qui il pourrait avoir un lien étroit. Ça fait deux jours que je le cuisine pour avoir des infos… et je t'ai déjà dit que j'étais bon en cuisine ?

Bien que Gold ait tenté de plaisanter, son ton est plutôt amer. Il joue avec une mèche de mes cheveux en ajoutant :

– Ce fils de pute m'oblige à faire des trucs qu'à l'armée on ne mentionnait jamais dans nos rapports. Mais ça ne suffit pas. On dirait bien que cet enfoiré ne compte pas cracher le morceau.

J'ai bien conscience qu'un mouvement inconsidéré de ma part percera la bulle de confiance que le biker forme peu à peu autour de nous. Encore trop fragile, mais existante. C'est ça qui compte…

Puisqu'il semble attendre que je réagisse, je demande d'une petite voix :

– Tu vas lui faire du mal ?

– Oui, me confirme Gold. Toujours envie de rester à mes côtés, Nashville ?

J'ignore sa question en me concentrant sur le fond du problème.

– Tu aimes avoir du sang sur les mains ?

La surprise envahit ses traits.

– Non, bien sûr que non ! s'exclame-t-il.

– Alors je crois que je peux te comprendre. Si on s'en prenait à mes petits frères, je réagirais pareil. Bon, OK, j'emploierais sans doute des méthodes différentes, mais ça ne change rien au fait que je pourrais aller au-delà de ce que l'on considère comme moral, si c'était le prix à payer pour que ma famille soit en sûreté. Tu retrouveras celui qui a failli tuer Cassiopée… et quand ce sera le cas, je serai là, OK ? Derrière toi. Tu pourras te détester, mais moi je continuerai à t'aimer. Ça rééquilibrera la balance.

– Putain, Nashville…

– Ça veut dire oui ? Que lorsque ça deviendra trop sanglant, tu te tourneras vers moi pour ne pas te noyer dans les profondeurs du Styx ?

Ma référence mythologique semble plaire à Gold. Il ne répond pas à ma question avec des mots, mais avec un sourire plein de tendresse.

– Tu le feras ? insisté-je.

– Tu es une sirène, les sirènes savent nager, non ?

– Bien sûr. Une chance pour toi, Shayne.

Cette fois, il ne grimace pas en entendant son prénom. À la place, il me porte jusqu'au canapé de façon à pouvoir s'allonger sur moi. Très vite, je m'oublie au creux de ses bras.

Une sirène et un dieu... On dirait que nous nous sommes bien trouvés.

***

Pendant la semaine qui suit, Gold et moi ne nous voyons qu'à la *Luxure*. Mais la relation entre nous est moins sexuelle, plus complice. Nous ne couchons pas ensemble systématiquement, optant parfois pour de longues conversations jusqu'au bout de la nuit. Enfin, je parle bien plus que lui, mais ça me va. Ses silences sont éloquents, et ses sourires…

Ils sont capables de me transporter ! Il suffit qu'il m'en offre un pour que j'aie la certitude de compter pour lui. D'être celle avec qui il aimerait construire une histoire solide, réelle. Je vais devoir faire preuve de patience avec lui, parce qu'il n'est pas du genre à exposer ses émotions ou ses rêves secrets. J'attendrai le temps qu'il faudra. Mes études, mon travail et le remue-ménage causé par les triplés à la maison m'empêchent de trop me prendre la tête concernant mes doutes. Je n'ai jamais été une fille assurée.

Le vendredi suivant, après mes cours, je me mets derrière les fourneaux. Demain, ce sera l'anniversaire de Cassie, et je souhaite lui préparer le plus beau gâteau du monde. La pâtisserie me fascine depuis que je suis toute petite. J'aime l'idée qu'en mélangeant certains ingrédients quelconques, comme la farine ou le sucre, on puisse obtenir un résultat absolument merveilleux. D'un coup de cuillère, on métamorphose la matière, on la rend plus belle. Je crois qu'avec la vie, c'est pareil. Parfois, on se sent un peu perdu et inutile, puis aux côtés des gens qu'on aime, on découvre une raison d'exister. Il suffit de trouver le bon dosage.

Avec un sourire, je prends en photo mes saladiers disposés sur la table, puis je fais un selfie avec de la farine sur le nez. J'envoie les deux à Gold afin de savoir s'il a des dernières recommandations avant que je commence. En attendant sa réponse, je file aider ma mère à habiller les triples J pour qu'elle puisse les emmener chez sa meilleure amie Kaysie.

Elle dépose un baiser sur ma joue, pendant que je promets aux bébés de leur préparer des cookies.

– Appelle-moi si tu as besoin de quoi que ce soit, me lance maman.

– D'accord. Amusez-vous bien ! Soyez sages, les triples J !

J'accompagne ma mère à sa voiture pour l'aider à attacher les petits, puis je rentre. Je consulte mon téléphone : un message de Gold m'attend. Sauf qu'au lieu de répondre à ma question, il m'a écrit :

Tu habites où ?

Je lui renvoie un point d'interrogation, ne comprenant pas où il veut en venir. Il insiste :

Ton adresse ? Je n'ai pas l'intention
de venir te descendre
dans ton sommeil, je dois juste
te donner un truc.

Mon cœur s'emballe. Ridicule… Mais je ne peux pas m'empêcher de me sentir surexcitée. Sans doute parce que le biker pour qui je craque depuis toujours souhaite venir chez moi. Ça ressemble presque à un rencard…

Oh mon Dieu !

Un coup d'œil à mes fringues m'arrache une grimace. Ce soir, je ne travaille pas, alors j'ai enfilé un pyjama de Noël immonde qui s'allume… En vitesse, je grimpe l'escalier, manque de tomber, puis me jette sur ma penderie une fois dans ma chambre. Je m'arme de sous-vêtements sexy, d'une robe simple, et je me change rapidement, m'attendant à ce que Gold frappe à ma porte d'une seconde à l'autre. Mais lorsque je redescends, il n'est toujours pas là. Je me concentre à nouveau sur la préparation du gâteau, m'obligeant à me montrer minutieuse pour suivre la recette. Un écouteur dans l'oreille, je me laisse bercer par l'odeur chaude et sucrée qui emplit la maison. J'en oublie presque mon biker… jusqu'à ce que le grondement de sa moto retentisse dans la rue. Des frissons m'assaillent, ma gorge s'assèche. La bouche ouverte, je reste plantée là, les sens en alerte.

La sonnette retentit une éternité plus tard. Je me poste derrière la porte et pose une main sur la surface irrégulière du bois.

Respire, Ruby. Ne lui montre pas à quel point sa présence t'affecte.

Le sourire aux lèvres, j'ouvre le battant au moment où Gold s'apprête à tambouriner dessus. Sa prestance me frappe, diffusant des ondes délicieuses autour de moi, en moi. Ses lèvres s'étirent, carnassières.

– Salut. Je te dérange ? me demande-t-il en jetant un regard par-dessus mon épaule.

– Non, réponds-je. Le gâteau cuit et je m'apprête à m'occuper de la pâte à sucre. Tu veux, euh, entrer ?

La situation inédite me noue l'estomac. Gold s'en rend compte et au lieu d'esquisser un geste pour me détendre, il préfère me narguer avec un rictus moqueur.

– Tu es toute seule ? s'enquiert-il.

– Oui, ma mère est partie chez sa meilleure amie, confirmé-je. Quant à mon beau-père, il a fichu le camp. Entre, je t'en prie !

Je le laisse passer, réalisant à peine ce qui est en train de se produire. Gold est chez moi ! Dans ma maison !

Mon visage prend feu. Si le biker lisait dans les pensées, il me trouverait ridicule.

– Remets-toi, Nashville, me lance-t-il.

Je manque de m'étouffer avec ma salive et je commence à pouffer et postillonner en même temps.

Génial, Ruby, bravo…

À croire que quand je ne me cache pas derrière l'identité de Lux, je ne suis bonne à rien… Pourtant, Gold ne commente pas, ne se marre pas et ne me dit pas que j'ai l'air débile. Je lui en suis reconnaissante : je suis déjà bien assez mal à l'aise comme ça.

Je l'entraîne dans la cuisine en désordre sans savoir quel sujet aborder. J'ai envie de lui poser mille questions sur lui, sur nous, sur son club, mais je n'ose pas. À la place, je balaye la pièce d'un geste de la main et lui dis :

– Bienvenue chez moi. Je te sers un truc à boire ? Du café ? De l'eau ? Attends, tu bois de l'eau ?

– Il me semble quand même que c'est vital à la survie de l'homme, ricane-t-il en attrapant un jouet de Jayden pour l'examiner. Crois-le ou non, je ne passe pas mon temps à picoler, Nashville. C'est à qui, ça ?

– À l'un de mes petits frères. Tu veux quoi, alors ?

– Un café, s'il te plaît. Comment il s'appelle ?

Le spectacle qu'offre Gold me ferait mourir de rire si je n'étais pas aussi gênée : d'être fascinée par sa musculature, par son regard vert intense, par ses mains calleuses capables de m'envoyer au septième ciel…

– Nashville, tu es toujours avec moi ? s'inquiète-t-il.

Je me reconnecte à la réalité et lui prépare un latté caramel : Cassie m'a raconté qu'il en prenait parfois au Starbucks devant son garage.

Pendant que je mélange de l'eau à des marshmallows pour préparer la pâte à sucre nécessaire à la décoration du gâteau, il m'interroge sur les triples J. Je suis aux anges : je pourrais parler d'eux des heures entières. Je raconte à Gold qu'ils adorent le chocolat, mais détestent la fraise. Tous les trois ! Ils aiment les dessins animés, tourner les pages des livres interactifs, le meuglement de la vache…

– On dirait presque qu'il y a un lien surnaturel entre eux, expliqué-je. Quand l'un d'eux ne va pas bien, les autres non plus. Une fois, Jayden s'est coincé les doigts dans une porte, et Joyce s'est mise à pleurer en disant qu'elle avait mal à la main, alors qu'elle était à l'étage et lui au rez-de-chaussée. Bizarre, non ? Et parfois, quand Jayden regarde un cartoon dans le salon, Jayson éclate de rire dans la cuisine sans raison apparente.

Gold hausse les épaules et déclare :

– Je crois qu'il existe dans ce monde des trucs qu'on ne peut pas expliquer. Lors d'une de mes missions en Afghanistan, j'étais de garde pour surveiller le camp. Il faisait nuit noire, tout était silencieux, et soudain, j'ai vu la silhouette d'un môme se dessiner à côté de moi. Pourtant, on se trouvait loin de la ville… et j'aurais dû l'entendre approcher, ou au moins le sentir. Il y avait à peine dix centimètres entre nous, mais quand j'ai tenté de lui parler, il a disparu dans la seconde. Va savoir si la fatigue m'a joué un tour ou s'il s'est réellement passé quelque chose cette nuit-là… J'y repense parfois, ça me rappelle que l'Homme n'est rien face à… je ne sais pas, l'univers, tu vois ? Pousse-toi, je vais le faire.

Voyant que ma main s'est figée sur la boule de pâte encore gluante entre mes doigts, il décide de me relayer.

– Merci. La pâte ne doit plus coller, lui indiqué-je pendant qu'il la pétrit.

Je ne sais toujours pas ce qu'il fait ici, il ne m'a rien « donné », contrairement à ce qu'il m'avait annoncé par SMS. Il se contente de me tenir compagnie depuis tout à l'heure. Je crains de le faire fuir si je lui pose la moindre question, alors je m'abstiens. Sa présence ne m'embarrasse plus, au contraire.

Je profite de son aide avec la pâte à sucre pour faire fondre le chocolat. Concentré à l'extrême sur sa tâche, ses manches relevées sur ses avant-bras, mon biker fait preuve d'une minutie qui me fait sourire.

– Ta passion pour la cuisine te vient d'où ? lui demandé-je.

– De mon paternel, répond-il du tac au tac. Ce mec pourrait ouvrir un restaurant et gagner des étoiles, mais il est bien trop attaché à l'armée pour cela.

Nulle colère dans sa voix lorsqu'il a prononcé ces derniers mots, pourtant je devine chez lui une certaine déception. Ses parents sont militaires de carrière, et pour cette raison, ils voient peu leurs enfants. Je crois d'ailleurs ne jamais les avoir croisés.

– Tu ne t'entends pas avec lui ? reprends-je.

– À une époque, on était très proches. Quand je suis entré chez les *marines*, il était aux anges. Aujourd'hui, mon lien avec les Styx Riders a creusé un fossé entre nous. Si tu voyais comment il me regarde, Nashville…

Sa grimace me brise le cœur.

– Tu regrettes ? lui lancé-je.

– De faire partie d'un MC ou de décevoir mon paternel au point qu'il paraît avoir envie de vomir lorsqu'il me voit ?

Entre ses mains, la pâte à sucre prend cher. Il la maltraite sans s'en rendre compte, mu par sa colère profonde. Je me poste à côté de lui et pose ma main sur les siennes. Immédiatement, il se fige, puis il tourne son visage dans ma direction.

– Elle est prête, merci, lui dis-je avec un sourire. Je vais prendre le relais.

Il recule d'un pas pour me laisser la place. Je me penche pour saisir le saladier, mais avant que je puisse le toucher, les bras de Gold m'encerclent. Je me retrouve coincée entre la table et lui. Mon cœur rate mille battements, sa chaleur me vole un sourire.

– Ni l'un ni l'autre, me souffle-t-il. La vie est trop courte pour s'emmerder avec les regrets, tu ne trouves pas ?

Si sa bouche ne frôlait pas ma nuque, je lui aurais répondu que ce n'est pas si simple. Au lieu de quoi je ferme les yeux et me nourris de sa présence. Il plaque mon dos contre son torse, son visage enfoui dans mes cheveux. Je devine une certaine détresse derrière ce geste.

– Il t'a clairement dit que tu le décevais ? demandé-je.

Dans cette position, je peine à aplanir ma pâte à sucre. Toutefois, j'ai envie de garder Gold près de moi. De l'aider à aller mieux.

– Non, lâche-t-il.

– Parce que je ne crois pas que tu le déçoives, affirmé-je. Parfois, les gens qu'on aime ne prennent pas les voies qu'on espérait, mais ils restent ceux qu'on a connus.

Gold ne répond pas tout de suite, mais petit à petit, son étreinte autour de moi se desserre. Après quelques instants, il me libère, puis il entreprend de nettoyer le plan de travail. Je sais par le biais de Cassie qu'il aime l'ordre, la propreté.

– Tu lui parles, parfois ? le questionné-je.

– Non.

– Plus du tout ?

Il me lance un coup d'œil, avant de se reconcentrer sur son éponge.

– Non.

Sujet sensible. Très sensible. La curiosité prend le pas en moi sur l'embarras. Si Gold et moi voulons construire une histoire sur de bonnes bases, nous devons être en mesure de discuter de nos états d'âme.

– Et ta mère, alors ? reprends-je.

Cette fois, la hargne dans ses iris s'efface au profit d'une émotion bien plus douce.

– Elle ne m'a jamais rien reproché à propos des Styx Riders, me révèle-t-il. Quand elle a su que Bradley Devon m'avait pris sous son aile, elle n'a même pas été étonnée. Comme si elle savait qu'un jour je deviendrais un biker. On s'appelle de temps en temps, quand ses missions le lui permettent, et on s'écrit des lettres. Tu sais ce qu'elle me demande toujours en premier ? Pas si je vais bien. Non : si je suis heureux. Il y a une sacrée différence entre les deux…

Quand il parle de sa mère, les yeux de Gold s'illuminent, et son visage s'éclaire. Il ne ressemble plus au biker terrifiant qu'il montre au reste du monde le plus souvent. Il redevient le jeune homme de vingt-sept ans épanoui qu'il aurait pu devenir si la vie ne l'avait pas contraint à se transformer en monstre pour se battre au service de son pays.

Je pose une main sur son bras et m'enquiers :

– Qu'est-ce que tu lui réponds ?

– Que si je roule à moto, c'est pour l'atteindre plus vite, ce putain de bonheur, Nashville.

CHAPITRE 21

GOLD

Ruby et moi continuons de parler comme si on discutait depuis des années, alors qu'on ne se côtoie que depuis quelques semaines à peine. Enfin, je l'écoute surtout : elle est bien plus bavarde que moi. Beaucoup de fierté emplit sa voix quand elle parle de sa mère, trahissant l'amour qu'elle lui porte. Elles ont l'air proches. Je n'interromps pas son monologue, parce que j'aime l'entendre se confier ainsi. Sa voix, ses mots me permettent d'oublier cette tension que j'accumule depuis une semaine au cours de mes tête-à-tête avec le déserteur prisonnier des entrailles du *Purgatoire*. Il commence à craquer. Il faut dire que la loyauté a ses limites ; les siennes, je commence à les percevoir dans ses yeux. Je pense que d'ici à demain, il balancera une info susceptible de nous mener à Romy.

Pour l'heure, j'ai besoin d'un peu de douceur, et seule Ruby est capable de m'en procurer. À ses côtés, j'oublie que je serai voué à brûler dans les flammes des enfers dès que j'aurai passé l'arme à gauche.

Je m'approche d'elle alors qu'elle étale sa pâte à sucre sur la table. Avec une concentration extrême, elle entreprend de créer des fleurs blanches. Elle m'explique qu'elle va aussi faire un ponton qu'elle placera au sommet du gâteau. Je lui réponds que ce sera parfait.

– Gold, est-ce que tes amis savent pour nous deux ? demande-t-elle alors sans lever les yeux sur moi.

Elle me décoche un coup d'œil rapide, remarque mon demi-sourire, puis se focalise à nouveau sur sa tâche.

– Par mes amis, tu veux parler des autres gars du club ?

– Oui. Tes… frères. Tu entretiens un lien très fort avec eux, n'est-ce pas ? Les Styx Riders représentent bien plus qu'une simple communauté de bikers.

Elle n'a pas idée. Je pourrais crever pour chacun de ces mecs, sans exception. Tout en me plaçant à nouveau derrière elle, je prends conscience que pour elle aussi je pourrais mourir. L'intensité avec laquelle cette nana s'est imposée dans ma vie continue de me surprendre. En un temps record, en plus…

D'un mouvement souple, elle se tourne pour me faire face. Dans la foulée, je l'emprisonne à nouveau entre la table et moi. Ses joues rougissent encore plus, son souffle se saccade.

– Les réponses à tes questions sont non, oui et oui, lui dis-je.

– Donc ils ne savent pas pour nous ? Tu comptes le leur dire ?

Ça semble important pour elle, je perçois la tension dans sa voix. Comme je ne réagis pas, elle ajoute :

– Entre toi et moi, c'est officiel ?

Son manque d'assurance me frappe de plein fouet. Histoire de lui prouver l'évidence, je fonds sur sa bouche pour la faire mienne. Surprise, elle se crispe, mais très vite, elle me rend ce baiser avec fougue. La température monte dès que je plaque mes mains sur ses cuisses et les glisse sous sa robe. Cependant, Ruby recule la tête, essoufflée, pour planter son regard dans le mien.

– Ce n'est pas une réponse, Gold, murmure-t-elle. Même si ça me plaît beaucoup…

– Oh que si, c'en est une, rétorqué-je.

Elle me sourit avec une douceur qui me fait beaucoup de bien.

– Comment as-tu connu les Styx Riders ? s'enquiert-elle tout à coup.

Je prends un instant pour y réfléchir. On ne me demande pas souvent de raconter cette histoire… Mais que Ruby le fasse me paraît tout à fait légitime.

– Eh bien… j'ai rencontré Bradley avant de m'engager dans l'armée, commencé-je. À l'époque, j'étais encore un adolescent, et je me cherchais. J'avais ce bouillonnement en moi, cette volonté d'agir, mais sans but pour la canaliser. Un soir, j'ai décidé d'entrer par effraction dans un bâtiment de l'université. Quelle n'a pas été ma surprise d'y croiser le président des Styx Riders en train de faire des heures supplémentaires. J'ai eu du mal à croire qu'il enseignait, d'ailleurs… Il s'est dressé devant moi et m'a demandé ce que je faisais là. Je lui ai répondu que je voulais être un héros.

J'éclate de rire en repensant à la tête à claques que j'étais à cette époque.

– Bradley s'est foutu de ma gueule en me disant qu'on ne devient pas un héros en s'introduisant dans une fac de nuit, continué-je. Pour le coup, il n'avait pas tort. Il m'a donné le choix : soit je le suivais dans l'amphithéâtre et je l'écoutais raconter les histoires des véritables héros de la mythologie grecque… soit il appelait la police. Tu penses bien que je lui ai emboîté le pas. Ensuite, il m'a parlé toute la nuit, et j'ai bu ses paroles, m'imprégnant du mythe d'Héraclès, de Jason ou d'Ulysse.

– Donc tu aimes la mythologie, toi aussi, déduit Ruby.

– Grâce à Bradley, oui. Peu de temps après notre rencontre, je me suis engagé dans l'armée et je ne l'ai plus revu jusqu'à ce que je revienne au pays. C'est lui qui m'a proposé d'intégrer les Styx Riders lorsque, une fois mes blessures physiques guéries, je galérais avec mon moral en miettes. J'avais besoin de me sentir utile, de bouger, de me battre pour une cause… Je n'ai pas hésité, même si ça n'a pas été au goût de mes parents.

Des coups frappés avec violence contre la porte d'entrée me coupent soudain dans mon élan et font sursauter Ruby.

– Andréa ! braille un type. Ouvre-moi, faut qu'on parle !

– C'est qui ? demandé-je avec un grognement irrité.

Ruby blêmit, les yeux écarquillés, et me répond :

– Mon beau-père, Clay. Mon ex-beau-père, je veux dire. Il ne devrait pas être ici, ma mère et lui se sont séparés.

Qu'il traîne encore dans le coin la bousille, je le devine à son inquiétude. Je fronce les sourcils et me remémore :

– C'est lui qui t'a volé ton portefeuille devant le casino, c'est ça ?

– Comment tu le sais ?

– Cassiopée me l'a dit. Tu comptes le laisser entrer ?

Elle secoue la tête. Parfait ! Mes lèvres s'étirent, et je sens la méfiance s'emparer d'elle.

– Gold ? m'interroge-t-elle.

– Reste là, je reviens. J'en ai pour une minute.

Je traverse la cuisine, remonte le couloir d'un pas décidé, avant d'ouvrir la porte d'entrée sans aucune douceur. Choqué, le gars au tee-shirt crade qui se trouve derrière recule. C'est donc lui, le fameux voleur ? Il ne paie pas de mine, même si, dans sa veste en cuir, il essaie de jouer les rebelles. Ce détail me fait doucement marrer. Il a la tête d'un ivrogne crapuleux, et l'odeur aussi. Sa puanteur me chope à la gorge. Bordel, il n'a pas dû passer sous une douche depuis un bail. Il cligne des paupières plusieurs fois, bombe son ventre gonflé à la bière et me défie du regard.

– Merde, tu es qui, toi ? me lance-t-il.

Celui qui va te casser la gueule ? Celui qui va t'obliger à demander pardon jusqu'à ce que ton putain de vocabulaire se résume à ce mot ? Celui qui va te traîner derrière sa moto après t'avoir attaché les poignets avec des chaînes ?

– Un ami de la famille, me contenté-je de répondre.

– Tu te fous de moi ? grogne le type. Je ne t'ai jamais vu ici.

Appuyé contre l'encadrement de la porte, je croise les bras. Dans mon dos, je sens la présence de Ruby. Silencieusement, elle s'avance jusqu'à moi, s'arrête si près que mon corps réagit sur-le-champ à son contact. J'ai une soudaine envie de claquer cette porte et d'oublier le connard qui vient de nous déranger. Mais malheureusement, il se rappelle à mon bon souvenir en s'exclamant :

– Attends, tu es l'un de ces enfoirés de Styx Riders ? Dégage de chez moi !

– Ce n'est pas chez toi, ici.

Il a des couilles d'insulter le club. Bientôt, il n'en aura plus, cela dit. Je vais les lui arracher.

Alors que je m'apprête à m'avancer d'un pas pour le cogner, Ruby me murmure :

– Ne lui donne pas ce qu'il veut. Fais-le partir.

– Elle est où, Andréa ? gueule le bouffon. Andréa, je veux voir mes gosses ! Andréa ! Ruby, laisse-moi entrer !

– Tu ne lui parles pas ! grondé-je. Pas après lui avoir volé son argent, pigé ? Je sais quel genre de type tu es. Et tu veux savoir ce que les Styx Riders font aux mecs comme toi ?

Il continue de me défier du regard, mais je ne baisse pas les yeux. La pression dans l'air s'intensifie, mon envie de lui rentrer dans le lard aussi. Je ne le ferai pas, sauf s'il attaque le premier, parce que Ruby me l'a demandé. Mais Dieu que j'aimerais qu'il m'envoie son poing dans la gueule afin d'avoir une excuse pour riposter !

– Tu es son mec, c'est ça ? s'esclaffe-t-il. Cette petite salope se tape un biker ? Remarque, vu l'endroit où elle bosse, ça m'étonne pas !

OK, je prends ses paroles pour une agression physique. Ça me met autant en colère, en tout cas ! Il n'a pas encore fini de rire comme une hyène enragée que je le chope et le traîne à l'intérieur de la maison. Il s'attendait à ce que je le boxe dans la rue, devant témoins ? Non, j'ai été formé à l'efficacité et à la discrétion.

Son dos frappe brutalement le mur du couloir. Le choc lui coupe le souffle, son visage porcin devient rouge vif. Écrasé entre mes poings et le papier peint, il ne fait plus son fier.

– Tu l'as traitée de quoi ? grondé-je. Répète.

Quand il s'aperçoit que ses pieds ne touchent plus le sol, ses yeux s'écarquillent et la peur prend enfin possession de ses iris.

– Répète !

Mon hurlement lui tire un sursaut de terreur. À mes côtés, Ruby cille à peine. On pourrait croire qu'une fille aussi gentille qu'elle se détournerait face à autant de violence, mais non. Elle observe la scène avec un contrôle optimal sur ses émotions.

Bien sûr qu'elle est forte, comment aurait-elle pu tenir dans un environnement comme celui de la Luxure *si ça n'avait pas été le cas ?*

Elle est le mélange parfait de l'obscurité et de la lumière. Un entre-deux dans lequel je gravite moi aussi.

– Ruby, appelle les flics ! panique l'enfoiré. Il va me tuer, Ruby !

Entendre son prénom dans sa bouche me ramène à la réalité. Avec un calme parfait, je déclare :

– Nashville, dis-moi ce que je dois faire de lui. Tu veux que je le tue ? J'ai juste à appeler deux ou trois frangins, et on ne retrouvera pas son corps.

On pourrait croire que je bluffe. Ce n'est pas le cas.

– Non, je voulais juste du fric, je ne veux pas de problèmes ! couine le beau-père. Juste du fric…

Il se fout de ma gueule ?

– Laisse-le partir, décide Ruby avec une grimace de dégoût. On va simplement s'assurer qu'il ne reviendra plus. N'est-ce pas, Clay ?

L'intéressé passe du rouge au blanc. Lui foutre une raclée m'aurait bien plu, mais je ne suis pas là pour me battre. Seule ma sirène compte.

– Tu as entendu la demoiselle ? lâché-je. Tu quittes cette maison, maintenant. Mieux : tu quittes la ville. Je ne veux plus te voir sur le territoire des Styx Riders.

Sur ce, je le libère, sors mon téléphone et le prends en photo avant qu'il ne puisse réagir.

– Le club entier va recevoir ton visage, annoncé-je. Tu as vingt-quatre heures pour foutre le camp. Passé ce délai, si l'un des miens te trouve dans la rue, tu es un homme mort. À présent, dégage.

L'enfoiré ne demande pas son reste : il fout le camp instantanément. Quand je ferme la porte d'entrée, Ruby me fixe avec intensité. Elle ne transpire pas la moindre peur.

– Je pensais que toi et moi, on ne venait pas du même monde, Nashville, dis-je. Je me trompais, n'est-ce pas ?

Elle me rejoint, esquisse un sourire triste, puis m'avoue :

– Mon père est mort en prison. J'avais dix ans quand il a été incarcéré, pour homicide. Apparemment, il n'était pas quelqu'un de bien, sauf avec ma mère et moi. Du moins, c'est ce qui se raconte. Pour ma part, je refuse de croire qu'on est soit bon, soit mauvais. Certaines situations dans la vie nous obligent à devenir l'un ou l'autre… parfois pour notre propre survie, parfois pour sauver ceux que l'on aime.

Ce qu'elle vient de me révéler à propos de son père me surprend. Sans la considérer comme quelqu'un de particulièrement faible, je ne la voyais pas comme une personne forte, jusqu'à maintenant.

Quelle grosse connerie !

– Nashville ? lui lancé-je.

– Oui ?

– Entre toi et moi, c'est officiel.

Son sourire me file envie de me jeter sur ses lèvres pour l'embrasser. J'ai cet étrange bonheur en moi, aussi brûlant que nouveau. Ça me plaît.

– J'en parlerai à mes frères si c'est important pour toi, lui assuré-je. À Cassiopée aussi.

Des étoiles brillent dans les yeux de Ruby. On dirait que je viens de lui offrir une bague.

– Merci, Gold, me répond-elle.

– Je vais devoir mettre les voiles, une voiture se gare dans ton allée.

– Oh, c'est ma mère. Tu peux rester, elle ne dira rien.

Il ne faut pas abuser. Mon quota de sociabilité pour la journée est atteint, et je suis attendu au *Purgatoire*.

– J'ai des trucs à régler, déclaré-je. Une prochaine fois, OK ?

– D’accord. À demain, Shayne, me taquine-t-elle d’une voix suave.

Je souris. Je crois bien qu’elle va réussir à me réconcilier avec mon prénom…

CHAPITRE 22

RUBY

– Joyeux anniversaire à la plus belle de toutes !

– Ruby ! Je suis trop contente de te voir !

Cassie se jette contre moi à peine sa porte d'entrée ouverte. Ses bras m'encerclent, me rappellent à quel point on aimait se serrer l'une contre l'autre lorsqu'on était encore au lycée. Son rire anime le mien. Tout à coup, c'est comme si ces quelques semaines que nous avons passées éloignées l'une de l'autre n'existaient plus.

– Tu m'as tellement manqué ! s'exclame-t-elle. J'ai tant de choses à te raconter… Tu es super belle. Tu as une nouvelle crème de jour ?

Pas vraiment : mon seul produit cosmétique, c'est son frère… Mais elle n'est pas encore au courant de la relation entre nous. Il a dit qu'il lui en parlerait lui-même, alors voyons ce que ça donnera. Au besoin, je lui donnerai un coup de main.

– Mon beau-père est parti définitivement, annoncé-je.

Avec la raclée qu'il s'est prise hier, je l'imagine mal revenir chez moi pour me demander de l'argent ou racketter ma mère…

– Un bouseux en moins à Black Lake, déclare Cassie. Entre. J'en ai pour une minute, mon frère arrive.

Je sais, puisqu'il est passé chez moi ce matin pour récupérer le gâteau. Je l'ai informé que je comptais venir à la fête avec sa sœur, il aura donc deux passagères au lieu d'une à emmener au lac.

Je suis ma meilleure amie dans le couloir de la grande maison vide. Je remarque que certains des cadres y ont été décrochés depuis la dernière fois que je suis venue. Gold a enlevé tous les portraits de son père, laissant seulement ceux de sa mère et de Cassiopée…

– C'est comment, Chicago ? la questionné-je en m'appuyant contre le mur.

Vu comment ses yeux verts se mettent à pétiller, j'imagine que la ville est à la hauteur de ses espérances. Son université aussi. Elle voulait l'intégrer depuis ses douze ans, c'est chose faite et ça lui va bien. Devenir cheerleader professionnelle a toujours été son rêve, et elle est sur la bonne voie pour parvenir à l'atteindre.

– C'est tellement plus grand que Black Lake ! s'extasie-t-elle. Si… vivant ! Je ne dis pas que notre ville ne l'est pas, juste que là-bas, personne ne dort jamais. Quant à ma fac, je n'aurais pas pu espérer mieux. J'ai intégré une équipe de cheerleading la semaine dernière, après m'être entraînée pour les essais pendant des jours. Oh, Ruby, j'adore ma vie ! Dommage qu'on ne puisse pas se voir plus souvent. Tu me manques, mon frère me manque, Alex me manque. Mais au moins, j'arrive à voir mes parents bien plus souvent, leur base n'est pas très loin de mon université.

Elle se redresse en bondissant sur ses pieds une fois ses baskets lacées et ajoute :

– Au fait, je t'ai apporté un cadeau !

Elle fouille dans le buffet de l'entrée et me tend un paquet plat et peu épais, entouré d'un papier cadeau noir. Je le défais et en extrais un carnet d'écriture blanc, parcouru de lignes dorées et marqué d'un délicat « Chicago » en plein milieu.

Blanc et doré... Le hasard fait bien les choses.

– Merci, ma chérie, soufflé-je en serrant ma meilleure amie contre moi.

– Vous êtes prêtes ? On part dans cinq minutes.

La voix de Gold dans mon dos me fait vibrer tout entière. Je pivote dans sa direction, curieuse de savoir comment il compte se comporter avec moi devant sa sœur. À ma grande surprise, son regard la quitte un instant pour se planter dans le mien. Un léger sourire étire ses lèvres et je me sens frissonner.

– On arrive, je prends les cadeaux, lance Cassie, qui s'est à nouveau tournée vers le buffet. Oh, mon appareil photo, aussi ! Mince, où ai-je mis mon téléphone ?

– Alex nous accompagne ? interviens-je, curieuse.

– Non, il a passé la matinée avec Ash, répond Gold à la place de sa sœur. Du coup, il arrivera avec lui.

Cassie se fige comme si elle venait de se prendre une claque.

– Tu viens de parler à Ruby ! J'hallucine, s'exclame-t-elle. Tu as mis du temps à réaliser qu'elle existait, espèce de boulet. Bon, on a un problème, je ne trouve plus mon portable.

– Il est dans ta chambre, gronde son frère, piqué au vif par sa remarque.

– Je vais le chercher, je reviens dans une seconde. Sois sympa avec Ruby, Gold, OK ?

L'intéressé garde le silence. Ses bras se croisent sur son torse bombé et il affiche une mine impassible. Puis, alors que sa sœur s'élance dans l'escalier, il me rejoint.

– Je me chargerai de tout lui dire, me rappelle-t-il à voix basse.

– Sans aide ?

– Sans aide.

D'accord, chef !

– Comment vas-tu, aujourd'hui ? embrayé-je.

Ma question semble l'amuser.

– Très bien, Nashville. Et toi ?

– Tout roule.

– Alors pourquoi as-tu l'air soucieuse ? Clay est revenu ?

– Non, pas du tout ! C'est juste que je suis un peu nerveuse pour…

D'un mouvement du menton, je désigne l'étage.

– Tout ira bien, je gère, affirme Gold.

Moi, je ne gère pas du tout ! C'est comme si j'étais sur le point de passer un examen important que Cassie devrait noter…

À cet instant, elle redescend d'ailleurs en trombe.

– On y va ! décide-t-elle. J'ai trop hâte de voir les autres.

Elle monte à l'avant du 4 × 4 appartenant au garage de son frère. Pour ma part, je m'installe sur la banquette arrière. D'une oreille distraite, j'écoute Gold raconter à sa sœur que ses amis se portent très bien et qu'Heden a une surprise dont elle va lui parler. J'ai du mal à me concentrer sur la conversation, bien trop occupée à imaginer la manière dont ma meilleure amie va réagir à la nouvelle de l'évolution de la situation entre son frère et moi.

– N'est-ce pas, Ruby ?

– Pardon ?

Je reviens à la réalité avec un sursaut. Cassie me regarde par-dessus son épaule. Gold aussi me lance des coups d'œil furtifs à travers le rétroviseur.

– Je disais que tu voulais devenir journaliste, reprend mon amie.

Elle se tourne vers son frère et ajoute :

– Elle en a le talent, tu sais ? Elle tenait le courrier du cœur dans la gazette de notre lycée.

– Ah ouais ? Qu'est-ce qui t'inspire, Ruby ? lance Gold sur un ton innocent.

Il me teste encore… Pire : il se moque. Pour me venger, je réponds :

– Mes propres histoires d'amour.

– Elles sont si nombreuses ?

Je me rends compte qu'on n'a jamais parlé de notre passé en la matière, tous les deux. Sans doute parce qu'il importe peu.

– Elle est célibataire, affirme Cassie.

– Ce n'était pas la question, grogne son frère.

– Mais elle est sortie avec Max l'année dernière, renchérit mon amie. D'ailleurs, il sera là aujourd'hui.

Cette nouvelle n'a pas l'air d'enchanter le biker.

– Ah ouais ? Il est comment ?

– Qu'est-ce que ça peut te faire ? pouffe Cassie.

– Tu n'as personne d'autre en vue, Ruby ? ricane Gold.

Son élan d'intérêt pour moi stupéfie sa sœur. Elle ne s'attendait pas à ce qu'il renchérisse.

– Vous êtes amis ? s'exclame-t-elle en écarquillant les yeux. Attendez, vous me cachez un truc, j'en suis certaine. Je croyais l'imaginer quand je vous ai retrouvés dans le couloir tous les deux en partant, mais en vrai… balancez. Qu'est-ce qu'il y a ? C'est mon anniversaire, je veux tout savoir.

Le visage cramoisi, la gorge comprimée par l'angoisse, je m'apprête à balbutier des aveux quand Gold balance :

– Ash et Heden attendent un bébé.

L'effet de sa bombe sur Cassie est immédiat. La seconde suivante, Gold et moi n'avons plus aucune importance pour elle. Choquée, la bouche grande ouverte, elle dévisage son frère pendant plusieurs secondes avant de se mettre à piailler :

– Heden attend un bébé ? Ash va devenir… Oh mon Dieu ! Pourquoi est-ce que tu ne me l'as pas dit plus tôt ? J'aurais acheté des cadeaux !

– Tu as déjà acheté des cadeaux.

– Encore plus, je veux dire.

Je respire un peu mieux. Gold est parvenu avec brio à nous tirer du moment le plus embarrassant de ma vie ! Même si, dans le fond, je sais bien que ce n'est que partie remise…

CHAPITRE 23

GOLD

– Je ne te le dis pas assez souvent, mais tu es le meilleur frère de la planète.

Cassiopée se jette dans mes bras dès qu'on sort de la voiture. J'ignore si c'est l'air des montagnes qui lui monte au cerveau, mais elle entreprend de m'ensevelir sous une tonne de compliments. À croire qu'on ne s'est pas vus depuis trois ans. Remarque, je ne m'en plains pas. C'est qu'elle me manque, cette boule d'énergie.

– Tu es pas mal non plus, en tant que frangine, lui réponds-je en lui rendant son étreinte.

Je croise le regard amusé de Ruby, qui a entrepris de sortir du coffre tous les cadeaux que compte offrir Cassiopée. Je suis étonné qu'avec une telle quantité de paquets, elle n'ait pas dû payer un surplus à l'aéroport.

– Je vais prévenir les autres de notre arrivée, nous avertit ma sirène. Prenez votre temps pour vous retrouver.

Elle s'éclipse vers la grande maison au bord du lac. Une minute s'écoule, ma sœur ne me lâche toujours pas. Son étreinte exprime à quel point elle a souffert que nous soyons éloignés si longtemps. Entre nous, ça a toujours été fusionnel, alors forcément, la séparation nous coûte. Enfin, on s'habitue, il le faut bien pour faire face aux coups bas de ce putain d'univers.

– Tu me manques tellement, Shayne, lâche Cassiopée en me libérant.

Ça n'arrive jamais qu'elle m'appelle par mon prénom, sauf quand ses émotions se bousculent en elle. Je ne lui en veux pas quand c'est le cas. Et puis, depuis que Ruby l'emploie également, je le supporte mieux.

– Toi aussi, lui renvoyé-je. Ce n'est pas la même chose de vivre sans toi.

– Tu as deux solutions : soit tu me rejoins à Chicago, soit tu te trouves une copine.

Mon absence de réaction arrache à Cassiopée un soupir impatient.

– Tu veux que je t'aide ? propose-t-elle. Tu mérites qu'une fille te rende heureux.

Je m'appuie contre la voiture en sortant mon paquet de cigarettes. Un truc me dit que cette conversation va durer, surtout au regard des infos que je compte livrer d'ici peu.

– Gold… insiste ma sœur.

– Tais-toi et observe, lui ordonné-je.

D'abord vexée, elle m'assène un coup d'œil furibond puis se décide à suivre mon regard. Peu à peu, elle se détend, hypnotisée par le magnétisme des pics sauvages qui entourent Black Lake. Plus près de nous, le lac miroite entre les étendues de forêt.

– J'avais oublié à quel point j'aime cet endroit malgré ce qui s'est passé, soupire Cassiopée.

Le lac la fascine autant qu'il la terrifie. Quand elle était enfant, elle s'y est noyée pendant une excursion avec sa classe. Chaque fois que je viens ici, je me rappelle que j'ai failli la perdre pour toujours. Ça me flanque un foutu poing invisible dans l'estomac et me fait prendre conscience de l'amour que je lui porte. Pas que je doive me pointer chez Ash pour m'en souvenir, mais cette joie de l'avoir toujours auprès de moi me gonfle d'une force démesurée. Qu'elle vive à Chicago ou ici, je serai là pour elle chaque fois qu'elle en aura besoin.

Juste après l'accident, elle n'osait plus approcher les eaux profondes. Puis elle a décidé de surmonter sa terreur en venant ici tous les jours pour faire face à ce qui avait failli la tuer. C'est alors que je me suis rendu compte qu'elle était bien la fille de nos parents. Une guerrière, une héroïne, une force brute.

– Fêter mon anniversaire chaque année à l'endroit où j'ai failli perdre la vie, c'est un peu une revanche sur le destin, lâche-t-elle.

Elle caresse le tatouage dissimulé sous la manche de son pull.

J'ai pris le fleuve d'où nul n'est revenu.

Voilà la phrase qu'Ash a gravée sur sa peau, en souvenir de sa rencontre avec la mort.

– Ce paysage me manque, reprend-elle. Il y a si peu de verdure à Chicago…

– Reviens.

– Pas après tous les efforts que j'ai faits pour intégrer l'université de mes rêves.

– Je sais. Je sais, putain.

Mon égoïsme parle, parce que l'absence de ma sœur me broie les tripes. La paix que je parviens à trouver ces temps-ci se trouve sur ma bécane, auprès de mes frangins et dans les bras de Ruby. Mais mon équilibre reste instable… Je ferme un instant les yeux, les jambes aussi lourdes que du plomb.

– J'aimerais bien que les parents soient là aujourd'hui, souffle Cassiopée.

– Je leur ai proposé de venir, répliqué-je.

Mais ils tolèrent moyennement les Styx Riders, alors fêter l'anniversaire de leur fille dans la demeure de l'un d'eux est inconcevable à leurs yeux… Du coup, ils lui réservent une petite fête dans quelques jours, quand elle sera de retour à Chicago. Ils se rattrapent toujours de cette façon…

– Je sais : il y a trop de bikers à leur goût dans notre entourage, s'attriste ma sœur. Pourquoi ne peuvent-ils pas voir à quel point vous êtes géniaux ? J'adore Kris et Ash ! Et Snack ! Et tous les autres.

Pour toute réponse, je me contente de sourire. Un léger silence s'installe, puis Cassiopée me demande :

– Tu vas bien ?

– Ouais.

– Tu es sûr ?

Je prends une profonde inspiration, déterminé à lui parler de ma relation avec Ruby. Elle mérite de l'apprendre de ma bouche.

Mon palpitant s'emballe. Merde, une mission suicide me paraîtrait moins dangereuse, c'est dire à quel point ça me fout mal…

– Cassiopée ? lâché-je.

Elle fronce les sourcils en percevant la gravité dans ma voix. Ses yeux verts, qu'elle tient, comme moi, de notre mère, me sondent avec inquiétude.

– Oui ? m'interroge-t-elle.

– J'ai un truc à te dire, lui annoncé-je. Un truc important pour moi.

Elle glisse son bras autour du mien et pose sa tête sur mon épaule. Ce simple contact me donne du courage.

– Je t'écoute, affirme-t-elle. Tu peux me dire n'importe quoi. Même si tu as tué quelqu'un.

– Aucun rapport ! protesté-je. Je n'ai tué personne.

– Ah.

Je fais abstraction du fait que ma sœur me prend pour un assassin pour me concentrer sur le plus important : Ruby. Ma Ruby.

Sa Ruby, aussi.

– J'ai une copine, lâché-je. Du coup, pas besoin que je me pointe à Chicago pour pleurer toutes les larmes de mon corps.

Surprise, Cassiopée plisse les paupières.

– Une copine ? me sonde-t-elle. Genre, une vraie ? Avec qui tu entretiens des liens autres que physiques ? Avec qui tu parles cuisine et passes des soirées au calme dans le canapé ?

Pour ce dernier point, il faudrait que Ruby ne travaille pas toutes les nuits ou presque à la *Luxure*. Sauf si le canapé de la salle Olympe compte.

Dans ce cas...

– Ouais, c'est ça, déclaré-je.

– Oh mon Dieu, Gold ! piaille Cassiopée. C'est la première fois que tu me parles de l'une de tes copines !

Parce que c'est la première fois que je ressens autant de choses pour une nana, et que la nana en question est sa meilleure amie.

– Du coup, c'est du sérieux ! glapit-elle. Je suis tellement contente ! Elle va venir aujourd'hui ? Tu vas me la présenter ?

– Tu la connais déjà.

On dirait que le temps vient de s'arrêter. Cassiopée me dévisage, la bouche grande ouverte, puis elle s'exclame, terrassée par le suspense :

– Ne me force pas à te voler ton pistolet pour te tirer les vers du nez, Gold. C'est qui ?

– Ruby.

Pas de réaction. Ma frangine reste immobile, le cou tordu dans ma direction. Je me demande un instant si elle ne fait pas une attaque ou un truc dans le genre. Mais peu à peu, la vie se remet à briller dans ses yeux. Même si la tension menace de faire éclater chacun de mes muscles, je balance :

– Remets-toi.

– Ruby ? répète-t-elle.

– Ouais.

– Ma meilleure amie ?

– Tu connais d'autres filles qui s'appellent comme ça ?

– Ruby ?

– J'ai déjà répondu à cette question, ricané-je.

D'un coup, Cassiopée se met à hurler. La seconde d'après, elle me prend dans ses bras.

– Oh mon Dieu ! glapit-elle.

Ensuite, elle se lève d'un bond et se plante devant moi, un doigt tendu dans ma direction.

– C'était ça, alors, ce que j'ai senti à la maison ! affirme-t-elle. Dans la voiture aussi. Je n'en reviens pas ! Ruby, nom de Dieu !

Je tire sur ma cigarette pour me détendre. Tu parles, ça ne fonctionne pas, cette merde !

– Depuis quand ? Comment ? Pourquoi elle ne m'a rien dit ? m'interroge ma sœur.

– Quelques jours. Par le biais de son job. Parce que nous avons convenu que ce serait moi qui t'en parlerais d'abord.

– Tu as des sentiments pour elle ? Tu ne joues pas, au moins ?

– Oui, j'ai des sentiments pour elle.

À quoi bon le nier ? La simple idée que Ruby puisse sortir avec un autre mec me rend dingue. Je pense à elle en permanence, son corps hante mes nuits, sa voix aussi.

Encore sous le choc, Cassiopée entreprend de se masser le front en faisant les cent pas. Elle digère l'information, mais je ne sais toujours pas si elle accepte cette relation entre sa meilleure amie et moi ou non.

Pas que ça changerait quoi que ce soit. Mais je préférerais qu'elle le prenne bien.

– Tu en penses quoi ? lui lancé-je, au supplice.

– Que tu n'as pas intérêt à jouer au con. Rends-moi un grand service, ne gâche pas l'amitié qu'il y a entre elle et moi en lui brisant le cœur. Elle n'est pas comme les filles du *Purgatoire*, tu vois ? Je l'aime. Et je t'aime aussi.

– Je ne gâcherai rien.

– Tu as intérêt à tenir parole.

Cassiopée hoche la tête, puis d'un coup, son sourire revient, plus lumineux que jamais.

– Je suis méga contente ! s'exclame-t-elle. J'ai toujours trouvé que vous iriez bien ensemble !

– C'est gentil. Si on y allait ? Les invités vont croire que tu t'es fait la malle. En plus, regarde qui se pointe.

Alex nous rejoint d'un pas tranquille, les mains dans les poches. Dès que Cassiopée l'aperçoit, des étoiles s'allument dans ses yeux. Depuis que je me suis rapproché de Ruby, je comprends ce lien mystérieux entre eux, si puissant, si incontrôlable. Parce que celui qui m'unit à ma sirène est similaire…

– Les autres sont au courant ? me glisse ma sœur.

– Non.

– OK, je te laisse le soin de le leur apprendre.

Sur ce, elle se précipite dans les bras d'Alex. Je les laisse s'éloigner en direction de la rive, restant en arrière pour finir ma cigarette. La vue d'ici est incroyable. L'air pur remplit mes poumons, là où la nicotine me les bousille.

Il faut croire que je suis le genre de mec qui aime la pureté, mais qui est incapable de se détacher de ses poisons.

– Salut, Gold !

J'ai entendu les pas de Kris s'approcher de moi avant même qu'elle ne m'interpelle. Gun l'accompagne : je devine qu'ils ont fait la route ensemble. Tous deux tiennent Alexander, le fils de la fleuriste, par la main.

– Bonjour, me lance le gamin.

– Salut, petit gars.

Aussitôt, il se détourne vers sa mère et lui demande :

– Maman, est-ce que je peux aller voir Heden ?

Il n'a pas l'air super à l'aise en ma présence. En même temps, vu mon gabarit, je peux le comprendre. Sans compter qu'il n'est pas habitué à moi : j'ai dû le croiser une fois ou deux, c'est tout.

– Vas-y, lui dit Kris.

– Tu viens, Gun ? embraye le môme. Je vais t'apprendre à faire des ricochets. Tu vas voir, c'est trop facile.

– Je te rejoins dans une minute. Si tu allais poser le cadeau de Cassie avec les autres ? Profites-en pour dire à Ash que le meilleur de tous est dans la place.

Kris roule des yeux alors qu'Alexander demande, de l'incertitude dans la voix :

– Tu parles de toi ?

– Non, de toi, bien sûr !

Déjà, le gamin galope vers la maison en éclatant de rire. Il n'y a pas à dire, mon vice-président fait un beau-père du tonnerre.

– Comment tu vas ? me lance Kris. C'est quoi cette tête de déterré ?

– Il torture un mec toutes les nuits dans les entrailles du *Purgatoire*, répond Gun à ma place. Je lui ai bien dit de me passer le relais, mais il refuse.

– Franchement, les gars, vous ne m'aurez pas avec ce genre d'excuses, râle la fleuriste. Vous courez les filles, c'est ça ?

Si elle savait...

– Demande à Gun, m'esclaffé-je.

Kris se tourne vers lui avec un air accusateur. Mon vice-président voit la balle arriver et lève les mains en signe d'apaisement.

– Relax, mon cœur, souffle-t-il. Tu sais bien que tu es la seule.

Je le regarde attraper sa nana par la taille, la chatouiller et la balancer sur son épaule pendant qu'elle se marre jusqu'à la limite de l'étouffement. Ils ont l'air heureux.

– On se bouge, la reine du bal nous attend ! décrète Gun.

– Lâche-moi ! proteste Kris. Mais lâche-moi, espèce de… Raaaah ! Je te préviens, si tu ne me poses pas, je te tue !

Sans tenir compte de ses menaces, il la trimballe sur son dos à travers la plage de galets. Je leur emboîte le pas. C'est le moment pour moi de faire une pause, de redevenir un mec normal l'espace d'une poignée d'heures. Ça ne m'empêche pas de détailler chaque invité que je croise, de calculer leur seuil de dangerosité. Étant donné que la plupart sont en sous-vêtements, prêts à se jeter dans le lac, je les vois mal planquer une arme.

Je passe à travers un groupe de filles qui me matent ouvertement, ressentant déjà les picotements qui me saisissent toujours lorsque je me retrouve au milieu d'une foule. Alex a eu la bonne idée d'inviter au moins cinquante personnes pour le barbecue. Je vais devoir prendre sur moi pour ne pas gâcher l'ambiance… Encore faut-il que je ne croise pas le fameux Max, l'ex de Ruby.

Il ressemble à quoi, d'ailleurs ?

J'entre dans la maison en essayant de le repérer, mais je m'arrête lorsque je découvre Heden et Ash installés sur le long balcon qui surplombe le lac.

– Je vois que ça se baigne déjà, constaté-je.

Je désigne des filles qui se déshabillent à l'autre bout de la plateforme et qui plongent par-dessus la balustrade. Mon sergent d'armes siffle un grand coup entre ses doigts pour attirer leur attention et leur crie :

– Eh, c'est pas un plongeoir, ici ! Vous allez bousiller le garde-corps !

En réalité, je le soupçonne de tenir un peu trop aux rangées de fleurs colorées qui entourent le balcon. C'est Heden qui les entretient, alors forcément…

Son intervention jette un froid parmi les fêtards, qui choisissent de s'éloigner pour rejoindre le ponton qui s'avance dans le lac un peu plus loin. L'Amérindienne, elle, se lève pour m'accueillir.

– Gold, je suis ravie de te voir ! s'exclame-t-elle. Tu as bonne mine.

– Ce n'est pas ce que m'a dit Kris. Toi, en revanche, whaouh !

Dans sa petite robe et ses ballerines, elle rayonne.

– Félicitations pour le bébé, ajouté-je.

– Merci ! Tu as remarqué qu'Ash se transforme lentement en Cerbère depuis qu'il est au courant ? C'est fatigant, parfois.

– Tu rêves, le chien à trois têtes a toujours montré les dents.

En guise de réponse, j'ai droit à un majeur tendu de la part de l'intéressé.

– Le jour où ta copine te réveillera à trois heures du matin parce qu'elle veut une glace au beurre de cacahuète avec des morceaux de chocolat fourrés au caramel dedans, tu pourras la ramener, grogne-t-il. Et attention si tu prends le pot avec de simples copeaux, hein. Elle te fera rouler dix kilomètres dans le noir pour que tu ailles lui chercher exactement ce qu'elle veut.

Je m'esclaffe, tandis qu'Heden tente de se défendre :

– Je n'y peux rien, moi, si j'ai des envies subites ! En plus, c'est arrivé une seule fois.

– Trois, la corrige mon sergent. Juste cette semaine.

– Oui, mais je t'ai demandé d'y retourner une seule fois.

– Tu m'étonnes. J'ai compris la leçon !

Ash se comporte avec sa régulière comme un loup à l'affût. Je suis prêt à parier que ça ne le gêne pas de se lever dans la nuit pour aller lui chercher de la nourriture. Il a l'air tellement heureux… Le voir ainsi me pousse à vouloir ressentir ça aussi. Et pour la première fois de ma vie, je ne me demande pas avec qui, parce que ça me paraît évident.

– Quoi de neuf ? m'interroge le tatoueur.

Oh, rien. Juste une chanteuse qui m'a mis à genoux…

Je m'approche de la balustrade et m'appuie dessus. Sans vraiment m'en rendre compte, je me mets à fouiller les bandes de jeunes du regard à la recherche de Ruby. Il ne me faut pas plus de dix secondes pour la repérer : en compagnie de son ancienne équipe de cheerleaders et de quelques footeux, elle enlève ses vêtements pour les déposer sur les lattes en bois du ponton. Même à cette distance, son corps agit sur le mien, c'est dingue…

Je me prends un coup de coude dans les côtes quand Ash vient se placer à côté de moi.

– Tu mates les gonzesses ? me taquine-t-il.

Pas les gonzesses : une *gonzesse.*

Le hurlement de Kris sur la rive attire notre attention. Elle tente d'échapper à Gun pendant qu'il la conduit vers l'eau, soutenu par un Alexander plié de rire. Un sourire étire mes lèvres.

– Les gars, je vais me baigner, nous prévient Heden. Amusez-vous, OK ? Vous n'êtes pas obligés de jouer aux gros méchants bikers. C'est un anniversaire, personne ne vous en voudra de vous détendre un peu !

Sur ce, elle éclate de rire en nous plantant là.

Après son départ, les secondes défilent. Le silence entre mon sergent et moi devient de plus en plus lourd. Il ne quitte pas Gun du regard, ne montrant toutefois aucune émotion. Je finis par pousser un soupir et lui demander :

– Depuis combien de temps tu sais ?

– Un bail, me répond-il en haussant les épaules. À force de les voir se tourner autour comme des vautours affamés, j'ai fini par additionner deux et deux… Quand on tombe amoureux, on a beau le cacher, ça se voit. Mais ça me fait marrer de voir les gars prendre des gants avec moi quand ils parlent d'eux. Comme si j'étais trop con pour ne pas les avoir grillés.

– Tu ne vas pas leur dire ?

– J'attends que Gun vienne me voir.

– C'est Kris qui ne veut pas qu'il t'en parle. Il me l'a avoué au bowling, la dernière fois.

Ash me fixe avec des yeux aussi gros que des soucoupes.

– Sérieusement ? s'étonne-t-il. Pourquoi ?

– Elle doit sans doute croire que tu prendras mal leur relation. C'est le cas ?

Il semble réfléchir à la question, puis secoue la tête.

– Gun est mon meilleur ami, déclare-t-il. Je tiens à lui plus qu'à ma propre vie. Je préfère savoir ma sœur avec lui plutôt qu'avec le connard qui lui a fait un gosse. Bon, allez, frangin, je vais piquer une tête moi aussi. Tu as entendu la femme de ma vie ? Il faut qu'on s'amuse.

CHAPITRE 24

RUBY

– Toujours d'actualité de devenir journaliste ?

Max possède une carrure plus large que la mienne, mais il est plus petit d'une tête. Nous sommes restés ensemble trois semaines vers la fin de notre dernière année de lycée. Nous nous entendions bien, mais nous n'avions pas assez en commun pour bâtir une histoire. Cela dit, nous sommes restés amis.

– Oui, mon cursus à l'université m'aide beaucoup pour ça, lui réponds-je.

– Cool.

– Et toi, qu'est-ce que tu deviens ?

Max hausse les épaules et lâche :

– Je joue au foot… Je bosse aussi avec mon cousin, de temps en temps. Je n'ai pas eu la bourse sportive que j'espérais pour rentrer à la fac.

– Je suis désolée…

Il boit une gorgée de son verre en se penchant sur le côté afin de regarder derrière moi. Un groupe d'anciens élèves du lycée en train de se baigner lui fait de l'œil depuis tout à l'heure.

– Tu peux les rejoindre, si tu veux, lui dis-je.

L'air un peu embarrassé, il passe une main dans sa nuque.

– Tu veux venir te baigner avec nous ? me propose-t-il. Ce sera marrant.

– Pas tout de suite. Je vais rester avec Cassie et Alex pour l'instant. On se voit plus tard ? C'était sympa de te parler.

– Oui ! À plus, Ruby !

Voilà pourquoi notre histoire a vite tourné court : nos conversations n'étaient jamais beaucoup plus fournies…

Le cri de joie de mon ex résonne quand il se jette à l'eau en pliant les genoux sous son menton. Des filles lui sautent dessus pour tenter de le noyer dès qu'il remonte à la surface. Une guerre sous-marine sans merci démarre, mais je compte bien profiter un peu de ma meilleure amie avant de me lancer dans la bataille.

Cassie et Alex s'embrassent au bout du ponton, les pieds dans l'eau. À mi-chemin pour les rejoindre, je m'arrête net. Ils ont si peu l'occasion de se voir depuis qu'elle est partie pour Chicago, ne devrais-je pas plutôt leur laisser un peu d'intimité ?

– Chaud devant ! Bougez-vous de là !

Ash, en maillot de bain, me dépasse en trombe avant de plonger dans le lac. Les rares personnes qui demeurent sur le ponton s'écartent, intimidées.

Heden s'avance à son tour, hilare, puis saute du ponton elle aussi. Son corps n'est pas couvert de tatouages, elle ne dégage pas une once de cette énergie sombre propre aux bikers, pourtant ils sont parfaits l'un pour l'autre, et si heureux… Ils attendent même un bébé. Voilà bien la preuve que les opposés peuvent s'attirer. Je suis bien placée pour le savoir, puisque Gold s'est entiché d'une fille comme moi.

Je me détourne pour le chercher du regard, mais impossible de le repérer parmi les invités. Il se cache peut-être dans la maison, à l'abri de la foule qui le met mal à l'aise ? J'aimerais qu'on puisse profiter de la fête tous les deux, mais je ne suis pas égoïste au point de le pousser à affronter une situation qu'il apprécie peu.

En attendant qu'il se montre, je retourne sur la rive, salue quelques copines de lycée, puis attrape une serviette de plage dans mon sac. Je m'allonge ensuite sur les galets chauds, le visage tourné vers le ciel.

J'adore prendre des bains de soleil au bord du lac, mais je n'y viens plus depuis le départ de Cassie, ce n'est plus pareil sans elle. Je vais devoir m'habituer à son absence, comme Alex devra le faire lui aussi. J'espère que la distance ne nuira pas à leur relation. Ce serait si triste ! J'aime trop les *happy ends* pour envisager une chose pareille.

Mes pensées s'embrument, et très vite, je me mets à somnoler. Immanquablement, je rêve de mon biker. De ses bras, de ses lèvres. De ses yeux. De sa voix…

– Si on allait se baigner ? murmure-t-il à mon oreille.

– Oui, soufflé-je.

– Pour ça, il faudrait que tu te réveilles. On t'a déjà dit que tu étais magnifique en maillot de bain ?

Je papillonne des paupières derrière mes lunettes de soleil. Le visage de Gold est juste au-dessus du mien. Je tends les mains, histoire de m'assurer que je ne rêve plus. Mais non, mon biker est bien réel, il se tient en parfait équilibre au-dessus de moi, les bras tendus. Il ne porte plus de tee-shirt, et en pliant les jambes, j'entre en contact avec les siennes. Il a aussi enlevé son pantalon, visiblement. Je ne résiste pas à l'envie de laisser mes doigts voyager sur ses épaules nues, puis sur le 1 % gravé sur son cœur à jamais.

– Si tu me touches, on ne fera pas que piquer une tête, me lance-t-il avec un sourire carnassier.

– Vraiment ?

Sans crier gare, il plie les bras, appuyant son corps contre le mien. Cela suffit à m'embraser de l'intérieur : j'en ai le souffle coupé. Ses lèvres crochètent les miennes, sa langue envahit ma bouche et je me sens tomber dans un gouffre de plaisir.

– Tu ne crains pas qu'on nous voie ? demandé-je, essoufflée, dès qu'il me libère. Je veux dire, tu n'as encore parlé à personne…

– Tu flippes ?

À mon tour, je soulève la tête pour lui offrir un léger baiser.

– Absolument pas, réponds-je. C'est juste qu'il y a ta sœur et tous tes amis bikers. Je supposais que tu n'aimerais pas qu'ils sachent pour l'instant.

– Et toi ?

Gold se tient à nouveau en équilibre sur ses bras tendus, comme s'il s'apprêtait à faire des pompes. Je suis surprise par sa facilité à rester dans cette position. À sa place, je ne tiendrais pas dix secondes. Cela dit, il est plutôt athlétique.

– Tu as peur de leur réaction ? continue-t-il sans quitter mes lèvres du regard.

Mes doigts accrochent sa taille, glissent dans son dos. Ses muscles se tendent sous mes caresses, signe qu'elles ne le laissent pas indifférent.

– Non, mais je pensais que ça te mettrait mal à l'aise, dis-je.

– Que je sorte avec la plus belle nana de cette Terre ? rétorque-t-il.

Mes joues s'embrasent, et je me mets à glousser comme une gamine. Une seconde plus tard, Gold se redresse sans effort, m'attrape par le bras et me tire à lui. Je ne peux pas m'empêcher de rire quand il me jette sur son épaule et qu'il court vers l'eau. Ni quand il me balance dans le lac. Je remonte à la surface, puis je proteste :

– Eh ! Qu'est-ce que tu aurais fait si je ne savais pas nager ?

– Je t'aurais remontée sans aucun problème.

– Vantard.

Nous nous éloignons de la rive assez rapidement. Quand Gold disparaît sous l'eau, me laissant seule au milieu de l'immensité étincelante, je comprends aussitôt qu'il me prépare un mauvais coup de plus.

– Je te préviens, je ne compte pas me mettre à hurler, décrété-je. J'ai lu plein de livres avec cette scène. C'est tellement *too m…*

Entraînée sous la surface, je bois la tasse. Quant à Gold, il remonte et semble amusé de me voir toussoter.

– Tellement quoi, tu disais ? me taquine-t-il.

– Tu vas le regretter.

– Montre-moi ce que tu as dans le ventre.

Je lui bondis dessus, mais impossible de le couler. D'un mouvement vif, il me fait même passer par-dessus ses épaules avant de me balancer à plus d'un mètre. Je reviens à la charge. Deux, trois, quatre fois.

– Je te déteste ! lancé-je finalement, essoufflée, les bras en compote.

Il ricane.

– C'est faux.

Maintenant qu'il m'a laissée m'épuiser, il attaque. Je n'ai aucune chance de lui échapper, alors je décide de m'accrocher à lui en enroulant mes jambes autour de ses hanches. Il ne se défend pas, ce qui me permet de passer également mes bras autour de son cou.

– Si je meurs noyée, tu meurs avec moi, annoncé-je.

– La technique de la sangsue ? Bien joué.

– Tu me traites de sangsue ?

Ses mains glissent dans mon dos, me plaquent contre lui.

– Ouais.

Avant que je puisse répliquer, il m'embrasse. Nos lèvres se caressent, insatiables. Mon corps gagne en température au contact des doigts du biker qui glissent sous le bas de mon maillot de bain. Je plonge la tête dans son cou pour ravaler un gémissement quand ses caresses deviennent plus profondes, plus… sensuelles. Peu à peu, je perds pied avec la réalité. J'ai seulement conscience de Gold contre moi, en moi. Son début d'érection contre mon intimité palpitante alimente l'incendie qui me consume.

– Pas ici, lui glissé-je en réalisant ce qui risque de se produire ensuite. Je suis mal à l'aise devant tous ces gens.

Gold me transperce de son regard impassible. Est-ce que je le déçois ? Quoi qu'il en soit, il ôte sa main de sous mon maillot et la plaque fermement contre mes reins.

– Tu ne m'en veux pas ? lui demandé-je d'une petite voix.

– Arrête tes conneries, réplique-t-il. Comme si je pouvais t'en vouloir pour un truc pareil.

Je souris, soulagée. Puis une rumeur à propos des bikers me revient en mémoire…

– Je peux te poser une question en rapport avec ton club ? soufflé-je.

Il me jette un regard méfiant mais déclare :

– Je t'écoute.

– Est-ce qu'il est vrai que vous, les Styx Riders, vous aimez coucher avec des filles en public ?

Il arque d'abord un sourcil, puis il éclate de rire.

– Attends, tu entends quoi par là ?

Je dois ressembler à une écrevisse tant je rougis.

– Cassie m'a avoué une fois que ça ne vous dérangeait pas de… enfin, tu vois, bredouillé-je.

– Ça ne nous dérange pas, en effet, mais de là à dire qu'on aime ça… Et on ne le fait pas devant les civils.

– Alors tu ne comptes pas t'envoyer en l'air avec moi devant tes potes ?

– Bien sûr que non ! s'exclame Gold. Ils seraient bien capables de vouloir se joindre à la fête.

Mon expression choquée l'amuse, apparemment, car son sourire s'élargit et il me lance :

– Alors, il y a d'autres choses que tu veux savoir ?

– Non ! Enfin si, juste une : je suis la seule ?

L'ex-militaire saisit que ma question est sérieuse et cesse immédiatement de se moquer.

– Ouais, affirme-t-il.

– Je le resterai ?

– Aussi longtemps qu'on sera ensemble.

Je hoche la tête. Voilà une réponse qui me convient.

– Si tu veux bien, j'ai aussi une question, reprend Gold.

Curieuse, j'acquiesce pour l'autoriser à continuer. Il s'exécute promptement :

– Parle-moi de ce qui est arrivé à ton père. Qu'est-ce qui l'a envoyé en prison ?

Je me tends, parce que je ne parle jamais de lui. Je continue à l'aimer de tout mon cœur malgré ses actes criminels, et il me manque à chaque seconde qui passe. Mais je ne me sens pas assez à l'aise pour en discuter avec d'autres. Sauf avec Courtney, parce que son propre géniteur croupit lui aussi dans une cellule à l'heure actuelle. D'une certaine façon, ce point commun nous a rapprochées.

Cependant, Gold n'est pas n'importe qui. Pour que notre histoire fonctionne, je dois m'ouvrir à lui, comme je le pousse à s'ouvrir à moi. Alors je rassemble mon courage et raconte :

– Il était quelqu'un de bien, d'aimant, il faisait tout pour subvenir aux besoins de maman et moi. Il était le genre d'homme à raconter des blagues tout le temps, à rire même lors de périodes difficiles. Il m'emmenait pique-niquer tous les samedis devant la réplique du Panthéon et il me parlait pendant des heures des artistes qui avaient percé à Nashville. Mais un vendredi soir, il n'est pas rentré de son travail. J'ai compris au regard de ma mère qu'il se passait quelque chose : elle se retenait de pleurer.

J'ai appris qu'il était en prison quelques jours plus tard. Au début, je n'ai pas compris pourquoi. C'était impossible. Mon papa n'avait pas sa place là-bas !

Les souvenirs qui me reviennent m'arrachent un sourire triste. Le menton posé sur l'épaule de Gold, j'observe la surface de l'eau sans vraiment la voir.

– Ma mère m'a expliqué, des années plus tard, qu'il avait été pris dans une bagarre et qu'il avait tué quelqu'un pour se défendre, continué-je. Sa victime était le fils de quelqu'un de haut placé, et c'est pour ça que mon père s'est retrouvé en prison. Il est mort là-bas, assassiné par un autre détenu.

Je me tais. Gold ne répond rien, parce qu'il n'y a rien à répondre à cela. À la place, il dépose un baiser dans mon cou.

– Tes parents savent que Cassie sort avec un Styx Rider ? lui demandé-je pour changer de sujet.

– Pas sûr qu'elle leur ait fait part de ce détail, ricane mon biker. On ne peut pas dire que mon paternel a bien réagi lorsque je lui ai annoncé que j'entrais dans le club. Je ne pense pas que Cassiopée prendra le risque d'avoir une conversation houleuse avec nos vieux pour l'instant. Peut-être que si elle devient la régulière d'Alex, elle leur en parlera.

Je m'apprête à renchérir quand je remarque une silhouette qui nous observe depuis la rive.

– On devrait y aller, Gold, Bradley Devon nous regarde, dis-je.

Je me sépare de mon biker, envahie par l'appréhension, et plonge la moitié de mon visage sous l'eau, comme si cela pouvait me permettre de dissimuler mon identité.

Gold enserre ma taille dès qu'il prend conscience de mon malaise.

– Tu te sens de taille ? me demande-t-il.

– À l'affronter ? répliqué-je.

– Qui parle d'affrontement ? Je te propose de lui parler, c'est tout. Si tu te sens capable d'officialiser ce qu'il y a entre nous, on pourrait commencer avec lui.

Officialiser notre relation au sein des Styx Riders ? Je sens que c'est très important pour Gold. Pour moi aussi, je dois l'avouer. Ça rendra sans doute notre histoire plus réelle – bien que toutes les fibres de mon corps me clament que c'est déjà le cas.

– D'accord, allons-y, accepté-je.

Nous quittons l'eau ensemble, côte à côte. Bradley Devon ne nous regarde plus, son attention rivée sur le lac. Je tente de lire sur son visage, mais il est très fort pour dissimuler ce qu'il pense. Comme la plupart de ses hommes, d'ailleurs.

Gold et moi nous immobilisons à côté de lui. Il laisse passer un instant, puis nous raconte :

– À une époque, je vivais ici avec mon ex-femme et mes deux enfants. Après le divorce, j'ai vendu la maison à Ash, parce qu'il adorait cet endroit. Il a raison : j'ai toujours trouvé que les eaux de Black Lake possédaient le pouvoir de révéler certaines choses à qui sait les observer. Ce n'est pas un hasard si nous avons choisi Charon pour mener la barque des Styx Riders.

Je ne sais pas comment réagir à ces confidences, alors je me contente de demander :

– Est-ce que ça vous manque d'habiter ici, professeur Devon ?

– Tu peux m'appeler Bradley en dehors de l'université, Ruby. Quelque chose me dit qu'on sera amenés à se voir souvent.

Tandis que mes joues virent à l'écarlate, il ajoute :

– Pour répondre à ta question, la maison ne me manque pas, non. En revanche, ce lac fera toujours partie de moi. Quelle surprise de vous trouver là, tous les deux.

Il jette à Gold un coup d'œil amusé, auquel ce dernier répond par un léger hochement de tête. Je cherche encore un moyen d'amener les choses plus ou moins en douceur quand mon biker déclare sans sommation :

– Ruby et moi, on est ensemble.

– J'aurais trouvé le contraire plutôt étonnant, vu ce à quoi je viens d'assister, s'amuse Bradley.

– Tu es le premier à l'apprendre, prés', reprend Gold. Je compte en parler aux autres plus tard.

– Je serais curieux de savoir comment vous vous êtes rencontrés. Et surtout, sous quelle apparence Ruby a su te séduire. Vanessa m'a dit que tu avais fait de fréquentes visites à la *Luxure* récemment. Maintenant, je comprends pourquoi.

Sur ce, le président des Styx Riders lève le verre qu'il tient à la main dans notre direction et annonce :

– À nos bécanes, et à celles qui les chevauchent !

Puis il avale une gorgée de sa boisson et nous demande :

– Dites-moi, je suis curieux… Cassie est au courant ?

– Non, réponds-je au moment où Gold lâche un simple « oui ».

Choquée, je me tourne vers lui en écarquillant les yeux.

– Quand lui en as-tu parlé ? m'exclamé-je.

– Tout à l'heure, en sortant de la voiture. Elle n'a pas flippé, rassure-toi. Elle l'a même plutôt bien pris.

Le soulagement m'envahit, et je ne peux m'empêcher d'éclater de rire. C'est si important pour moi que mon couple ne me coûte pas ma meilleure amie…

Je suis surprise qu'elle ne m'ait pas encore sauté dessus en exigeant des potins. La connaissant, elle voudra tout savoir de la manière dont le rapprochement entre son frère et moi a eu lieu.

– Tu devrais peut-être aller la voir, m'encourage Bradley. J'ai comme l'impression que ce week-end sera court pour tout le monde, alors profites-en.

– Oh… vous avez raison, professeur, j'y vais tout de suite. Gold, est-ce que tu…

– Il va rester un peu avec moi pour causer, décide son président. On n'en a pas pour très longtemps, rassure-toi.

Je sens bien que, quand il libère ma main, mon biker ne le fait pas de gaieté de cœur. J'ai une soudaine envie de me jeter sur lui, de poser ma bouche sur la sienne pour effacer cette ombre naissante dans son regard. Mais je ne peux pas me laisser aller ainsi alors que mon professeur nous regarde. Ce serait trop gênant… Je me contente donc de lui décocher un sourire et de déposer un baiser sur sa joue.

– On se voit tout à l'heure, lui dis-je.

Quelques minutes plus tard, je retrouve quelques filles de mon ancienne équipe de cheerleaders dans le salon. Elles prennent une pause boisson avant de retourner piquer une tête.

– Ruby, tu es là ! Génial ! Tu as vu Logan ? me demande Jess, notre ancienne capitaine. Il m'a dit qu'on allait parler, mais je ne le vois nulle part. Il est encore plus sexy qu'avant ! C'est tellement dommage qu'entre lui et moi ça n'ait pas collé…

– Tu l'as largué, lui fait remarquer Courtney.

Cette dernière me tend un gobelet rouge d'où s'échappe une odeur d'alcool. Je trempe mes lèvres dans le breuvage et identifie le goût de la vodka-coca.

– J'ai fait une pause, affirme Jess.

– Après six mois, c'est une rupture de contrat, s'esclaffe Cassie.

Jess lève les yeux au ciel.

– Un peu de soutien, les filles ! Je veux remettre le couvert, j'ai le droit, non ? Et Logan avait l'air plutôt d'accord, vu la manière dont il m'a dévorée des yeux tout à l'heure… Bon, racontez-moi des trucs croustillants pour me changer les idées. Cassie, comment ça va avec Alex ?

Ma blondinette préférée hausse les épaules en buvant une gorgée de sa boisson.

– Ça va, répond-elle.

Puisqu'elle ne semble pas vouloir donner de détails, Jess passe à Courtney.

– Ne compte pas sur moi pour te dire quoi ce soit, grogne la kick-boxeuse. C'est privé.

– Et toi, Ruby, alors ? me lance Jess. Tu l'as trouvé, ton prince charmant ?

Je cherche la meilleure manière de répondre à cette question quand, soudain, l'attention des filles est détournée par l'entrée de Gold, Bradley et plusieurs autres Styx Riders dans le salon. Jess les dévore du regard et nous glisse :

– N'empêche, je me taperais bien un biker…

– Je croyais que tu voulais te réconcilier avec Logan ? pouffé-je.

– J'ai droit à plusieurs vœux, voyons !

Elle continue à piailler avec les autres filles. Pendant ce temps, mes iris caressent Gold, le clament, le supplient de se retourner. Et ça marche : juste avant d'entrer dans la cuisine, il pivote vers moi et me décoche l'un de ces sourires discrets, presque invisibles, dont il a le secret.

Lorsqu'il disparaît, Cassie vient se placer à côté de moi et me souffle :

– Il m'a tout raconté.

Courtney, non loin de nous, comprend aussitôt de quoi il est question puisqu'elle est dans la confidence. Elle se penche vers nous et lance :

– Ça crève les yeux. D'ailleurs, je crèverai les yeux de ton frère s'il fait du mal à notre Ruby, Cassie. Tu es prévenue.

– Personne ne va me faire du mal, soupiré-je. Vous dramatisez.

– En parlant de drame, regardez qui va tenter de se mêler aux loups, ricane la boxeuse. Vous pariez combien qu'elles se font dévorer dans la seconde ?

Deux filles perchées sur de hauts talons et habillées de robes si courtes qu'on pourrait les prendre pour des maillots de bain entrent à leur tour dans la cuisine. Elles n'ont que l'embarras du choix pour draguer, avec tous les bikers présents dans la maison, mais bien évidemment, l'une d'elles jette son dévolu sur Gold. Ce dernier, appuyé contre l'encadrement de la porte, lève la tête à son approche.

– C'est qui ? demandé-je, un poil trop agressive.

– Je ne suis pas trop sûre, c'est Alex qui s'est occupé des invitations, me répond Cassie. Je crois qu'elles étaient en cours de littérature avec nous. La blonde s'appelle… Candice, si je me souviens bien ?

L'intéressée sourit à mon petit ami en collant ses seins sous son nez. Enfin bon, elle fait deux têtes de moins que lui, mais là n'est pas la question.

Une chaleur désagréable naît dans mon ventre et se répand dans mes veines. Je tente de l'éteindre en buvant une gorgée de vodka. Sans succès.

– Il ne lui cédera pas, m'affirme Cassie.

– Je sais.

Pourtant, regarder cette Candice draguer Gold me donne des boutons. D'ordinaire, il est rare que je ressente de la colère. Là, j'ai du mal à contenir ma fureur.

– Va lui botter le cul, m'ordonne Courtney.

– Tu veux que je la frappe ? m'étranglé-je.

– Ouais.

– Mais non, inutile d'en venir aux mains, déclare Cassie. Montre-lui plutôt que c'est avec toi qu'il est et qu'elle n'a aucune chance, ma Ruby…

– Vous avez raison, je vais y aller, dis-je.

Je tends ma vodka à ma meilleure amie histoire de ne pas risquer de m'en renverser dessus si je tombe, puis je pivote vers Gold et prends une grande inspiration.

– J'y vais, annoncé-je.

– On te regarde, lâche Courtney.

– Mais ses amis ne sont pas au courant pour nous et…

La fin de ma phrase se noie dans ma bouche lorsque Candice passe un bras sous celui de Gold et a le culot de plaquer son corps contre le sien. Surpris, cet imbécile ne bouge pas.

Pourquoi est-ce qu'il ne bouge pas ?

En quelques pas, je rejoins la blonde et lui lance :

– Excuse-moi, tu peux reculer ?

– On discute, me renvoie-t-elle sans comprendre.

Gold tente de se libérer, mais c'est qu'elle le colle, la sangsue.

Diplomate. Il faut que je reste diplomate.

– Discute en gardant trente bons centimètres entre vous, grogné-je.

Je ne peux tout de même pas lui dire de ne pas parler à Gold ? Je ne suis pas ce genre de fille. Même si je préférerais qu'elle aille causer avec quelqu'un d'autre.

L'étonnement dissipé chez mon biker, il me regarde à présent avec une lueur de défi dans les iris.

Je rêve ou il apprécie la scène ? Il se moque de moi ?

Je vais lui faire ravaler son arrogance.

– Tu es qui ? s'offusque Candice.

– Sa copine, répliqué-je. Alors bouge de là. Genre, tout de suite.

Je me mettrais un trois sur dix pour la diplomatie. Mais franchement, ça m'est égal.

La blonde ouvre la bouche, sa mâchoire menace de se décrocher. J'ai dû crier un peu fort, parce que plusieurs bikers se sont tournés vers nous.

– Bah ça alors, lâche Ash.

Je ne lui accorde aucune attention. Le plus important, c'est le repli de Candice vers le fond du salon. Dès qu'elle s'est éloignée, je parviens à mieux respirer. Alors que je cherche quoi répondre au tatoueur, Gold m'attrape par la nuque, pose son autre main sur ma taille, puis me plaque contre lui. Je perds conscience du monde qui nous entoure quand sa bouche s'empare de la mienne, possessive. Ses dents mordent ma lèvre inférieure, son sourire s'étire tout contre moi. Lorsqu'il me libère, je dois faire une commotion ou un truc comme ça. Je n'entends plus rien, je ne vois plus que lui.

Ah si. J'entends quand il clame :

– Les gars, je vous présente Ruby. C'est ma copine… Alors Frost, arrête de la mater comme ça si tu veux pas que je te pète les dents.

Une acclamation surnaturelle gronde à mes oreilles alors que je vire peu à peu à l'écarlate. Gold m'attire de nouveau contre lui, laissant sa bouche caresser mon menton, mon cou, mon oreille. Mes os s'embrasent, j'ai brusquement l'impression de brûler de l'intérieur. Pourtant, ce n'est pas désagréable, loin de là.

– Pourquoi tu rougis, Nashville ? s'amuse mon biker. C'est toi qui as tiré la première.

CHAPITRE 25

GOLD

Frost, le dernier prospect en date chez les Styx Riders, détourne son attention un peu trop appuyée de Ruby dès que je plante mon regard dans le sien. Le petit jeune a encore beaucoup à apprendre, mais il est loin d'être stupide. Je viens de revendiquer ma sirène, il faudrait être suicidaire pour lui faire de l'œil devant moi.

Ou derrière mon dos. Le résultat serait le même.

Entre mes mains, Ruby se liquéfie. Une chance que je la tienne fermement contre moi, sinon elle aurait du mal à rester debout.

– Tout le monde nous regarde, me chuchote-t-elle, gênée.

– Faut dire que tu viens de t'imposer sans la moindre douceur. Ça me va, remarque. J'aime ton côté possessif.

– Quel côté possessif ? J'ai juste indiqué à cette fille que j'étais ta copine.

Autour de nous, les gars nous charrient. Ils ne comptent pas nous lâcher d'une semelle maintenant qu'ils ont un foutu os à ronger. Patch, un membre du club avec qui je cause de temps à autre sans qu'il y ait vraiment de feeling entre nous, s'approche, une bouteille d'alcool à la main.

– Dis donc, il a chopé un beau lot, l'*enforcer* ! s'exclame-t-il.

Je m'apprête à lui renvoyer quelque chose de salé, mais Ash intervient avant moi.

– Je savais que ce n'était pas une bonne idée que tu te pointes avec tes potes, lance-t-il. Fous le camp. De base, vous n'étiez pas invités.

Surpris, Patch se tourne vers le tatoueur.

– Il y a un problème, sergent ? demande-t-il. On est juste venus saluer les gradés.

Gun nous rejoint, passe un bras autour des épaules du mec et lui glisse :

– Patch, Patch, Patch… Alors comme ça, tu discutes un ordre ?

– Non, vice-prés', c'est juste que…

– Parce que tu me prends la tête depuis un moment à jouer ton rebelle, tu vois ? le coupe Gun avec un calme trompeur. J'ai comme l'envie de t'arracher tes écussons pour te les faire bouffer.

Il est rare qu'on bannisse un membre du club, sauf s'il pousse le bouchon trop loin. Patch n'est pas un mec méchant : il devient juste un gros blaireau quand il boit. Mais s'il quitte la fête un peu plus tôt que prévu aujourd'hui, ça me va.

– Qu'est-ce que tu as dit à propos de ma copine ? renchéris-je. Un beau lot, c'est ça ?

– Et depuis quand est-ce qu'il faut un problème pour que je te demande de te barrer ? l'achève Ash.

Patch reste un instant immobile, puis d'un signe de la main, il ordonne à ses potes de le suivre hors de la maison.

– Franchement, quelle bande de gamins ! s'exclame Kris en déboulant de nulle part. Vous allez faire peur à Ruby. Tu viens, chérie ? On va faire un tour sur la rive, loin de ces brutes sans cervelle.

Sur ce, la fille du président attrape ma copine par la manche et la tire vers le salon. Ruby se laisse faire, non sans me gratifier d'un coup d'œil hésitant. Heden leur emboîte le pas, un sourire aux lèvres, bientôt imitée par Cassiopée et Courtney.

– J'ai raté un truc ? demande Alex en se joignant à notre groupe.

– Gold a annoncé qu'il avait une meuf, l'informe Gun.

– Ah, ça ? réplique le gamin. Je suis au courant depuis un bail, je te rappelle que je vis chez lui, vice-prés'.

« Au courant » ? Tout de suite les grands mots...

– Bon, continue Alex, qui est chaud pour une course à moto autour du lac ? Gun, tu tentes le coup ou tu as peur de te faire rétamer par un môme ?

Sans attendre, notre vice-président vide le verre qu'il tient à la main, le balance à un prospect et gonfle le torse en prenant la direction de la sortie.

– Bouge-toi, t’as cinq minutes pour me rejoindre ! lance-t-il. Si je gagne, tu devras assister les prospects pendant un mois.

– Si je gagne, lui renvoie Alex, je deviens ton bras droit et tu m’apprends tout ce que fait un vice-président.

– Marché conclu. De toute façon, aucune chance que tu me battes.

Pas mal de gars décident de quitter les lieux pour assister à la course. En moins d’une minute, la cuisine se vide, ce qui me va bien : je respire mieux ainsi…

Ash me fait signe de le suivre sur la terrasse. Je m’exécute. Il s’appuie contre le garde-corps, puis il lâche :

– Merde, Gold a une copine.

– Ouais.

– Depuis quand ?

– Quelques jours.

– Et tu ne nous as rien dit ? Merdeux, va.

Il me tape de grands coups dans le dos, sa manière bien à lui de signifier qu’il est content pour moi.

– Heden a accepté d’emménager chez toi ? lui demandé-je en retour.

– Oui, elle compte rendre son appartement à Kris dans deux semaines. Mais elle vit pour ainsi dire déjà ici, en réalité. C’est elle qui m’a fait remarquer ça quand je lui ai demandé d’officialiser l’installation.

– Laisse-moi deviner, elle t’a pris pour un fragile ?

– Va te faire foutre, Gold. Tu m'emmerdes.

En contrebas, les filles s'amusent sur la rive. Ruby a l'air d'apprécier Heden et Kris. J'en suis heureux : le contraire m'aurait embêté. Sans se rendre compte qu'elles parlent fort, l'Amérindienne lance :

– Vous savez ce qu'on devrait faire ? Former un club de régulières ! On s'appellerait les filles du Styx !

– Ouais ! glousse Kris. Les filles du Styx, ça claque ! Je m'occupe des *cuts* !

– C'est quoi, ça ? demandé-je à Ash.

– Ma frangine quand elle est bourrée. Cette meuf, Ruby… Elle débarque d'où ?

Mon sergent d'armes compte me soumettre à un interrogatoire en règle. Forcément…

– Elle est descendue de l'Olympe pour me poignarder le cœur, dis-je.

– C'est qu'il fait de la poésie, le guerrier, s'amuse Ash.

Je le fusille du regard. Il comprend le message, parce qu'il change de sujet :

– Alors, comment va ta sœur ?

– Elle adore son université.

– C'est ce que j'ai cru comprendre. Elle sait qu'Alex voudrait la rejoindre à Chicago ?

Ça ne m'étonne pas que mon sergent d'armes soit au courant de ça. Bradley a dû lui en parler. Ou alors, Alex lui-même ? Le gamin et lui sont très proches, après tout.

– Aucune idée, réponds-je.

– Et toi, elle ne te manque pas trop ?

Bien sûr que si. Mais je ne compte pas me morfondre pendant dix ans. La vie est faite de changements impossibles à maîtriser. Si on ne veut pas se retrouver dans le décor, on les gère, point final.

– Tu sais que mon père cherche des gars pour éventuellement former un chapitre à Chicago ? reprend Ash.

– J'ai cru comprendre.

– Tes vieux et ta frangine habitent là-bas.

Je plisse les yeux, attendant de voir où il veut en venir. Mais rien n'aurait pu me préparer à ce qu'il m'assène alors :

– Tu ferais un bon président.

Je manque de m'étouffer avec ma bière.

– Quoi ?

– Ce n'est pas moi qui l'ai dit, c'est Bradley lui-même, déclare Ash. Qui dit nouveau chapitre dit création d'une nouvelle hiérarchie. Penses-y, OK ? Personne ne t'obligera à partir. Si tu veux rester un *enforcer*, tu le resteras.

Après ça, il s'éloigne. Encore perturbé par ses paroles, je rejoins les gars sur la route qui longe le lac au moment où Alex passe la ligne d'arrivée improvisée, une seconde à peine avant Gun. Ce gamin a de la ressource, c'est clair ! D'abord vexé, notre vice-président le maltraite un peu à coup de menaces. Puis il accepte de tenir sa promesse et jure de lui donner des tuyaux à propos de sa position dans la hiérarchie. Maintenant que j'ai discuté avec Ash, je devine que le petit n'a pas fait cette demande au hasard.

Quand la nuit tombe et que le gros des invités quitte la fête, les proches de Cassiopée se rassemblent dans la cuisine pour couper le gâteau cuisiné par Ruby. Ma sœur souffle ses bougies, puis ouvre ses cadeaux. Ensuite, alors que tout le monde mange du dessert, je parviens à me retrouver seul avec elle sur la terrasse. Elle pose sa tête sur mon épaule et sa main trouve la mienne. Il est des silences qui valent mille mots, et on sait échanger dans les nôtres, elle et moi…

Plusieurs minutes passent, puis elle me glisse :

– Tu vas me manquer, quand je rentrerai à Chicago. Tu me manques tous les jours, tu le sais, ça ?

– Ouais. Toi aussi tu me manques, frangine.

– J'ai des amis à l'université, j'adore mes cours, mais ce n'est pas pareil sans toi. Sans Alex, sans les autres. Parfois, j'ai envie de faire mes bagages et de revenir à Black Lake.

Elle ne le fera pas : elle est bien trop déterminée pour abandonner lorsqu'elle s'est fixé un objectif.

– Les parents sont venus me voir le week-end dernier, reprend-elle. Ils t'aiment, même s'ils ont du mal à le montrer, tu sais.

Un rire acerbe franchit la barrière de mes lèvres. La bonne blague ! Je préfère ne pas aborder ce sujet.

Du coup, je la boucle. Je ne veux pas risquer de blesser Cassiopée.

– Papa m'a demandé de tes nouvelles, ajoute-t-elle. Il s'inquiète pour toi, Gold.

– Tu te doutes bien de ce que ça va donner si je l'appelle, hein ? grogné-je. La conversation convergera forcément vers les Styx Riders et on s'embrouillera. Dis-lui que je me porte à merveille s'il te pose la question. Et que non, je ne compte pas réintégrer l'armée. Parce que ça aussi, il te le demandera.

Ma sœur caresse le dos de ma main avec son pouce en poussant un soupir.

– Je t'aime, Gold, souffle-t-elle.

– Je sais.

Alex nous rejoint sur la terrasse à ce moment précis. Un truc s'illumine dans le regard de Cassiopée. Je prétends avoir quelque chose à faire à l'intérieur de la maison et dépose un baiser sur le front de ma frangine.

– Je vous laisse, dis-je. Ash m'a prévenu que vous passiez la nuit ici ?

– Ouais, me confirme Alex. Tu t'en vas, toi ?

Je hoche la tête. Je n'aime pas dormir ailleurs que chez moi. Une sorte de pression m'empêche de trouver le sommeil quand je ne suis pas dans mon propre lit.

– Je vais rentrer, je suis crevée, lance Ruby à cet instant, en apparaissant sur la terrasse à son tour. On se voit demain matin, Cassie.

– Tu peux rester ici, si tu veux, lui propose ma frangine. Ash n'y verra aucun inconvénient.

– Merci, mais je veux être chez moi demain matin pour donner un coup de main à ma mère avec les triples J. Passez une bonne soirée !

– Je te raccompagne, l'informé-je.

Elle salue Cassiopée et Alex, puis nous nous dirigeons vers la voiture. Alors que son bras se glisse sous le mien, elle s'enquiert :

– Ça ne t'ennuie pas de me ramener ? Sinon, je peux trouver une autre solution.

– C'est bon, dis-je. Sauf si tu décides de venir dormir chez moi à la place.

Mon offre la surprend. Je la vois ouvrir la bouche et cligner des paupières, et je n'arrive pas à déterminer si elle flippe ou si l'idée la tente. Bien vite, elle se reprend et soupire :

– Ne m'en veux pas, mais il y a ma mère et les triplés…

– Je comprends, lui assuré-je.

Sa dévotion envers sa famille intime le respect, raison pour laquelle je n'insiste pas.

– Une autre fois, promis, affirme-t-elle quand nous atteignons la voiture.

Nous nous installons, moi derrière le volant, elle sur le siège passager, et je démarre. Nous roulons silencieusement pendant plusieurs minutes, jusqu'à ce qu'elle me demande :

– Gold ?

– Mmh ?

– Tu vas bien ?

Oui… cependant, j'ai toujours la proposition d'Ash qui tourne dans ma tête. J'adore Black Lake, mais je dois avouer que bâtir un nouveau chapitre à Chicago me plairait bien. Monter en grade, prouver ma valeur à Bradley, étendre l'influence des Styx Riders… En plus, à titre personnel, ça me permettrait de garder un œil sur Cassiopée, de me rapprocher de ma mère et d'envoyer mon père se faire foutre en direct.

Plutôt alléchant, comme opportunité…

CHAPITRE 26

RUBY

Gold n'a toujours pas répondu à ma question. Je lui décoche un regard discret et remarque que l'expression de son visage s'est assombrie. Je vois bien que quelque chose le turlupine…

Il revient finalement à la réalité, essaye de me sourire et lâche :

– Ouais, je vais bien.

Plus constructif, on meurt.

Je n'insiste pas, puisqu'il ne semble pas d'humeur bavarde dans l'immédiat.

Nous roulons depuis dix bonnes minutes quand je pousse un soupir contrarié. Je n'y tiens plus. Gold sature l'habitacle avec son humeur maussade…

– Tu peux me parler de ce que tu veux, même de ton club, tu sais ? lui rappelé-je.

– Ça va, je te le jure, m'assure-t-il. J'ai juste besoin de peser les pour et les contre d'une proposition que j'ai reçue concernant les Styx Riders.

– Quel genre de proposition ?

Un léger sourire étire ses lèvres alors qu'il me répond :

– Déterminante pour l'avenir.

– Pour le nôtre ?

Oh mon Dieu, et si les autres membres de son club avaient tenté de le convaincre qu'il ne valait mieux pas qu'il reste en couple avec moi ? Après tout, je n'appartiens pas au monde des bikers… Une grimace d'horreur m'échappe, Gold fronce les sourcils en la remarquant.

– Tu ne vas pas me larguer ? demandé-je précipitamment.

– Bordel, non. C'est quoi cette question ?

Le soulagement m'envahit, et je réplique :

– Je voulais m'en assurer, tu as l'air de très mauvaise humeur.

– Je réfléchis, c'est tout.

Il secoue la tête, puis ajoute :

– Demain, on fait un barbecue avant le départ de Cassiopée. Je passe te prendre ou tu préfères déjeuner avec ta mère ?

Il n'y a aucune trace de reproche dans sa voix : on dirait qu'il accepte ma situation familiale particulière. Depuis le départ de Clay, la vie est plus facile à la maison, mais les bébés demandent beaucoup d'énergie. Cela dit, je peux m'éclipser quelques heures pour profiter encore un peu de ma meilleure amie avant qu'elle ne reprenne l'avion pour Chicago.

– Je serai là, dis-je. Viens me chercher en milieu de matinée. Tu as aimé le gâteau ?

Gold sourit. J'en étais sûre : il adore le chocolat.

– Tu devrais ouvrir une pâtisserie, me suggère-t-il.

– Chiche, mais seulement si tu montes ton propre restaurant. Parfois, Cassie me ramène… me ramenait des plats que tu avais préparés pour ne pas avoir à jeter les restes. Je te vois bien plus derrière un fourneau que dans un garage, tu sais ?

– C'est parce que tu ignores ce qu'on fait exactement dans ce garage, Nashville.

– Oh… d'accord. Vous planquez des corps dans les vieilles voitures et vous les balancez dans le lac ensuite ?

Gold manque de s'étrangler et le véhicule fait même une embardée. Il reprend le contrôle une demi-seconde plus tard, non sans cracher une série de jurons.

– C'était une blague, pas la peine de nous tuer tous les deux ! me moqué-je.

– OK, je ne m'attendais clairement pas à ça.

– Je te l'ai dit, je suis plus solide qu'il n'y paraît.

Mon biker glisse un coup d'œil suspicieux dans ma direction. Sa main quitte le levier de vitesse pour se poser sur ma cuisse. Cette caresse allume un incendie soudain dans mon corps ; j'en ai le souffle coupé. La chaleur de ses doigts se déploie dans mes jambes, puis remonte dans mon bas-ventre pour s'y nicher, grandir, m'étouffer de désir.

Quand il s'arrête dans ma rue, il se penche pour m'embrasser, mais nous restons sages : il est tard et je dois rentrer chez moi.

Après avoir refermé la porte de la maison, j'enlève mes chaussures avec un soupir d'aise. J'ai hâte de monter dans ma chambre pour me libérer de mon soutien-gorge. D'un coup, je regrette de ne pas m'être montrée plus entreprenante avec Gold. Il aurait pu me l'enlever lui-même, ce soutien-gorge…

Mon téléphone sonne dans ma poche à cet instant. J'espère que c'est lui…

– Maman, tu ne dors pas encore ? lancé-je en voyant la lumière dans le salon.

À l'étage, les bébés pleurent. Peut-être qu'elle prépare leurs biberons ? Une chance que je sois rentrée, je vais pouvoir lui filer un coup de main.

– Tu veux de l'aide ? demandé-je en ôtant ma veste pour l'accrocher au porte-manteau.

Un mouvement sur ma gauche, juste dans l'ombre de la porte, me fait sursauter. Une silhouette masculine se dessine bientôt devant moi, un pistolet à la main. C'est un inconnu au sourire torve et aux cheveux blonds gominés, le visage constellé de taches de rousseur.

Mon cœur rate un battement quand le canon de son arme se pose sur ma tempe.

– C'est gentil de te joindre à nous, Ruby, grogne-t-il. Si tu rejoignais ta mère dans la pièce d'à côté ?

– Qu'est-ce que…

– Avance.

Inutile de me le demander deux fois. Les mains en l'air, le corps parcouru de frissons, je me mets en marche. Dans la foulée, l'homme attrape mon téléphone dans la poche arrière de mon jean.

– C'est qui, Gold ? lance-t-il.

Sans répondre, j'entre dans le salon. Ma mère, assise dans le canapé, le visage ravagé par les larmes, bondit sur ses jambes.

– Chérie !

Un second type, posté derrière elle, écrase ses épaules pour la forcer à se rasseoir.

– Je vais bien ! m'exclamé-je. Ne fais pas de mouvement brusque, maman, d'accord ?

Une fois installée à côté d'elle, j'attrape sa main dans la mienne. Des traces d'eye-liner poissent ses joues humides. Cependant, elle n'a pas l'air d'être blessée, juste très secouée. C'est déjà un bon point.

Je remarque que l'homme qui m'a interceptée dans le couloir ne me menace plus de son pistolet. Une chance, je frise déjà l'arrêt cardiaque…

– Comment vont les petits ? demandé-je à voix basse.

– Ils sont à l'étage, me répond ma mère. Ils restent en dehors de tout ça… pour l'instant.

Pourvu que ça dure…

Je m'efforce de me calmer pour examiner nos agresseurs. Ils ne ressemblent pas à des cambrioleurs, noté-je. Ils portent des costumes noirs élégants, et pas de cagoules. Visiblement, dévoiler leur visage ne les dérange pas.

– Qu'est-ce qu'ils veulent, maman ? soufflé-je.

– Savoir où se cache Clay. Il leur doit de l'argent.

Clay ? Bonne chance pour le retrouver. Après sa confrontation avec mon biker, il a quitté Black Lake, c'est certain. Ce qui veut dire que ces types n'auront pas leur argent. Et que ça va les mettre très en colère.

– Il n'habite plus ici, tenté-je d'expliquer.

– Ça, on sait, trésor, ta maman nous l'a dit, me renvoie l'un des deux hommes. Mais vous allez le faire venir.

– Impossible.

Mon sang se glace quand le blondinet aux taches de rousseur s'agenouille devant moi et pose le canon de son arme sous mon menton. Prise de panique, ma mère tente de se lever, mais l'autre intervient en braquant à son tour son pistolet à l'arrière de son crâne.

– On se calme, gronde-t-il.

– Il n'est plus là, on ignore où il est ! proteste maman. Il est parti avec nos économies !

– Vraiment pas de chance… Je vais devoir faire très mal à ta fille pour t'aider à réfléchir à une solution.

Même si la peur me dévore de l'intérieur, je ne peux m'empêcher d'expulser un rire narquois.

– Clay me déteste, déclaré-je. Ça l'arrangerait bien que vous me tiriez dessus. Quoi qu'il arrive, vous ne récupérerez pas votre argent. Combien est-ce qu'il vous doit ?

– Vingt-cinq mille dollars.

Sur ce, le type me balance un coup de poing dans l'estomac. Le souffle coupé, je me plie en deux, les larmes aux yeux.

– Appelez-le ! assène le blond.

– On ne peut pas ! crié-je. Vous êtes sourds ou quoi ?

La remarque me vaut une nouvelle gifle. Une vive douleur traverse ma mâchoire, le sang inonde ma bouche. Je me retiens de gémir de douleur, ça ferait trop plaisir à ce tortionnaire.

– Arrêtez… supplie ma mère.

– Alors coopérez.

J'amène une main tremblante à mes lèvres, incapable de retenir mes larmes. Mon assaillant me tend son téléphone. Je le prends machinalement.

– Seulement ton beau-père, me prévient l'homme. Si tu tentes de joindre qui que ce soit d'autre, je te colle une balle entre les deux yeux.

Mon propre portable a cessé de sonner depuis plusieurs minutes déjà. Gold a dû repartir chez lui. Cette idée m'arrache un sanglot de frustration.

– Arrête de chialer, grogne le blond. Déjà qu'entendre les mouflets brailler me file des envies de meurtre… Maintenant, appelle Clay.

– Il n'est plus en ville, dis-je.

– Tiens donc, et comment sais-tu ça ?

L'homme s'agenouille devant moi. Du bout des doigts, il frôle mon visage. Je me détourne avec une soudaine envie de vomir.

– Laissez-la, ordonne ma mère.

– Toi, sale conne, si tu ne veux pas crever, ferme-la. Je t'écoute, trésor. Tu es en contact avec Clay ? Il t'a dit lui-même qu'il quittait Black Lake ?

Alors que le second type se dirige vers la fenêtre, je plante mon regard dans celui de mon interlocuteur et affirme :

– Mon petit ami l'a forcé à partir.

– Oh, comme c'est adorable. Ton petit ami est flic ?

– Mon petit ami est un Styx Rider.

L'imbécile perd son sourire une fraction de seconde. Dans la foulée, son compagnon déclare :

– Il y a du mouvement dehors.

– Il est là, ton Styx Rider ? s'inquiète le blond. Devant la maison ?

– À ton avis ?

– Ralph, tu vois quelque chose ?

– Non.

Mon agresseur se reconcentre sur moi et grogne :

– Tu ne serais pas en train de te foutre de ma gueule, trésor ?

À cet instant, mon portable se remet à sonner à côté du canapé. Le type s'écarte de moi pour aller le récupérer. Maintenant qu'il a mis de la distance entre nous, je peux à nouveau respirer.

– Ça va aller, chérie, me souffle ma mère. On va trouver une solution.

J'opine, concentrée sur le blond, qui tient à présent mon téléphone contre son oreille.

– Ouais ? lâche-t-il en décrochant.

Son visage devient soudain aussi livide que celui d'un cadavre. Il coule un regard dans ma direction. Je donnerais cher pour savoir ce que mon biker lui dit à l'autre bout du fil. Ralph comprend également que la situation est en train de dégénérer. Tendu à l'extrême, il ne cesse de jeter des coups d'œil vers l'extérieur.

– Tony ? s'enquiert-il. C'est qui au téléphone ?

– Éloigne-toi de la fenêtre, gronde l'intéressé. Vite, éloigne-toi de cette putain de…

Trop tard. D'un coup, la vitre explose. J'entraîne ma mère au sol pour lui éviter d'être blessée. J'entends un hurlement, des bruits de poings qui s'écrasent contre la chair.

– Viens maman, on monte ! crié-je.

Je rampe sur le vieux tapis élimé en direction du couloir. Ma mère me suit sans discuter.

J'ose un regard en arrière. Déchaîné, Gold domine ses adversaires. Ralph est étendu sur le sol, inconscient. L'autre, Tony, est malmené comme une poupée de chiffon entre les mains de mon biker.

– Avance, chérie ! m'ordonne maman.

Je m'exécute. Nous arrivons dans le couloir ; elle bondit sur ses pieds et tente de m'entraîner dans les escaliers en me tirant de toutes ses forces. Ses ongles s'enfoncent dans ma chair, la peur se lit dans son regard.

– Monte, Ruby ! s'exclame-t-elle.

– J'arrive dans une seconde ! répliqué-je.

– Ruby !

Je me libère et lance :

– Va voir les petits, je ne risque plus rien. S'il te plaît ! Tu les entends ? Ils pleurent, ils ont besoin que tu les rassures.

Elle finit par céder quand les hurlements des triples J gagnent en force. De mon côté, je me plaque contre le mur du corridor et glisse un coup d'œil dans le salon. Gold tient mon ravisseur par le col et lui distribue des coups de poing monstrueux.

– Qui t'a envoyé ? gronde-t-il, furieux.

– Po… Potosko.

J'ignore qui est cet homme, mais l'information semble suffire à Gold, car il lâche le type et lui ordonne :

– Prends la loque qui te sert de copain et barre-toi. Va dire à Potosko qu'il aura bientôt des nouvelles des Styx Riders. Et qu'il ne va pas du tout aimer ça.

Je m'écarte quand Tony passe devant moi en soutenant Ralph, toujours inconscient. Sans oser croiser mon regard, il quitte la maison. Tremblante, je referme la porte. Mon cœur bat à tout rompre.

– Ruby ? m'appelle Gold.

Décidée à ne pas m'effondrer, je lui renvoie :

– Ce Potosko… Qui est-ce ?

Je constate que Gold se tient au bout du couloir, l'air hésitant sur la manière de se comporter avec moi. Sur sa veste en cuir demeurent des traces de sang qui seront difficiles à nettoyer.

– Le gérant du casino, me répond-il. Laisse-moi regarder ta blessure.

Il avance vers moi à pas lents, comme s'il s'attendait à me voir reculer. Ses traits sont durs ; pourtant, ses yeux emplis de tendresse et de crainte voilée le rendent plus humain que jamais. Il annihile l'espace entre nous, lève la main pour frôler mon menton. Comme si mon cerveau se reconnectait au reste de mon corps, je me rends compte à cet instant que j'ai mal. Ma lèvre inférieure semble avoir doublé de volume.

– Je vais bien, affirmé-je malgré tout. C'est juste une égratignure. Qu'est-ce que tu vas faire ? Aller au casino ?

Gold doit sentir que cette perspective m'effraye, parce que ses épaules se détendent et qu'il tente de me sourire.

– Pas ce soir, m'assure-t-il. Tu veux que je reste un peu ?

Un peu ? Je veux qu'il reste pour toujours avec moi.

Sans crier gare, je me jette dans ses bras. Lorsqu'ils m'entourent, ils chassent la terreur qui s'était glissée sous ma peau.

Une marche de l'escalier craque. Je devine que ma mère est en train de redescendre. Les petits ne pleurent plus, un étrange silence règne entre les murs de la maison. Je me détache de Gold et constate que maman le fixe en plissant les yeux. Un bleu a fleuri sur sa pommette.

– Ils sont partis, lui dis-je. Tu as appelé la police ?

– Oui, ils arrivent, me répond-elle. Kaysie aussi. Je lui ai expliqué rapidement la situation, elle a proposé de nous héberger un jour ou deux pour…

Nous éloigner de cette maison, deviné-je.

– Qui est Kaysie ? demande Gold d'une voix où ne perce pas la moindre émotion.

– Ma meilleure amie, lui indique ma mère. Je suppose que vous êtes le petit ami de ma fille ?

Elle dévisage mon biker, suspicieuse. À ma grande surprise, il tend la main dans sa direction et se présente :

– Oui. Je suis Shayne Walker.

– Vous êtes un Styx Rider, Shayne Walker ?

– En effet.

Oh mon Dieu. J'ai l'impression que mon visage prend feu. Discrètement, je tente de me soustraire à cette étrange conversation en me dirigeant vers l'escalier. Gold m'en empêche en glissant sa main dans la mienne. Ma mère et lui se fixent en chiens de faïence pendant un instant, puis elle finit par se détendre.

– Vous nous avez aidés, dit-elle. Merci.

Pour toute réponse, il lui adresse un signe du menton. Je décoche un sourire timide à ma mère avant de lui glisser :

– Je vais repartir avec lui, d'accord ? Tu salueras Kaysie pour moi.

Gold passe un bras protecteur autour de mes épaules. Désireuse de sentir son corps contre le mien pour faire disparaître le froid terrible de la peur, je pose ma tête sur son épaule.

– Je prendrai soin d'elle, madame, affirme-t-il.

Sur ce, il se tourne déjà vers la porte d'entrée. Cependant, maman m'arrête :

– Une minute, Ruby.

– Je t'attends dans la voiture, me prévient Gold.

Déjà, la nuit l'avale. Je reste plantée dans le couloir, les bras ballants, incapable de trouver quoi dire. Pendant quelques secondes, le silence écrase les lieux, lourd, terrible. Puis ma mère lâche :

– Un Styx Rider…

– Oui, confirmé-je. Ils sont différents du portrait qu'en font les rumeurs.

– Je sais, soupire ma mère.

– Puisqu'on en est aux confidences, je dois aussi t'avouer que je ne travaille pas vraiment comme serveuse.

– Ça aussi, je le sais, mon cœur. Depuis un moment déjà. J'attendais que tu en parles la première.

Ma mâchoire se décroche, tandis que dans la rue, j'entends des sirènes approcher.

– Tu es au courant pour la *Luxure* ? m'étranglé-je.

– Si tu veux bien, on en discutera plus tard, me répond ma mère. Les policiers vont prendre ta déposition, alors reste encore un peu. Je pense qu'on ne devrait pas leur parler de Shayne, cependant. Ni des Styx Riders.

CHAPITRE 27

GOLD

La police reste deux bonnes heures chez Ruby, ce qui m'oblige à attendre dans la voiture. Non pas que patienter me dérange ; ce qui me tue, c'est de ne pas être avec elle à cet instant, de ne pas pouvoir la soutenir dans l'épreuve qu'elle traverse.

Je me repasse encore une fois le film de ce qui s'est passé ce soir. Dès le moment où Ruby a fermé la porte de sa maison derrière elle, j'ai su qu'un truc clochait. Instinct de soldat ou de biker, allez savoir… J'ai vite repéré la grosse cylindrée noire garée dans la rue. Ce genre de voiture n'est pas courant dans cette partie de la ville. En en faisant le tour, j'ai remarqué un holster vide abandonné sur le siège passager. C'est là que j'ai décidé d'appeler Ruby. Comme elle ne décrochait pas, j'ai voulu m'assurer que tout allait bien en effectuant une ronde autour de sa maison. C'est par la fenêtre de son salon que j'ai aperçu les deux mecs qui la menaçaient. Quand j'en ai vu un la frapper, la rage s'est emparée de moi. J'ai eu le plaisir de voir la terreur l'envahir lorsqu'il a pris mon appel et que je lui ai promis un châtiment. Il croit l'avoir reçu sous mes poings, mais il se trompe. Nous sommes loin du compte. Très bientôt, ce mec regrettera d'être né.

Un mouvement de l'autre côté de la rue attire mon attention. Les policiers viennent de partir, et une autre voiture prend leur place dans l'allée de garage. Au même moment, Ruby sort de la maison. Un peu perdue, elle s'arrête, regarde à gauche, à droite, essuie ses paumes sur son jean. Elle se remet en mouvement après un dernier coup d'œil en direction de son porche illuminé. Puisqu'elle se dirige vers la mauvaise bagnole, j'allume les phares pour la remettre dans le droit chemin. Quelques secondes plus tard, elle ouvre la portière, s'assure que c'est bien moi qui suis au volant, puis se laisse tomber sur le siège passager avec un long soupir. Je prends le temps de l'observer dans le silence de l'habitacle. Même si elle sourit légèrement, sa tension est palpable.

– Merci de m'avoir attendue, Shayne, me dit-elle.

– Arrête… Comme si j'allais te laisser seule après ça.

Elle repousse une mèche brune derrière son oreille, son attention rivée sur ses mains.

– Ma mère va passer le week-end chez sa meilleure amie, m'explique-t-elle. Tout est arrangé du côté de la police. Nous n'avons pas parlé de toi, juste raconté que des hommes cherchaient mon beau-père parce qu'il leur devait de l'argent, et qu'ils étaient repartis après avoir cassé le mobilier du salon quand ils ont compris que nous n'étions plus en contact avec lui.

La voix de Ruby se brise. Je remarque que des écorchures strient ses doigts. Elles n'étaient pas là tout à l'heure…

– Tu as fait quoi à tes mains ? lui demandé-je.

– J'ai cloué une planche sur la fenêtre cassée pour éviter qu'on s'introduise chez nous, me répond-elle. Le truc, c'est que je ne suis pas très douée avec un marteau.

Sans compter que sa lèvre saigne encore… À défaut de pouvoir expulser la colère qui remonte des profondeurs de mon être en la voyant dans cet état, je me penche sur elle, l'attrape par la nuque et dépose un baiser dans ses cheveux. Je hume son parfum pour garder le contrôle sur mes envies de meurtre, puis je me redresse et démarre. Alors que la voiture parcourt les rues obscures de Black Lake, je réalise que Ruby habite vraiment un quartier merdique. Ça me perturbe de la savoir ici, sur le territoire des gangs. Et ça m'embête aussi qu'elle trime jour et nuit pour rattraper les conneries d'un enfoiré. Je respecte son choix de subvenir aux besoins de sa mère, mais qu'elle se fatigue autant me plaît moyennement.

– J'ai appelé Bradley pour lui expliquer la situation, la préviens-je.

Je voulais savoir si le club me suivrait quand j'irai rendre visite à Potosko.

Ce sera le cas.

– Tu as appelé mon patron ? s'étonne Ruby.

– C'est avant tout mon président, répliqué-je. Alors oui, je l'ai appelé, et il a dit que tu pouvais prendre quelques jours pour te remettre.

Je pensais rendre service à ma petite amie, mais quand elle pose son regard sur moi, j'ai le sentiment d'avoir commis une erreur.

– Je peux gérer toute seule, affirme-t-elle. Si j'estime avoir besoin de temps, je fais les démarches par moi-même pour l'obtenir. Je n'ai pas besoin que mon biker vienne me sauver à tout bout de champ.

Elle a craché ces derniers mots, furieuse. Jamais je n'ai vu une telle lueur dans son regard. Je la reconnais : j'avais la même lorsque, après une mission particulièrement difficile, je savais mes nerfs sur le point de lâcher, mais je repoussais les gens autour de moi parce que je ne voulais pas paraître faible.

Alors je hoche la tête et lâche un simple :

– OK.

– J'irai travailler demain soir, décrète Ruby.

Puisque je ne réponds pas, elle s'enfonce dans le mutisme à son tour. Quand nous arrivons chez moi, elle serre la sangle de son sac à dos si fort en passant la porte que ses phalanges blanchissent.

Ses épaules se décrispent un peu quand je verrouille derrière nous.

– Si tu veux, tu peux aller te doucher, je vais faire à manger, lui proposé-je.

– Je n'ai pas très faim, merci.

Son ton ne suinte plus la colère, c'est déjà ça.

– Mais je vais aller me laver, ça me fera du bien, ajoute-t-elle. Où est-ce que je pose mon sac ?

– Dans ma chambre.

La surprise s'empare un instant de ses traits tendus, puis elle tente un sourire. Elle monte l'escalier à pas lents, le regard fuyant. Je crève d'envie de la rejoindre, de la prendre dans mes bras, de lui dire que tout ira bien. Mais elle me repoussera. Elle a besoin de se prouver qu'elle ne dépend de personne, pas même de son biker, on dirait…

Je balance mes clés sur la table de la cuisine, éteins les lumières du rez-de-chaussée et monte à mon tour. De toute façon, moi non plus, je n'ai pas faim.

Je me rends dans la salle de bains de mes parents, laissant la principale à Ruby. Devant le miroir, je prends une profonde inspiration, l'attention rivée sur mon reflet. Le mec que je vois dans la glace a l'air de ne pas avoir dormi depuis des lustres. Est-ce qu'il a conscience de la chance qu'il a d'avoir trouvé une nana aussi forte que Ruby ? Parce qu'il ne faut pas se leurrer, elle l'est, bien plus qu'elle ne le croit.

J'enlève mes vêtements un par un en m'obligeant à visualiser les émotions négatives qui m'oppressent.

C'est un truc du psy que j'ai consulté après mon départ de l'armée. Il prétend que les sentiments sont comme les couches de fringues. Plus on en met, plus on pèse lourd. Alors il faut s'en débarrasser, comme si on se déshabillait.

Je commence par la colère. Ensuite viennent les doutes, cette violence à laquelle je m'accroche, les questions qui m'empêchent de dormir. J'imagine me séparer de tout ça, tout en me répétant que Ruby va bien, qu'il ne lui arrivera rien. Ça me détend un peu.

Une fois que je suis à poil, j'observe mon torse à travers le miroir. Des cicatrices strient ma peau, témoignant de la rencontre entre la Faucheuse et moi. Je finis par me détourner, parce que ces merdes me rappellent de trop mauvais souvenirs. Autant ne pas jeter d'huile sur le feu ce soir.

Sous l'eau bouillante de la douche, mon corps se décrispe. Je me savonne à m'en arracher la peau quand la porte de la cabine s'ouvre. Nashville se tient devant moi, nue, magnifique. Ce n'est pas la première fois que je la vois déshabillée, pourtant j'en ai le souffle coupé. Elle me rejoint avec la grâce d'un félin, entoure ma nuque de ses bras et plaque son corps contre le mien.

– Merci de m'aider, Gold, me souffle-t-elle. D'être là. D'être toi. Ne change jamais, OK ?

Je glisse mes mains dans son dos, mon visage dans son cou. C'est la première fois que nos corps se touchent en dehors de l'Olympe.

– Ruby…

À son tour de poser son front contre mon épaule. Je l'oblige à me regarder en tirant doucement ses cheveux en arrière. Son regard capte le mien, s'y accroche, s'y noie.

Merde, ces yeux-là, je ne pourrai plus jamais m'en passer.

– Ne me remercie pas d'être là pour toi, lui dis-je.

Elle passe la langue sur sa blessure puis, sans crier gare, plaque sa bouche contre la mienne. La fougue qu'elle met dans ce baiser m'électrise de la tête aux pieds. Il a un goût de désespoir et d'urgence. Je comprends que Ruby cherche à oublier l'épisode de ce soir.

Très bien, alors je vais l'y aider.

Le goût de son sang inonde mon palais, mais je m'en fous. Je veux qu'elle sache qu'elle compte pour moi. Qu'elle devient chaque jour un peu plus importante à mes yeux. Son corps réveille le mien, ses mains se perdent dans mon dos, ses ongles s'enfoncent dans ma chair. Je la serre plus fort encore, parce que je sais qu'elle en a besoin.

– Ce type m'aurait tuée, je l'ai vu dans ses yeux, m'avoue-t-elle. Il m'aurait tuée sans remords, Shayne, et il y aurait même pris du plaisir.

Des psychopathes, j'en ai connu un paquet dans ma vie. On les reconnaît à l'absence d'émotion dans leurs yeux quand ils braquent une arme sur quelqu'un, ou à cette lueur particulière dans leur regard quand ils tirent. Le larbin de Potosko avait cette joie malsaine en lui. Ruby a raison, il n'attendait qu'un prétexte pour lui faire du mal…

Je prends une inspiration silencieuse pour éviter de perdre le contrôle de mes émotions et lâche :

– Je sais, Nashville.

– Il aurait aussi tué ma mère et les bébés.

La voix de Ruby se brise. Tout à coup, elle relève son visage dans ma direction. Il est déformé par la colère.

– Pourquoi est-ce que tu l'as laissé partir ? s'exclame-t-elle.

– Ruby…

– Tu es le premier à m'avertir que tu trempes dans des activités illégales, pourtant tu l'as laissé s'en aller !

Je ne vois que trop bien où elle veut en venir.

– Ce n'était ni le lieu ni le moment, affirmé-je.

Elle continue de me fixer avec un drôle d'air, qui ne lui ressemble pas. Mais se laisser submerger par ses démons n'est jamais une bonne idée. Sur le coup, ça peut s'avérer libérateur, ensuite viennent les regrets. Et ils nous hantent pour toujours…

– Tu l'aurais fait ? Tu l'aurais tué si tu l'avais pu ? me demande-t-elle.

Sans hésiter. Sauf que ma sirène n'est pas prête à entendre ça. Pour l'heure, elle doit se calmer, revenir sur terre. La colère fait parfois oublier qu'on ne possède pas le droit de vie ou de mort sur les gens. Cela m'est arrivé, trop souvent. Mais plutôt crever que d'entraîner Ruby avec moi dans cet enfer.

Ses mains se détachent de mon corps, ses bras retombent.

– Je vais me coucher, déclare-t-elle.

– Nashville, qu'est-ce qui ne va pas ? lui renvoyé-je.

– Rien ! Écoute, c'est juste… toute cette pression, d'accord ? Laisse-moi un peu de temps pour me remettre de mes émotions.

Elle sort de la douche, attrape une serviette, puis quitte la salle de bains. Je reste un moment sous le jet d'eau chaude pour évacuer. Puis j'en baisse progressivement la température afin de forcer mon esprit à se focaliser sur mon corps plutôt que sur mes sentiments.

Quand j'entre dans ma chambre, je souris en apercevant Ruby. En dépit de son humeur massacrante, elle a décidé de dormir avec moi. Elle aurait très bien pu prendre le lit de Cassiopée…

Silencieusement, je referme la porte derrière moi, puis je me glisse sous les draps. La silhouette de ma petite amie forme des courbes gracieuses sous les couvertures. Malgré mon envie de la toucher, je me retiens. Je m'allonge sur le dos, un bras sous la nuque, l'autre étendu le long de mon corps. Le souffle de Ruby envahit la pièce, me berce. Je ferme les yeux en me laissant emporter par lui et plonge dans le sommeil sans vraiment m'en rendre compte.

À mon réveil, le jour envahit déjà la chambre. En temps normal, la première chose que je regarde, c'est l'heure. Aujourd'hui, c'est sur Ruby que je me focalise aussitôt. Plaquée contre moi, la tête posée sur mon torse, elle dort encore. Je n'ai même pas besoin d'un temps d'adaptation à sa présence : on dirait que mon cerveau est passé du mode solo au mode duo sans problème.

La chaleur de ma sirène se mêle à la mienne. J'aime cette paix qu'elle me procure… Ma main glisse dans ses cheveux, avide de leur douceur, de leur parfum fruité. Elle remue, soupire, puis ouvre les yeux. Cependant, elle reste silencieuse et immobile un long moment. Est-ce qu'elle veut que je parle en premier ? Pour dire quoi ? Qu'est-ce qu'on peut bien dire à sa copine au réveil ?

Bonjour, déjà.

Avant que je puisse ouvrir la bouche pour lui glisser ce mot, Ruby souffle :

– Je suis désolée pour hier, dans la douche. Je ne pensais pas ce que je disais.

Ses doigts se cramponnent à mon torse.

– Je sais, lui réponds-je.

– Merci de ne pas avoir tué ce mec, même si quelque part, il le mérite.

Elle lève enfin les yeux vers moi et tente de me sourire. La seconde d'après, ses lèvres happent les miennes. Sa jambe passe par-dessus mes hanches, son corps s'emboîte avec le mien comme si elle était la pièce de puzzle que j'ai cherchée toute ma vie sans vraiment le savoir.

Un sourire m'échappe, elle le sent. J'aime la sauvagerie avec laquelle elle se frotte contre moi, la bestialité qui anime son regard chocolat. Elle ne porte rien en dehors de la dague ensanglantée tatouée au-dessus de son nombril. Je me redresse en position assise et glisse les doigts le long de sa joue, puis dans ses cheveux bruns. Son sourire s'imprime jusque dans mon âme et je suis saisi d'une envie folle de la posséder tout entière. Ce que je compte bien faire d'ici quelques instants…

CHAPITRE 28

RUBY

– Prête pour ta première balade à moto ?

Mon cœur s'emballe au moment où Gold grimpe sur sa monture d'acier. Après la matinée que nous venons de passer au lit, mon cerveau sature d'amour pour lui.

– On ne prend pas la voiture ? demandé-je en posant mes doigts sur le cuir de la selle.

– Non, sauf si tu as peur, réplique mon biker. Tu as peur, Nashville ?

– N'importe quoi ! protesté-je. Je n'ai absolument pas peur.

Gold m'attrape par la taille pour me plaquer contre lui. Sa bouche titille la mienne, évitant soigneusement la plaie sur le côté de ma lèvre inférieure.

– Alors grimpe, me souffle-t-il.

Certes, il m'a déjà proposé de monter à l'arrière de sa moto il y a quelque temps, mais nous n'étions pas ensemble. De plus, il l'a fait uniquement pour gagner des points auprès de sa sœur. À présent, j'ai l'impression de me trouver à un tournant de ma relation avec lui. Laisser une femme monter à l'arrière de son bolide, cela signifie quelque chose pour un biker, n'est-ce pas ?

Gold perçoit mon hésitation. Ses paupières se plissent.

– Ça va, Nashville ? me demande-t-il.

– Oui, lâché-je.

Il pousse un soupir, puis lance sans douceur :

– Crache le morceau. Un truc te mine, parle-moi.

Il faut croire que je ne peux rien lui cacher. J'inspire, et je me jette à l'eau :

– Eh bien, après mon accident de voiture… Tu m'as proposé de me raccompagner sur ta Harley, tu t'en souviens ? De fil en aiguille, nous en sommes venus à parler des « régulières ». Tu m'as dit qu'un biker n'avait pas de copine, mais des régulières et…

– Je t'arrête tout de suite. *Une* régulière, pas *des* régulières. Elles sont uniques à nos yeux.

J'opine, puis je reprends :

– Un biker peut avoir une copine, mais ce n'est pas forcément sa régulière, n'est-ce pas ?

Gold m'observe intensément, sans ciller. Mes joues s'embrasent.

– En effet, finit-il par me répondre.

– Tu m'as dit aussi que les bikers ne faisaient monter que leur régulière à l'arrière de leur moto, ajouté-je. Alors je… je ne comprends pas trop où nous en sommes.

Gold ferme les yeux plusieurs secondes, inspire, expire, puis rouvre les paupières et m'explique :

– Les régulières sont l'équivalent des épouses chez les bikers. En prendre une, ce n'est pas un engagement anodin.

– Pourtant, tu m'invites sur ta moto, lui fais-je remarquer.

Il hausse les épaules, me fait signe d'approcher, enfonce un casque sur mon crâne, frappe dessus, puis me demande de l'attacher.

– Tu comptes poser d'autres questions, ou on peut rouler, maintenant ? soupire-t-il. Grimpe sur cette selle et accroche-toi bien à moi.

Je n'insiste pas : notre relation est encore récente, et j'imagine que Gold doit encore s'habituer à ce qu'il ressent pour moi… S'il souhaite que je monte sur sa Harley, c'est déjà un honneur qu'il me fait et je dois le prendre comme tel.

Le trajet jusqu'au lac dure trop peu de temps à mon goût. La moto offre une proximité avec son pilote qui me grise ; de plus, j'ai l'impression de voler au-dessus du sol, et c'est incroyable. Le paysage défile à toute allure, bien plus enivrant que lorsqu'on l'observe à travers les vitres d'une voiture.

Gold lui aussi doit vouloir prolonger ce moment, car il ralentit. En fait, il finit même par s'arrêter sur le bord de la route qui longe le lac. Le soleil se reflète sur l'eau, qu'encadrent les montagnes paisibles. La vue est magnifique ; est-ce pour cela que mon biker a voulu faire une halte ? Il me demande de descendre, je m'exécute. Il se poste devant l'étendue liquide, les mains dans les poches. Je pose la tête sur son bras musclé en lui demandant :

– Quelque chose ne va pas ?

– Tout va très bien, Ruby, me répond-il.

– Alors pourquoi nous sommes-nous arrêtés ?

Gold se tourne vers moi. Il arbore un sourire joyeux, plus large que tous ceux qu'il m'avait offerts jusque-là.

– Le week-end prochain, je t'emmène à Nashville, déclare-t-il. On ira à moto. Je négocierai avec Bradley et Vanessa pour que tu puisses avoir deux jours de pause.

Alors là, je ne m'y attendais pas. Nashville ? La dernière fois que j'y suis allée, j'avais quinze ans. L'émotion me noue la gorge. J'ai tellement envie de revoir cette ville qui me rappelle mon père…

– Tu ne dis rien ? s'inquiète Gold. Tu n'as pas envie de retourner là-bas ? On ira autre part, si tu préfères. Je veux juste te parler d'un truc important, et aussi qu'on prenne du temps pour nous deux.

Sans crier gare, je bondis dans les bras de mon biker. D'abord surpris, il me réceptionne tout de même en me plaquant contre lui. Le baiser que je lui offre vaut tous les mots de l'univers, tous les mercis qui existent.

C'est seulement parce que ma lèvre m'élance que je me recule, après plusieurs secondes.

– Rien que toi et moi ? demandé-je.

– Ouais, rien que toi et moi, confirme Gold. Mon meilleur ami adorait cette ville, il voulait m'y emmener, mais il est mort avant.

Bien que l'ex-militaire ait prononcé ces derniers mots d'une voix neutre, je perçois le trouble dans ses yeux. Il s'assoit sur les galets, et je me laisse glisser au sol avec lui. Les bras autour de son cou, ma poitrine pressée contre son torse, je lui glisse :

– Tu me parles de lui ?

– Il s'appelait Bruce, souffle Gold. Il est mort il y a quelques années pendant le braquage d'une bijouterie dans laquelle on se trouvait tous les deux. Il a donné sa vie pour sauver celle des civils pris en otage…

Il se fend d'un sourire nostalgique, puis il ajoute :

– Il aimait la country et Nashville. Comme toi.

– Je suis désolée pour ce qui est arrivé. Est-ce que… lui aussi était biker ?

– Non, mais il aurait pu l'être. Il avait l'étoffe d'un Styx Rider. Écoute, on pourrait aller dans cette ville ensemble, toi et moi. Ce serait une sorte d'hommage que je pourrais lui rendre. Et tu pourrais me parler de ton père, aussi. Enfin, si tu veux.

Cette proposition me touche. Je me presse un peu plus contre Gold et décrète :

– D'accord, on ira à Nashville en la mémoire de ton meilleur ami.

– Et en celle de ton père.

– En celle de mon père aussi.

Je fonds complètement dans les bras de mon biker. Pour contrôler l'émotion qui me submerge, j'enfonce mon visage dans son cou. J'ai le meilleur petit ami de la planète… Derrière ses airs bourrus se cache un homme en or.

Non que j'en aie douté une seconde, attention.

Au bout de quelques minutes de silence, il esquisse un mouvement pour se relever.

– Les gars m'attendent devant chez Ash, m'indique-t-il.

– Comment ça ?

– Bradley nous a confié une mission de dernière minute. Ça ne devrait durer qu'une heure ou deux. Je te dépose, tu resteras avec les filles jusqu'à notre retour.

Il parle sur un ton qui ne laisse aucune place à la contestation. Pourtant, je ne peux m'empêcher de lui demander :

– Ça n'a pas de rapport avec ce qui s'est passé hier soir, n'est-ce pas ?

– Monte. On en parle tout à l'heure.

Quand tout sera bouclé ? C'est trop facile…

Mais je vois bien à son air renfrogné que je ne tirerai rien de Gold tout de suite. Tant pis, j'essayerai d'interroger les filles chez Ash. Elles pourront peut-être m'en dire plus…

Quelques minutes plus tard, nous nous arrêtons devant la maison du tatoueur. Cinq bikers attendent dehors, assis sur leur moto. Je salue monsieur Devon d'un hochement de tête poli, puis les autres d'un signe de la main. À une centaine de mètres, au bord de l'eau, Cassie me fait signe d'approcher avec de grands gestes. L'estomac noué, je me tourne vers Gold. Il porte ses Ray-Ban, ce qui m'empêche de lire les émotions dans ses iris.

– Sois prudent, d'accord ? lui ordonné-je.

Je m'attends à ce qu'il me réponde par un simple mouvement du menton. Au lieu de quoi il tend la main, caresse ma joue du bout du pouce, puis me sourit.

– Toujours, Nashville, m'assure-t-il.

Pour ne pas trahir mon inquiétude, je me sauve très vite – si bien que je manque de trébucher deux fois sur les galets de la plage. À peine ai-je rejoint Kris, Heden et Cassie qu'elles me sautent dessus.

– Oh mon Dieu, je suis tellement soulagée que tu ailles bien ! s'exclame ma meilleure amie. Ash nous a raconté pour hier soir… Des hommes du casino, c'est ça ?

J'opine, sans avoir le courage d'entrer dans les détails.

– Parlons d'autre chose pour le moment, si vous le voulez bien, soupiré-je.

– Tu es venue à moto ? enchaîne aussitôt Cassie. Avec Gold ? Je ne l'avais jamais vu faire monter de fille sur sa Harley. C'est super !

Le fait qu'elle prenne plutôt bien ma relation avec son frère me touche. Pour l'heure, on fête encore son anniversaire ; mais je me doute que le moment viendra bientôt où elle me soumettra à un interrogatoire en règle pour avoir tous les détails de la manière dont Gold et moi nous sommes rapprochés.

– C'est la première fois que je roulais à moto, dis-je. C'est… fantastique.

– Alors là, je te crois, soupire Cassie, rêveuse. Quand Alex m'emmène en balade sur Betty, j'ai l'impression d'être propulsée dans un autre monde.

– Betty ?

– Sa moto. Heden la lui a offerte pendant sa convalescence, l'année dernière.

Pendant que nous discutions, les deux autres filles se sont éloignées pour sauter à l'eau. Cassie et moi avançons jusqu'au bout du ponton, enlevons nos chaussures et nous asseyons là, les pieds dans le lac.

– Tu es certaine que ça ne t'ennuie pas que je sorte avec Gold ? lui demandé-je.

– Absolument pas. J'ai toujours pensé que vous iriez bien ensemble. Vous avez ce même… silence tranquille, tu vois ? Tu prendras soin de lui, comme il prendra soin de toi, je n'en doute pas une seconde.

Soulagée, je décoche à Cassie mon sourire le plus lumineux. Celui que je réserve aux personnes qui me sont les plus chères : ma mère, Gold et elle, justement.

– Si on parlait du plus important ? reprend-elle. Tu as des ennuis ? À cause de Clay ?

Une boule d'angoisse enfle dans ma gorge. Repenser à ce qui s'est passé hier soir me donne des haut-le-cœur.

– Oui, Clay, confirmé-je. Il doit de l'argent à de mauvaises personnes. Gold est intervenu… J'espère que ça aura permis de régler la situation définitivement.

Je me tais alors qu'Heden et Kris remontent sur le ponton, complètement trempées. La première possède déjà un petit ventre, témoin de la vie qui s'épanouit lentement en elle. Elle est la régulière d'Ash, je l'ai compris. Kris, en revanche, n'a pas ce statut. Pourtant, elle sort avec Gun, le vice-président des Styx Riders. Ça m'intrigue, cette histoire.

– Je peux te poser une question indiscrète ? lui demandé-je.

Elle baisse ses lunettes de soleil en approuvant du regard.

– Ça ne te pose pas de problème d'être seulement la copine de Gun et pas sa régulière ? ajouté-je.

Heden se marre tandis que Kris fronce les sourcils.

– On va rigoler, lance l'Amérindienne. Kris et moi avons un point de vue un peu différent sur le sujet.

– Alors, je respecte les régulières, qu'on soit bien claires, affirme la sœur d'Ash. Cela dit, je refuse d'en devenir une. Ma relation avec Gun me convient parfaitement telle qu'elle est, je n'ai pas besoin d'arborer un blouson en prime.

– Un blouson ? répété-je, un peu larguée.

Heden m'explique que devenir une régulière implique de porter les couleurs du club, au même titre que les membres. Et que sur la fameuse veste, un écusson revendique la femme concernée comme la « propriété » de son biker.

– Mais ce n'est pas pour t'exhiber en tant que trophée, m'indique l'Amérindienne d'une voix douce. C'est surtout pour ta protection, histoire que personne ne s'en prenne à toi. Et puis, ainsi, tu entres officiellement dans le club, avec bien plus d'avantages que si tu étais une simple petite amie.

Je tourne la tête vers Kris, qui enchaîne :

– Moi, je suis déjà la fille du président et la sœur du sergent d'armes, mon niveau d'appartenance aux Styx Riders me suffit largement. Du coup, j'ai refusé la demande de Gun de devenir sa régulière.

– Pardon ? s'exclame Cassie. Il a fait sa demande ?

– Oui, et je l'ai recalé.

Heden ajoute du bout des lèvres :

– Salement, en plus. Elle a failli lui faire manger son blouson. Il t'a boudé pendant quoi… deux jours ensuite ?

Kris hausse les épaules et lève les yeux au ciel, ce qui nous fait éclater de rire. Nous continuons à discuter de tout et de rien, et nous en arrivons à parler de Harley-Davidson. Heden nous explique qu'elle est en train de réparer une moto qu'elle compte garder pour elle ensuite. Dans la foulée, elle me raconte que c'est de son père qu'elle tient ses talents en mécanique : il appartient à un autre groupe de bikers. Il le dirige, même.

Nous finissons par rentrer dans la maison pour boire un verre sur la terrasse. Il ne reste que quelques heures avant que Cassie ne doive nous quitter pour rejoindre l'aéroport. Cela me fait réaliser à quel point nous avons changé, toutes les deux. Nous entrons peu à peu dans le monde des adultes, nous prenons nos marques chacune de notre côté. Le temps passe si vite… J'ai l'impression que nous sommes entrées en seconde hier seulement !

Comme si elle avait lu dans mes pensées, ma meilleure amie pose la tête sur mon avant-bras.

– Tu vas me manquer, Ruby, me glisse-t-elle.

– Toi aussi, avoué-je pendant que Kris et Heden feuillettent un catalogue d'affaires pour bébés. J'ai hâte que les vacances arrivent. Je prendrai des congés et on organisera un road trip !

Avec Alex et Gold, peut-être ? Un voyage en moto tous les quatre, voilà qui serait génial ! Il faudra que j'en discute avec les garçons.

– On ira à Las Vegas ! s'exclame Cassie.

À cet instant, mon portable sonne dans la poche de mon jean. Je suppose aussitôt que c'est Gold qui me contacte pour me dire qu'il ne tardera pas à rentrer ; mais quand je consulte l'écran, je constate que c'est Lady qui m'appelle. À peine ai-je décroché qu'elle s'exclame :

– Pitié, Ruby, il faut qu'on sorte ! Tout de suite ! On peut aller boire un verre ou se faire un restaurant, comme tu veux. Mon fils a accepté de passer la journée chez son père, ça n'arrive jamais d'habitude ! Dieu a eu pitié de moi !

J'éclate de rire et réplique :

– Ça aurait été avec plaisir, mais je passe la journée au lac.

– Au lac ? La chance, il fait super beau !

Elle doit parler plutôt fort, parce que Kris et Heden me regardent avec un demi-sourire.

– Mon fils a décidé de passer son dimanche chez l'un de ses copains, et ça non plus, ça n'arrive pas souvent, déclare la sœur d'Ash. Qui est-ce ?

Je pose une main sur le micro et indique :

– Une amie de mon boulot.

– Dis-lui de nous rejoindre, me suggère Kris. Mon frère a encore prévu bien trop de nourriture pour le barbecue. Et plus on est de fous, plus on rit.

Lorsque je transmets la proposition à Lady, elle hurle de joie.

– J'arrive dans une demi-heure ! s'écrie-t-elle, enthousiaste. Envoie-moi l'adresse par SMS. À tout de suite, chérie !

CHAPITRE 29

GOLD

– C'est un malentendu regrettable, j'en conviens.

Regrettable ? Il veut que je lui enfonce son cigare hors de prix dans la gorge, le Potosko ?

Détendu malgré la présence de cinq bikers armés jusqu'aux dents dans son bureau, le mafieux prend le temps de recracher la fumée de sa dernière taffe. D'un coup d'œil, le président m'ordonne de la boucler. Je suis plutôt réfléchi, mais comme Ruby a été menacée, un truc disjoncte en moi et je perds le contrôle. Bradley, lui, dégage un calme surnaturel. Pourtant, je sais que cette histoire le met en colère lui aussi. Un truc dans sa manière de pianoter contre le bras de son fauteuil me l'indique.

Autour de nous, huit agents de sécurité sont postés à intervalles réguliers contre les murs. Au moindre mouvement suspect, ils dégainent. Ça promet une fusillade de malade, parce que nous aussi on se tient prêts à canarder.

– L'un de tes hommes a failli abattre l'une de nos protégées, Potosko, indique Bradley. Il s'est montré violent avec elle, alors même qu'il savait sa cible absente. C'est plus que simplement « regrettable ».

Le gérant du casino pousse un soupir en pliant les jambes. Le président a cru bon de me « conseiller » de m'asseoir pour me détendre. Tu parles. Je meurs d'envie de sauter par-dessus le bureau pour serrer les mains autour de la gorge de l'enfoiré qui nous fait face.

– Il est vrai qu'il avait l'ordre de me ramener Clay Johnson, pas de faire du mal à sa famille, reprend Potosko. Si je puis me permettre, qui est cette jeune fille qu'il a agressée ?

Sans réfléchir, je lâche :

– Ma régulière.

Le mafieux doit savoir ce que signifie ce terme, parce qu'une ombre assombrit son visage. Quant à Bradley, il laisse un sourire carnassier fleurir sur ses lèvres tout en fixant Potosko avec froideur.

– Tu réalises ce que ça veut dire ? gronde-t-il. Tu t'es attaqué à notre club. Et on déteste les attaques.

Le gérant du casino émet un bruit de gorge en posant son cigare sur la table.

– Tony est rentré ici couvert de sang, hier soir, déclare-t-il. Il arrivait à peine à marcher. Ne penses-tu pas que son passage à tabac a lavé son affront ?

– Non.

– Alors qu'attends-tu de moi, président des Styx Riders ?

– Allons, je suis sûr que tu pourras trouver la réponse seul.

Potosko saisit rapidement le sous-entendu, parce qu'il ordonne à l'un de ses vigiles :

– Va chercher Tony. Tout de suite.

La porte du bureau s'ouvre, se referme. L'air dans la pièce reste saturé d'une pression sanglante. Ça pue le danger…

Deux minutes plus tard, le battant s'ouvre à nouveau sur l'agent de sécurité et le fameux Tony. Ce dernier, le visage encore tuméfié par les coups que je lui ai portés hier soir, rejoint son patron, la tête baissée. Potosko ne ment pas, il a du mal à marcher : chaque mouvement lui arrache une grimace de douleur.

– Tony, ces messieurs me disent que tu t'en es pris à la régulière de l'une des leurs pendant ta mission, qui consistait à ramener Clay Johnson ici, déclare le mafieux.

– Je n'ai fait que suivre les ordres, patron.

– L'ordre était de ramener la cible, pas de t'amuser avec la jeune fille de la famille en lui montrant que tu en as une grosse.

– Patron, je peux m'expliquer…

– Non, Tony. Je n'ai pas envie de déclencher une guerre. Vois-tu, j'ai un business à préserver.

– Laissez-moi me racheter !

Potosko croise le regard de Bradley. Ce dernier secoue la tête. Sans attendre, le mafieux sort un silencieux de l'intérieur de sa veste, vise la tempe de son employé et tire. Le sang retapisse toute une parcelle de la bibliothèque. Tony tombe, alors même que son meurtrier ne le regarde plus. Mon président non plus, déjà occupé à nettoyer le cadran de sa montre.

Alex s'agite. Ash pose une main sur son épaule. Il est primordial qu'il ne panique pas, qu'il garde son sang-froid. C'est ça le secret pour survivre à une confrontation comme celle-là : le contrôle.

Deux des agents de sécurité sortent le cadavre en le traînant sur le tapis hors de prix. Potosko, lui, soupire :

– Bien. Sommes-nous quittes ?

Bradley sort une cigarette, qu'il allume en observant le mafieux. À ma grande surprise, il répond :

– Non.

– Non ? s'étonne Potosko.

– Tu as envoyé Tony, tu es donc aussi responsable que lui.

Je me crispe. Une étincelle semble pouvoir embraser l'air de la pièce.

– Ne compte pas sur moi pour me tirer une balle dans la tête, Devon, gronde le gérant du casino.

– Non, bien entendu. Et je n'envisageais pas de te le demander.

J'observe la traînée d'hémoglobine par terre. Le choc passé, cette vision me plaît bien. Si Tony n'avait pas été abattu, j'aurais fini par le traquer pour lui faire payer ce qu'il a fait subir à Ruby. C'est une certitude.

– Que dirais-tu de nous livrer une information concernant Isaac Romy ? reprend Bradley. Cela nous assurerait de ta bonne foi par rapport aux Styx Riders.

– Quel genre d'information ? demandé-je en me redressant, soudain plus qu'intéressé.

– Du genre utile, déclare Potosko. Je comptais la négocier pour cinquante mille dollars, mais je considère que je vous la dois.

Bradley pose ses avant-bras sur le bureau et sourit.

– Considère que nous sommes quittes si elle vaut le coup.

Le gérant du casino se lève. Du coin de l'œil, je constate que mes frangins n'ont pas rangé leurs armes. Moi-même, je ne peux m'empêcher de frôler la mienne dans mon holster.

Potosko nous tourne le dos en laissant son silencieux sur la table. On dirait qu'il ne nous craint pas le moins du monde. Pourtant, il reconnaît notre puissance ; si ce n'était pas le cas, il nous aurait déjà balayés comme des moucherons. Il ouvre un livre, en tire une photo, puis nous rejoint.

– Voilà ce qu'a trouvé l'un de mes hommes dans un entrepôt désaffecté au nord de la ville, annonce-t-il.

Je me penche au moment où il jette le cliché sur le bureau. Je manque de tomber de ma chaise en reconnaissant Isaac Romy. Il est plus pâle et maigre qu'à l'époque où il faisait partie des Styx Riders, mais c'est bien lui.

Avec un trou au milieu du front.

– Cette photo a un mois, nous indique Potosko. Voilà pourquoi vous ne trouviez pas Isaac Romy malgré la prime mirobolante que vous avez mise sur sa tête. Parce qu'il est mort.

Putain, je n'en reviens pas ! J'essaie de me persuader que ce n'est pas ce fils de chien que l'on voit là, allongé sur le béton, toutefois ses tatouages ne mentent pas. Malgré l'état de décomposition de son corps, je les reconnais… et Ash aussi, manifestement. C'est lui qui les lui a faits.

– Merde, crache-t-il.

Potosko s'amuse de notre surprise, de notre colère. Depuis des semaines, on traque un fantôme ! Mais alors, pourquoi le déserteur dans la cellule du *Purgatoire* ne nous a-t-il rien dit ? Il est forcément au courant que Romy est mort. Il s'est laissé torturer pour un cadavre ?

Bradley sort son portable et compose le numéro de Reed, à qui il ordonne de prendre des mecs avec lui et de se rendre à l'adresse écrite sur un post-it que lui tend le patron du casino. Dès qu'il raccroche, il demande à ce dernier sur un ton qui pue la menace :

– Tu comptais garder cette information pour toi encore combien de temps ?

– J'attendais le moment opportun pour vous la donner… Mais il est vrai que cette histoire avec la régulière d'un des membres de ton club a changé la donne. Alors, Devon, sommes-nous quittes, maintenant ?

Puisque le président saute sur ses pieds et se dirige d'un pas tranquille vers la porte, j'imagine que la réponse est oui. Mes frangins et moi le suivons sans un mot, escortés par les agents de sécurité.

Dès que nous arrivons dans la ruelle où nous attendent nos motos, je parviens à respirer un peu mieux. Même si je refuse de croire que toute cette histoire autour d'Isaac Romy puisse se terminer d'une manière aussi simple.

– Il faut insister auprès de notre prisonnier pour savoir ce que cache cette situation merdique, décrète Bradley en sautant sur sa bécane. Il y a forcément un truc qui nous échappe.

Dans la foulée, son portable sonne. Sans prendre la peine de regarder qui cherche à le joindre, il prend l'appel. Pendant dix secondes, il ne parle pas. C'est seulement parce que je vois ses épaules se crisper et le sang déserter son visage que je devine qu'il s'est passé un truc.

– Il y a combien de temps ? s'enquiert-il. OK, et toi ? Reste là-bas, j'envoie les secours.

Sur ce, il raccroche et compose un autre numéro, sans nous donner de détails.

– Buck, envoie la moitié des gars chez Ash, plus une ambulance pour Snack, ordonne-t-il. Grouille-toi.

Il s'est passé quelque chose au lac, c'est la conclusion qui me vient sur-le-champ. Le sergent d'armes aussi le comprend, parce que l'inquiétude s'empare de lui et que son regard se charge d'une colère incontrôlée.

– Putain, c'est quoi le problème ? gronde-t-il.

– C'était Snack, annonce Bradley. Il a voulu rejoindre les filles au lac, mais il a été pris dans une fusillade.

Un froid anormal se met à couler dans mes veines. J'ai des vertiges, comme si je me trouvais sur un manège à la con.

– Une fusillade ? répète Ash. Chez moi ?

– Ouais, confirme Bradley. Quand Snack est arrivé, des mecs en tenue de combat obligeaient Heden, Kris, Cassie et Ruby à grimper dans un fourgon. Il n'a pas pu les empêcher d'intervenir, ils étaient trois d'après ce qu'il m'a dit, et lourdement armés.

À l'angoisse de savoir mon frangin blessé se mêlent les images d'un kidnapping. Pour ne pas balancer mon poing dans le mur, je sors mon téléphone et tente d'appeler Ruby. Pas de réponse, je tombe illico sur sa messagerie.

– Gold, Ash et moi, on va rendre visite à notre prisonnier, ordonne Bradley. Il nous faut des réponses. Gun et Alex, vous allez au lac pour chercher des indices. Occupez-vous de gérer la situation avec les flics à leur arrivée. Ils voudront savoir pourquoi Snack s'est pris une balle. Pas un mot sur l'enlèvement. Allez, on se bouge, tout de suite.

Il ne nous en faut pas plus pour nous faire réagir. Nous sautons sur nos bécanes. À partir de maintenant, chaque seconde est précieuse…

CHAPITRE 30

RUBY

Un type armé d'une mitraillette me balance au fond de la camionnette sans aucun ménagement tandis que Kris se débat entre les mains d'un autre homme. À bout de patience, il lui assène un violent coup de crosse dans le visage. Le sang jaillit, mon cri est étouffé par le bâillon que je porte. Que nous portons toutes, d'ailleurs. Je retiens mes larmes, concentrée sur mon amie qui vient d'être jetée à côté de moi. Je tente de lui venir en aide, mais une sangle en plastique attache mes poignets dans mon dos. Kris reste allongée, immobile, son sang poissant peu à peu mon jean au niveau de ma cuisse. J'essaie d'attirer son attention, consciente de l'importance qu'elle reste réveillée. Cela agace notre agresseur, qui me lance :

– Tu savais qu'on peut mettre jusqu'à huit heures pour mourir d'une balle dans le ventre ? Alors ne me force pas à appuyer sur la détente, gamine.

Dans la foulée, Heden est poussée à son tour dans la camionnette. Elle s'installe de l'autre côté de Kris, croise mon regard et opine. On dirait qu'elle me demande de me calmer.

Mais comment puis-je me calmer, hein ? On va peut-être mourir !

– Tu ne touches pas à celle-là, ordonne un type en désignant l'Amérindienne. Elle est enceinte. Si on veut avoir une chance de récupérer l'argent, il ne doit rien arriver à son bébé.

Ces indications sont la preuve que nos assaillants nous connaissent un minimum. Ce n'est pas un hasard s'ils s'en prennent à nous… En même temps, pouvait-il vraiment en être autrement ?

Dès que Cassie nous rejoint dans le fourgon, les yeux noyés de larmes, deux de nos kidnappeurs montent à l'arrière à sa suite et ferment les lourdes portes en acier derrière eux. Un éclairage artificiel incrusté dans les parois de la camionnette se déclenche. Le véhicule démarre, je ravale d'autres larmes. L'un des deux hommes se penche sur Kris, ôte ses gants et pose ses doigts dans son cou. Il ne regarde aucune autre d'entre nous, trop concentré sur elle. Je remarque ses yeux d'une couleur particulière, un gris argenté qui tranche avec sa peau dorée.

– Alors ? s'enquiert l'autre.

– Elle vit encore. Tu as une putain de chance, je t'assure.

– Ce n'était qu'un coup de crosse.

L'homme aux yeux gris gronde et dégaine un couteau militaire à la lame affutée. Mon corps se tend de surprise et de peur, d'autant qu'il pivote vers moi. Je ne lis aucune émotion dans son regard, et cela me terrifie plus que tout le reste.

Sa lame s'approche dangereusement de moi, mais au lieu de me transpercer, elle coupe le lien en plastique dans mon dos.

– Occupe-toi de ta copine, m'ordonne le type. Mais je te préviens : reste sage, sinon je te rattache et ton amie morflera.

Je ne suis pas stupide au point de tenter quelque chose avec deux paramilitaires à moins d'un mètre. Le plus important pour l'instant, c'est de porter secours à Kris. Je pose sa tête sur ma cuisse, attrape le morceau de tissu que me tend l'homme aux yeux gris et exerce un point de compression sur l'arcade de la fleuriste, là où le sang coule encore. J'en profite pour nettoyer son visage. De l'autre main, je caresse ses cheveux roses avec douceur, en priant pour qu'elle se réveille très bientôt.

Elle reste plongée dans l'inconscience un long moment. Mais alors que le fourgon ralentit, ses paupières se soulèvent, un grondement de douleur lui échappe et elle tente de se relever, sans y parvenir. Au même moment, la camionnette s'arrête. Un troisième ravisseur ouvre les portes et nous ordonne de sortir. Comme Kris peine encore à se déplacer, celui qui l'a blessée l'attrape par les cheveux et la traîne à travers la cabine. Je tente de hurler au type d'arrêter, mais mon bâillon me rend impuissante… Heureusement, l'homme aux yeux gris intervient encore une fois :

– Tu réalises que c'est la fille du président ? C'est elle qui nous rapportera le plus gros de la rançon, merde ! La boss nous a ordonné d'enlever les cibles, pas de les brutaliser !

Dans la foulée, il fait signe à Heden, Cassie et moi de descendre du fourgon. Dociles, nous obéissons pour ne pas être blessées à notre tour.

Une fois dehors, je jette un regard autour de moi, ignorant la boule d'angoisse dans mon estomac. Nous ne nous trouvons plus en ville, mais vu le temps qu'a duré notre trajet, je m'en doutais déjà. La forêt nous entoure : la camionnette s'est immobilisée sur un chemin de terre.

Je voudrais prendre davantage de temps pour observer les lieux, mais le canon d'un pistolet se pose dans mon dos, m'obligeant à accélérer.

– On ne traîne pas. Grouille.

Après quelques minutes de marche, une petite cabane apparaît à un tournant du chemin, trop délabrée pour être habitée. Le toit menace de s'effondrer, les murs aussi.

– À genoux !

D'un coup de pied, l'homme derrière moi m'oblige à me baisser. Kris, Heden et Cassie ont droit au même traitement. Je lance un coup d'œil paniqué à mon amie enceinte, qui me rassure d'un faible sourire en croisant mon regard. Elle a l'air d'aller bien, heureusement…

Une partie de moi souhaite de tout cœur voir surgir les Styx Riders sur leurs motos pour nous porter secours. L'autre sait qu'ils ne viendront pas : nous avons été emmenées au milieu de nulle part et le seul biker qui aurait pu nous aider s'est fait tirer dessus devant chez Ash. J'espère qu'il va s'en sortir… De loin, je ne l'ai pas reconnu, mais Cassie oui, visiblement. Je me tourne vers ma meilleure amie : ses larmes ne coulent plus. À la place, c'est la fureur qui embrase ses yeux verts. Pendant une seconde, le visage de Gold se superpose au sien dans mon esprit. En colère, ces deux-là se ressemblent plus qu'ils ne l'imaginent.

– Restez tranquilles et tout ira bien, déclare l'homme aux yeux gris.

Je compte trois cent cinquante secondes avant d'apercevoir un 4 × 4 noir apparaître au bout du sentier. Je bondis presque à l'idée que, peut-être, les Styx Riders nous ont déjà retrouvées. Sauf que mon espoir se meurt au moment où le véhicule se gare à côté du fourgon.

– Chéri, tu restes dans la voiture, déclare la conductrice en ouvrant sa portière. On repart très bientôt, d'accord ?

Mon cœur rate un battement lorsque je reconnais la voix de la femme. Lady sort de la voiture, referme derrière elle et se dirige vers nous d'un pas tranquille. Tout à coup, j'ai envie de hurler, et mes yeux s'embuent.

Ma collègue ne me regarde pas, comme si elle refusait de me voir.

– Quel est l'abruti qui a fait ça ? lâche-t-elle en désignant Kris.

– Elle s'est débattue, cette garce, se justifie l'agresseur de la fleuriste.

– Bien sûr qu'elle s'est débattue, tu croyais que la fille du président des Styx Riders allait se montrer obéissante ? réplique Lady.

À sa manière de parler, je comprends qu'elle mène les opérations. Mais pourquoi ? Quelles sont ses motivations pour nous avoir fait enlever ? Où se trouve la femme attentionnée avec qui je me suis liée d'amitié à la *Luxure* ?

Enfin, elle se tourne vers moi. Elle s'agenouille et me sourit.

– Salut, Ruby ! Comment tu vas ? me lance-t-elle.

Je fronce les sourcils. Elle éclate de rire et reprend :

– Pour ma défense, j'aurais adoré passer cette journée au lac avec vous. J'aurais aimé que la situation soit différente… Dans une autre vie, on aurait vraiment pu être amies, tu sais ? Mais tu es tombée dans les filets de Gold. Dommage pour toi, et tant mieux pour moi !

Folle de rage, je la gifle. Elle secoue la tête, essuie la perle de sang au coin de ses lèvres puis arrache mon bâillon.

– Tu as un truc à me dire, chérie ? gronde-t-elle.

– Pourquoi tu fais ça ? m'écrié-je.

– Pour l'argent, bien entendu.

– Alors notre amitié ne comptait pas pour toi ?

Elle roule des yeux.

– Quand tu t'es intéressée à Gold et qu'il ne t'a pas repoussée, j'y ai vu une opportunité que je me devais de saisir. J'ai bien fait d'attendre qu'il tombe amoureux de toi… Tu vaux plusieurs dizaines de milliers de dollars, ma Ruby.

Une grimace déforme mes lèvres, elle soupire :

– Ne fais pas comme si tu étais choquée. C'est l'argent qui fait tourner le monde, et les Styx l'ont compris depuis longtemps. Ils en amassent un sacré paquet chaque semaine, pendant que nous autres, leurs employés, on trime. Ce n'est pas la fille du président qui va me contredire, elle en profite bien elle aussi.

Lady se tourne vers Kris, tend la main et lui caresse la joue. Mon amie tente de se reculer, sauf que les jambes d'un type armé dans son dos l'en empêchent.

– J'ai fait des recherches sur chacune d'entre vous, reprend ma collègue. Le cas le plus intéressant reste le tien, Kris. La patronne d'une fleuristerie, capable de s'acheter *cash* une maison à plusieurs milliers de dollars… Ton frère et ton père t'entretiennent, on dirait. Cela dit, tu as raison d'en profiter : à ta place, je ferais la même chose. Mais puisque je n'ai pas la chance d'avoir une famille comme la tienne, je dois me débrouiller comme je le peux.

Lady se redresse avec un sourire aux lèvres. Je pourrais tenter de fuir, mais je me ferais tirer dessus à coup sûr… Alors je me contente de fusiller des yeux la femme que je croyais mon amie.

– Ne me regarde pas comme ça, chérie, m'envoie-t-elle. C'est du business, tout simplement. J'attends de faire payer les Styx Riders depuis si longtemps… Tu sais qu'ils ont ruiné mes parents, ces chiens ? Ils ont eu le malheur de leur demander un prêt… Ça leur a tout coûté, ensuite, quand ils n'ont pas pu rembourser. Ma vie a volé en éclats. Tu me trouves cruelle ? À côté de ces chers bikers, je suis une enfant de chœur.

Lady s'éloigne à présent vers la cabane, dans laquelle elle disparaît. J'en profite pour jeter un coup d'œil désolé aux filles.

– Je la considérais comme une amie, je ne pensais pas que… bredouillé-je. Bon sang, c'est tellement surréaliste !

L'un des mercenaires ricane, amusé par ma détresse. Je ne m'en préoccupe pas : je viens de m'apercevoir qu'Heden est toute pâle et semble prise de nausées.

– Enlevez-lui son bâillon ! m'exclamé-je.

– Ta gueule !

– Enlevez-le-lui, elle va vomir ! insisté-je.

L'homme aux yeux gris a la bonne idée de suivre mon conseil. Dès qu'Heden a la bouche libérée, elle déverse le contenu de son estomac dans l'herbe. Ensuite, essoufflée, elle garde la tête penchée vers le sol.

– Ça va ? lui demandé-je.

– Oui… je crois, me répond l'Amérindienne. Cette fille… je l'ai déjà vue quelque part. C'est une employée de Vanessa, non ?

– Oui, murmuré-je. C'est comme ça que je la connais. Je travaille à la *Luxure* depuis quelque temps, je l'ai rencontrée là-bas.

Je me détourne, embarrassée par mes aveux et rongée par la culpabilité. Tout ce qui nous arrive est ma faute… J'aurais dû me méfier de Lady, ne pas l'inviter au lac, ne jamais la laisser se rapprocher de moi… Désespérée, je tente le tout pour le tout :

– Libérez-nous, couiné-je. S'il vous plaît.

L'un des hommes, celui qui a frappé Kris tout à l'heure, vient se placer devant moi avec une rapidité folle. Il attrape mon menton entre son pouce et son index et serre si fort que la plaie sur ma lèvre inférieure se rouvre.

– Qui t'a blessée, joli cœur ? grogne-t-il. Ton mec ? C'est lui qui t'a frappée ?

– Arrêtez ! intervient Heden. Laissez-la tranquille, vous êtes tordus, ma parole !

Sans tenir compte des protestations de mon amie, l'homme raffermit sa prise autour de mon visage. La douleur me tire des larmes, je sens mes dents égratigner l'intérieur de ma joue.

– C’est toi, la chanteuse ? me lance-t-il. Si tu nous montrais de quoi tu es capable, au lieu de geindre ? Vas-y, chante-nous quelque chose !

– Il faudrait déjà que tu arrêtes de lui défoncer la mâchoire, espèce de connard !

Un clignement de paupières plus tard, mon interlocuteur tombe sur le dos. Yeux Gris braque son arme sur lui, le regard déterminé.

– Va te faire foutre, putain ! gronde l’autre.

Sur ce, Lady sort de la cabane, excédée.

– Qu’est-ce qui se passe encore ? s’agace-t-elle.

– Le deal, c’est de garder ces filles en vie et en bonne santé, crache Yeux Gris.

– On ne touche pas la marchandise, Dax a raison, renchérit Lady. Le prochain qui pose la main sur l’une d’entre elles verra sa part lui passer sous le nez. Est-ce que c’est clair ?

CHAPITRE 31

GOLD

La cellule sans fenêtre pue la charogne, la mort, le sang. Respirer en maîtrisant son envie de vomir demande de la concentration en temps normal, mais aujourd'hui ma rage suffit à me faire oublier ces effluves nauséabonds.

Le président entre le premier d'un pas déterminé, le visage n'exprimant pas la moindre émotion. Ash le talonne, et moi, je ferme la marche. L'enfoiré attaché sur une chaise en acier lève la tête, nous scrute de son seul œil encore valide, puis sourit. Immédiatement, mon sergent d'armes perd pied. Il n'est pas connu pour son self-control, loin de là. Avec une violence incontrôlée, il balance son poing dans l'estomac du déserteur. Une, deux, trois fois. Notre prisonnier se plie en deux. Tandis qu'il essaye de récupérer son souffle, Ash sort son flingue et pose le canon sur sa tempe.

– Tu vas mourir. Maintenant ! hurle-t-il.

– Non, pas maintenant, fils, le retient le président. Avant toute chose, notre ami doit nous dire ce qu'il sait.

L'autre a clairement du mal à se remettre des chocs qu'il vient d'encaisser. Il crache une salive rouge, respire fort, parvient à peine à rester conscient. Il a un sursaut quand Bradley verse une bouteille d'eau entière sur son visage tuméfié.

– Reste éveillé, mon gars, on a besoin de toi, lui ordonne mon président.

Puis il attrape le type par les cheveux et tire sa tête en arrière.

– T'as une petite idée de ce qui se passe actuellement dehors ? l'interroge-t-il.

Un sourire ensanglanté étire les lèvres blessées de notre prisonnier. Soit il est sonné et il ne réalise pas que sa vie ne tient plus qu'à un fil, soit il a décidé de crever plus vite que prévu.

– Laissez-moi deviner… vous avez perdu quelque chose ? ironise-t-il. Vos sœurs, vos femmes et vos filles, peut-être ?

À mes côtés, Ash se tend comme la corde d'un arc. Quant à moi, j'essaie de garder mon sang-froid. Je suis bien placé pour savoir qu'il n'y a rien de pire que de perdre le contrôle de soi en pleine mission. Et la mission consiste à retrouver Cassiopée, Ruby, Heden et Kris en vie. Mais par les Enfers, j'ai du mal à résister à l'envie de me jeter sur notre prisonnier pour lui faire ravaler son sourire à coups de poing.

– On dirait qu'on n'a pas besoin de te briefer… gronde Bradley. Parfait, ça nous fera gagner du temps. Alors maintenant, dis-nous tout de suite : est-ce que tu comptes coopérer ou pas ?

– Ça dépend de ce que vous êtes prêts à me donner pour les revoir en vie, réplique le type. À l'heure actuelle…

– Tu te crois en mesure de négocier ? le coupé-je.

– Bien sûr… persifle-t-il. Les filles se trouvent avec mes amis. Ils attendent mon appel pour les libérer.

– Tes amis ? gronde Ash. Tu parles des soldats de ton ancienne unité ?

– Ouais. Plus un mec capable d'abattre une cible en mouvement à plusieurs dizaines de mètres, qui s'est greffé à notre équipe au cas où vos hommes décideraient de tenter une libération de force. Vous voyez ?

Égal à lui-même, Bradley ne dévoile aucune émotion. Au contraire d'Ash, qui ne cache rien de ce qu'il compte faire à l'enfoiré qui nous fait face s'il continue à nous provoquer.

– Si tu me disais comment tu sais pour les filles ? enchaîne le président.

– Votre état, répond notre prisonnier. Vous n'auriez pas déboulé ici à trois avec de telles expressions si la deuxième phase de mon plan n'avait pas été lancée. Putain, je n'y croyais plus… On dirait que la chance a tourné. Libérez-moi, à présent.

– Et puis quoi encore ? lui renvoie Ash. Tu réalises que tu as signé ton arrêt de mort ?

– Si tu veux revoir ta sœur et ta copine, tu as intérêt à me relâcher, réplique le type. Tout de suite.

– Avant, si tu nous expliquais qui tu es ? lui ordonne Bradley. Tu as l'air d'en connaître un rayon sur nous.

Mon président part s'appuyer contre le mur, les bras croisés sur son torse. Son allure détendue pourrait tromper quiconque ne le connaît pas. Mais il cache bien son jeu. On ne devient pas président d'un club de bikers en faisant preuve uniquement de philosophie et de calme. Le prisonnier a tort de fixer toute son attention sur Ash en pensant que c'est lui le plus dangereux de nous trois.

– Pendant des mois, mes amis et moi avons surveillé chacun d'entre vous… commence-t-il.

– Pourquoi ? cingle Ash.

– Pour identifier vos points faibles… Et vos femmes en sont un de taille, n'est-ce pas ?

Le silence s'abat sur la cellule. J'échange un coup d'œil avec mon sergent d'armes, puis un autre avec le président. Aucun de nous n'a le cœur à discuter avec notre prisonnier ; pourtant, si on veut sauver les filles, on doit récolter plus d'informations. Et un truc me dit qu'il compte nous en livrer, parce que ça a l'air de faire partie de la manœuvre.

– Qu'est-ce que tu attends de nous ? demande Bradley.

– Trois cent mille dollars, affirme aussitôt le prisonnier. Vous me laissez partir avec l'argent et j'ordonne à Ariana de libérer les otages.

– Ariana ? tiqué-je.

Ce prénom ne me dit rien. La rage enflamme ma poitrine quand l'enfoiré sur sa chaise se met à se marrer.

Putain, à croire qu'il n'a pas pris assez cher cette semaine.

– Vous n'avez pas encore compris ? s'esclaffe-t-il. C'est tellement bon de vous voir ramer.

Il me donne envie de lui faire sauter ses dents. Dommage qu'on ait encore besoin de le faire parler, ça m'aurait bien plu.

– Vous, vous l'appelez Lady, je crois, reprend-il.

La surprise me fait vaciller.

Lady ? La strip-teaseuse de la Luxure *? Qu'est-ce qu'elle vient faire dans cette histoire ?*

– Ariana Brenston, lâche Bradley, la mâchoire contractée. C'est son vrai nom, ouais. Celui qui est écrit sur son contrat de travail.

Je serre les poings et prends une grande inspiration. J'ai vraiment du mal à lutter contre la colère qui enfle en moi.

– Alors les gars, ça fait quoi d'avoir deux taupes ? s'amuse notre prisonnier. C'est douloureux, hein ?

Au lieu d'entrer dans son jeu, le président l'interroge :

– Tu as réussi à détourner l'une de mes employées pour obtenir des informations sur le club, en plus d'Isaac ?

Lady, ou plutôt Ariana, me mène en bateau depuis le début… Non seulement elle m'a berné, mais en plus elle s'est liée d'amitié avec Ruby pour mieux lui planter un couteau dans le dos par la suite.

– Je l'ai détournée ? réplique le type. Les mecs, c'est elle qui a manigancé tout ça ! Elle vous en veut parce que vous avez mis sa famille sur la paille. À cause de vous, son paternel s'est suicidé. Alors elle a décidé de vous plumer.

Le silence retombe quelques instants. Puis Ash tire les conclusions qui s'imposent :

– Tu bosses pour elle, si je comprends bien ?

– Disons qu'on collabore. Libérez-moi : elle a pour ordre d'attendre mon appel dans l'heure qui suit l'enlèvement… Si elle ne le reçoit pas, elle tuera l'une des filles. On commencera par la moins importante : la brunette qui chante comme une déesse.

Cette fois, je perds les pédales. Je bondis sur l'enfoiré avec l'intention de lui faire avaler son sourire à la con. Mais avant que je ne puisse le frapper, les deux bras d'Ash m'emprisonnent dans leur étau.

– Espèce de connard ! hurlé-je en essayant de me libérer. Je te jure que je vais t'arracher les boyaux et te les faire bouffer !

Comme si je n'étais pas sur le point de commettre un meurtre, Bradley demande au prisonnier :

– Pourquoi trois cent mille dollars, alors que tu as déjà les deux cent mille qu'Isaac a volés aux Styx Riders ?

Je fronce les sourcils. Romy avait piqué dans les caisses du club ? Je n'étais pas au courant de ça…

– J'ai raison, n'est-ce pas ? ajoute le président. Tu l'as descendu dès qu'il t'a parlé du magot, non ?

– Suis-moi, m'ordonne Ash au même moment, en me balançant littéralement en direction de la porte. Il faut qu'on cause tous les deux.

Je me laisse entraîner. Si je résiste, je m'en sortirai avec un genou en bouillie, c'est certain. Ash sait frapper, bien mieux que moi. Et il est hors de question que je me retrouve sur le banc de touche alors que ma sœur et ma copine sont aux mains de psychopathes qui peuvent s'en prendre à elles à n'importe quel moment.

Dès que la lourde porte de la cellule se referme, mon sergent d'armes m'explique :

– Avant de disparaître, Isaac a piqué un sacré paquet d'argent au club. Seuls les officiers sont dans la confidence, on ne voulait pas que la nouvelle se répande. La situation était déjà bien assez explosive comme ça.

Je hoche la tête. Je comprends la décision des gradés : laisser entendre qu'il est possible de se servir dans les caisses des Styx Riders n'aurait engendré que le chaos, ainsi que des tas de problèmes… Ils ont eu raison, mieux valait qu'on s'épargne ça.

Plusieurs secondes s'écoulent, pendant lesquelles Ash et moi restons silencieux. Il m'observe du coin de l'œil, s'assurant que je suis bien en train de retrouver mon sang-froid. Enfin, la porte se rouvre et Bradley sort de la cellule.

– Il est là de son plein gré, annonce-t-il. Selon lui, il s'est laissé capturer devant chez Bowers pour être amené ici.

– Pourquoi ? demande Ash, aussi surpris que moi.

– Pour qu'on puisse lui donner l'argent sans qu'il y ait d'entourloupe, répond le président. Il s'imagine qu'il va sortir d'ici en vie, avec le blé, et ensuite laisser partir les filles. Il craignait qu'en nous donnant rendez-vous, comme lors d'une demande de rançon classique, on ne le roule en lui refilant un sac vide…

– Et que tout le club saute sur son équipe pour la réduire à néant ?

– Oui, aussi, reconnaît Bradley. Je dois admettre qu'utiliser un cheval de Troie était plutôt futé de leur part. Enfin, il y a tout de même quelque chose que je ne comprends pas. Pourquoi élaborer un plan aussi complexe ? Il savait ce qui l'attendait dans les sous-sols du *Purgatoire* ; et encore, il a de la chance d'être toujours en vie. Il a déjà les deux cent mille dollars de Romy, il aurait pu foutre le camp depuis longtemps… Bon, on y retourne. N'intervenez pas, sauf si je vous le demande.

Nous rentrons à l'intérieur de la cellule. Le prisonnier nous dévisage et nous lance :

– Alors, les gars, vous avez pris votre décision ? Tic, tac. L'heure tourne.

– On accepte de te libérer et de te filer les trois cent mille dollars, déclare Bradley. Mais c'est moi qui entre en contact avec Lady pour la prévenir.

Le type pâlit, surtout quand il voit le président sortir son portable.

– Non ! panique-t-il. C'est moi qui l'appellerai quand je serai libre !

– Qu'est-ce que ça change ? l'interroge le président.

– Arrête ! s'écrie le prisonnier.

Un sourire étire les lèvres de Bradley alors qu'il fourre à nouveau son téléphone à l'arrière de son jean.

– Je m'en doutais, lâche-t-il. Lady ignore pour les deux cent mille, n'est-ce pas ? Tu ne lui as rien dit. Je suis presque certain que tu ne comptes même pas la rejoindre une fois que tu seras en possession du reste de l'argent. Tu fais cavalier seul, hein ? Voilà pourquoi tu as décidé de te laisser capturer. Pour ne pas avoir à partager le butin avec tes associés…

L'enfoiré retrousse les lèvres. Il ne baisse pas le regard devant Bradley, même alors qu'il vient de perdre l'avantage.

– Tu t'es dit que risquer de mourir entre nos murs valait bien cinq cent mille dollars ? gronde le président.

– Relâchez-moi ! s'exclame le type. Laissez-moi m'en aller, et je vous dirai où trouver les filles.

– Non, annonce Bradley d'une voix étrangement calme. Tu es hors-jeu.

À l'instant où le président pose le canon de son pistolet à l'arrière de la nuque de notre prisonnier, ce dernier se liquéfie. Au sens propre du terme : il vient de se pisser dessus.

– D'accord, d'accord ! crie-t-il. Je vous dis aussi où j'ai planqué l'argent d'Isaac !

– Tu veux dire mon argent ?

– Il est sous une vieille benne à ordures, à l'arrière du magasin de Bowers ! La plus rouillée d'entre elles. Tout est dans un sac à dos.

Les secondes s'étirent. D'un instant à l'autre, je m'attends à entendre la détonation qui mettra fin à l'existence de ce chien. Je me décale légèrement sur le côté, histoire de ne pas recevoir des morceaux de sa cervelle sur mes vêtements.

Mais le tir ne vient pas. À la place, seules les supplications du prisonnier se font entendre :

– Vous ne pouvez pas me tuer ! Sinon, vous ne saurez jamais où se trouvent les otages.

– Alors là, tu te goures, déclare Bradley. Gold, remonte au *Purgatoire* et appelle Lady. On va passer un marché avec elle. Je suis certain qu'après lui avoir parlé de l'argent que tu as planqué et de ta trahison, elle ne verra aucun inconvénient à ce que nous te fassions disparaître.

– Non ! couine le type. J'ai un fils ! S'il vous plaît… C'est pour lui que j'ai fait tout ça. Pour mon Allan…

Ce prénom me dit quelque chose… Je fronce les sourcils.

– Merde, tu es le père du fils de Lady ? comprends-je.

– Je voulais juste récupérer sa garde et partir avec lui loin de cette ville pour lui offrir le meilleur, explique le prisonnier. Les histoires de famille d'Ariana, sa vengeance, je m'en fiche !

Ce pauvre Allan a vraiment des parents merdiques… Bradley soupire en posant les deux mains sur les épaules de sa future victime.

– Quelle tristesse. Tu aurais dû te contenter des deux cent mille dollars déjà en ta possession…

D'un mouvement du menton, le président nous ordonne, à Ash et moi, de sortir de la pièce. J'imagine qu'à cet instant le prisonnier prend conscience du fait qu'on ne roule pas Bradley Devon. Jamais.

Je sors mon téléphone en grimpant les marches qui mènent au rez-de-chaussée, puis je cherche le numéro de Lady dans mon répertoire. À présent, les Styx Riders mènent la barque, et gare à quiconque se dressera devant nous.

CHAPITRE 32

RUBY

Ça fait plusieurs minutes que Lady parle au téléphone, mais impossible de comprendre ce qu'elle dit : elle est trop loin. En revanche, je devine qu'elle est d'une humeur massacrante : son visage rougit de colère, son pas est lourd et impatient. Quoi qu'il se passe, on dirait que ses plans ne fonctionnent pas comme elle le souhaite… Elle finit par conclure la communication et revenir vers nous.

– Toi, tu viens avec moi, lâche-t-elle en attrapant Kris par les cheveux.

Incapable de se défendre, mon amie feule de douleur.

– Arrête, Lady ! lancé-je, désespérée.

– Franchement, Ruby, si tu n'as pas envie de te prendre une balle, ferme-la, réplique ma collègue. Mine de rien, je t'aime bien, ça me ferait chier de devoir t'éliminer.

Puis, plus pour elle-même que pour moi, elle grommelle :

– Il faut toujours qu'ils en fassent à leur tête, ces enfoirés… Même quand ils sont dos au mur, ils trouvent le moyen de faire chier.

Ça ressemble à une accusation. Parle-t-elle des Styx Riders ? Est-ce que ce sont eux qui l'ont appelée à l'instant ?

– Qu'est-ce que tu fous, Ariana ? intervient un soldat. Tu comptes te barrer avec la fille du président ?

– Le plan change, les gars, annonce Lady. Restez ici en attendant que je revienne, ne bougez surtout pas. Mickaël est en route pour nous rejoindre, il ne va pas tarder. Je m'assure juste d'avoir une monnaie d'échange, au cas où. Soyez de gentils garçons et faites ce pour quoi vous êtes payés : suivez les ordres !

Sur ce, elle disparaît avec Kris dans le 4 × 4. Les mercenaires s'agitent. J'imagine que voir leur boss filer sous leur nez doit les perturber…

– Je n'aime pas ça, gronde l'un d'eux. C'est quoi, cette merde ? Je n'ai pas reçu d'appel de Mickaël.

– Moi non plus, déclare un autre gars en sortant son portable.

Je remarque que Yeux Gris reste un peu en retrait. Il fixe le paysage sans avoir l'air troublé par le changement de programme, contrairement à ses coéquipiers.

– Dis-moi, espèce de pute, tu sais un truc qu'on ignore ? me demande l'homme qui a frappé Kris en se baissant à ma hauteur. Pourquoi est-ce qu'Ariana t'a regardée quand elle a parlé des Styx Riders ?

Je reste silencieuse face à ces accusations, ignorant comment y réagir. Cela fait perdre au type le peu de patience qu'il lui reste. La rage déforme ses traits, et je devine que je ne vais pas apprécier la suite. Alors je fais la première chose qui me vient à l'esprit : je lui mets un violent coup de tête. Il crie, recule sous le choc, mais ne tombe pas.

– Espèce de sale…

Tout se passe alors très vite, trop pour que mon cerveau l'assimile sur-le-champ. Yeux Gris se dresse dans le dos de mon agresseur, attrape ses cheveux et pose une lame de couteau militaire sur son cou.

Puis il lui tranche la gorge sans la moindre hésitation.

La vie déserte le regard de la brute. Je ne hurle pas, trop choquée pour réagir. Dans la foulée, des coups de feu retentissent. Cassie se jette sur Heden pour la protéger, et je me laisse tomber au sol moi aussi.

Quand le silence revient, je n'ose pas bouger, les filles non plus. Aucune de nous n'a été touchée. Enfin, je crois.

En relevant les yeux, je réalise qu'il ne reste qu'un seul soldat debout : Yeux Gris.

– Qu'est-ce que… bredouillé-je.

– On s'arrache, dépêchez-vous, ordonne-t-il.

Un sifflement désagréable résonne encore à mes oreilles, conséquence des coups de feu. Cela dit, j'entends parfaitement le cri de Cassie quand l'inconnu arrache le scotch de sa bouche d'un mouvement vif.

– Vous les avez tués ! crie-t-elle.

– C'était eux ou vous, réplique-t-il. Vous avez plus de valeur qu'ils n'en auront jamais. Coopérez sagement et vous retrouverez vos bikers d'ici une heure ou deux.

Son couteau encore poissé de sang nous libère de nos liens. Il sort bientôt un smartphone de la poche de son pantalon et en observe l'écran longuement après avoir tapoté dessus. Je reste à genoux, incapable de me lever. Je ne peux détourner mon attention du cadavre à la gorge tranchée, juste devant moi.

– Vous attendez une invitation ou quoi ? tonne Yeux Gris en se dirigeant vers le fourgon.

– Vous êtes armé, fait remarquer Heden. Normal qu'on se méfie.

– Et vous avez tué vos coéquipiers, renchérit Cassie.

Yeux Gris rebrousse chemin et vient se planter devant nous.

– Primo, ce n'étaient pas des coéquipiers, juste des types qui me payaient, lance-t-il avec une grimace en désignant les cadavres. Secundo, j'ai sauvé vos miches d'une mort certaine. Ils ont grillé qu'un truc n'allait pas au départ d'Ariana. Tertio, si je dois vous traîner par les cheveux dans cette putain de camionnette, je le ferai. Alors bougez-vous.

Sa façon de s'adresser à nous trahit une tension palpable. J'échange un rapide coup d'œil avec les filles. Cet homme nous a sauvées, en effet. Et il nous a délivrées de nos liens, je prends ça pour de la bonne foi. Enfin, il a une arme capable de nous donner la mort en un instant…

Ce dernier constat me pousse à me lever. Mes jambes menacent de me lâcher, mais je lutte pour garder l'équilibre et la tête haute. Mes amies ne tardent pas à m'emboîter le pas jusqu'au fourgon, dans lequel nous grimpons une par une.

Dès que les portes se referment et que le véhicule se met en mouvement, je pousse un long soupir en me massant les poignets. En moins d'une heure, j'ai été kidnappée, maltraitée et j'ai failli mourir. Tout ça à cause de mon lien avec Gold, et de son appartenance aux Styx Riders. Des frissons dévalent le long de ma colonne vertébrale alors que je m'enfonce dans mes pensées négatives. Heden, elle, tente de rester optimiste.

– On va s'en sortir, affirme-t-elle.

– Ah oui ?

Je ne peux m'empêcher de ricaner.

– Ruby… souffle-t-elle.

– J'en ai assez de tout ça, la coupé-je. C'est trop… beaucoup trop.

Les hommes du casino, la trahison de Lady, puis le bras de fer psychologique avec ces sales types dans la forêt… Un poids invisible écrase mes épaules et je suis incapable de retenir mes larmes plus longtemps.

– Est-ce que notre vie va ressembler à ça, désormais ? ajouté-je. Parce que nous sortons avec des bikers qui trempent dans des affaires criminelles ? Parce que…

Je décide de me taire : mes paroles pourraient dépasser ma pensée. Ma colère se tourne beaucoup trop vers Gold, Bradley et le reste des Styx Riders. C'est pourtant injuste : aucun d'eux n'a voulu qu'il ne nous arrive quoi que ce soit.

Cassie, au lieu de me répondre, dépose un baiser sur ma joue en me serrant contre elle. Sa présence dissout une partie des idées noires qui se sont emparées de moi.

– Est-ce que vous regrettez d'être avec eux, parfois ? demandé-je lorsque je me suis un peu calmée.

Parce que moi, je suis dans le flou. L'idée de perdre Gold me donne envie de plonger dans un bain d'acide, mais l'éventualité qu'une situation pareille puisse se reproduire me démolit de l'intérieur.

– Non, Ruby, affirme Heden. Le monde d'Ash… notre monde est empli de risques. Est-ce que je regrette ce kidnapping ? Bien sûr. Est-ce que je regrette d'avoir choisi mon biker ? Jamais. Parce que ce type, je l'aime à en mourir. Ce qui me permet de tenir, c'est l'assurance que lui aussi m'aime, et qu'il retournera ciel et terre pour me sauver.

Une vague de culpabilité me submerge. Bien sûr que Gold n'est pas responsable de cet enlèvement, lui non plus. Ce serait comme accuser ma mère de ce qui s'est passé l'autre nuit avec les hommes du casino. Ou alors, comme si Heden, Kris et Cassiopée m'accusaient d'avoir fait débarquer Lady dans leur vie d'une façon si terrible.

– Et toi ? s'enquiert ma meilleure amie dans un souffle. Tu regrettes ton histoire avec mon frère ?

– Non, c'est juste que… tout ça, c'est difficile à avaler, réponds-je. Désolée. Déjà que j'avais du mal à me remettre de ce qui s'est passé hier soir…

– Tu nous racontes ? propose Cassie. Les mecs ne nous ont donné que les grandes lignes.

Puisque je n'ai rien de mieux à faire, je leur relate ma mésaventure de la veille avec autant de détails que possible. Le fourgon accélère au moment où j'indique aux filles que Gold s'est présenté à ma mère à la manière d'un vrai gentleman.

– Il a dit « Shayne Walker » ? s'étonne ma meilleure amie.

– Oui. Il arrive que je l'appelle par son prénom, tu sais ?

– Et il l'accepte ?

– Bien entendu.

– OK, il est clairement amoureux de toi, lâche-t-elle.

– C'est tellement romantique, soupire Heden.

Cassie fait mine de porter ses mains à sa gorge en tirant la langue. Mais bientôt, elle retrouve son sérieux : la camionnette vient de s'arrêter… Une portière s'ouvre, sûrement celle du conducteur, puis se ferme.

– Il faut qu'on se sauve, affirme Cassie.

– Et comment est-ce qu'on va faire ça ? ricané-je.

– On passe à l'attaque, déclare Heden.

– Quoi ?

Elle nous montre très précisément ce qu'elle entend par là lorsque les portes à l'arrière du fourgon se déverrouillent. Accroupie, prête à bondir, elle attend que Yeux Gris se penche à l'intérieur avant de lui balancer son poing en pleine figure.

– Maintenant ! hurle-t-elle.

Elle saute à l'extérieur, Cassie et moi l'imitons. Mais nous avons le temps de faire dix pas seulement avant que des coups de feu ne résonnent. Nous nous figeons par réflexe. Un instant plus tard, une masse énorme nous bondit dessus, attrape Heden par les cheveux, Cassie par le bras et nous entraîne à nouveau vers le fourgon. Parce que les déflagrations continuent de résonner, nous nous laissons faire.

– Vous êtes malades ou quoi ? crache notre ravisseur. Vous voulez crever ?

Une colère glaciale brille dans son regard. Je réalise que ce n'est pas lui qui a tiré : d'autres détonations se font entendre.

– Pourquoi est-ce que vous nous avez amenées ici ? ose demander Heden. On est où, d'ailleurs ?

Des bâtiments en béton nous entourent, certains fermés par des rideaux en acier, d'autres abandonnés et couverts de tags. Parmi eux, un magasin de pêche devant lequel semble se livrer une véritable bataille. Mon cœur manque d'éclater lorsque je reconnais la veste des Styx Riders sur le dos de plusieurs des combattants. Toujours dissimulée derrière le fourgon garé en retrait, je cherche Gold du regard. À la place, je repère Ash, qui tire avec un fusil automatique sur la boutique. La seconde d'après, il se met à couvert.

Heden l'a vu, elle aussi : son visage a viré au blanc. Je lui attrape la main.

– Qu'est-ce qu'on fait ? demandé-je à Yeux Gris.

– Vous, vous attendez que ça se tasse, me répond-il. Soit les Styx Riders finiront par prendre le dessus, soit les flics débarqueront avec des équipes armées jusqu'aux dents.

Il fixe toujours son écran tactile, comme si l'enfer ne se déchaînait pas autour de nous. Il renifle avec dédain, essuie le sang sous son nez et soupire :

– Elle est à l'intérieur, cette garce.

– C'est quoi, ce truc ? s'enquiert Cassie.

– Un GPS, explique-t-il. J'ai collé un traceur sur Ariana, et un autre sur Mickaël. Simple mesure de précaution.

Il range son appareil, puis décide :

– J'y vais. Si vous voulez vivre, restez à couvert.

– Vous allez où ? piaillé-je.

Sans répondre, Yeux Gris lance les clés du fourgon à Cassie. À peine les a-t-elle attrapées qu'il s'éclipse, en tournant à l'angle d'un bâtiment.

– Qu'est-ce qu'on fait ? demandé-je.

Les filles haussent les épaules, elles aussi un peu perdues. Nous décidons de nous coller toutes les trois à la carrosserie de la camionnette et d'analyser la situation en observant ce qui se passe. Je cherche l'ennemi du regard, sans le trouver. Les vitres du magasin sont éparpillées en milliers d'éclats sur le sol, et l'enseigne indiquant « Bowers – matériel de pêche » pend dans le vide.

– Alex est avec Ash, constate Cassie.

– Vous avez vu Gold ? lui renvoyé-je.

– Les filles, j'entends des pas ! panique Heden.

Un frisson d'horreur parcourt ma colonne vertébrale au moment où je fais volte-face. Je m'apprête à hurler, mais avant que le moindre son ne puisse sortir de ma bouche, une main se plaque sur mes lèvres.

– C'est nous, calmez-vous ! déclare une voix familière.

Mon cœur ralentit ses battements, et je reconnais enfin Gold, Gun et Bradley, accompagnés d'un autre Styx Rider qui m'est inconnu – « Reed », d'après ce qui est écrit sur sa veste. Le président du club me lâche, et je reste immobile, sonnée. Cassie, elle, bondit dans les bras de son frère.

– Vous allez bien ? s'enquiert Bradley.

Je remarque les engins de guerre que chacun des quatre hommes transporte avec lui. Des fusils d'assaut qui feraient pâlir d'envie les acteurs des films d'action. Je surmonte mon état de choc pour répondre :

– On n'est pas blessées. L'un des types qui nous ont kidnappées a fini par nous sauver, sans qu'on comprenne pourquoi. Mais on a appris que la responsable de tout ça, c'est Lady.

– On sait, réplique Bradley. Elle a manigancé cette merde avec son mec.

– Cette garce a emmené Kris, siffle Heden.

– Ça aussi, on sait, déclare Reed.

– Elle l'utilise comme police d'assurance et la retient prisonnière dans la boutique de pêche, nous indique Bradley.

– C'est vous qui lui avez demandé de venir ici ?

– Oui, et c'est vite parti en vrille quand elle a compris qu'on avait tué son traître de mec.

Encore bouleversée, je parviens enfin à détacher mon attention du président des Styx Riders pour me concentrer sur Gold. Enfin, ça, c'est mon intention première, parce qu'en vérité, une masse m'écrase entre ses bras musclés, plaquant ma tête contre son épaule. Le désespoir avec lequel mon biker me maintient contre son torse me prend aux tripes.

– Ruby… Bordel, Ruby… répète-t-il.

– On va bien, lui assuré-je.

Il passe une main sur ma nuque, m'écarte de lui et me sonde. Dans ses yeux verts magnifiques se mêlent la colère, le soulagement, la tension et la joie.

Après quelques secondes, sa bouche se pose sur la mienne avec douceur, évitant le plus possible la blessure sur ma lèvre inférieure. Ce baiser léger transperce mon âme comme une flèche. Il me fait prendre conscience que, dans mon malheur, j'ai la chance de connaître un amour tel que le sien.

Et que plus jamais je ne pourrai m'en passer, quels que soient les risques que je devrai courir à cause de cet homme.

CHAPITRE 33

GOLD

Lady nous a donné les coordonnées GPS de l'endroit où se trouvaient les filles ; en échange, nous lui avons indiqué où étaient les deux cent mille dollars volés par Romy. Marchander avec elle m'a fait mal au cœur, mais il le fallait. Heureusement, elle a rapidement abdiqué… mais lorsque nous sommes arrivés là où elle nous avait dit que ses captives étaient retenues, nous ne les y avons pas trouvées. Non, à la place, nous avons découvert les cadavres de deux mercenaires baignant dans leur sang… Bradley s'apprêtait à nous demander de retourner la forêt à la recherche des filles quand son portable a bipé. Il l'a tourné vers nous pour nous montrer le message anonyme qu'il venait de recevoir :

Vous les retrouverez à la zone
ferroviaire.

Nous avons fait demi-tour aussitôt pour foncer chez Bowers. Là, Gun et quelques autres gars déjà présents sur place nous ont fait un topo : Lady s'était pointée quelques minutes plus tôt en se servant de Kris comme bouclier pour entrer dans le magasin. En revanche, personne n'avait vu les trois autres filles… Ash et Alex nous ont briefés eux aussi depuis la première ligne d'attaque : ça a canardé sévère depuis l'intérieur de la boutique de pêche dès l'instant où la strip-teaseuse s'y est planquée.

– Il faut qu'on entre, a lancé Gun, très pâle. Tout de suite, putain !

C'est là qu'on a vu le fourgon. Celui que Snack a décrit avant d'être emmené à l'hôpital.

Ce qui nous amène à cette seconde précise. Mon cœur refuse de ralentir, même alors que Ruby et Cassiopée sont devant moi, en vie. Je sais trop bien que la situation peut déraper d'une seconde à l'autre.

– On doit sauver Kris ! lance Heden.

Gun opine furieusement. Sa peur alourdit l'air. Il fait les cent pas, les doigts crispés autour de la crosse de son semi-automatique. Bradley, lui, est plus calme, même si c'est de sa propre fille dont il est question. Il ordonne à l'Amérindienne :

– Heden, je te charge d'emmener Cassie et Ruby en sécurité. Nous, on s'occupe de Kris. D'accord ?

– D'accord, répond la fleuriste. Montez dans le camion, les filles. Bradley… préviens Ash, dis-lui que je vais bien.

Le président acquiesce. Je me concentre sur Ruby. Elle me fixe, les yeux encore envahis par une terreur sourde. J'aimerais savoir ce qu'elle pense, je voudrais calmer ce qui s'agite dans sa tête, lui dire que je suis désolé. Mais le temps nous manque. L'urgence, c'est de secourir Kris.

– Va avec Heden, dis-je doucement à ma sirène.

Elle se détache de moi, tente un sourire qui ressemble un peu trop à une grimace de souffrance, puis grimpe à l'avant du fourgon. Gun, Bradley, Reed et moi nous mettons à couvert derrière l'angle d'un bâtiment abandonné, puis nous prévenons les filles d'un mouvement de la main qu'elles peuvent partir. Je suis incapable de détacher mon regard de la camionnette jusqu'à ce qu'elle disparaisse complètement de mon champ de vision. Pendant ce temps, Bradley déclare :

– Il faut qu'on rejoigne les autres.

Il sort son portable, compose un numéro et met le haut-parleur. Ash ne tarde pas à décrocher. Aussitôt, il s'enquiert :

– Vous avez des nouvelles d'Heden et des autres ? Ce sont elles que j'ai vues, hein ? Putain, si cette pute arrêtait de tirer chaque fois qu'elle voit une ombre, je vous aurais rejoints !

– Les filles sont en sécurité, affirme le président. J'ai besoin que vous fassiez diversion, on est à vingt mètres de vous.

– Ça marche.

Bradley raccroche. Je compte dix secondes avant que mes frangins commencent à vider leurs chargeurs sur la devanture du magasin de Bowers. Ils visent volontairement en hauteur, pour éviter qu'une balle ne se perde à l'intérieur de la boutique. Hors de question que nous prenions le risque de blesser Kris… Alors que l'ennemi se fait discret en attendant que l'orage passe, Gun, Bradley, Reed et moi courons rejoindre le combat. Je bondis derrière des caisses en bois, m'agenouille et pointe mon arme en direction de la boutique.

– Pourquoi est-ce que vous avez ramené les filles ici ? s'énerve Alex, sur ma gauche. Putain, elles auraient pu crever !

– On n'y est pour rien, répliqué-je. Reste concentré si tu ne veux pas crever.

Puisqu'il se met à m'insulter, je suppose qu'il n'est pas blessé. Aucun des gars ne semble l'être, c'est déjà un bon point.

– Bowers a pété un câble, m'indique le gamin quand il s'est un peu calmé. Il fait partie de ceux qui nous tirent dessus.

– Lady a dû lui monter le bourrichon en lui disant qu'on voulait le buter, suppose Ash.

– Merde, ça ne va pas être du gâteau de lui demander de coopérer, gronde Bradley. Bowers, tu nous entends ?

Le hurlement du faussaire se fait entendre depuis la boutique :

– C'est quoi ton putain de problème, Devon ? Tu as vu l'état de mon magasin ? On était alliés, nom de Dieu !

– On paiera pour les dégâts si tu arrêtes de jouer au con, affirme le président. Je veux juste que tu fasses sortir Lady. Elle est avec toi ?

– Ouais…

– Et Kris ?

– Aussi. Elle va bien, pour l'instant.

– Je ne lui ai pas encore troué la peau, intervient une voix féminine que je reconnais comme étant celle de Lady. Ce n'est pas l'envie qui m'en manque, pourtant, puisque tes gars m'empêchent d'accéder au fric !

Il est important de la garder loin de son objectif tout le temps qu'elle retient Kris. Qui sait ce qu'elle fera une fois qu'elle aura l'argent ?

– Libère ma fille, Lady, et je te laisse prendre la thune, lance le président.

– Hors de question, Devon ! réplique la stripteaseuse. J'ai une meilleure idée : envoie l'un de tes gars le chercher, et balance le sac vers moi.

– Elle parle de l'argent de la rançon ? me souffle Alex.

– Non, elle a trouvé un autre os à ronger, me contenté-je de lâcher. On fait quoi, prés' ?

– Bowers ! hurle-t-il à nouveau. Toi et tes employés, sortez de la boutique. Sur-le-champ !

Cela nous fera un problème en moins à gérer. Enfin, trois problèmes, puisque c'est le nombre de gars qui franchissent la porte du magasin, les mains en l'air. Bowers fait partie du lot.

– On n'est pas armés, Devon ! précise-t-il.

On le voit bien, sinon il serait déjà mort…

Suivant les directives du président, les types s'avancent lentement jusqu'à sortir de la zone de combat. À l'angle d'un bâtiment, ils sont cueillis par cinq membres du club qui se chargeront de garder un œil sur eux.

– Maintenant, on doit convaincre Lady de sortir, s'impatiente Ash.

– Va chercher le blé, le somme son paternel. Pendant ce temps-là, je lui propose un échange à l'amiable.

Mon sergent d'armes s'éclipse déjà. Bradley se met à négocier avec Lady. Elle finit par accepter de sortir de la boutique, mais en pointant le canon de son arme sur la tempe de Kris. Il fallait se douter qu'elle allait s'en servir comme bouclier…

– Ne fais pas ça, Ariana, déclare le président. Tu es plus intelligente que les brutes avec qui tu travailles…

– Je t'en prie, Devon, arrête de me brosser dans le sens du poil, cingle la strip-teaseuse. Contente-toi de coopérer et tout ira bien.

Ash revient, l'air grave, les sourcils froncés.

– On a un problème, les gars, nous glisse-t-il.

– Quel genre de problème, fils ? lui demande Bradley.

– L'argent n'est pas là.

Mickaël nous aurait-il menti au *Purgatoire* ? Non, il avait trop à perdre pour prendre ce risque.

Fait chier !

– Donne-moi ton sac à dos, Alex, ordonne le président.

Le gamin obtempère. Bradley soulève l'objet au-dessus de sa tête de façon à le montrer à Lady.

– On l'a, affirme-t-il. Maintenant, laisse Kris.

– Jette-le dans ma direction ! gronde la strip-teaseuse.

Il y a un léger blanc, pendant lequel Alex souffle :

– Faites gaffe, j'ai la nouvelle édition collector du *Seigneur des anneaux* là-dedans.

Au moment où tous les regards se posent sur lui, il passe une main dans sa nuque, embarrassé.

– Enfin, on s'en tape, ouais, ajoute-t-il.

– Il va falloir la jouer fine, les gars, reprend Bradley. Dès que Lady se rendra compte qu'elle s'est fait pipeauter par Frodon Sacquet, elle va péter un câble. Il faut qu'on ait récupéré Kris avant ça.

– Je m'en charge, décide Ash.

– Bradley ! s'impatiente Lady.

– C'est bon. À trois, je jette l'argent, et toi, tu libères ma fille. Un. Deux…

À cet instant, nous nous figeons tous en voyant un môme de cinq ans traverser en courant le parking du magasin de Bowers. Trois choses se passent simultanément : Lady se met à lui hurler de partir. Un mec sort de la boutique, un flingue à la main.

Et Cassiopée et Ruby apparaissent à leur tour, talonnant l'enfant dans l'espoir de le rattraper.

– Putain de merde !

Tout se déroule très vite. Des coups de feu résonnent, mais j'ignore dans quelle direction sifflent les balles. Je suis trop occupé à me précipiter en direction des filles afin de les protéger. Ruby bondit sur le gosse, l'entraîne dans sa chute, alors que ma frangine opère un demi-tour en hurlant. Alex me dépasse et me prévient qu'il s'occupe d'elle.

– Allan ! braille Lady.

Un coup d'œil vers elle m'apprend qu'elle a perdu l'avantage. Kris lui assène un violent coup de coude dans le visage, se dégage de sa prise et court en direction des filles.

– Va te mettre à l'abri ! lui ordonné-je.

Une douleur cuisante transperce soudain mon épaule et manque de me faire manger le bitume. Je garde l'équilibre, les yeux rivés sur Ruby.

Pourquoi elle ne bouge pas ?

L'autre abruti devant le magasin continue de tirer à tout va, je dois me baisser pour éviter de me prendre une autre balle. Mais soudain, le fourgon des filles débarque de nulle part, lancé à une vitesse folle. Quand il emboutit la façade de la boutique de pêche, les coups de feu s'arrêtent et un étrange silence s'abat sur le parking.

CHAPITRE 34

RUBY

La portière du 4 × 4 de Lady s'est ouverte pile lorsque le fourgon est passé devant. J'ai été sidérée de voir un garçonnet sauter hors du véhicule et se mettre à courir. Heden a immobilisé la camionnette, les yeux écarquillés d'inquiétude.

– C'est qui, ça ? s'est alarmée Cassie.

– Allan, le fils de Lady… ai-je répondu.

J'ai supposé que ma collègue devait envisager de quitter Black Lake tout de suite après la réception de la rançon. Sinon, elle n'aurait pas fait prendre tant de risques à son enfant…

Ce dernier semblait décidé à rejoindre le magasin de Bowers, malgré les coups de feu qui continuaient de résonner.

– Il faut l'empêcher d'y aller, il va se faire tuer ! a couiné Cassie.

Aussitôt, j'ai sauté dehors pour tenter de rattraper l'enfant. Mais ça court vite, un gamin qui veut retrouver sa mère !

– Allan, stop ! ai-je crié.

– Maman ! Maman, je veux partir d'ici, maman !

De nouvelles détonations ont retenti. Allan a ralenti, mais pas assez pour me permettre de le rejoindre. Sans compter que, dès l'instant où il a vu sa mère, il s'est remis à cavaler de plus belle. J'ai tenté le tout pour le tout en lui sautant dessus. Quelqu'un a hurlé, une femme. Son cri a été emporté par les déflagrations.

Maintenant, je peine à retrouver mes repères. J'ai mal partout… On crie mon prénom, et celui de Cassie. Je crois reconnaître le timbre grave de Gold, ainsi que celui, un peu plus aigu, d'Alex. Une odeur de brûlé empeste l'air. Mais je m'en fiche. Dans mes bras, Allan ne bouge plus.

– Allan…

Je roule sur le côté, les larmes aux yeux. Une partie de moi craint d'avoir fait empirer la situation. Et si, en voulant sauver le petit, je l'avais tué ?

– Allan, tu m'entends ? insisté-je.

Il est soudain secoué d'un sanglot, et ses bras s'enroulent autour de ma nuque. Il exerce une pression si forte que j'ai du mal à retenir un sifflement de douleur. J'ai bien conscience de devoir le sortir de cet enfer. Un gamin n'a pas à se retrouver en plein milieu d'une guérilla !

Le souffle encore saccadé, je relève la tête, et c'est là que je remarque le fourgon embouti dans la façade de la boutique de pêche, entouré par un nuage de fumée noir. L'image d'Heden s'impose à moi. Est-elle blessée ? Morte ? Le froid me saisit, mes poumons me lancent. J'ai envie de hurler.

– Je veux ma maman, geint Allan.

– Ça va aller.

Je papillonne des paupières pour chasser mes larmes, cherchant Lady des yeux. Je l'aperçois une poignée de mètres plus loin, allongée sur le bitume, la tête tournée dans notre direction. Aussitôt, j'empêche son fils de la regarder en plaquant son visage au creux de mon épaule. Du sang coule de la bouche de ma collègue, une mare vermeille s'étend sous son corps immobile…

Je me mords les lèvres. Malgré sa trahison, je ne peux m'empêcher de ressentir de la tristesse pour cette femme. Elle s'est montrée si amicale avec moi avant tout ça… Elle jouait la comédie ; il n'empêche que je me suis attachée à elle.

– Maman est où ? pleure Allan.

Les coups de feu ont cessé. Je tente de me relever. Une douleur lancinante me broie les côtes et brouille ma vue.

– Ruby !

Gold se matérialise devant moi. Mais je n'arrive pas à me concentrer sur lui, car à cet instant, le fourgon prend feu.

– C'est Heden ! m'écrié-je. Dans le camion ! Aide-moi !

Déjà, Gold attrape le petit dans ses bras, entoure mon poignet de sa main et m'aide à me relever.

Je m'apprête à m'élancer vers la camionnette, mais il me retient par la taille de son bras libre.

– Je vais aller l'aider ! hurlé-je. Il faut l'aider !

– Arrête, Ash s'en occupe, réplique mon biker. Putain, Ruby, tu dois te mettre à l'abri !

D'autres déflagrations crèvent le silence. Je m'agenouille, Gold en profite pour me tirer à couvert. On se retrouve bientôt assez loin du combat pour que je puisse reprendre mon souffle.

– Ça va ? s'inquiète-t-il. Ruby !

J'opine, même si l'ensemble de mon être me hurle le contraire. Mon biker m'observe des pieds à la tête, puis m'ordonne :

– Garde le môme. Je vais aider les autres.

Sur ce, il s'évapore aussi vite qu'il est apparu pour me sauver. Je serre Allan, en pleurs, contre mon épaule. Il ne se débat plus, ses petites mains s'agrippent à ma veste avec force.

Mais qu'est-ce qui a pris à Lady de l'emmener avec elle ? Ce n'est pas un endroit pour un petit garçon de son âge !

Kris se plante devant moi et tombe à genoux, le visage si pâle qu'il semble gris. Ses cheveux roses sont emmêlés, et elle a l'air secouée. Je la prends dans mes bras sans réfléchir.

– Comment va Heden ? lui demandé-je. Le fourgon… Mon Dieu, elle a foncé dans le magasin ?

– Ce n'était pas elle, m'apprend mon amie. Tu vois le type qui nous a aidés dans la forêt ?

Je l'ai vu sauter de la camionnette avant qu'elle emboutisse le magasin.

– Et Cassie ? Tu l'as vue ? Elle était derrière moi, je crois.

Impossible de la repérer autour de nous. Des ombres courent partout, on dirait que j'assiste à un film d'horreur en trois dimensions.

– Elle est avec Alex, me dit Kris. Elle n'a rien.

– Kris ! s'exclame justement Alex en courant vers nous. C'est Gun. Il… il s'est fait canarder, il faut que tu viennes ! Le prés' te demande, dépêche-toi !

Mon amie, soudain rattrapée par la peur, se relève sans la moindre hésitation. Je l'observer s'éloigner quand Allan m'échappe et se remet à courir, en pleurant.

– Arrête ! lui crié-je.

Il réussit à atteindre l'extrémité du parking sans que je parvienne à le rattraper. Le souffle coupé, je lutte contre une nouvelle vague de douleur, dans ma poitrine et mon ventre. Le petit garçon se met soudain à hurler : il se débat dans les bras de l'homme aux yeux gris qui a participé à mon enlèvement.

La seconde d'après, l'enfant s'effondre par terre sans la moindre résistance.

– Qu'est-ce que… vous lui avez fait ? hoqueté-je.

– Relax, il va bien, me répond Yeux Gris. Je l'ai juste endormi pour qu'il évite de se blesser.

Il me tend une main, un léger sourire sur son visage, et ajoute :

– Je mets les bouts, je t'emmène quelque part ? Tu as l'air au bord de la crise de nerfs.

– Pardon ?

Je regarde l'homme afin de savoir s'il plaisante. Ce n'est pas le cas, il a l'air absolument sérieux.

– C'est quoi, dans ce sac ? lui demandé-je au lieu de lui répondre, en désignant celui qu'il tient à la main.

– Deux cent mille dollars, m'indique-t-il en haussant les épaules.

– Quoi ?

Il éclate de rire, puis il me lance :

– Décide-toi, je ne vais pas attendre que les flics viennent me cueillir.

Je lance un coup d'œil en arrière. Des voitures de police viennent de se garer en trombe sur le parking de la boutique de pêche. Au loin, des sirènes indiquent que d'autres sont en route.

– Je… euh, non, bredouillé-je. Merci quand même pour votre aide.

– J'ai participé à ton enlèvement, ricane Yeux Gris.

Ça, il n'était pas obligé de me le rappeler…

Il me dépasse d'un pas tranquille. Avant de disparaître, il me glisse :

– Dis aux Styx Riders que Potosko a leur argent. À plus, beauté.

Puis il s'éloigne, me plantant là. Je reste plusieurs minutes immobile, le cerveau saturé par tout ce qui vient de se passer. Le soleil descend lentement dans le ciel : les heures se sont écoulées avec une rapidité terrifiante aujourd'hui. Pourtant, à de nombreuses reprises, j'ai eu l'impression que le temps s'arrêtait…

Une main se pose soudain sur mon épaule.

– C'est moi, me tranquillise Gold. Calme-toi.

Il est parvenu à m'approcher sans que je l'entende. La fatigue épuise tout chez moi, y compris mes sens. Heureuse que ce cauchemar se termine enfin, je me colle contre lui, Allan entre nous.

– Confie-lui le gamin, me conseille mon biker en me désignant un Styx Rider que je ne connais pas.

La réalité se rappelle brutalement à moi, et je me mets à chercher frénétiquement Kris et Gun du regard. Mais je ne les vois nulle part.

Mon Dieu, est-ce qu'ils vont bien ?

Je me pose encore cette question quand le biker que m'a indiqué Gold attrape Allan et l'emmène. Dans la foulée, mon petit ami me serre dans ses bras et enfonce son visage au creux de mon épaule.

– Tu vas bien ? me demande-t-il.

– Je m'en remettrai.

Il me presse encore plus fort contre lui, avec un désespoir qui me déchire le cœur.

– Ça n'aurait jamais dû arriver, soupire-t-il. Putain, je suis désolé.

– Arrête, répliqué-je. Je vais bien.

Je me remémore ce moment terrible dans la camionnette, quand j'ai pensé que tout était sa faute. Je m'en veux, parce qu'Heden a raison : aucun de nos copains n'a souhaité que nous affrontions une épreuve comme celle d'aujourd'hui. C'est arrivé parce qu'ils vivent dans un monde de dangers constants, et parce que nous avons choisi de les y suivre.

En me détachant de Gold, je remarque à quel point son visage est tendu, ses mâchoires contractées et son teint livide. Je comprends pourquoi lorsque j'aperçois la plaie sanguinolente sur son bras.

– Tu es blessé ! m'exclamé-je.

– Rien de grave, affirme-t-il. Le doc nous attend au *Purgatoire*. Tu viens avec moi ?

– Bien évidemment !

– Merci, Nashville, soupire-t-il.

Nous restons l'un contre l'autre pendant près d'une minute, jusqu'à ce qu'Ash nous rejoigne, flanqué d'Heden, Alex et Cassie, et nous lance :

– D'autres flics rappliquent, on doit mettre les voiles. Maintenant.

Sans attendre, il nous entraîne à travers les ruelles grises et mornes de la zone ferroviaire. Ma tension diminue peu à peu alors que nous nous éloignons de la boutique de pêche. Enfin, avec ce qui vient d'arriver, je suis loin de m'apaiser complètement… Angoissée par la blessure de Gold, je ne cesse de lui jeter des coups d'œil. Il grimace de douleur, et de la transpiration coule sur son visage. Pour penser à autre chose, je me rapproche de Cassie et lui glisse :

– Kris ?

– Gun a été gravement touché, m'indique ma meilleure amie. Elle a voulu rester avec lui pour attendre l'ambulance.

Je déglutis, la gorge nouée par l'inquiétude. Je m'apprête à poser plus de questions, mais notre petit groupe accélère. Ayant déjà du mal à suivre, je décide d'économiser mon souffle pour ne pas me laisser distancer. Bientôt, nous débouchons sur un parking entouré de hautes grilles rouillées. Quelques voitures incendiées y pourrissent, et des tas de détritus jonchent le sol. Mais ce qui attire immédiatement l'attention, c'est la quinzaine de motos garées les unes à côté des autres sur l'asphalte. Un 4 × 4 nous attend également, stationné à côté d'une vieille Volvo désossée. Ash prend le volant, Gold s'installe à côté de lui, et Alex, Heden, Cassie et moi nous entassons sur la banquette arrière.

Durant le trajet qui nous conduit au *Purgatoire*, personne ne parle. Je m'enfonce dans mes pensées, en essayant d'ignorer les pics de terreur qui continuent de me traverser.

Dès que nous nous garons, tout le monde descend, sauf Ash. Heden le rejoint sur le siège passager tandis qu'il nous indique :

– On va à l'hôpital.

– Tenez-nous au courant de l'état de Gun, et de celui de Snack, demande Gold.

– Reçu.

Déjà, le 4 × 4 repart. En me retournant, je constate que Cassie colle son frère, aussi inquiète que moi. Par chance, on dirait que Gold tient le coup.

– Arrête, frangine, j'ai vécu bien pire, grommelle-t-il. Venez.

Nous entrons dans le bâtiment en briques rouges. À l'intérieur, je découvre une grande salle silencieuse, remplie de tables et de chaises. Nous la traversons puis entrons dans un petit sas au fond duquel se dresse une lourde porte en acier. Gold tape un code sur un boîtier incrusté juste à côté, et le battant s'ouvre. Ensuite, nous descendons un escalier de pierre qui débouche dans un grand couloir. Mon biker s'arrête en plein milieu, le souffle saccadé, et pose une main sur le mur. Je me précipite vers lui pour le soutenir. Il m'adresse un sourire trop tendu pour être sincère. Cassie écarquille les yeux, mais Alex prend rapidement les choses en main.

– Ça va aller, le doc arrive, dit-il.

Il passe un bras sous les aisselles de Gold afin de l'aider à tenir debout, tandis qu'un autre type arrive depuis le fond du couloir. Grand, brun, le visage sympathique, il se présente rapidement au groupe :

– Je suis Milan, le médecin des Styx Riders. C'est bon, les filles, je m'occupe de notre *enforcer*. Tu m'aides, Alex ?

Les deux hommes entraînent mon biker vers une pièce dont je ne vois qu'un mur gris. Cédant à la panique, incapable de voir mon petit ami s'éloigner ainsi sans que je puisse faire quoi que ce soit pour l'aider, je crie :

– Shayne !

Gold oblige ses frangins à s'arrêter, se tourne vers moi. J'ouvre la bouche pour lui dire que je ne veux pas le perdre, qu'il est trop important pour moi. Je veux qu'il sache que, même si je flippe à mort, il peut compter sur moi. Mais je n'arrive pas à articuler le moindre mot.

Malgré tout, mon biker comprend ce que je veux lui dire, car il souffle :

– Moi aussi, Nashville.

Je souris. Lui aussi.

Mais dès qu'il disparaît dans la pièce du fond, ma bulle se brise. Je me retrouve plantée là, dans ce couloir sans âme, avec Cassie.

– Quelle histoire, soupire ma meilleure amie.

En effet. Je viens de passer le pire week-end de ma vie. Et elle, sans doute son pire anniversaire.

Quand je repense à Lady, à sa trahison, mon cœur s'emballe. Rien ne serait arrivé si je ne m'étais pas liée d'amitié avec elle. Elle semblait pourtant si gentille…

Comme quoi, l'argent rend dingue…

Les pas d'Alex, qui revient vers nous, attirent mon attention.

– Gold va s'en tirer, sa blessure n'est pas très grave, nous dit-il. Il m'a chargé de vous emmener chez lui. Il va avoir besoin de dormir, et nous aussi.

Il a dit que c'était un ordre, alors mieux vaut que nous lui obéissions.

Déjà, mes amis se dirigent vers l'escalier menant à la surface. Pour ma part, je reste immobile.

– Ruby ? Tu viens ? me demande Cassie.

Je secoue la tête.

– Je vais rester un peu, déclaré-je. Personne ne me donne d'ordres.

CHAPITRE 35

GOLD

– Ça a dégénéré au moment où un employé de Bowers resté dans la boutique a paniqué, expliqué-je à Milan. Il est sorti et s'est mis à arroser autour de lui. Gun a salement mangé, il a été emmené à l'hôpital. Kris est avec lui, et le prés' règle cette histoire chez les flics. Notre avocat ne devrait pas tarder à le rejoindre, si ce n'est pas déjà fait. Quelle merde, bordel !

Le doc appuie sur ma blessure, me tirant un sifflement de douleur. Pour penser à autre chose, je fais défiler de ma main valide les actualités sur mon téléphone portable. Les réseaux sociaux et les journalistes s'en donnent à cœur joie. Ils parlent de règlement de comptes, de vengeance, d'un trafic qui aurait mal tourné.

– Bande de vautours de merde, grogné-je.

– Une fusillade, des Styx Riders, des blessés graves et des cadavres, réplique Milan. Tu t'attendais à quoi ?

En une demi-heure, la presse a déjà sali le club. Je repose mon portable, pour éviter de céder à la tentation d'en exploser l'écran. J'ai mal partout, comme si un camion m'avait roulé dessus. Inutile d'en rajouter une couche.

– Alors, Lady bossait avec Isaac ? reprend le doc. Ils traînaient souvent ensemble ?

– Pas exactement, réponds-je. Visiblement, il travaillait pour elle et son mec, pas avec eux. Tu parles d'une connerie ! Voilà qu'ils sont tous morts pour une histoire d'argent.

Milan continue de nettoyer ma plaie dans un silence pesant.

– Quoi ? lui lancé-je, sentant qu'il se retient de dire quelque chose.

– Le petit, Allan… souffle-t-il. Tu sais qu'il est malade ?

L'annonce me fait l'effet d'une baffe. Pendant nos sauteries, Lady ne me parlait pas de son fils. On ne parlait pas de grand-chose, en réalité…

Milan m'explique que le gosse a une malformation cardiaque qui demande des soins réguliers, et que l'opération dont il aurait besoin se chiffre à trente mille dollars.

– Je l'ai déjà croisé plusieurs fois à l'hôpital avec sa mère, ajoute-t-il. Bref, du coup, je ne pense pas que Lady ait planifié l'enlèvement des filles uniquement parce qu'elle voulait se venger et ramasser une fortune. Peut-être qu'elle désirait juste sauver son enfant…

– Peut-être. Sauf que maintenant, le môme a tout perdu.

Je revois le cadavre de la strip-teaseuse allongé sur le bitume. Si elle avait demandé de l'aide aux Styx Riders au lieu d'essayer de nous rouler, aurait-elle connu un autre destin ?

Je broie du noir pendant plusieurs minutes avant de lancer à Milan :

– Tu crois que Gun s'en sortira ?

– Je n'ai pas de nouvelles pour l'instant. Il doit être au bloc. En revanche, je sais comment va Snack : il est hors de danger, sauf qu'une balle a frappé son genou. Il pourra remarcher, mais plus faire de moto pendant un bout de temps. Enfin, ce n'est pas sûr qu'il puisse remonter sur une bécane un jour, en fait. Les médecins sont dubitatifs.

Je grimace. J'imagine que mon frangin doit se sentir au fond du trou en ce moment même…

Au moins, il vit. C'est déjà ça.

Maintenant qu'il a fini de me charcuter, Milan enroule une bande autour de mon épaule. Je douille salement. J'avais l'intention de partir pour l'hôpital sitôt que le doc en aurait fini avec moi, mais je sens que je ne serai pas en état. Une fatigue de malade m'écrase. Ce doit être le contrecoup de l'adrénaline… Mes paupières pèsent une tonne, mes jambes aussi.

– Voilà, c'est fini, déclare Milan. Évite les mouvements brusques pendant un moment. Interdiction de t'entraîner avec Ash ou de porter des charges lourdes ! Si t'as trop mal, avale ça.

Il pose une boîte de cachets sur la table de chevet. Je le remercie, et il ajoute :

– Je t'appelle demain matin. En attendant, repose-toi.

– Avant de partir, tu peux ausculter Ruby pour voir si elle n'a rien ?

Depuis cinq bonnes minutes, Nashville se tient appuyée contre le mur du couloir, près de la porte. Elle pense sans doute que je ne l'ai pas remarquée, et que je croyais réellement qu'elle allait partir avec Alex et Cassiopée…

Je suis content qu'elle ait décidé de rester.

Elle s'avance en écarquillant les yeux, les joues rouges, l'air embarrassé.

– Oh non, je vais très bien ! affirme-t-elle.

C'est ça, oui…

Ses cheveux partent dans tous les sens, du sang poisse ses vêtements, des ecchymoses ont fleuri sur les parties visibles de son corps, et elle grimace. Je ne l'ai jamais vue dans un si piètre état.

– Gold a raison : il vaut mieux que je m'assure que tu n'as rien de grave, déclare Milan. On peut aller dans une autre salle, si tu le souhaites. Ça ne durera pas longtemps.

Ruby hoche la tête, après avoir cherché mon approbation du regard. Le doc attrape sa mallette, puis tous les deux disparaissent de mon champ de vision. La tête posée sur l'oreiller, je fixe le plafond.

Malgré mon envie de dormir, je suis incapable de me laisser aller au sommeil. Pas alors que mon vice-président peut passer l'arme à gauche d'une seconde à l'autre. Trop de trucs se bousculent dans mon crâne, et je me retrouve allongé dans un lit, hors de combat. Me sentir aussi inutile m'emmerde. Alors je cogite. Je pense à Lady, à son corps baignant dans son sang devant chez Bowers. Je pense aussi à son gamin, qu'un de nos gars a confié aux policiers à leur arrivée. Puis mes réflexions s'éparpillent vers Alex, vers Cassiopée… et je me rappelle la proposition d'Ash d'ouvrir un chapitre à Chicago. Le président m'en parlera sans doute bientôt, il faudra que je lui donne une réponse. Mais quitter Black Lake voudrait dire laisser Ruby derrière moi, et il en est hors de question. Aujourd'hui, j'ai cru la perdre, et le contre-coup continue de me laminer de l'intérieur. L'idée même de l'abandonner me donne la nausée.

Je m'endors sans m'en rendre compte. Quand je me réveille, traversé par des éclairs de souffrance dans le thorax, Ruby est allongée à mes côtés, les paupières closes, la respiration régulière. Je ne l'ai pas entendue revenir, j'ignore ce que lui a dit Milan. J'ai envie de la secouer pour lui demander si elle va bien, mais je m'abstiens : elle a besoin de se reposer après toutes les merdes qu'elle a vécues ce week-end.

Du bout des doigts, je caresse son visage de porcelaine, si délicat, et pourtant capable d'encaisser nombre de coups. Elle est tout, sauf une poupée fragile…

Ruby gigote mais n'ouvre pas les yeux. Une nouvelle fois, le sommeil me happe. Quand j'émerge de nouveau, ma sirène n'est plus là. J'attrape mon portable pour voir si Ash ou Bradley ont tenté de me joindre, mais ce n'est pas le cas. En grimaçant, je sors du lit. Les sous-sols du *Purgatoire* sont munis de détecteurs de mouvement : la lumière s'allume donc sur mon passage lorsque je remonte le grand couloir jusqu'à l'escalier. En haut des marches, Enrico, l'un de mes frangins, est adossé au mur, sans doute pour surveiller l'accès au bastion.

– Comment ça va ? me lance-t-il en m'apercevant.

– On fait aller, réponds-je. Tu as vu Ruby ?

– Ouais. Elle est au bar. Elle refuse d'arrêter de parler, George n'en peut plus.

Lorsque j'entre dans la salle principale du *Purgatoire*, la mâchoire m'en tombe en découvrant ma sirène accoudée au comptoir, un verre à la main. Je m'approche d'elle à pas de loup pour écouter ce qu'elle déblatère à notre barman.

– Et en fait, il se trouve que son frère jumeau est Lucifer en personne ! D'où sa puissance initiale. Trop fort, hein ? J'ai vraiment hâte de lire la suite de cette saga. C'est de l'amour. Tout le monde aime l'amour ! Eh, tu peux me resservir le truc vert super bon ? Avec un parapluie au-dessus, pour mon Instagram.

George se gratte la nuque.

– C'est que tu as l'air déjà bourrée… fait-il remarquer.

– N'importe quoi, pouffe Ruby, je suis juste super fatiguée. Et l'alcool me monte un peu au cerveau.

C'est pas la définition de « bourré » ?

– N'empêche, je repense à ce type qui m'a demandé s'il pouvait me déposer quelque part, ajoute ma sirène. C'est un mercenaire, vous pensez ?

Je me fige net dans l'attente de la suite. Elle ne tarde pas, Ruby a la langue plutôt bien pendue :

– Il a dit qu'il donnerait votre argent à l'autre, Komoso… Rocopo… Chocopops… Mince, j'ai oublié son nom. Ben alors, George, il est où mon verre ?

Alors que ma petite amie fait un signe pour attirer l'attention du barman, je plaque mes mains sur le comptoir, de chaque côté de sa taille. Elle pousse un cri de terreur, avant de faire tourner son tabouret pour me regarder. Le soulagement et une joie propre à l'état d'ébriété s'emparent aussitôt d'elle.

– Gold ! s'exclame-t-elle. J'ai bu un verre le temps que tu te reposes.

Elle enroule ses bras autour de ma nuque et plaque son corps contre le mien.

– Un verre, hein ? ricané-je.

– George a eu la gentillesse de le remplir plusieurs fois.

Malgré ma douleur toujours présente, le bonheur que j'éprouve en retrouvant Nashville est incomparable.

Merde, qu'elle m'ait attendu me fait tout drôle ! Elle aurait pu rentrer chez elle et décider de ne plus jamais me donner de nouvelles. Même si ça m'aurait détruit, je l'aurais compris. Je crois même que je l'aurais laissée partir si elle me l'avait demandé. Pourtant, elle est là, dans un bar de bikers, entourée de crapules et de brebis à moitié à poil. Elle pose une main sur ma joue et m'observe avec une intensité qui fait bondir mon palpitant.

– Tu vas bien ? s'enquiert-elle.

– Et toi ?

Elle rit en haussant les épaules, puis me répond :

– J'ai mal partout, mais Milan a dit que c'était normal. George, tu sers mon petit ami ? Les cocktails sont super bons. Tu en veux un ?

Je secoue la tête en l'obligeant à descendre de son tabouret.

– Non, tu viens avec moi.

– Attends, je n'ai pas payé George, proteste-t-elle.

– Cadeau de la maison, intervient le barman, trop heureux de se débarrasser d'elle.

Elle finit par se laisser aller en me racontant à quel point George a été gentil avec elle. En même temps, il sait que Ruby est ma copine, et que lui manquer de respect lui aurait valu la dérouillée du siècle…

Je salue Enrico en repassant devant lui, puis je descends dans les sous-sols avec ma sirène.

– C'est triste, ici, soupire-t-elle. Vous devriez mettre de la couleur.

– J'y penserai.

– Plein de couleurs ! Comme un arc-en-ciel.

Je me retiens de lui dire que la seule qu'on ait déjà vue ici, c'est le rouge. Celui du sang, versé par nos prisonniers, ou même par nous, lors des entraînements. Ruby ne s'est pas encore rendu compte du monde dans lequel elle est entrée…

Quand nous arrivons dans la chambre que Milan m'a attribuée, elle se jette littéralement sur le lit, les bras en étoile.

– Je reste dormir là ! décide-t-elle.

Du moins, c'est ce que je crois comprendre. Elle n'articule pas très bien.

– C'était l'idée, ouais, grommelé-je.

Je m'installe à côté d'elle pour l'aider à enlever sa veste en jean. L'état de ses bras en dessous me fait lâcher une salve de gros mots. Pas étonnant qu'elle ait mal partout, elle est couverte de bleus et d'écorchures… Je lève son tee-shirt et remarque des traces de sang dans son dos. Ses côtes sont violacées…

– Putain, c'est quoi ça ? grondé-je.

– Aucune idée, me répond Ruby. Ça ne fait mal que si je touche. Ou que je cours. Ou que je respire. Du coup, ça va.

D'un mouvement, elle se redresse et se place à califourchon sur mes genoux, les bras autour de mon cou. Ses lèvres se plaquent sur les miennes. Même si ça doit lui faire un mal de chien à cause de sa blessure, elle force un passage pour sa langue en frottant son corps contre le mien. Je songe à la repousser, mais en vérité, sa bouche m'a cruellement manqué.

Son baiser devient rapidement plus profond, plus sauvage. Je le lui rends bien, il faut dire.

Quand elle se met à onduler sur mon entrejambe, une brusque chaleur m'inonde, et mes pensées éclatent en morceaux. Je n'ai plus qu'une seule idée en tête : la prendre, là, tout de suite. Toutefois, je me retiens, parce que j'ai plus important à faire. Je la recule en essayant d'ignorer sa moue boudeuse.

– Allez, fais-moi l'amour, Shayne ! lance-t-elle.

– Ce n'est pas l'envie qui m'en manque, crois-moi, répliqué-je. Retire tes fringues.

Si je m'en occupe moi-même, ça risque fort de déraper…

Ruby s'exécute. À mesure qu'elle me dévoile son corps, je prends conscience de l'enfer qu'elle a vécu. Demain, en se réveillant, elle va salement douiller. L'alcool la préserve pour l'instant de la douleur, mais cela ne durera qu'un temps.

– Parle-moi de ce mercenaire, lui demandé-je pendant qu'elle se débarrasse de sa culotte.

– Il a descendu ses coéquipiers dans la forêt, explique ma sirène en écarquillant les yeux comme si elle assistait encore à la scène. Après ça, il nous a conduites dans l'ancienne zone ferroviaire et nous a demandé de nous mettre à l'abri. Je crois qu'il m'aime bien, parce qu'il m'a proposé de partir avec lui.

OK, ce mec va passer un sale quart d'heure si je le croise.

– Comment tu sais qu'il avait notre argent ?

À présent, Ruby essaie d'enlever ses chaussettes, allongée sur le dos, les jambes en l'air. Et puisque j'ai une vue plongeante sur son intimité, ma queue durcit de seconde en seconde.

– Il me l'a dit, voyons, déclare-t-elle.

– Bah ouais, voyons, ricané-je.

– Il travaille pour Rococco. Vous trouverez l'argent chez lui.

Je ferme un instant les yeux, puis j'attrape mon portable. J'envoie un SMS rapide à mon président :

Appelle-moi dès que tu peux.
Urgent.

Ensuite, j'ai à peine le temps de lâcher mon téléphone que je vois Ruby rouler sur le côté, les jambes toujours en l'air. Je la rattrape par la cheville pour la tirer à moi d'un mouvement brusque.

– Il faut qu'on dorme, maintenant, affirmé-je.

– Je ne suis pas fatiguée, proteste-t-elle.

– Si, tu l'es.

– Si on allait boire un autre verre ?

Avant qu'elle puisse se redresser, je passe mes bras autour d'elle. La douleur zèbre mon épaule, mais je m'en fous. Je veux juste préserver Ruby de l'état dans lequel elle s'est mise, et surtout, en comprendre la raison. Je l'oblige donc à s'allonger et pose son dos contre mon torse. Elle se débat dix secondes avant de jeter l'éponge. Ses membres se relâchent, sa tête roule sur mon épaule valide. Sa respiration emplit la pièce ; je m'y raccroche, tout comme à la chaleur qu'elle diffuse en moi.

– Pourquoi t'as fait ça, Nashville ? murmuré-je.

– Fait quoi ?

– Bu jusqu'à en perdre la tête.

Elle se marre. Puis, au bout d'une longue minute de silence, elle avoue :

– Pour oublier tout ça. Pour empêcher les images de me revenir, de me… hanter. J'ai cette vision d'un des soldats en train de se faire égorger. Il se trouvait à cinq centimètres de moi quand c'est arrivé. Son sang a éclaboussé mon visage, mes vêtements.

Je ne trouve rien à répondre. Des morts, j'en ai vu un sacré paquet. On ne se remet pas facilement d'un événement aussi violent que celui auquel a assisté Ruby. Je suis bien placé pour le savoir…

– Je crois que les dieux me détestent, Shayne, ajoute-t-elle.

– Bien sûr que non, lui assuré-je. Plus rien d'aussi terrible ne t'arrivera, je te le jure.

– Parce que tu l'auras décidé ?

– Parce que j'y veillerai. Quoi qu'il arrive, je serai toujours là pour te protéger.

Cette fois, elle ne me répond pas. Son souffle régulier m'apprend qu'elle s'est endormie. Tant mieux.

Peu après, je sombre dans les ténèbres moi aussi. Mon sommeil est empli de cauchemars où se mêlent des coups de feu, du brouillard, des ombres vacillantes. Ruby hurle, mais je n'arrive pas à la retrouver. Elle reste invisible, pourtant je ressens sa douleur alors que des balles sifflent partout autour de nous.

Et soudain, le silence.

Je me réveille en sursaut, le corps couvert de transpiration. Ma blessure me lance, et chaque inspiration irrite ma gorge sèche. Je m'assure que Ruby dort profondément, puis je rejoins le rez-de-chaussée du *Purgatoire*. Là-haut, mes frangins sont plus nombreux que tout à l'heure. Le président est là, attablé avec Buck, le trésorier du club, et George II, notre capitaine de route. Je les rejoins. Ils ont l'air décalqués, tous les trois.

– Alors ? demandé-je.

– Aucune charge ne sera retenue contre nous, m'apprend Bradley. On était juste là pour acheter du matériel de pêche quand un fou furieux est sorti du magasin et nous a canardés. On a répliqué par légitime défense.

– Et pour Lady ?

– Elle n'est pas morte sous nos balles.

– Putain de soirée de merde, gronde Buck en avalant un shot d'une traite.

Je fais signe au barman de m'en servir un à moi aussi. C'est une brebis qui me l'apporte avec un sourire aussi large que son maillot est court. Voyant que je l'ignore, elle s'éloigne pour faire du gringue à quelqu'un d'autre.

– Comment va Gun ? m'inquiété-je.

– On en saura plus demain, soupire Bradley. Kris est restée auprès de lui cette nuit, avec Heden et Ash. Ils nous tiendront au courant s'il y a du nouveau.

Dehors, un coup de tonnerre retentit. Le président boit une gorgée de sa bière, puis il s'enquiert :

– Ton épaule ?

– Rien de grave, dis-je.

– Ruby ?

– Elle est en bas, elle dort. Elle a décidé de rester.

Le président demande également des nouvelles de Cassiopée et d'Alex. Je ne me fais pas de bile pour ma sœur dans l'immédiat, pas tant que le gamin restera à ses côtés.

– Ils sont chez moi, indiqué-je. J'irai les voir demain matin, je les laisse se reposer. Ils ont été bien éprouvés.

– De quoi tu voulais me parler, tout à l'heure ?

Merde, j'avais presque oublié le SMS que j'ai envoyé ! Je prends un ton grave pour expliquer :

– D'après les infos que m'a données Ruby, si on a retrouvé les mercenaires morts dans la forêt, c'est parce que le dernier membre du groupe les a éliminés. On dirait bien qu'il ne faisait pas partie de l'ancienne unité de Romy. Il a dit qu'il travaillait pour Potosko, et qu'il lui remettrait les deux cent mille dollars.

– L'enfoiré… tique mon président. Il savait qu'Isaac avait volé l'argent, puisque son employé était dans le coup. Depuis le début, il nous mène en bateau.

– Mais pourquoi avoir demandé à son gars de se retourner contre Lady ? s'interroge Buck.

Le regard perdu dans le vide, Bradley réfléchit. Nous attendons patiemment sa conclusion.

– Parce qu'il savait que la situation était en train de dégénérer, finit-il par déduire. En demandant à son mercenaire de sauver les filles, il s'est assuré qu'on aurait une dette envers lui.

Plutôt malin, même si ça me met en rage.

– Si on récupère l'argent, on lui devra un service, intervient George II.

Bradley pousse un soupir, termine son verre, puis sort son téléphone et compose un numéro, avant de mettre le haut-parleur. Il n'est pas loin de trois heures du matin, pourtant Potosko décroche presque aussitôt.

– Devon, j'espérais que tu m'appellerais. Enfin, je pensais même que tu allais te pointer chez moi. Comment ça va chez les bikers ? Pas trop de pertes ?

Quel connard.

– T'as un truc qui m'appartient, assène mon président.

– Tu veux sans doute parler du sac qu'a retrouvé mon homme de main derrière une benne à ordures ? Figure-toi qu'il était rempli de billets. Quel hasard, n'est-ce pas ?

– On sait tous les deux que ce n'en était pas un. Tu aurais pu nous appeler dès le départ et éviter à nos filles de se faire enlever. Tu aurais pu aussi nous dire pour Lady…

– Bradley, Bradley, Bradley, que vas-tu imaginer ?

– Tu voulais mes deux cent mille dollars depuis le début, c'est pour ça que t'as fait cavalier seul, hein, Potosko ?

– J'ai cru comprendre que les demoiselles allaient bien, c'est ce qui compte, non ? Un peu grâce à moi, en plus.

J'échange un coup d'œil avec mon président.

– Tu es toujours là, Bradley ? demande Potosko. Tu veux récupérer l'argent ? Il y a justement une affaire sur laquelle je bosse qui implique un cartel mexicain, à la frontière du pays. J'aurais bien besoin de gaillards dans ton genre pour m'aider à…

– Hors de question, le coupe mon président. Considère qu'on est quittes, garde la thune et reste loin de mon club.

Sur ce, il met fin à la communication avec une grimace de colère.

– Des fois, je me dis que t'es un peu devin, prés', lance Buck.

– Ce genre de mec ne fait jamais rien sans rien, déclare Bradley.

– Comme nous, je suppose.

J'avale un autre shot pour essayer d'étouffer la douleur de plus en plus cuisante dans mon épaule. Pendant ce temps, George II s'insurge :

– Alors, c'est tout ? On va laisser l'argent à Potosko ?

– Vous pouvez y aller, réplique Bradley.

Ça ressemble à un conseil, mais en réalité, c'est un ordre. Raison pour laquelle on se lève tous les trois dans la seconde. Mais alors que je m'apprête à m'éloigner vers le comptoir, mon président m'arrête :

– Pas toi, Gold. On doit parler de Chicago.

CHAPITRE 36

RUBY

Une affreuse migraine me vrille le crâne. Ma bouche pâteuse réclame de l'eau, et j'ai mal partout.

Je me redresse sur un lit qui n'est pas le mien, dans une pièce aux murs gris terne sans la moindre décoration. Une bouche d'aération renouvelle l'atmosphère, mais il n'y a aucune fenêtre pour laisser passer un peu de lumière. J'ai l'impression de me trouver dans une prison. Pendant une seconde, mon cœur s'emballe… puis je me rappelle que les Styx Riders m'ont sauvée, hier. Je me trouve actuellement dans leur bastion, au *Purgatoire*.

Je tourne la tête vers Gold, étendu à côté de moi. Torse nu, allongé sur le ventre, il me dévoile son dos musclé à la peau bronzée striée par endroits d'anciennes cicatrices. Son corps est parfaitement dessiné, semblable à celui d'un dieu de la mythologie. Je souris malgré la boule dans ma gorge.

Regarder mon petit ami me permet de faire comme si je n'étais pas à bout de nerfs. La peur, la colère et le sentiment d'injustice refusent de me quitter. Ils grouillent dans mon ventre, me déchirent de l'intérieur. J'imagine qu'il me faudra du temps pour me remettre de l'épreuve que j'ai subie, pour oublier la vision atroce de cet homme en train de se faire égorger.

Je ferme les paupières et prends une grande inspiration. Je ne dois pas craquer maintenant. Le principal, c'est que Gold, Cassie, Heden et Kris se portent bien. Je dois me rattacher à cela pour ne pas me laisser aller aux larmes.

Je pose un pied sur le sol en béton, pressée de quitter cet endroit. J'ai envie de retrouver un lieu familier, doux, qui ne me donnera pas la sensation d'avoir basculé dans un monde parallèle.

Gold dort toujours quand je finis de m'habiller. Je me tourne une dernière fois vers lui et souris. Une tempête gronde à l'intérieur de ma tête. Elle me secoue mais ne me fait pas douter des sentiments que j'ai pour cet homme… J'hésite à le réveiller pour le remercier de l'attention qu'il me porte. Finalement, je décide de le laisser dormir. Sans bruit, je quitte la chambre et remonte le couloir ponctué de portes en acier. Que cachent-elles ?

Non, il vaut mieux que je ne le sache pas.

Je remonte comme je l'ai fait la veille quand j'ai cru bon de chercher du réconfort dans l'alcool. Au rez-de-chaussée, quelques Styx Riders discutent, installés autour des tables du bar. D'autres dorment, la tête posée sur le comptoir. Certains nettoient à grande eau en ayant l'air d'avoir passé une nuit infernale. Je me demande comment les bikers ont réussi à s'arranger avec la police. Beaucoup de balles ont été tirées, il y a eu des blessés, une morte… Curieuse, je me dirige vers l'unique personne qui me soit un peu familière : Bradley Devon. Il signe des papiers officiels, entouré par des hommes qui me lancent des coups d'œil indifférents. Ils portent tous des vestes en cuir, sauf un, habillé d'un costume impeccable, probablement taillé sur mesure.

– Bonjour, Ruby, me salue le président.

– Bonjour, réponds-je. Je ne vais pas vous déranger longtemps, je voulais juste savoir si tout va bien pour vous ? Enfin, pour le club ?

– Tu veux bien m'attendre un instant ? Je finis de m'entretenir avec mon avocat et je viens te parler.

Je hoche la tête puis m'éloigne dans une partie du bar où il n'y a personne. Il faut cinq minutes à Bradley pour me rejoindre avec son éternelle mine assurée, après avoir fait un crochet par le bar pour y récupérer un verre d'eau et une assiette de viennoiseries. Pendant ce temps, son avocat quitte les lieux en fourrant sans discrétion une liasse de billets dans sa poche.

– Tu devrais manger quelque chose, déclare le président des Styx Riders.

– Je n'ai pas très faim.

– Tu es sûre ? On prend des décisions moins impulsives quand on a le ventre plein.

– Comment ça ?

– Mange.

Juste histoire de lui faire plaisir, je croque dans un beignet. Le sucre réveille la plaie sur ma lèvre, alors que le simple fait d'avaler semble envoyer des décharges dans ma poitrine. Le docteur, Milan, m'a assuré que j'allais bien et qu'il me fallait juste du repos, il n'empêche qu'en attendant, je souffre… J'ai même un certificat médical au cas où je souhaiterais éviter les cours pendant quelques jours.

Je prends une seconde bouchée devant le regard inquisiteur de mon professeur, qui me demande soudain :

– Première question, Ruby : comptes-tu rester avec Gold ?

Surprise, je cesse de mâcher.

– Le reste de cette discussion dépendra de ta réponse, ajoute Bradley. As-tu l'intention de le quitter ? Si c'est le cas, on ne te blâmera pas. Ce qui s'est passé… est quelque chose que les Styx Riders cherchent à éviter au maximum, mais notre mode de vie ne nous permet pas toujours de réussir.

– Il m'a dit que ça pouvait arriver, murmuré-je. Avant qu'on commence à sortir ensemble. Mais je n'avais pas réalisé que…

Ma voix se brise. Bradley me laisse un instant pour me ressaisir, puis il reprend :

– Et maintenant que tu as réalisé ?

Je m'imagine me lever, lui dire que j'abandonne le combat, que je préfère une histoire d'amour moins dangereuse. Je me vois dans les bras d'un mec « bien », sans histoire, avec une vie rangée. Sauf que j'ai beau essayer gommer les traits de Gold qui se superposent à ceux de cet inconnu, je n'y arrive pas.

– Je l'aime, avoué-je tout bas.

– Ça ne répond pas à ma question.

Je prends une grande inspiration, repousse l'assiette et me masse le front.

– Ce serait clairement plus simple de partir d'ici sans me retourner, de laisser un mot à Shayne en lui disant qu'on arrête là… soupiré-je. Hier, pendant d'effroyables minutes, j'y ai pensé.

Je tapote la table du bout des doigts, avant de suivre de l'index le tracé d'un mot gravé dans le bois. Roquette. Un membre des Styx Riders ?

Aucune importance.

– Que se passera-t-il si je décide de partir ? demandé-je.

– Je t'inviterai à oublier tout ce qui s'est passé et à ne plus t'approcher du MC. Pour ta sécurité, mais aussi pour celle de mon club.

Bradley et moi nous observons en silence pendant un long moment, jusqu'à ce que je secoue la tête.

– J'ai toujours su que ça ne serait pas facile, dis-je. Gold est un biker, depuis des années. Il y aura des hauts et des bas, et je traverse un creux en ce moment, mais je tiendrai bon.

Le président acquiesce. Je ne parviens pas à déterminer si mes mots lui plaisent ou non.

– J'en viens à ma seconde question, enchaîne-t-il. Puis-je te faire confiance ? La police t'approchera, des gens chercheront à te tromper parce que tu sors avec un Styx Rider. Tu as assisté à des choses qui peuvent envoyer mes hommes derrière les barreaux. Des choses qui peuvent te mettre en danger si tu les divulgues. J'ai besoin d'être certain que tu sauras gérer, que tu tiendras ta langue.

Je songe à Kris, Heden et Cassie… Ont-elles eu droit à un tel discours ? J'imagine que non, puisqu'elles faisaient partie de l'univers des bikers bien avant d'y trouver l'amour. Kris et Heden par le biais de leur père, et ma meilleure amie via son frère.

– Vous pensez que je ne suis pas de taille ? demandé-je.

– Tu as séduit Gold. Je ne doute pas de la force qu'il faut pour ça.

Je laisse échapper un sourire en attrapant le verre d'eau.

– Je ne dirai rien à personne, affirmé-je. Je ne parlerai pas du club ni de ce qui s'est passé. Vous avez ma parole, Bradley.

Il se laisse tomber contre son dossier, les bras croisés sur son torse. Il me jauge un instant encore, puis il éclate de rire.

– Je vais te raccompagner chez toi, déclare-t-il. Tu as besoin d'une bonne douche et de changer de vêtements.

Je fronce les sourcils.

– Si j'avais répondu par la négative à la seconde question, vous m'auriez fait quoi ?

Bradley reste mutique. Je panique :

– Attendez, vous ne m'auriez pas tuée, n'est-ce pas ?

– Il va faire un temps superbe.

Je devine qu'il n'en dira pas plus, ce qui est franchement flippant.

Nous sortons du *Purgatoire*. À mon grand soulagement, il ne se dirige pas vers sa moto, préférant monter dans une voiture dissimulée sous un porche. Le silence règne entre nous lors des premières minutes du trajet. Puis Bradley me demande :

– Comment te sens-tu ?

– Ce qui s'est passé ce week-end me semble tellement irréel… soupiré-je.

– C'est normal. Je te conseille de prendre quelques jours de repos. Tu reviendras travailler à la *Luxure* quand tu iras mieux. Ça vaut aussi pour l'université.

En effet, je ne me vois pas retourner en cours demain comme si de rien n'était… Bradley a raison : j'ai besoin de retrouver mes repères.

Alors que la voiture s'engage dans ma rue, je me rends compte tout à coup que je n'ai jamais donné mon adresse au président des Styx Riders. Je fronce les sourcils et l'interroge :

– Comment savez-vous où j'habite ? Shayne vous l'a dit ?

– Tu l'appelles Shayne ?

– Oui, mais… répondez à ma question. Vous n'avez pas l'intention de faire du mal à ma famille, monsieur Devon, n'est-ce pas ?

– On repasse aux formalités ? Bien sûr que non, mademoiselle Rivers. Je me demande bien où tu es allée chercher ça.

L'idée qu'il puisse me réduire au silence m'effraie moins que celle de voir ma famille souffrir par ma faute…

Nous nous garons bientôt dans ma rue, juste devant chez moi. Bradley contourne la voiture, ouvre le coffre et en tire un tee-shirt noir. Surprise, je découvre sur le tissu l'emblème des Styx Riders.

– Il sera un peu grand, mais il vaut mieux que tu planques le sang, commente mon professeur.

– Bonne idée, merci.

J'ai à peine le temps d'enfiler le vêtement que la porte d'entrée de la maison s'ouvre sur ma mère. Elle remonte l'allée de gravier à toute allure et bondit dans mes bras sans sommation. Je retiens un sifflement de douleur, le souffle coupé.

– Ruby ! s'exclame-t-elle. J'ai essayé de te joindre plusieurs fois sur ton téléphone !

– Je sais, je l'ai perdu.

Plus exactement, les types qui m'ont enlevée me l'ont pris. J'aurais pu le récupérer, mais dans le feu de l'action, j'ai zappé.

– Heureusement que Bradley m'a appelée pour me dire que tu allais bien, reprend ma mère. Avec ce qui s'est passé, je craignais que tu craques.

– Ces hommes qui sont entrés chez vous ne vous ennuieront plus, déclare mon professeur. Vous ne risquez plus rien, cette histoire de dette est réglée.

Je mets plusieurs secondes à comprendre qu'il parle de l'attaque des hommes du casino chez nous, et pas de mon enlèvement. Évidemment ! Maman ignore pour le kidnapping.

– Merci, Bradley, lance-t-elle.

Elle lui sourit en lui prenant la main.

Attendez... ils se connaissent ?

– J'ai raté combien d'épisodes, en tout ? demandé-je en fronçant les sourcils.

– Oh, euh… ton professeur et moi sommes, hum, amis, déclare maman. Il est venu prendre de tes nouvelles un soir, parce qu'il s'inquiétait de te voir travailler beaucoup trop. Tu sais, après cet accident de voiture à propos duquel tu ne m'as pas tout dit, Ruby.

Face à ces reproches voilés, je rougis. Pour détourner l'attention, je réplique :

– Vous avez l'air un peu plus qu'amis…

Au tour du visage de ma mère de virer au cramoisi.

– J'ai bien envie d'un café, lance le président des Styx Riders.

– Bien entendu ! Entrons.

Pendant que maman disparaît à l'intérieur de la maison, Bradley en profite pour m'expliquer :

– Il est des choses qu'on ne contrôle pas dans la vie, tu le sais aussi bien que moi. J'apprécie beaucoup ta mère, même si j'ignore où cette aventure nous conduira tous les deux. J'ai confiance en elle, et je t'autorise à lui parler de ce qui s'est passé hier et cette nuit. À elle, et elle seule, toutefois.

Je secoue la tête et déclare :

– Je pense qu'on ne devrait rien lui dire. Je n'ai pas envie de l'inquiéter davantage, elle ne mérite pas ça.

Mon professeur opine. Savoir qu'il fréquente ma mère me fait tout drôle. Dire que je n'ai rien vu venir ! Encore surprise, je lui demande :

– Vos enfants savent ? Les autres membres du club aussi ?

– Non. Le moment n'est pas encore venu. Tu es la seule dans la confidence.

– Vous savez qu'il y a les triplés ?

– Jayden, Joyce et Jayson ? Bien entendu. D'ailleurs, la première fois que j'ai pris Joyce dans mes bras, elle m'a vomi dessus. Ça m'a rappelé tellement de souvenirs…

Il a cet étrange regard : celui d'un homme heureux, serein. De mon côté, je comprends :

– C'est vous qui avez dit à ma mère que je travaille à la *Luxure* !

– En effet, ça m'a échappé… avoue-t-il.

– Voilà pourquoi elle n'était pas étonnée quand je lui en ai parlé. Ça explique aussi son comportement quand je lui ai dit que les Styx Riders ne ressemblaient pas à ce qu'en racontent les rumeurs.

– Quelles rumeurs ? réplique Bradley avec un air faussement choqué.

– Ruby, Shayne va se joindre à nous ? m'appelle ma mère depuis l'intérieur de la maison.

Je m'empresse de la rejoindre dans la cuisine, où elle s'affaire à préparer un petit déjeuner. Elle a encore l'air un peu embarrassée, mais comme le président des Styx Riders, elle rayonne. J'aime la voir ainsi, si détendue… soulagée.

– Non, Shayne ne va pas se joindre à nous, lui dis-je. Je vais prendre une douche, je reviens après.

Sur ce, je me réfugie à l'étage, dans ma chambre, si familière. Un poids déserte mes épaules, mes jambes ne me paraissent soudain plus aussi lourdes. Brusquement, vidée de toute énergie, je m'assieds sur mon lit en regardant les nombreuses photos accrochées au mur. Il y en a beaucoup de Cassie et moi, des bébés ou de ma mère, et quelques-unes des filles de mon ancienne équipe de cheerleading. Il y en a une seule de mon père, et elle repose sur ma table de chevet, dans un cadre doré. Dessus, il sourit à l'objectif en serrant contre lui une petite fille de huit ans. C'était un samedi. Je le sais, parce que derrière nous se dessine la silhouette du temple de Nashville.

– Si tu savais tout ce qu'il m'est arrivé, papa, chuchoté-je. C'est complètement fou.

J'ai envie de lui parler, de lui dire à quel point j'ai eu peur, de lui avouer que je ne sais plus quoi faire ni quoi penser. Raison pour laquelle, trois quarts d'heure plus tard, je descends au rez-de-chaussée, un sac de sport sur l'épaule. Bradley et maman discutent toujours dans la cuisine. Ils rient et semblent si heureux… Rien chez le président des Styx ne laisse penser qu'il n'a pas fermé l'œil de la nuit, ou qu'il a été pris dans une fusillade hier.

À mon entrée dans la pièce, ma mère me décoche un regard surpris.

– Chérie, tu vas quelque part ? me demande-t-elle.

– Oui. À Nashville.

Le silence écrase la pièce.

– Pour quelques jours seulement, bien entendu, ajouté-je. J'ai envie d'aller voir papa.

Maman m'adresse un sourire compatissant. Quant à Bradley, je prends soin de ne pas croiser son regard. J'ignore s'il comprendra mon besoin de prendre une bouffée d'air frais loin de Black Lake.

– Tu vas bien ? s'enquiert ma mère ? Tu veux que je t'accompagne avec les petits ?

– Non. Enfin, tu peux venir si tu en as envie, mais je t'avoue que je préférerais être seule. C'est juste que…

– Que parfois, la solitude permet de se recentrer, intervient Bradley. N'est-ce pas, Ruby ?

Je hoche la tête. Moins gênée, je me tourne vers le biker installé à la table de notre cuisine. Il semble à des années-lumière de son environnement, surtout avec un mug à fleurs dans la main.

– Comme j'ai égaré mon portable, je ne pourrai pas prévenir Shayne de mon départ, précisé-je. Est-ce que je peux vous demander de vous en occuper ?

– Bien entendu. Quand penses-tu revenir ? Il me posera forcément la question.

– Dites-lui simplement qu'il pourra me rejoindre samedi midi. Je pense qu'il saura où. D'accord ?

CHAPITRE 37

GOLD

À mon réveil, Nashville n'était plus là. Un mec du club m'a dit l'avoir vue quitter le *Purgatoire* avec Bradley. Depuis, j'attends des nouvelles de l'un ou de l'autre en me bouffant la lèvre inférieure tellement je suis sous pression. L'angoisse me comprime le palpitant. Pourquoi est-ce que ma sirène ne m'a pas réveillé avant de s'en aller ? Est-ce qu'elle a flippé ? Incapable d'avaler quoi que ce soit, je patiente dans le couloir de l'hôpital en faisant les cent pas. Cela énerve l'infirmière derrière son comptoir d'accueil, mais elle n'a pas osé me demander d'arrêter pour l'instant.

D'ici quelques minutes, je pourrai voir Gun. Au moins, ça m'obligera à arrêter de penser à mes petites misères amoureuses. Franchement, ça me fout la rage de m'inquiéter autant pour mon histoire avec Ruby alors que l'un de mes frangins a frôlé la mort. Plus égoïste, tu crèves.

Je sais déjà que le vice-président est hors de danger. Ash me l'a dit. Mais tant que je ne l'aurai pas constaté de mes propres yeux, j'aurai du mal à y croire… Et je ne suis pas le seul. Nous sommes une bonne douzaine de Styx Riders à patienter ici, sans compter Kris et Heden. Alex et Cassiopée ne sont pas là, en revanche. J'ai pris des nouvelles de ma sœur un peu plus tôt. Elle parvient à gérer la crise, mais à condition que son petit ami reste avec elle. Je les connais assez tous les deux pour savoir qu'ils se colleront comme des sangsues ces prochains jours. Ça me va, tant que ma frangine récupère.

J'entends des pas derrière moi. Je me retourne et vois Bradley s'approcher de notre petit groupe. Sa fille se lève de la chaise sur laquelle elle somnole pour le prendre dans ses bras. Elle n'a pas dormi, elle a beaucoup pleuré, et elle pue la mort. Dans une situation différente, on se serait bien foutus d'elle. Mais personne n'a le cœur à ça ce matin.

– Ça a été, au poste ? demande-t-elle au président.

– Ouais, notre avocat a tout arrangé, répond-il. J'ai signé les derniers documents ce matin.

Malgré mon envie de l'interroger à propos de Ruby, je reste en retrait, appuyé contre le mur. Bradley a d'autres priorités que mes états d'âme… Il salue tout le monde, discute un peu avec Ash, puis, enfin, il vient vers moi. Il m'annonce de but en blanc :

– Ruby est partie pour Nashville.

À ces mots, je me sens me consumer de l'intérieur. Bradley doit comprendre que je suis à deux doigts d'exploser, parce qu'il m'attrape par le bras et m'attire à côté de la machine à café.

– Juste pour quelques jours, ajoute-t-il. Elle compte revenir.

– Putain, prés', t'aurais pas pu commencer par là ? grondé-je.

Il hausse les épaules, introduit une pièce dans la machine et se commande un jus de chaussette tout en précisant :

– Si tu veux, tu peux la retrouver samedi, là où tu sais. C'est ce qu'elle m'a demandé de te dire.

– Quoi ?

– Elle a besoin de respirer, de faire le tri dans ses pensées. Tu peux le comprendre, n'est-ce pas ?

Je fronce les sourcils.

– Attends, depuis quand tu es aussi protecteur avec elle ? lancé-je.

Avec un petit sourire, il attrape son gobelet et lâche :

– Depuis que je sors avec sa mère.

Bordel de merde ! Je le dévisage dans l'attente de le voir éclater de rire, mais il reste parfaitement sérieux.

– Sa mère ? répété-je. Vraiment ?

– Oui, mais ça reste entre nous, confirme mon président.

Dans la foulée, je vois un médecin avancer d'une démarche mal assurée en direction de notre groupe.

Enfin, on va pouvoir voir Gun… J'emboîte le pas de Bradley, qui décide qu'il sera le premier à lui rendre visite, avec Ash, Kris, Heden et moi.

Alors que nous entrons dans la chambre aseptisée, le vice-président nous lance d'une voix faible :

– Dites-moi que l'un d'entre vous m'a ramené une bière. Ash, mon cœur, tu m'en as pris une, hein ?

La vache, même avec un trou dans le corps, Gun reste Gun. Je m'appuie contre l'encadrement de la porte, demeurant un peu en retrait. Si quelqu'un veut entrer, il devra me bousculer. Et bon courage à celui qui osera, je ne suis pas d'humeur.

– Tu rêves, tu vas devoir te contenter d'eau pendant au moins une bonne semaine, réplique notre sergent d'armes.

Gun grimace. La blancheur des draps dans lesquels il repose fait ressortir ses nombreux tatouages de couleurs vives, visibles y compris sous la fine tunique qu'il porte. Mais sa gueule se confond avec le tissu tant elle est pâle… J'imagine qu'il en a chié pour rester en vie, ça se devine derrière son sourire factice.

Kris se jette sur lui sans sommation, le visage ravagé par les larmes. Le cri de douleur qu'il pousse la fait bondir en arrière, terrifiée. Cependant, elle se renfrogne en le voyant se marrer comme un gamin deux secondes plus tard.

– Espèce d'abruti ! s'exclame-t-elle. Ne me fais plus jamais peur comme ça, sinon c'est moi qui te tire dessus, pigé ? Arrête de rire, ce n'est pas drôle !

Gun se calme un peu, attrape Kris par le bras et l'attire à lui. Le baiser qu'ils échangent dure si longtemps qu'Heden fait mine de sortir son téléphone et qu'Ash grimace en observant le plafond. Bradley, lui, reste stoïque, les mains dans les poches de son jean.

– Au fait, Ash, je sors avec ta sœur, déclare Gun une fois que Kris s'écarte de lui.

– Vraiment ? réplique le tatoueur. Jamais on ne l'aurait deviné.

– Depuis plus d'un an, précise le vice-président.

– Il faudrait être aveugle pour pas l'avoir remarqué. N'est-ce pas, papa ?

Bradley se gratte la nuque, les sourcils froncés, l'air mécontent.

– Moi, je n'étais pas au courant, déclare-t-il.

– Arrête, prés', s'exclame Gun. Bien sûr que tu le savais ! Tu sais toujours tout !

– Tu es conscient que je vais te couper en morceaux et te balancer dans le lac ? gronde Bradley.

– Papa ! s'indigne Kris. Tu es sérieux, là ?

S'ensuit une querelle familiale dont je ne me mêle pas : elle ne me regarde pas vraiment. Mes pensées dérivent plutôt vers Nashville. Maintenant, il va se passer quoi ? Même si Ruby veut encore de moi dans sa vie, j'ai une décision à prendre concernant Chicago. Et ma réponse dépendra des projets de ma sirène. Je ne suis pas près de quitter ma copine… Tant pis si je deviens sentimental : je l'assume.

Je reviens à la réalité au moment où Gun me demande si je n'ai pas rapporté une mini-bouteille de Jack Daniels.

– Désolé, mon gars, t'es condamné à la flotte, lui réponds-je.

On dirait bien que la petite dispute vient de se terminer. Je pense qu'en vérité Bradley savait pour Kris et Gun. Il voulait simplement les taquiner un peu…

– Bon allez, on te laisse te reposer, lance Ash. On revient demain.

– Moi aussi, il faut que j'y aille, j'ai une douche à prendre, soupire Kris. Et on doit ouvrir la boutique, Heden et moi.

– Comment va Snack ? demande Gun avec l'air de celui qui va s'endormir.

– Il est dans un meilleur état que toi, alors tu vas me faire le plaisir de te reposer, déclare notre sergent d'armes. Je lui passerai le bonjour de ta part.

Sur ce, nous laissons la place à cinq autres gars, puis nous montons à l'étage supérieur pour aller rendre visite à mon employé. Sauf qu'en entrant dans sa chambre, nous la trouvons vide. Une infirmière qui passe par là nous informe que Snack a décidé de quitter l'hôpital sans se soucier de l'avis des médecins.

Putain, le gars s'est mangé une balle hier et il joue les Rambo ?

– Je vais aller le voir, gronde Bradley.

– Il n'a pas le moral, forcément, souffle Heden. Je vais venir, moi aussi.

– Idem, décide Ash. Ce petit con a bien besoin qu'on lui botte les fesses. Tu te joins à nous, Gold ?

– Ç'aurait été avec plaisir, mais je vais aller prendre des nouvelles de Cassiopée, réponds-je.

Nous rejoignons nos bécanes sur le parking. Alors que je m'apprête à enfourcher la mienne, le président me demande :

– Ça va aller ?

– Ouais, comme sur des roulettes, affirmé-je. Je vais aller au garage cet après-midi.

Bosser m'empêchera de trop cogiter. Enfin, je l'espère…

Lorsque j'arrive chez moi, un sourire étire mes lèvres quand j'entends la voix de ma frangine. Ça faisait un bail qu'elle n'avait pas empli la maison de sa présence… Je la rejoins dans la cuisine et la vois en train de vider mon frigo pour faire des sandwichs. Elle a à peine le temps de s'apercevoir que je suis là que déjà je la prends dans mes bras. Le week-end de son dixième-huitième anniversaire restera l'un des pires de sa vie, alors que ça aurait dû être le plus beau.

Son passage dans le monde des adultes, tu parles ! Elle s'est pris l'initiation dans la figure de plein fouet.

– Je vais bien, Gold, affirme-t-elle.

– Je m'en fous. Bouge pas.

Je la tiens contre moi pendant plusieurs minutes, essayant d'ignorer l'angoisse qui me dévore de l'intérieur. Quand enfin je la libère, elle a l'air aussi secouée que je le suis.

– Ruby n'est pas avec toi ? s'étonne-t-elle.

– Non, elle a décidé d'aller passer quelques jours à Nashville.

Je tente de paraître détendu. Ça doit être convaincant, car Cassiopée sourit et décide de me préparer un sandwich à moi aussi. Un instant plus tard, Alex entre dans la cuisine, torse nu. Depuis qu'Ash est repassé sur la totalité des tatouages qu'il porte, son corps est devenu une véritable œuvre d'art. Il porte l'emblème des Styx Riders sur le torse, juste à côté du 1 % gravé sur son cœur.

– Comment va mon beau-frère préféré ? me lance-t-il.

– Mets un tee-shirt, merde, grogné-je.

– Je ne vois pas du tout où est le problème, intervient Cassiopée.

Alex prend un petit air satisfait. Quand je lui demande à nouveau de s'habiller, il me rétorque que, dans le cadre de notre vie privée, il n'a pas à obéir à mes ordres.

L'enfoiré.

Je lui balance une orange dans la tronche.

– Aïe ! geint-il en pointant sur moi un doigt accusateur. Pourquoi t'as fait ça ?

– Parce que c'est moi qui commande, déclaré-je. Cette maison est à moi.

– Techniquement, elle est aux parents, glisse Cassiopée.

Franchement, ces deux-là me fatiguent. Mais au moins, pendant que je me prends la tête avec eux, je ne me pose pas mille questions à propos de Ruby.

Alex finit par monter se chercher un tee-shirt en grommelant, vaincu.

– Je repars en milieu de semaine prochaine, me prévient ma sœur. J'avais juste besoin de passer un peu de temps avec Alex et toi avant de partir.

Je mords dans mon sandwich en opinant. Elle sait qu'elle peut rester à Black Lake autant qu'elle le souhaite. Ce n'est pas moi qui la pousserai à repartir à Chicago.

– Les parents ne doivent surtout pas savoir, ajoute-t-elle.

– Je sais, dis-je.

– Merci de nous avoir sauvées, les filles et moi.

À nouveau, Cassiopée passe les bras autour de ma taille et appuie sa tête contre mon torse. Je dépose un baiser dans ses cheveux sans rien répondre. Nous restons ainsi un long moment, jusqu'à ce qu'elle s'écarte et m'indique :

– Lorsqu'elle ne va pas bien, Ruby aime se rendre sur la tombe de son père. Ne prends pas ça pour une fuite.

Je hoche la tête en silence. Pendant un instant, je songe à lui parler de mes hésitations concernant ma possible mutation à Chicago, mais je reçois un SMS de Bradley qui m'en empêche.

– Faut que j'aille au *Purgatoire*, dis-je. Alex est convié aussi.

Le président organise une messe éclair. Nous n'avons pas d'autre choix que de rappliquer en vitesse.

– Je viens, décide Cassiopée. Je vous attendrai au bar.

– OK.

Quelques minutes plus tard, nous quittons la maison tous les trois. Heureusement, Alex a enfin mis un pull… Alors que nous nous avançons vers nos bécanes garées dans l'allée, le hurlement d'une Harley-Davidson retentit dans la rue. Une moto s'arrête devant chez nous, suivie de près par une voiture de police. Rob, l'oncle d'Alex, n'a même pas encore retiré son casque qu'il se précipite déjà vers son neveu.

– Bon sang, Alex ! crie-t-il. Bon sang !

Le pauvre semble frôler la crise cardiaque, tendu à l'extrême, les yeux écarquillés. Amaria se contient un peu mieux : elle m'observe en plissant les yeux, appuyée contre sa portière qu'elle vient de refermer. Nous nous saluons d'un hochement de tête pendant que son mari répète encore et encore à Alex à quel point il a eu peur pour lui en voyant les infos. Enfin, Amaria approche et embrasse le gamin dans les cheveux. Lui reste immobile, inondé par un amour qui le met visiblement mal à l'aise.

– Viens là, toi, lance sa tante en l'étouffant presque dans ses bras.

Après quelques secondes d'hésitation, Alex rend l'étreinte à sa famille. Ses yeux sombres luisent, il a l'air de se rendre compte qu'il se trompait : il n'a jamais déçu sa famille. Ils avaient peur de le perdre, tout simplement.

– On va vous laisser discuter, déclaré-je.

– Mais… commence le gamin.

– Prends le temps que tu voudras, le coupé-je. On comprend.

Par « on », j'entends aussi Bradley. Il n'apprécie pas qu'Alex soit en froid avec son oncle et sa tante à cause des Styx Riders, et il ne lui tiendra pas rigueur d'arriver en retard à la messe pour saisir cette occasion de renouer avec eux.

– Cassiopée, on prend ta voiture, ajouté-je.

Elle opine, et bientôt, nous nous mettons en chemin. Pendant plusieurs minutes, nous roulons dans un silence absolu. Plus les minutes passent, plus le visage de Ruby s'impose dans mon crâne. Je n'arrive pas à ignorer la boule d'angoisse dans mon estomac. Ma sirène me manque déjà, et surtout, je m'inquiète pour elle. La dernière fois que je l'ai vue, elle n'avait pas l'air d'aller bien…

– Gold ? m'interpelle ma sœur alors que nous arrivons au bastion.

– Mmmh ?

– Tu vas aller la rejoindre, n'est-ce pas ?

– Tu penses qu'elle a besoin de moi ? Qu'elle a besoin… de quelqu'un ?

– Oui, sans doute.

À cet instant, je sais que ma décision est prise. Ignorant les coups de klaxon des voitures qui me suivent, je fais brusquement demi-tour en lâchant :

– Changement de plan. Il faut que je récupère ma bécane et quelques affaires.

***

La messe vient de se terminer. Tous les gars du club sont maintenant au parfum concernant la fusillade chez Bowers, ce qu'en sait la police, l'implication de l'un de nos avocats dans l'affaire et les deux cent mille dollars récupérés par Potosko. Si l'un de nous se fait interroger dans les prochaines heures, il livrera une version des faits qui ne nous apportera pas d'ennuis. Les flics nous collent au train, les journalistes aussi, il va falloir que nous restions sur nos gardes pendant un moment. Nous avons réussi à faire passer les échanges de tirs pour un règlement de comptes entre Bowers et une bande rivale, mais nous ne pouvons pas nous permettre de relâcher notre vigilance et de croire que le job est terminé.

Alors que mes frangins se dispersent, Bradley me fait signe de rester et interpelle également Ash et Alex – le gamin nous a rejoints vers le milieu de la messe. Lorsque nous sommes seuls, il annonce :

– Otila sera là dans la soirée.

– Je sais, déclare Ash, il passe quelques jours chez moi. Heden lui a raconté ce qui s'est vraiment produit et il veut passer du temps avec elle.

Mon sergent d'armes n'a pas l'air ravi que son beau-père vienne traîner dans ses pattes. En même temps, se taper un président international de MC à longueur de journée, ça craint…

Bradley hoche la tête gravement, puis il se tourne vers Alex et lui lance :

– J'ai cru comprendre que ça s'était arrangé avec ta tante et ton oncle. Tu vas repartir chez eux ?

– On a parlé et on a réussi à se rabibocher, confirme le gamin. Mais je ne veux plus habiter avec eux. Non seulement Amaria risque son poste en me gardant près d'elle, mais ça devient aussi trop chaud de faire attention à ce que je dis en permanence. Je vais rester chez Gold encore un peu, s'il veut bien.

J'opine. Alex sait qu'il pourra loger à la maison autant de temps qu'il le souhaite. Avoir de la compagnie ne me dérange pas, au contraire. Je lui balance tout de même un cure-dent pour la forme – j'adore l'emmerder –, puis je demande :

– Comment va Snack ? Je comptais passer le voir ce soir.

– Il est d'une humeur massacrante, il envoie chier tout le monde et même la nourriture ne parvient pas à lui remonter le moral, gronde Ash. Il vit super mal sa blessure à son genou.

– Il craint aussi de se faire virer des Styx Riders, non ? supposé-je.

– Ça n'arrivera pas, assure le président. Nous n'avons jamais exclu qui que ce soit parce qu'il ne pouvait plus monter à moto.

Le silence retombe. Je laisse passer quelques secondes, puis j'annonce de but en blanc :

– Je pars pour quelques jours. Je laisse la gérance du garage à Ash.

J'ai parlé de mes projets au tatoueur avant que la messe commence, et il s'est proposé pour s'occuper de mon commerce le temps de mon petit voyage, pour la partie administrative : le reste, mes employés sont capables de le gérer seuls. Une preuve de plus, s'il en faut encore, que l'entraide est capitale entre nous autres bikers.

– Tu vas où ? me demande Bradley.

– Du côté de Nashville…

Un sourire se dessine sur les lèvres de mon président, qui acquiesce – j'en conclus qu'il me donne sa bénédiction. Je sors mon portable pour vérifier les arrêts que fait le bus de Ruby, tout en rejoignant la salle principale du *Purgatoire*. Dès qu'elle me voit apparaître, Cassiopée me saute dessus et me lance :

– Tu pars tout de suite ?

Je la prends dans mes bras et lui assure :

– Je serai de retour avant que tu retournes à Chicago.

– Il y a intérêt ! Dis à Ruby que je l'aime, d'accord ?

– Elle le sait.

Enfin, je me mets en route. Le bus pour Nashville fait un arrêt de trente minutes dans une gare pour permettre aux passagers de déjeuner, et il y sera dans moins de deux heures. En moto, c'est jouable de le rattraper avant qu'il ne reparte, si je ne traîne pas et que je pousse un peu ma bécane. Ça tombe bien, j'y suis décidé. Je veux montrer à Ruby que je suis là pour elle, qu'elle peut compter sur moi quand elle ne va pas bien.

J'avale les kilomètres. Heureusement, le trafic est fluide aujourd'hui, et le temps est parfait. Je parviens donc à atteindre ma destination une dizaine de minutes avant le car. Je me commande un café au comptoir de la gare en attendant.

Des tas de discours me traversent l'esprit, mais l'angoisse me comprime le thorax, m'empêchant de déterminer ce que je vais dire à Ruby. Alors, quand le bus apparaît, je stresse. Et si elle me demande de partir ? De la laisser seule ? Je regarde les passagers descendre du véhicule, le cœur battant. J'en compte quatorze avant que la femme qui m'a envoûté ne saute sur le trottoir. Ma merveilleuse Ruby, toujours magnifique, lumineuse, souriante… Je m'approche d'elle alors qu'elle observe les alentours. Nos regards se croisent, et je lis d'abord de la confusion dans le sien. Mais bientôt, la surprise et la joie la remplacent.

– Je sais que tu as besoin d'espace, lui dis-je en me plantant devant elle. Bradley m'a prévenu. Mais je veux juste être sûr que tu vas bien et que tu n'as besoin de rien.

Ma sirène incline la tête sur le côté, les yeux chargés d'une émotion que je n'ai pas l'habitude de voir chez ceux qui m'observent : de la tendresse. Elle sourit, mon cœur accélère, et j'ai une fois de plus la certitude que cette fille est faite pour moi. Quand elle me prend dans ses bras et enfonce son visage dans mon cou, toutes mes inquiétudes se trouvent annihilées.

– Merci, Shayne, me dit-elle. J'avais besoin de ça, justement.

– De me voir ?

– De me sentir… aimée.

Je la serre contre moi, les narines envahies par son parfum.

– Je peux rester avec toi, si tu veux, lui proposé-je.

– Vraiment ? s'étonne-t-elle. Mais… ton travail ?

– Ash est d'accord pour gérer le garage pour quelques jours. Je peux t'emmener jusque Nashville à moto, ou te rejoindre là-bas si tu préfères terminer le trajet en bus.

Ruby secoue la tête en prenant mon visage en coupe entre ses mains.

– Je n'ai qu'un sac, ça devrait aller, dit-elle. Tu veux qu'on parte maintenant ?

CHAPITRE 38

RUBY

Le ciel se charge de nuages alors que Gold et moi sommes à mi-chemin de Nashville. Nous avons juste le temps de nous arrêter dans un motel au bord de la route avant qu'un véritable déluge ne s'abatte. J'accueille cette pause avec soulagement : je ne sens plus mes fesses, mes cuisses me brûlent et j'ai mal au bas du dos. J'aime la moto, mais ce voyage est vraiment long.

– Tu t'y feras, me lance Gold avec un sourire moqueur.

J'aime cette phrase : « tu t'y feras ». Elle est pleine de promesses pour l'avenir. Et mine de rien, je crois qu'il me faut des certitudes.

Depuis la porte de notre chambre, je regarde mon biker en train de protéger sa Harley, et je me dis que ma base solide, c'est lui.

J'ai besoin que ce soit lui...

Je retourne à l'intérieur. La pièce est propre, en contradiction avec les clichés sur ce genre d'hôtels : elle sent le citron, et le lit est fait au carré. Je prends quelques affaires dans mon sac, avant de filer à la salle de bains. Au cas où Gold voudrait me rejoindre, je laisse la porte entrebâillée, puis je me déshabille et me glisse sous la douche. L'eau chaude parvient à me détendre, à me faire oublier que j'ai frôlé la mort pas plus tard qu'hier. À moins que ce soit la proximité de mon biker qui ait cet effet sur moi ? Je l'ai entendu revenir dans la chambre ; à présent, il passe un coup de téléphone. J'interromps le jet, m'enroule dans une serviette puis file le rejoindre. Il raccroche lorsqu'il me voit, en me décochant le sourire le plus sexy du monde.

– Shayne ? lui demandé-je.

– Oui ?

– Tu te rappelles le type qui m'a frappée samedi soir ?

– Le mec du casino ?

Le simple fait de l'évoquer crispe Gold. D'une petite voix, je reprends :

– Vous l'avez… enfin, il est mort ?

Mon biker hausse les épaules, puis il réplique :

– Tu te souviens de ce que je t'ai dit, Nashville ? Il y a certaines de tes questions auxquelles je ne serai pas en mesure de répondre. Celle-ci en fait partie. Tu peux encore t'en aller. Il vaut mieux maintenant que plus tard. Ce sera moins compliqué à gérer pour nous deux… et pour le club.

– Tu penses que je devrais partir ?

Les larmes me montent aux yeux. Je les contiens de toutes mes forces.

– Tu en as envie ? me renvoie Gold.

– Non !

– Tu en ressens le besoin ?

Je déglutis. Au cœur des épreuves terribles que j'ai traversées ce week-end, j'ai pris une décision. Celle de demeurer avec mon biker, quoi qu'il en coûte. Car le risque en vaut la peine…

– Je reste, dis-je.

Le soulagement illumine les traits de Gold.

– Ça, c'est une sacrée bonne nouvelle, lâche-t-il.

Puisque nous en sommes à aborder les sujets fâcheux, j'enchaîne aussitôt en lui demandant :

– Tu avais des doutes sur l'honnêteté de Lady ?

– Non, me répond-il. Tout simplement parce que je couchais avec elle, et c'est tout. Nous n'avons jamais vraiment parlé. J'ignorais qu'elle avait introduit un prospect dans nos rangs, et je ne savais pas non plus que son fils est malade. Elle ne nous l'a jamais dit… C'est pour cette raison que nous avons refusé de lui accorder un prêt quand elle nous l'a demandé, à cause de ses antécédents familiaux. Ses parents n'ont jamais remboursé la somme qu'ils devaient aux Styx Riders… et Bradley, malgré son ouverture d'esprit, reste cartésien concernant l'argent du club. Si nos clients ne nous payent pas, ils ne peuvent plus faire affaire avec nous, et les membres de leur famille non plus.

Je ferme les yeux en réprimant une grimace. Qui suis-je pour juger ? Malgré tout, une partie de moi trouve terrible que la situation ait dégénéré à ce point.

– Pourtant, il l'a embauchée, réalisé-je soudain.

– Oui, confirme Gold. Dans le fond, peut-être qu'il voulait lui laisser sa chance.

– Que va devenir son fils ? Il va aller vivre avec son père ?

– Son père est mort, Ruby.

Mon biker ne me donne pas davantage de détails. Surprise, je le regarde enlever son tee-shirt. La vue est appréciable, mais ce qu'il vient de m'annoncer me secoue trop pour que je m'en détourne si facilement.

– Comment ? demandé-je.

Gold reste silencieux. OK, j'imagine que la réponse est moche…

– Et Allan ? insisté-je.

– Bradley s'arrange pour le faire devenir pupille de l'État, déclare l'ex-militaire. Ainsi, ses frais de santé seront pris en charge.

Je m'installe sur le lit avec un soupir, puis je reprends :

– Tu peux m'en dire plus sur les hommes qui nous ont enlevées, les filles et moi ? Et sur leur lien avec Lady ?

– Ils bossaient pour elle et le père du gosse, m'apprend Gold. Il y a un an, ils ont envoyé un gars dans nos rangs pour nous fragiliser, mais leur plan n'a pas marché comme prévu. Cet enfoiré a tout fait capoter en s'alliant à un dealer et en nous volant de l'argent ensuite. Sa tête a été mise à prix. Après ça, Lady est passée au niveau supérieur en s'imaginant qu'enlever les filles du club allait lui permettre de toucher le pactole.

– Mais les deux cent mille dollars volés par l'autre, là…

– Isaac.

– C'est ça, Isaac. Avec cette somme, Lady aurait eu largement assez pour sauver son fils, non ?

– Elle ne savait pas qu'il s'était servi dans les caisses… Dès qu'elle a appris l'existence de cet argent, elle a filé vers la zone ferroviaire pour tenter de le récupérer, avec Kris en otage. Tu connais la suite.

Je frissonne. En effet, le destin n'a pas été du côté de mon ex-collègue… Cependant, certains détails m'échappent encore, alors je demande :

– Pourquoi Isaac n'a-t-il pas tout simplement quitté la ville avec l'argent il y a un an ?

D'accord, je m'enfonce peut-être un peu trop dans les affaires du club, mais Gold ne semble pas s'en offusquer. Il me répond franchement :

– Sa tête était mise à prix, je te rappelle. Il n'aurait jamais pu quitter Black Lake sans qu'on le sache : il était obligé de se cacher. Peut-être qu'en désespoir de cause il a demandé de l'aide au mec de Lady pour s'en aller ? Ils ont servi ensemble dans la marine, à une époque. Il a dû lui dire pour les deux cent mille dollars. Ça a scellé son sort. L'argent dévoile la véritable personnalité des gens. Isaac n'avait pas les bons amis…

Alors que s'il avait décidé de rester avec les Styx Riders, il aurait gagné de vrais frères. S'il y a bien une chose que j'ai comprise en passant du temps avec Gold, c'est que le lien qui unit les membres du club est plus fort que tout.

– Ils ont tous vu trop gros, c'est ce qui les a menés à leur perte, conclus-je.

– Ouais, confirme Gold. Je vais acheter de quoi tenir quelques jours à la boutique du motel, je reviens tout de suite.

Après son départ, je songe à Lady. Je me remémore tous les moments que j'ai passés avec elle. Elle se comportait bien avec moi. Comme une amie… Elle me soutenait, me défendait. Je n'ai rien vu venir, même si la colère qu'elle a manifestée plusieurs fois à l'égard de Vanessa me surprenait. Qu'elle m'ait trahie me fait un mal de chien.

Je m'allonge en regardant le plafond. Quelques minutes passent, puis Gold revient dans la chambre. Il dépose ses achats et file directement à la salle de bains. Quand il en sort, une odeur de gel douche masculin me parvient. Je souris, me redresse et lance :

– Ça alors, la vue me plaît bien.

Mon biker se tient debout au pied du lit, complètement nu. Il a retiré le bandage autour de son épaule, laissant seulement une compresse adhésive sur sa peau. Ses lèvres s'étirent, carnassières, mais il ne bouge pas. J'en profite pour lui demander :

– Comment va ta blessure ?

– Je m'en remettrai vite, me répond-il. J'ai connu pire.

Son assurance apaise un peu mon inquiétude. Je dévore du regard ses muscles parfaits, sa peau qui brille encore d'humidité. Sa beauté sauvage me tire un soupir rêveur. Bientôt, il se laisse tomber sur moi en prenant soin de s'appuyer sur son bras valide pour ne pas m'écraser.

– Je te le répète, Ruby : tu peux encore partir, me souffle-t-il. C'est le moment ou jamais.

Mais l'idée de m'éloigner de lui pour toujours me déchire de l'intérieur. Il en est hors de question.

– Je ne partirai pas, affirmé-je.

Ma réponse semble lui convenir. Il bascule sur le côté, m'entraînant pour me placer sur lui. Sa main détache la serviette nouée autour de ma poitrine, puis glisse sur mon corps avec avidité, contournant les bleus, frôlant les parties les plus sensibles de mon anatomie avec douceur, en parfaite contradiction avec le désir brûlant dans ses yeux.

– Je bénis le jour où tu as porté un masque pour me défier, Ruby Rivers, me glisse-t-il.

– Moi aussi, Shayne Walker, réponds-je. Tu n'as pas été facile à séduire, je dois l'avouer.

Gold se place en position assise, me serre contre lui et m'embrasse. Comme chaque fois, mon cœur rate mille battements, et j'ai la sensation de tomber dans un gouffre de plaisir.

Cette nuit-là, il me fait l'amour en oscillant entre délicatesse et possessivité animale. Il prend garde de ne pas toucher mes blessures, s'enquiert souvent de mon état. Quand il comprend, au bout d'un moment, que tant de précautions m'agacent un peu, et que je ne suis pas une poupée sur le point de se briser, il entreprend d'élever mon plaisir à son paroxysme. Nos émotions, nos besoins, notre amour s'entremêlent dans un cocktail dont je ne pourrai plus jamais me passer.

Il finit par s'endormir le premier, une main posée sur mon ventre.

Le lendemain, je me réveille sans avoir fait de cauchemar, ce qui me surprend. Je m'attendais à vivre encore et encore l'enlèvement. Je suis soulagée que ce ne soit pas le cas…

Sur la table dans un coin de la pièce m'attend un petit déjeuner que Gold a dû aller chercher pendant que je dormais. Lui est dans la salle de bains : j'entends l'eau de la douche couler. Je dévore de bon cœur les pancakes au sirop d'érable qui me font de l'œil, puis je me lève pour me préparer à mon tour.

Une demi-heure plus tard, mon biker et moi nous remettons en route pour Nashville. Nous arrivons dans ma ville natale vers midi. Les rues colorées et animées m'avaient tellement manqué ! Nous passons devant le centre de conventions, un bâtiment unique à l'architecture tout en rondeur, tout de verre et d'acier. J'ai toujours aimé cet endroit ; j'en prends une photo et l'envoie à maman. Elle aussi l'apprécie, et c'était également le cas de papa, de son vivant.

Ensuite, Gold parcourt les avenues au ralenti, pour me permettre de profiter pleinement de cette ville si géniale. Ici, on vit la country, on respire la country, on rêve la country ! Il y a une profusion de bars, tout autant d'auditoriums et de magasins d'instruments. L'émotion me submerge, et mon sourire n'en finit pas de s'élargir. Venir à Nashville était une bonne décision, j'en suis convaincue à présent. Et que mon petit ami m'accompagne rend le voyage bien plus magique.

Gold finit par se garer dans un parking souterrain. Ensuite, nous nous promenons main dans la main pendant des heures. Je prends un million de photos et mon biker patiente sans rechigner à chacun de nos fréquents arrêts. Nous finissons par nous poser pour boire quelques verres ; j'en profite pour lui raconter à quel point mon père adorait Nashville, et que j'avais trois ans la première fois qu'il m'a emmenée dans le pub où nous nous trouvons actuellement. Une soirée karaoké y était organisée, et il était monté sur scène avec moi pour chanter.

– C'était un bon père, même s'il ne traînait pas toujours avec les bonnes personnes, conclus-je.

– Je n'en doute pas une seconde, Nashville.

Je reste immobile, le dos calé contre les abdos de Gold, en imaginant mon père sur scène. Il était un peu trop maigre, avait les cheveux longs et une barbe soignée… Je l'aimais de tout mon cœur.

À la nuit tombée, les avenues se transforment. Des lumières multicolores éclosent partout. Ici, les gens ne dorment pas, ils s'amusent ! Mon biker et moi croisons plusieurs groupes qui se produisent à même les trottoirs ; nous prenons un peu de temps pour écouter chacun d'entre eux. J'ai l'impression d'avoir pénétré dans un autre monde, où rien ne peut plus m'atteindre. Je redeviens la gamine excitée, curieuse et un peu folle que j'étais autrefois…

Alors que la soirée avance, Shayne loue une chambre dans un hôtel autour du thème de la country. Dans le lobby, une fête se déchaîne : chapeaux de cow-boys et lampions sont partout en vue. Je suis incapable de résister à l'envie de me mettre à danser. Après m'avoir regardée me déhancher pendant quelques minutes, Gold vient me rejoindre. Surtout pour marquer son territoire face aux mecs du coin, je sais bien.

Ai-je fait exprès d'éveiller une pointe de jalousie chez lui ? Absolument ! Est-ce que je le regrette ? Pas du tout.

Sans conteste, je vis l'une des meilleures soirées de ma vie !

Quand vient le moment où le gérant de l'hôtel propose aux personnes présentes de monter sur scène pour chanter, Gold me pousse doucement en direction de la scène.

– Elle, crie-t-il. Elle est super douée !

Mes joues se colorent alors que je lui glisse un regard de reproche feint. En vérité, j'hésitais à répondre à l'appel, et il a dissipé mes doutes. Je monte donc sur la scène, bien plus petite que celle de la *Luxure*. L'ambiance n'étant pas la même, je me sens plus Ruby que Lux. Cela me convient. C'est l'occasion pour moi de chanter pour mon père, et non pas pour l'argent et des inconnus qui cherchent le frisson.

J'attrape le micro, prends une inspiration discrète en fixant Gold droit dans les yeux. Il porte un chapeau de cow-boy, ce qui lui permet de se mêler à la foule plus facilement. Ça lui va très bien ! Il m'adresse un sourire où je peux lire amour et fierté. Je suis sans doute la fille la plus chanceuse du monde…

Doucement, je commence à chanter une chanson de Dolly Parton : *I will always love you*. Un classique : c'est l'une des premières que m'a apprises mon père.

Les paroles glissent hors de ma bouche, m'emplissant de doux frissons. Elles me rappellent à quel point j'aimais passer des heures avec lui, dans le monde de la musique. Les spectateurs disparaissent pour quelques instants, Gold y compris. Je m'octroie un moment avec celui qui me manque tant et qui, je l'espère, serait fier de moi. Chanter pour lui ne me fait pas mal : cela m'apaise. Je ne suis pas triste non plus : j'ai cette sensation qu'il est là, près de moi…

Quand je retourne auprès de mon biker, il me prend dans ses bras.

– Tu as été géniale, me souffle-t-il à l'oreille.

– Toi aussi.

Parce qu'il m'a permis de renouer avec la country, parce qu'il m'accompagne dans les périodes les plus difficiles de ma vie, parce qu'il m'aime. Tout simplement.

– J'aurais aimé connaître ton père, m'avoue-t-il en nous faisant lentement tourner sur nous-mêmes.

– Il était… merveilleux ! m'exclamé-je. Toujours souriant et plein de vie. Je crois qu'il t'aurait adoré.

Pour toute réponse, Gold se contente d'un « mmh » que je ne parviens pas à déchiffrer. Je le devine plongé dans ses pensées. Alors je brise le silence et l'interroge :

– Tu ne penses jamais à ton père ?

– Si, répond-il, à ma grande surprise. Évidemment que si.

– Et tu n'as pas envie de te réconcilier avec lui ?

Je lève la tête pour observer l'expression de mon biker. Il reste impassible, jusqu'à ce qu'il croise mon regard et qu'un sourire minuscule étire ses lèvres.

– C'est lui qui refuse l'homme que je suis devenu, Nashville, soupire-t-il.

– Tu en es sûr ? Je veux dire… tu as essayé de lui reparler récemment ?

– Je sais où tu veux en venir.

– C'est important de garder les gens qu'on aime près de soi, insisté-je. Je ne cherche pas à te faire la morale ou quoi que ce soit… mais vous vivez dangereusement, l'un comme l'autre, même si c'est pour des raisons différentes. Vous pouvez vous perdre à tout moment.

Gold me serre plus fort, enfonce son visage dans mon cou.

– Je sais, me dit-il. Je te jure d'y réfléchir, d'accord ? On y va ?

À Nashville, les heures deviennent des jours. J'évolue dans un rêve. Mon mal-être ? Envolé. Mes doutes, mes questions ? Partis aux oubliettes. Rien d'autre ne compte que le présent, et le passé lointain avec lequel je renoue. Gold et moi dormons peu, nous promenons beaucoup, parlons énormément, aussi.

Lorsque le samedi arrive, nous décidons d'aller manger devant la réplique du Parthénon d'Athènes. Assise sur la pelouse, j'avale mon sandwich en pensant à mon père. Combien de fois nous sommes-nous retrouvés ici, tous les deux ? Combien de fois m'a-t-il dit que je ferais carrière dans la musique ? Qu'il serait là lorsque je monterais sur scène ? Je touche mon tatouage, juste au-dessus de mon nombril, en sentant l'amertume envahir ma bouche.

– Nashville, tu me racontes ce que signifie ce poignard ? demande Gold, qui en connaît bien l'emplacement désormais.

– Mon père avait le même sur son bras, expliqué-je.

– Ah ouais ?

– Chaque samedi, il me racontait une histoire différente sur la manière dont il se l'était fait, ajouté-je. C'était le logo du bar dans lequel il a rencontré ma mère, le blason d'un gang auquel il aurait appartenu quand il était jeune, le souvenir d'une beuverie entre amis le lendemain d'un festival… Il a même prétendu, une fois, que c'était une fille qui lui avait fait après l'avoir kidnappé. Je n'ai jamais su la vérité. En revanche, ce dont je suis certaine, c'est qu'il aimait ce dessin de tout son cœur. Il avait même fait graver mon prénom en dessous du sien. Alors je porte ce poignard pour honorer sa mémoire. C'est aussi simple que ça. Pas de message caché ou quoi que ce soit du genre.

– Pourtant, c'est l'une des plus belles histoires que j'ai jamais entendues, commente Gold. Tu l'as fait quand ?

– Cet été… La note de musique aussi.

Le silence retombe. Nous terminons nos sandwichs. Au bout d'un moment, je me tourne vers mon petit ami et lui demande :

– Shayne ?

– Mmh ?

– Il y a un truc dont tu voudrais me parler ?

Un sourire blasé étire ses lèvres. Il se masse le front et passe les bras autour de ses jambes. J'ai bien saisi, ces derniers jours, que quelque chose le minait. J'ai cru qu'il allait aborder le sujet de lui-même, mais on dirait qu'il a besoin d'aide pour se lancer.

– En effet, il y a un truc dont je voudrais qu'on cause, soupire-t-il après plusieurs secondes. C'est super important, sauf que ça ne me paraît jamais le bon moment.

– Je crois que ça l'est, là. Je t'écoute.

Gold prend une grande inspiration, son attention rivée sur le Parthénon, puis m'apprend :

– Bradley veut étendre l'influence des Styx Riders jusqu'à Chicago. Il m'a proposé le poste de président d'un chapitre.

– Sacrée promotion !

– Ouais, mais ça veut dire que je devrais quitter Black Lake.

Ah. En effet, logique.

Mon sourire se fane. Je me noie moi aussi dans la contemplation du temple, au loin. Je connais l'importance du club aux yeux de Gold : il s'y donne corps et âme. Les bikers sont ses frères, il respire Styx Riders, et ce sera le cas jusqu'à la fin de sa vie.

– Tu vas accepter ? lui demandé-je, un nœud à l'estomac.

– Seulement si tu m'accompagnes là-bas. Sinon, je resterai à Black Lake avec toi.

Sa réponse me décroche la mâchoire. Choquée, je l'observe sans rien répondre, sentant une étrange chaleur me parcourir. Je ne m'attendais pas à ça, et je suis plus touchée que je l'aurais pensé.

– Quoi ? lâché-je.

– Attends, tu doutais encore de l'importance que tu as pour moi ? m'envoie Gold.

– Oui ! Enfin, je veux dire, non. Mais c'est de ton club qu'on parle.

– Je sais, et j'en ferai toujours partie, que ce soit à Chicago ou à Black Lake. Mais je veux que tu sois à mes côtés.

– Tu as envie d'aller là-bas ? Tu as envie de devenir président ?

Il n'a pas besoin de mots pour que je devine sa réponse : la lueur qui s'allume dans ses yeux parle pour lui.

– Oui, admet-il. Mais quelle que soit ta décision, elle me conviendra.

– Si je partais avec toi… ça ferait beaucoup de changements.

Nerveuse, j'arrache des brins d'herbe à mes pieds. Une nouvelle route vient d'apparaître devant moi. Aurai-je la force de l'emprunter ?

– Je sais, déclare Gold. Sache que j'ai fait des recherches, et qu'il est possible pour toi de continuer ton cursus en journalisme dans la même université que Cassiopée. Si jamais c'est ça qui te mine, je veux dire.

À ça non plus, je ne m'attendais pas. Sans crier gare, je bascule sur les hanches de mon biker et plaque mon corps contre le sien. Mon baiser le fait éclater de rire.

– Doucement, Nashville ! s'exclame-t-il. Tu n'as pas envie que je te déshabille devant tout le monde, hein ?

Son regard plein de défi et de désir mêlés me fait rire. Je me répète, mais j'ai le meilleur petit ami de la planète.

– Il faut que j'en parle avec ma mère, déclaré-je en posant une main sur sa joue. Je veux m'assurer qu'elle soit à l'aise avec mon départ, si jamais j'accepte. D'accord ?

– Bien entendu. Prends tout le temps qu'il te faut. Sinon, tu sais pour Bradley et elle ?

Je lève les yeux au ciel face au manque de tact de mon biker.

– Oui, dis-je. C'est bizarre, je trouve.

– Qu'ils soient ensemble ?

– D'après ce que j'ai compris, ce n'est pas encore bien ficelé entre eux. Tu te rends compte que si ça se fait vraiment, j'aurai Ash comme demi-frère ? Tu l'imagines avec les triplés ?

La vision doit plaire à Gold, parce qu'il se fend d'un sourire carnassier.

– Il faudra filmer chaque fois que c'est possible, décrète-t-il.

– Bien.

– Et passer les vidéos devant les gars du *Purgatoire*, il va adorer.

Nous continuons de rire encore un moment, puis revient entre nous un silence confortable que j'aime tant partager avec mon petit ami. La tête posée au creux de son épaule valide, je me laisse bercer par sa respiration, par sa présence, pendant près d'une heure encore.

Lorsque nous rentrons à l'hôtel, il reçoit un coup de téléphone de Milan, le médecin des Styx Riders, qui le met plutôt en joie.

– Gun va bien, il pourra quitter l'hôpital la semaine prochaine, m'apprend-il après avoir raccroché.

– Tant mieux, dis-je. Tu me passes ton portable ? Je vais appeler Cassie.

– Ne parle pas de Chicago avec elle, ni avec Alex. C'est confidentiel.

– D'accord.

Sur ce, Gold part prendre sa douche. Je reste en ligne avec ma meilleure amie pendant l'heure qui vient, complètement détendue. Elle m'indique qu'elle compte rentrer à son université dans quatre jours. Mine de rien, je crois que ça l'aide de se trouver auprès d'Alex. Après les événements que nous avons vécus, la solitude n'est pas une bonne idée…

– Tu sais un truc à propos d'une affaire secrète ? me demande soudain Cassie.

– Comment ça ? m'étonné-je.

– Les gars du club se comportent trop bizarrement avec moi en ce moment, et avec Alex aussi ! s'exclame mon amie. Il y a des messes basses, et parfois, quand on entre au *Purgatoire*, les discussions s'arrêtent.

– Je ne sais pas ce qui se passe, mais tu ne devrais pas t'inquiéter, tenté-je pour rassurer Cassie. Gold et

Ash vous adorent, Alex et toi, non ? Même Bradley vous aime bien. Personne ne vous ferait du tort.

Mon amie grommelle un « ouais, mais ça m'énerve ». Puis elle embraye en me lançant :

– Comment se passe ton séjour à Nashville ?

– Tout est absolument parfait, dis-je. J'ai réussi à faire danser Shayne.

– Non !

– Si, je te jure.

Et en un instant, nous retombons dans le genre de conversations que nous avions au lycée. Celles de deux jeunes femmes insouciantes, discutant de leurs petits amis…

Je me tais au moment où Gold revient dans la chambre avec la nourriture qu'il est parti acheter, et qu'il me gratifie d'un haussement de sourcils en découvrant mon visage rougi. Je mets fin à la communication avec Cassie en la prévenant que son frère et moi rentrons bientôt à Black Lake.

– Tu ne lui as rien dit pour Chicago ? s'enquiert Shayne.

– Non, je suis une tombe, mon commandant ! répliqué-je.

Ce soir-là, je passe à nouveau une nuit exceptionnelle dans ses bras. Plus le temps passe, plus mon lien avec lui se solidifie… Juste avant de m'endormir, je pense à la vie que nous pourrions avoir ensemble à Chicago. Sa proposition me tente, en vérité. Je verrais Cassie tout le temps, ce n'est pas un détail négligeable. Et puis, maintenant que

Bradley et ma mère se sont rapprochés, elle ne sera plus seule pour gérer les triples J. C'est peut-être ma chance ? Peut-être que pour une fois les dieux sont de mon côté ?

Le lendemain, je me réveille très tôt. Gold dort, et il fait encore nuit. Je laisse un mot sur la table, puis je sors de l'hôtel et commande un taxi.

J'arrive au cimetière au moment où l'aurore rosit le ciel de mille couleurs délicates. En avançant entre les pierres tombales d'une démarche calme, je me fais la remarque que je n'ai pas envie de pleurer. Je n'ai plus envie de pleurer. Autrefois, ça ne manquait jamais. Je trouvais cet endroit horrible, comme s'il m'avait pris un morceau de mon âme. Aujourd'hui, ce n'est plus le cas.

Je m'arrête devant la stèle de mon père et m'assois devant elle. Je reste ainsi, silencieuse, pendant de longues minutes, puis mes lèvres se descellent d'elles-mêmes au moment où je me sens prête à m'ouvrir.

– Bonjour, papa. J'ai plein de choses à te raconter…

CHAPITRE 39

GOLD

Je suis en train de passer un coup de chiffon sur ma Harley au moment où le taxi s'arrête devant le motel. Ruby en sort avec un grand sourire aux lèvres, le genre qu'elle arborait avant que les mecs du casino, puis Lady, décident de s'en prendre à elle. Sa posture est moins tendue, les traits de son visage moins tirés. Je sais qu'elle revient du cimetière, pourtant. En lisant son mot, je me suis fait la remarque qu'elle aurait peut-être besoin que je lui remonte le moral à son retour. Manifestement, ce n'est pas le cas, mais pour m'en assurer, je passe un bras autour d'elle et la serre contre moi.

– Comment tu vas ? lui demandé-je.

– Très bien, me répond-elle. Et toi ?

Je l'observe un instant pour m'assurer qu'elle me dit la vérité. Mais oui, ses yeux pétillent. On dirait qu'elle avait besoin de ce tête-à-tête avec son paternel pour aller de l'avant.

– Impec', dis-je finalement. Toujours OK pour repartir aujourd'hui ? Tu n'es pas obligée de me suivre, je peux passer te reprendre dans quelques jours.

– Non, allons-y, décide-t-elle. Venir à Nashville m'a permis de faire le tri dans mes pensées, dans mes choix de vie aussi. C'était ce qu'il me fallait. Maintenant, je veux passer du temps avec Cassie avant qu'elle reparte pour Chicago.

Nous prenons la route dans la foulée, histoire d'arriver le plus tôt possible à Black Lake. Il doit être aux alentours de dix-huit heures lorsque nous nous arrêtons devant l'hôpital. Il se trouve que Snack a dû y retourner à cause de complications liées à sa sortie prématurée. Les gars ont essayé de le raisonner, mais il les a tous envoyés balader, même Milan. Il a fallu que sa blessure s'infecte pour qu'il accepte enfin de se faire soigner. Quel con, franchement…

Ruby passe dix minutes dans la boutique de souvenirs pour lui acheter un cadeau. Enfin, *des* cadeaux. Pour ma part, je ne pense pas que des ballons et des chocolats remonteront le moral de mon frangin, mais ma sirène insiste. Du coup, forcément, je suis bon pour porter tous ses trucs à travers les couloirs.

La chambre de Snack se trouve à l'opposé de celle de Gun, tout près du poste de sécurité. J'ignore si c'est fait exprès ou pas, mais à la place des médecins, j'aurais plutôt mis mon vice-président à proximité des vigiles. Des deux, c'est bien lui le plus dangereux.

– Regarde qui est déjà sur place, Nashville, lancé-je alors que nous débouchons dans le bon couloir.

Cassiopée et Ruby poussent un hurlement excité en s'apercevant, avant de se jeter dans les bras l'une de l'autre. Elles piaillent à m'en donner mal au crâne, alors je rejoins Alex, installé sur une chaise.

– Salut, gamin, lâché-je.

– Tiens, le boss est revenu de vacances ! me renvoie-t-il.

– Comment va Snack ? me contenté-je de demander en désignant la porte fermée.

– Un genou explosé, le moral à zéro. Il refuse toujours de nous parler. Il m'énerve, cet abruti, franchement. Il me jette chaque fois que je viens le voir.

Ça ne ressemble pas à Snack de s'isoler de cette façon. Les premiers jours, nous ne nous sommes pas trop inquiétés qu'il se renferme sur lui-même : nous nous disions qu'il avait besoin de temps pour accepter le diagnostic des médecins. Un biker qui apprend qu'il ne pourra plus jamais remonter sur une moto vit la mort d'une partie de son être, après tout… Mais qu'il continue à nous rejeter est préoccupant.

J'observe un instant la porte close. Alex doit lire dans mes pensées, parce qu'il me propose :

– On y va quand même, boss ?

– Ouais.

Sur ce, nous nous levons et débarquons dans la chambre. Snack, debout près du lit, sursaute en nous voyant. Il perd l'équilibre et manque de tomber. Je le retiens avant qu'il n'aggrave son cas. Il ne me remercie pas. À la place, il me balance :

– Merde, j'ai dit que je ne voulais voir personne !

– Je ne suis pas « personne », je suis ton supérieur, rétorqué-je. Si tu ne veux pas te prendre une autre balle, arrête de faire cette tête d'enterrement.

– Facile à dire pour vous, les mecs. Matez-moi ! Je ne suis plus un biker !

C'est qu'il raconte des conneries, l'enfoiré ! Je l'attrape par le col et le soulève jusqu'à ce que son visage soit au niveau du mien.

Puisque la manière douce ne fonctionne pas, on va changer de méthode…

– Tu restes un Styx Rider, que tu puisses conduire une putain de bécane ou non, pigé ? grondé-je. Il y a un truc que tu sembles oublier, frangin, c'est le lien qui nous unit tous. Qu'est-ce que tu crois ? Que le président va te jeter comme une merde parce que tu t'es pris une balle alors que tu étais en mission pour le club ?

– C'est bien mal me connaître, en effet, entends-je Bradley déclarer derrière moi. Gold, peux-tu lâcher notre blessé, s'il te plaît ? Ce serait malheureux de devoir rallonger son séjour ici.

Je repose mon pote, pendant que le président entre dans la chambre. Les filles le suivent de près,

Cassiopée avec un grand sourire, Ruby un peu plus timide. Ma sirène accroche les ballons au dossier d'une chaise puis pose les chocolats sur la petite table à côté du lit. Snack l'observe bizarrement. J'attends qu'il se moque d'elle pour lui envoyer mon poing dans l'épaule. Ce serait justifié, et en plus j'en crève d'envie. Ce gosse me fatigue !

– Comment vas-tu ? le questionne Bradley.

– Comme sur des roulettes, grogne-t-il.

Il est évident dans la manière dont il parle que le cœur n'y est pas. Et c'est compréhensible : il a vingt ans, et déjà il se trimballe un handicap pour le restant de sa vie.

– Au moins, intervient Ruby à la surprise générale, tu es encore en vie.

Snack se fend d'un faible sourire avant d'indiquer :

– Je sors la semaine prochaine, selon les médecins. Comment va Gun ?

– Il ne chiale pas, lui, répond Alex du tac au tac.

Nous nous tournons tous vers le gamin, consternés, et il ajoute :

– Quoi ? C'est vrai, bordel ! Snack, je t'aime, putain, mais tu aurais pu crever ce jour-là. Tu devrais t'estimer heureux. Toi, au moins, tu ne t'es pas réveillé en constatant que tu avais tout perdu.

Là, le môme parle de lui-même. Il y a un an et demi, il s'est pris une balle dans la poitrine et ça lui a valu des mois de rééducation. Une fois, il m'a raconté qu'en se réveillant dans sa chambre d'hôpital il s'attendait à voir sa mère près de lui.

Il avait oublié qu'elle était morte, et quand il s'en est souvenu, il a dû gérer le choc de son décès une deuxième fois.

L'air dans la pièce s'alourdit. Snack grimace, se masse la nuque et s'apprête à répliquer. Sauf qu'il est interrompu par un nouvel arrivant, qui s'exclame :

– Attends, c'est quoi ce plateau-repas ? Pourquoi tu as eu droit à de la mousse au chocolat et pas moi ?

Le teint encore terreux, les mouvements ralentis par sa blessure, Gun ignore les regards qui se posent soudain sur lui. Il se contente de chourer le dessert que n'a pas mangé Snack.

– Qu'est-ce que tu fous là ? gronde Bradley.

– Je viens prendre des nouvelles, répond le vice-président. Et je me sens tout seul dans ma chambre. Oh, mais tu as même une connexion Internet ? Comment ça se fait ?

– Ce sont mes vieux qui ont insisté pour que je prenne l'option, avoue Snack. Ils sont du genre protecteurs. D'ailleurs, ils viennent demain, alors ne déboule pas ici pendant qu'ils seront là.

Les parents du môme vivent à Black Lake, mais il ne parle jamais d'eux. Ils s'entendent plutôt bien, rien à dire là-dessus, sauf qu'il ne mélange jamais sa vie privée avec celle du club.

Sans répondre, Gun recrache la cuillère qu'il vient de prendre et se sert du drap de lit pour essuyer sa bouche.

– Putain, t'es vraiment un porc, l'attaque Snack.

– La ferme, rétorque l'intéressé. J'ai été plus gravement touché que toi, j'ai le droit.

– Mais n'importe quoi, s'exclame Cassiopée, choquée. Bradley, tu ne vas pas laisser ton vice-président se comporter comme ça ?

Résultat des courses, Gun se mange une claque derrière la tête, et sa mine outrée fait exploser les filles de rire.

– Bon, lance-t-il, je suis là pour un truc bien précis, en fait. Mesdemoiselles, si vous voulez bien aller nous chercher des cafés, ce serait top. Au Starbucks, s'il vous plaît, pas à la machine à café dégueulasse.

Le regard de Ruby s'assombrit.

– Tu nous as prises pour des prospects ou quoi ? s'emporte-t-elle.

– Et la politesse, tu en fais quoi ? enchaîne Cassiopée.

Puisque Gun s'est mis dans la galère tout seul, mes frangins et moi le laissons se noyer sans intervenir.

– Faut pas le prendre comme ça, les filles… tente-t-il.

– Il faut le prendre comment ? lui renvoie ma sœur. Tu crois que parce que tu t'es fait tirer dessus, ça te donne le droit de nous donner des ordres ?

– Bon, OK, je suis désolé ! capitule Gun. Pardon, mesdemoiselles. Pour la peine, je vais aller les chercher moi-même, ces cafés.

Il boîte en direction de la porte, chipant le portefeuille de Snack au passage. Ce mec n'a aucune limite quand il est blessé, ma parole…

– Laisse, on y va, soupire Cassiopée. Tu viens, Ruby ?

Un instant plus tard, il ne reste que les membres du club dans la pièce. Nous avons environ dix minutes avant le retour des filles, et nous en utilisons cinq pour inspecter la chambre à la recherche de micros qui pourraient y être dissimulés. Puis Gun s'assoit sur la chaise avec un soupir. Il a repris un visage sérieux, signe que l'homme vient de laisser place au vice-président.

– Il faut qu'on décide de ce que nous allons faire concernant les deux cent mille dollars, lâche-t-il. J'ai bien compris que tu comptais les laisser à Potosko, prés', mais rassure-nous… Il ne s'en tirera pas à si bon compte ?

– Négocier avec lui ne servirait à rien, déclare Bradley. Mais en effet, nous n'allons pas en rester là.

Nous échangeons des coups d'œil éloquents pendant quelques secondes, puis Alex propose :

– Et si on s'en prenait à son commerce ? Potosko tient à son casino plus qu'à ses propres gosses.

Je fronce les sourcils et réplique :

– Comment tu sais qu'il a des gosses ?

– Quand j'étais chez les Red Birds, j'ai bossé avec lui.

Je hoche la tête, tandis que Gun admet :

– Bousiller le casino, c'est plutôt une bonne idée. Comment ?

– Une explosion liée à une fuite de gaz peut malheureusement arriver, ricane mon président.

J'aime bien l'idée.

– Quand ? demandé-je.

– Ce soir, décide Bradley. Mais nous devrons nous assurer que tout se passe correctement et qu'il n'y aura pas de dommages collatéraux.

Nous bouclons notre plan quelques secondes avant le retour des filles. Cassiopée tend son café noir à Gun, un latté noisettes grillées à Snack, et un déca au prés'. Quant à moi, je passe un bras autour des épaules de Ruby et attrape mon gobelet. Étrange comme nous parvenons à passer d'une discussion cruciale pour le club à des broutilles sans importance… À ce petit jeu, Gun est de loin le meilleur d'entre nous :

– Vous croyez que je peux demander à une infirmière de m'apporter une mousse au chocolat ? s'interroge-t-il. Il faut tuer qui pour manger correctement, ici ?

– Tu es censé être à l'hôpital pour te reposer, ce n'est pas un restaurant, soupire Cassiopée.

– Et alors ? rétorque le vice-président. La nourriture, c'est important pour aller mieux ! Qu'on ne nous serve pas de bière, je comprends, mais de là à nous empoisonner… Tu sais ce qu'ils m'ont servi tout à l'heure ? De la soupe ! Rouge ! Avec des trucs verts dedans !

À cet instant, une infirmière frappe à la porte et entre dans la pièce. Devant tant de monde, elle se fige, surprise, avant de prendre une expression furieuse en apercevant Gun. La seconde d'après, il essuie une salve de reproches. Du coup, il bat en retraite vers sa propre chambre, suivi par la soignante.

– Il faut que j'y aille, décide Bradley quelques secondes plus tard. Rejoins-moi au bastion dans une heure, Gold. Toi aussi, Alex.

– Bien, chef.

– Repose-toi, fils, conseille-t-il à Snack.

Ce surnom, il l'emploie rarement pour s'adresser à quelqu'un d'autre qu'Ash. Quand il le fait, cela prouve le respect que la personne lui inspire, et qu'elle est importante pour lui. C'est ce qu'il fallait à Snack, de toute évidence. Son visage s'éclaire, ses lèvres s'étirent en un sourire.

– Merci, prés', déclare-t-il.

– Je reste avec lui, décide Cassiopée.

Je me tourne vers Ruby.

– On décolle ? lui suggéré-je.

– Oui, répond-elle. Maman m'attend.

CHAPITRE 40

RUBY

Les triples J courent partout depuis une bonne heure. Je les suis à la trace pour les empêcher de se faire mal, mais Joyce trouve hilarant d'essayer de monter les escaliers dès que j'ai le dos tourné. Si bien que lorsque l'heure du repas arrive, je n'ai toujours pas parlé à maman de la possibilité que je parte à Chicago avec Gold. Ça m'angoisse. J'ai l'impression qu'une éternité s'est écoulée depuis ma dernière discussion avec ma mère, alors qu'elle remonte à une semaine à peine.

Vers vingt-deux heures, nous nous échouons devant la télévision toutes les deux. Enfin, pour ma part, je ne regarde pas vraiment l'écran. Les lèvres du présentateur bougent, mais je ne saisis pas ce qu'il dit.

– Comment s'est passé ton voyage à Nashville ? me demande maman après quelques minutes.

– Oh… bien, réponds-je. Shayne est venu avec moi. Je crois que sa présence a rendu ce séjour encore plus beau ! Je suis allée voir papa… Il me manque, tu sais ?

Ma mère sourit tristement, les images de l'écran se reflétant sur son visage.

– Il serait fier de toi, chérie, affirme-t-elle. De ce que tu deviens, de ce que tu veux devenir.

– Même alors que je travaille à la *Luxure* ?

Cette question me mine depuis un moment… mais loin de me réprimander, maman déclare :

– Crois-le ou non, j'ai interrogé ton patron, jeune fille. Il m'a assuré que tu n'aurais jamais à retirer tes vêtements là-bas, seulement à chanter. Je n'ai pas à intervenir quant à la façon dont tu gagnes ta vie, et si ton père était là, il dirait la même chose.

Je reste silencieuse un instant… avant d'éclater de rire.

– Tu plaisantes, n'est-ce pas ? m'esclaffé-je. Papa s'arracherait les cheveux !

– Tu n'as pas tort, admet ma mère. Sur le coup, il n'aurait sans doute pas très bien pris la nouvelle… Il n'empêche qu'il avait confiance en toi, comme moi. Alors ne te préoccupe pas trop de ce qu'il penserait de ton emploi. Surtout qu'il n'est pas définitif… n'est-ce pas ?

– En effet, c'est juste pour payer mes études, confirmé-je.

Maman se lève pour se servir un verre d'eau, m'en rapporte un et s'installe à nouveau dans le canapé. Je remarque qu'elle ne porte plus de pantalon de survêtement ni de tee-shirt trop grand, comme elle le fait habituellement pour dormir. À la place, elle a opté pour une nuisette. L'amour lui va bien, c'est génial de la voir sourire à nouveau.

– Donc, le président des Styx Riders ? lancé-je mine de rien.

Ses yeux s'écarquillent, ses joues rougissent.

– Pour l'instant, rien n'est gravé dans la pierre, m'indique-t-elle. On prend notre temps. Il préfère miser sur la discrétion, et moi aussi.

Il vaut mieux. Après tout, je suis bien placée pour savoir quelles galères peut amener une relation avec un biker. Si ma mère peut les éviter pour quelque temps encore, cela vaut mieux.

– Bradley est quand même beaucoup mieux que Clay ! déclaré-je.

– Je te l'accorde, aucune comparaison ! renchérit maman. Il est tellement brillant… Plein d'humour et d'attention. C'est étonnant pour un chef de gang, non ?

– Je crois qu'ils n'aiment pas être appelés « gang ». Juste club.

– D'accord.

Nous continuons à discuter un peu de Bradley, puis d'Ash et Kris, ses enfants. Au bout d'un moment, le silence revient. Je plonge dans mes pensées, songeant à mon propre avenir avec Gold. Soudain, ma mère m'interpelle :

– Chérie, je t'écoute, parle-moi.

Je me tourne vers elle, surprise par la détermination dans sa voix.

– Tu ressasses, ça me stresse, ajoute-t-elle. Qu'est-ce qui ne va pas ?

Voilà le moment fatidique ! Autant me montrer directe.

– Eh bien… Shayne a eu une promotion au sein du club, annoncé-je. Il a l'opportunité de partir pour Chicago.

– Vraiment ? Quand ?

– Je ne sais pas. Il attend de savoir si je vais le suivre avant de se décider.

Je scrute le visage de ma mère à la recherche de la moindre émotion négative, d'une pointe de déception, de n'importe quoi me suppliant de rester avec elle. Mais rien. Elle me sourit, tend la main, caresse ma joue.

– Tu n'as pas envie d'y aller ? me demande-t-elle. Si c'est le cas, tu devrais lui en parler. Je pense qu'il ne te forcerait pas à l'accompagner.

Je secoue la tête.

– Ce n'est pas ça. Je meurs d'envie de partir avec lui, en fait, de recommencer une nouvelle vie, de découvrir d'autres horizons. L'université de Cassie propose exactement le même cursus que le mien, en plus !

Je me concentre sur mes doigts, que je tords.

– Mais il y a moi, devine ma mère, et les bébés. C'est ce qui te bloque ?

Exactement !

– Je n'ai pas envie de vous laisser, soufflé-je. Maman, je flippe à l'idée de m'éloigner de vous !

– Parce que tu crains pour notre sécurité ou parce que l'inconnu te fait peur ?

Bonne question. Un peu des deux, sans doute.

Face à mon silence, ma mère poursuit :

– Quelle que soit la décision que tu prendras, ce sera la bonne. Mais je t'interdis de rester à Black Lake à cause de moi ou des triplés. Nous nous porterons très bien sans toi, et ce n'est pas comme si Chicago se trouvait à l'autre bout du monde. Fais ce que ton cœur te dicte.

Je ne trouve à rien répondre, là tout de suite, alors je prends la télécommande et me mets machinalement à zapper entre les chaînes. Les actualités locales apparaissent à l'écran, dévoilant une scène impressionnante. Une journaliste se tient devant un immense incendie qui ravage un bâtiment.

– Par chance, le feu n'a fait aucune victime, explique-t-elle. D'après nos sources, les détecteurs de fumée se seraient déclenchés dix minutes après l'explosion dans la chaufferie du casino. L'ensemble des clients a pu être évacué à temps, y compris ceux du night-club en sous-sol. La piste criminelle est d'ores et déjà envisagée.

Ma mère éteint la télévision à cet instant. Elle a raison : nous n'avons pas besoin de nous infliger de nouvelles images choquantes. Elle dépose un baiser sur ma joue, se lève et se dirige vers l'escalier. Mais avant de monter, elle se retourne et me lance :

– Va à Chicago, chérie. Si tu regrettes, tu pourras toujours revenir à la maison. Je t'aime, et je ne veux pas que tu t'empêches de vivre ta vie à cause de moi. Et puis, je ne suis plus seule. Bradley a un instinct parental presque aussi développé que celui de ton père. Je ne crains rien.

Sur ce, elle disparaît à l'étage, me laissant seule avec moi-même. Je fixe l'écran éteint de la télévision comme s'il pouvait m'apporter une réponse. Je pense n'avoir jamais eu à prendre une décision aussi importante de toute ma vie, et c'est loin d'être facile…

J'en viens à me demander ce que ferait Lux à ma place. Elle qui est bien plus assurée que moi, qui n'a pas peur de s'affirmer, saisirait-elle cette opportunité ?

Quelqu'un finit par frapper à la porte, me tirant de mes réflexions. Il n'y a qu'une seule personne susceptible de nous rendre visite à cette heure : Shayne. Et en effet, lorsque je sors de la maison, je le trouve assis sur la balancelle du porche. Je m'installe à côté de lui, bercée par le grincement métallique du banc suspendu.

– Si je te suis, tu m'assures que je serai en sécurité ? lui demandé-je de but en blanc. Qu'aucun policier ne débarquera chez nous en pleine nuit pour nous embarquer tous les deux ?

– Jamais je ne te mêlerai aux affaires du club, je te le jure, me répond Gold. Je ferai tout mon possible pour que tu puisses mener une vie parfaitement normale.

J'ai conscience qu'il ne peut pas me promettre davantage. Son lien avec les Styx Riders le met en danger, et lui comme moi savons qu'il pourrait faire de la prison si jamais les autorités le coincent un jour. J'y ai réfléchi, ainsi qu'à ce que je ressentirais si cela se produisait. Et j'ai compris que craindre ça, c'est comme ne plus vouloir sortir de chez soi de peur de se faire écraser par un bus. Ça pourrait arriver, mais si l'on envisage les choses sous cet angle, on s'arrête de vivre. Gold m'aime : il est prêt à rester à Black Lake avec moi si je décide de ne pas partir pour Chicago, à laisser le titre de président à quelqu'un d'autre. C'est le signe de l'importance que j'ai à ses yeux… L'avenir qu'il m'offre avec lui, c'est du solide, pas seulement une lubie passagère.

J'attrape sa main dans la mienne et la serre aussi fort que possible en lui glissant :

– Je n'ai pas envie de te perdre, Shayne.

– Tu ne seras jamais accusée de rien si les flics nous tombent dessus, Nashville, déclare-t-il. Tu n'as aucun souci à te faire de ce point de vue. Si tu flippes, tu peux demander à Heden comment elle vit son histoire avec Ash, tu peux…

Afin de faire taire l'angoisse que je ressens chez lui, je l'embrasse. Ce crétin a réussi à accentuer mon inquiétude au lieu de la dissiper. Mais je préfère qu'il soit honnête avec moi, comme il vient de le faire. Il y aura toujours un risque à vivre à ses côtés, point final. Soit je l'accepte, soit je m'éloigne.

Il me regarde avec une certaine tension dès que je m'écarte, et il me demande :

– Dois-je comprendre que tu as pris ta décision ?

J'acquiesce. Ses mains encadrent mon visage, descendent dans mon cou. J'aime qu'il me touche, qu'il me regarde avec une telle joie, un tel désir. Je suis prête à vivre à fond à ses côtés, que ce soit ici ou à Chicago.

– Absolument, confirmé-je. Je suis toute à toi, Shayne Walker.

– Aucun doute là-dessus.

Ses lèvres se posent sur les miennes, comme si nous venions de sceller un pacte. Ensuite, installée contre lui, bien au chaud dans ses bras, je lui raconte ma conversation avec ma mère.

– Elle le prend bien, constate-t-il.

– Oui, j'ai de la chance qu'elle soit aussi ouverte.

– Elle sort avec le président. Je n'en attendais pas moins d'elle.

– Un point pour toi, lancé-je en me levant.

Je m'étire en rejoignant la porte de la maison. Une fois sur le seuil, je m'arrête, me retourne et lâche :

– J'ai appris pour l'incendie, au casino. Vous avez récupéré votre argent ?

La surprise s'empare un instant des traits de Gold, avant de laisser place à un sourire carnassier.

– Je ne vois pas de quoi tu parles, prétend-il.

– Évidemment.

Je lève les yeux au ciel. Il ne faut pas me prendre pour une idiote. Comme par hasard, le bâtiment brûle une semaine après ce qui vient de se produire ? Mais je n'insiste pas pour avoir des réponses : me maintenir dans l'ignorance est la meilleure manière qu'a Gold de me protéger.

– Tu rentres tout de suite ? me lance-t-il.

La déception dans sa voix est évidente. Avec un petit sourire, je lui réponds :

– Je ne rentre pas : *on* rentre. Tu viens ? Je vais te montrer ma chambre.

ÉPILOGUE

GOLD

Trois mois plus tard

La confusion règne au *Purgatoire*. Les gars braillent à tue-tête, crient, draguent et picolent à n'en plus finir. Deux brebis passent près de moi pour rejoindre Snack, qui les accueille avec un sourire à la con. Depuis qu'il est sorti de l'hôpital, il s'envoie en l'air dès qu'il le peut. Il ne parvient plus à plier la jambe, alors plus de moto pour lui ni de missions dangereuses… Il ne lui reste que la baise. On dirait bien qu'il en profite au maximum, sans doute pour éviter de ressasser en permanence. Ses capacités physiques reviendront peut-être avec le temps, ainsi que son moral. En attendant, on le laisse s'éclater.

Il se dirige avec les brebis vers l'une des salles du fond. Je me tourne vers Ash, qui a l'air de trouver la situation plutôt drôle. Ce soir, la fête est réservée aux

Styx Riders. C'est la première à laquelle participe Ruby, et elle n'a pas l'air trop choquée. Je crois que la présence de Kris et d'Heden auprès d'elle l'aide. Elles sont de plus en plus proches, toutes les trois, au point qu'elles se sont vraiment fait faire un *cut* qui indique « les filles du Styx ». Cassiopée en a reçu un elle aussi, même si elle n'est pas là ce soir.

Je bois une gorgée de bourbon en observant les nanas, deux tables plus loin. Elles discutent avec Vanessa, et d'autres femmes dont j'ignore l'identité. De l'eau a coulé sous les ponts depuis la trahison de Lady. Au début, Ruby a eu du mal à s'en remettre, je ne peux pas le nier. S'attacher à d'autres de ses collègues à la *Luxure* après cet épisode a été difficile pour elle, même si elle ne m'en parle jamais. De toute façon, demain, nous emménageons à Chicago. Cela lui permettra de prendre un nouveau départ. Tout est prêt là-bas pour accueillir le nouveau chapitre, qui sera composé de douze membres ainsi que de six prospects qu'on a dégotés ici et là-bas. Le président des Faucheurs, Isha Otila, nous a recommandé certains d'entre eux. Depuis que sa fille est enceinte de notre sergent d'armes, je le trouve plus… résigné dans ses relations avec les Styx Riders. Tant mieux : cela nous fait moins de tensions à gérer.

– Tu penses à quoi, mec ? me demande Ash.

– Je vais devenir président d'un chapitre, bordel, réponds-je. C'est fou. Je n'imaginais pas que ça m'arriverait un jour, je pensais plutôt que

Bradley aurait fait appel à Gun ou toi s'il voulait se développer dans une autre ville.

– Mais puisque ni lui ni moi n'avons l'intention de quitter Black Lake… T'as les billets ?

– Ouais.

– C'est le moment de lui dire.

Mon sergent d'armes désigne Alex d'un signe de tête. Le gamin sait pour le chapitre des Styx Riders à Chicago, mais il croit que son admission là-bas est encore en négociations. Pour l'instant, vu la taille réduite du chapitre, je ne vais pas avoir besoin d'un vice-président, et il faut que le petit continue à prendre du galon avant de pouvoir prétendre à ce statut. Mais je ne doute pas qu'un jour, il l'obtiendra.

Je porte mes doigts à mes lèvres et pousse un long sifflement. Cela attire l'attention d'un paquet de monde, y compris celle d'Alex. D'un mouvement de la main, Ash lui ordonne d'approcher de nous.

– Alors, il paraît que tu perds au billard ? lance-t-il quand le gamin est tout proche.

– Mace et Orlando trichent, prétend Alex.

– Ouais, c'est évident, ricané-je.

Trop fier pour admettre qu'il joue mal, mon frangin grimace, grommelle et commande une bière. Alors qu'il s'installe entre Ash et moi, je balance les billets d'avion sur la table, devant lui. D'abord, il ne réagit pas, surpris. Puis, quand il comprend de quoi il s'agit, il écarquille les yeux avec un grand sourire. On dirait un gosse devant le sapin de Noël le soir du réveillon.

– Putain de merde ! s'exclame-t-il.

– Ouais, de rien, glousse mon sergent d'armes.

Kris, Heden et Ruby se greffent à nous un instant plus tard. Elles étaient dans la confidence et attendaient ce moment avec impatience. Fou de joie, Alex n'en peut plus de jurer : on dirait qu'il a oublié comment parler normalement.

– Encore un gros mot, et je change d'avis, bougonné-je.

À ma boutade, il répond en se jetant dans mes bras. Trois secondes plus tard, il fait la même chose avec Ash, puis avec les filles. Sur ce, un autre sifflement nous bousille les oreilles : il vient de Gun, cette fois. Debout sur une table, comme toujours quand il compte nous gratifier d'un discours à sa sauce, il lance :

– Mesdames, messieurs, bouclez-la !

Le vacarme qui règne au *Purgatoire* se calme un peu, et le vice-prés' reprend :

– Notre Alex adoré vient de comprendre qu'il va quitter le *Purgatoire* pour aller traîner ses guêtres à Chicago ! La surprise n'en étant plus une, félicitez-le.

Le gamin se mange une quantité de claques dans le dos qui menacent de lui décrocher les poumons. Il se met à geindre au bout du trentième coup et décide de monter à son tour sur la table pour échapper aux gars. En vain.

– C’est bon, j’ai compris ! proteste-t-il. Arrêtez, bande d’enfoirés ! Ash, aide-moi !

Ce dernier se contente de lever son verre dans sa direction. Dans la foulée, Gun pousse Alex dans le bain de foule en prétendant que, en tant que vice-président, il est le seul à avoir le droit de grimper sur les meubles.

De vrais gamins, ma parole.

Amusée par la situation, Ruby se glisse entre mes jambes, son dos contre mon torse, et attrape mes mains pour les enrouler autour de sa taille. Je dépose un baiser dans son cou, un autre au creux de son épaule. Elle frissonne de plaisir.

Notre histoire commence à peine : quatre mois, ce n’est pas si long, l’un dans l’autre. Mais jamais encore je n’avais gardé une copine aussi longtemps. Et je sais déjà que Ruby est différente de toutes les femmes que j’ai connues par le passé. Officiellement, elle n’est pas ma régulière, et je ne compte pas lui offrir le blouson maintenant. Mais je sais que je le ferai un jour. En attendant, je ne veux rien forcer : chaque chose arrive en son temps.

Silencieusement, ma sirène se retourne pour croiser mon regard. Je déchiffre ses silences avec une facilité étonnante, désormais. Dans ses yeux, je lis l’amour qu’elle me porte, le bonheur qu’elle éprouve. Et bordel, ça a de quoi changer un mec, tout ça !

– Shayne…

Elle ne continue pas sa phrase. Avec un sourire, je lui réponds :

– Je sais. Moi aussi.

Elle éclate de rire. Dans la foulée, Gun demande une nouvelle fois le silence. Une fois qu'il l'a obtenu, il lâche :

– OK, il faut que je vous annonce un truc ! Vous m'écoutez ? Parfait. Kris et moi, on va se marier.

Une vague de murmures déferle dans le *Purgatoire*. Ash et Kris tirent à peu près la même tête : on dirait qu'on vient de leur verser un seau d'eau glacial sur la figure.

– Quoi ? croasse la fleuriste. Mais… n'importe quoi ! Toi, tu décides ça comme ça ? On ne va pas se marier !

Gun rougit et bredouille :

– C'est vrai, merde, j'ai oublié… Attends… Tiens.

Il lui balance un objet qu'elle rattrape par réflexe, puis il bondit au sol et s'agenouille devant elle. Je n'arrive pas à croire à ce qui est en train de se passer. Kris non plus, d'ailleurs. Bradley, en revanche, paraît plus serein : appuyé contre le comptoir, il sourit en observant sa fille.

– Désolé, je n'ai pas l'habitude des trucs comme ça, lâche Gun.

– Encore heureux, murmure Ruby en sortant son téléphone pour filmer.

Sans attendre, notre vice-président se racle la gorge et déclame :

– Kris, je me souviens de ce jour où tu m'as roulé une pelle pour la première fois devant le magasin de sex-toys. Tu venais de rompre avec ton copain, et tu cherchais de quoi te remonter le moral.

La fleuriste devient plus rouge que le haut de ma sirène. Elle ouvre la bouche pour se justifier mais se fait couper net par un Gun en grande forme :

– Je t'ai proposé de coucher avec moi, et tu m'as envoyé ton poing dans la figure. Après ça, sans transition, tu m'as embrassé.

– *Tu* m'as embrassée !

– Bref, c'est pareil. Je te trouvais super relou, une vraie plaie. Pas moyen de t'avouer ce que je ressentais pour toi sans risquer de me manger une mandale. Au fil des années, heureusement, tu as fini par voir que j'étais le mec parfait, celui dont tu avais besoin.

Ça se marre dans le *Purgatoire*. Certains immortalisent la scène pour ne jamais oublier ce moment. On le ressortira à Gun quand il deviendra un peu trop casse-pieds.

– Tout ça pour te dire que tu as fait le bon choix en me tombant dans les bras, ajoute-t-il.

Kris, de plus en plus impatiente, lui envoie une tape sur l'épaule. Il lève les yeux au ciel et reprend :

– Je plaisante. Ma vraie conclusion, c'est que tu as fait de moi l'homme le plus heureux de cette planète et que je veux finir mes jours avec toi. Alors même si tu as refusé de devenir ma régulière, j'espère que tu accepteras de devenir ma femme.

Son sérieux soudain impose le silence dans la salle. Tous observent Kris dans l'attente de sa réponse. Elle a entre ses mains le pouvoir de briser le cœur de notre vice-président… et je réalise qu'elle est en larmes.

Pourquoi elle chiale ? Il a dit un truc de travers ?

– Espèce d'abruti ! s'écrie-t-elle.

La tension monte dans le bastion. Plus personne n'ose dire quoi que ce soit. En même temps, la situation est totalement inédite.

Je remarque que Ruby sourit de toutes ses dents, Heden aussi. Merde, elles n'ont pas compris que Kris vient d'envoyer mon frangin bouler ?

– Bien sûr que je veux devenir ta femme ! s'exclame-t-elle alors.

Merde, j'ai dû rater quelque chose. Mais bon, on s'en tape, elle a dit oui ! Le temps que ça monte au cerveau de notre vice-président, elle l'oblige à se redresser et se jette à son cou.

– Tu étais au courant ? me demande Ruby dans un souffle.

– Absolument pas, réponds-je. Il cache bien son jeu, notre Gun.

À présent, la sœur d'Ash admire le diamant incrusté sur sa bague de fiançailles en argent. Au moins, son petit ami ne lui a pas choisi une chevalière ornée d'une tête de mort. Honnêtement, il en aurait été capable…

Ruby se détache de moi et se dirige vers le groupe de filles qui s'est formé autour de la future mariée.

Ensemble, elles se mettent à couiner et à sautiller sur place. Ash, lui, se rapproche de Gun, pose sa main sur son épaule et lâche :

– Putain de merde, tu vas devenir mon frangin pour de vrai !

– Ouais, réplique notre vice-président. Ça faisait un moment que j'y pensais, depuis que Kris a failli me faire avaler le blouson des régulières, en fait. Tu savais qu'elle voit ça comme une marque d'asservissement ? C'est ce qu'elle m'a dit. Que je voulais « l'asservir ».

Il prend un air dépité trois secondes à peine, avant de retrouver une expression béate.

Quand le président le rejoint à son tour, les mecs aux alentours s'éparpillent comme des mouches. Ils pensent peut-être que Gun va en prendre pour son grade ? C'est mal connaître Bradley Devon.

– Bravo, fils ! s'exclame-t-il. Occupe-toi bien de ma fille et ne m'oblige pas à t'enterrer moi-même, OK ?

– Évidemment, prés'.

D'après ce que je sais, Bradley sort toujours avec la mère de Ruby, mais il n'en a parlé à personne chez les Styx Riders pour l'instant. La situation a l'air de lui convenir ainsi, et une chose est sûre : ce n'est pas moi qui trahirai son secret.

Nous fêtons l'événement une bonne partie de la nuit, à coup de shots et de bière. Ruby et moi mettons les voiles vers quatre heures du matin. Ma sirène est aussi excitée qu'une puce sous ecstasy. Heden et Kris sont dans le même état, d'ailleurs, ce qui est d'autant plus remarquable que ni l'une ni l'autre n'ont bu la moindre goutte d'alcool.

Nous arrivons chez la mère de Ruby une vingtaine de minutes plus tard. Elle nous héberge depuis quelques jours, car mon ancienne maison est en vente à présent, avec l'accord de mes parents. Quant à mes affaires et à celles de Cassie, je les ai déjà expédiées à Chicago.

– Tu penses à demain ? murmure Ruby en sortant de sa salle de bains, enroulée dans une serviette. Enfin… à tout à l'heure ? C'est le grand jour.

Je me rends compte que je suis resté assis au bout de son lit pendant tout le temps qu'elle a passé sous la douche, les yeux dans le vague. Notre départ ne me stresse pas particulièrement, mais je dois avouer que ça marque un tournant dans mon existence. Je passe d'*enforcer* à président d'un chapitre. Pour couronner le tout, ce n'est pas un garage que je vais gérer dans l'Illinois, mais un restaurant. Ce ne sera qu'une couverture pour la vente d'armes, il n'empêche que c'est un changement important. En parallèle, Alex va m'aider pour le recrutement. Certains gars d'ici vont nous rejoindre dans les prochains jours, mais il va nous falloir du monde pour renforcer nos rangs. Ça va demander pas mal de travail, sur le long terme. Heureusement que Ruby sera là pour rendre mes soirées plus belles, là où mes journées promettent d'être pourries. Je vais devoir rencontrer un tas de mecs, les juger, les former, les surveiller.

Mon nouveau statut augure autant de bons que de mauvais moments.

Pourtant, j'ai rarement eu aussi hâte de ma vie !

– Le grand jour, en effet, soufflé-je. Merci d'être là, Nashville.

Elle s'installe à califourchon sur mes jambes, entourant ma nuque de ses bras, et s'exclame :

– Je suis si pressée !

– Moi aussi. En attendant, on devrait dormir, il vaut mieux qu'on soit en forme demain… tout à l'heure… bref.

Mais c'est seulement une demi-heure plus tard qu'elle ferme les yeux entre mes bras, complètement nue, un sourire aux lèvres. Un truc me dit que mon corps ne pourra plus jamais se passer du sien. Mon âme non plus. Une chance que j'aie fini par ouvrir les yeux sur elle, après des années à l'ignorer parce qu'elle était la meilleure amie de ma sœur… Je songe à elle un long moment, ainsi qu'à nous, à notre avenir.

Quand j'arrête de cogiter, il est sept heures et demie du matin. Je n'ai pas fermé l'œil. Tant pis… Je sors du lit, passe par la salle de bains et descends à la cuisine. Prétendre que je suis surpris en découvrant Bradley à la table du petit déjeuner serait mentir. Je l'ai déjà croisé ici en pleine nuit, et plus rarement en journée. Je souris en voyant Joyce installée sur ses genoux, en train d'essayer de lui voler ses pancakes. Cette môme fera tomber des cœurs de bikers plus tard, j'en suis certain…

En attendant, elle m'offre un sourire, la bouche barbouillée de sirop d'érable.

– Salut, démon, lui lancé-je en passant devant elle.

À l'attention de mon président, j'ajoute :

– Pas dormi non plus ?

– J'imagine que toi, ce n'est pas parce que ta fille va se marier, hein ? me renvoie-t-il en riant.

La mère de Ruby débarque dans la foulée avec Jayden et Jayson dans les bras. Elle les passe volontiers à Bradley quand ils braillent pour imiter leur sœur, puis dépose un baiser sur ma joue. C'est toujours un peu bizarre de la voir se comporter avec moi comme si j'étais son propre enfant, mais ça me plaît bien ; et puis, je suis content qu'elle m'apprécie.

– Tout est prêt pour le grand départ ? me demande-t-elle.

– Manque plus que Ruby et c'est parti. Je vais aller la réveiller, il faut qu'elle commence à se préparer.

Deux heures plus tard, c'est le moment des « au revoir » à l'aéroport. Kris et Heden sont là, ainsi que Bradley, Gun et Ash, mais pas Alex : il ne prend l'avion que demain, pour passer une dernière journée avec son oncle et sa tante.

La séquence émotion dure une bonne vingtaine de minutes. Les filles parlent entre elles d'un road-trip qu'elles voudraient organiser autour de Las Vegas, alors que les mecs m'envoient des coups de poing amicaux.

– Appelle si tu as besoin de quoi que ce soit, me dit Ash.

– T'inquiète, je gère, réponds-je. On se revoit dans trois mois pour la naissance de ta fille.

Parce que oui, notre sergent d'armes va avoir une fille. On connaît maintenant le sexe du bébé, et depuis, Ash se pavane avec une fierté non dissimulée.

– Allez, on y va, lancé-je à Ruby une fois qu'elle a vérifié qu'elle a le numéro de tout le monde, y compris celui de Snack.

Elle s'entend bien avec mon ancien employé et compte rester en contact avec lui. C'est lui qui va me remplacer au garage, d'ailleurs. Il s'en sortira bien, aucun doute là-dessus. Et puis, le fait de lui avoir confié cette responsabilité l'a rassuré quant à sa place au sein des Styx Riders – en tout cas, je l'espère.

Ma sirène et moi montons dans l'avion, et c'est alors que je commence à angoisser. Pas que je craigne ces engins en métal, c'est plutôt l'arrivée à Chicago que je redoute…

Ruby pose une main sur ma jambe pour m'obliger à arrêter de gigoter.

– Tout va bien se passer, m'assure-t-elle. Tu verras.

C'est elle qui le dit !

Nous atterrissons vers midi. Mon cœur n'a pas cessé de faire du rodéo… Je cherche Cassiopée dans la foule rassemblée dans le hall des arrivées, les mains serrées autour des poignées des valises. Ma sœur devrait se trouver dans le coin, elle a insisté pour passer nous prendre…

Soudain, Ruby me touche doucement l'épaule en désignant un petit groupe sur notre gauche. Voilà que je frise la crise cardiaque : mes parents nous attendent.

Je savais qu'ils seraient là. Personne ne m'avait prévenu, mais mon instinct ne me trompait pas. C'est pour ça que je flippe : Chicago m'effraie moins qu'eux…

– Ça va aller ? me demande Nashville.

Je ne réponds rien, observant mes parents. Ma mère sourit de toutes ses dents. Mon père, lui, se contient davantage. Toutefois, il a l'air… heureux de me voir ? Il y a une douceur étrange dans ses yeux. Comme s'il était fier de moi, comme si nos écarts de conduite n'avaient pas déclenché une guerre silencieuse entre nous.

– Ouais, tout baigne, réponds-je à Ruby.

Je me remets en route, bien décidé à garder la tête haute. Lorsque j'arrive devant ma famille, la première chose que je fais, c'est serrer Cassie dans mes bras. C'est qu'elle m'a manqué, la blondinette ! Elle rayonne depuis qu'elle sait qu'Alex va la rejoindre à Chicago, et j'en suis très heureux.

– Merci, me chuchote-t-elle. Merci de lui donner sa chance.

– Il l'a méritée, soufflé-je en réponse.

Ensuite, ma mère m'étreint à son tour. Elle caresse mon dos en disant que je lui manque tous les jours, et qu'elle est heureuse de me revoir.

– Moi aussi, lui dis-je.

– Serait-ce Ruby ? s'exclame-t-elle en dévisageant ma sirène, même si elle connaît déjà la réponse à cette question.

Et voilà que ma copine a droit elle aussi à une séance d'embrassades en bonne et due forme. De mon côté, sans trop savoir quoi faire ni quoi dire, je me plante devant mon molosse de mon père. On prétend que je suis grand et fort ? Il me bat à plate couture sur ce terrain. Ce type peut écraser qui il veut entre ses poings, moi y compris.

La tension s'installe entre nous, prend possession de notre silence. Bon, je décide de jouer franc jeu. Pourquoi attendre ? De toute façon, je n'échapperai pas à ce qui va arriver. D'une traite, je balance :

– Je suis un Styx Rider et je le resterai toujours. Tu peux bien m'observer avec dégoût ou me répéter que je t'ai déçu, ça ne changera rien. Je préfère être clair : je ne réintégrerai pas l'armée, je ne deviendrai jamais celui que tu voulais que je sois. Il faudra t'y faire.

Cassiopée pousse un soupir. Je l'entends murmurer que je suis un abruti. Elle n'a peut-être pas tort ? Je m'en contrefous, en vérité. Sans quitter mon paternel des yeux, j'attends sa réaction. Soit il me tourne le dos, soit il accepte l'évidence et on fait avec. Un instant, il ne bronche pas, les sourcils légèrement froncés. Puis il lâche :

– D'accord. Je suis content de te revoir, Shayne.

Sur ce, il attrape mes valises, pivote et s'éloigne en direction de la sortie. Ma mère lui emboîte le pas, l'air agréablement surprise. Une émotion vive, que je n'ai pas ressentie depuis un bail, s'empare de moi. Quant à Ruby, elle entoure ma taille de ses bras et me glisse :

– Qu'est-ce qui vient de se passer ?

Cassiopée répond à ma place :

– Papa vient de dire à Gold qu'il était au clair avec le fait qu'il soit un biker et qu'il ne redeviendrait pas soldat. Tu ne l'as pas entendu balancer tout ça ?

– Euh… non, bredouille Ruby.

– Tu comprends maintenant d'où vient l'éloquence légendaire de mon cher frangin.

Je me tourne vers ma sœur pour la gratifier d'un doigt d'honneur. Elle se marre, juste avant de trottiner à son tour pour rattraper mes parents.

– Tu es soulagé ? me demande ma sirène, toujours pressée contre moi.

– Ouais… réponds-je. Putain, ouais !

– Génial, alors. Tes parents nous invitent à manger un barbecue chez eux. Dépêche-toi, je n'ai pas envie qu'on soit en retard. Ton père me fait super flipper ! Ce sera trop cool de faire sa connaissance ! Tu crois qu'il va m'apprécier ?

Sans aucun doute. J'aime Ruby à en mourir, alors je ne doute pas que ma famille l'acceptera elle aussi. Malgré tout, je persifle :

– Je ne sais pas. Il va falloir que tu apprennes à faire des pompes et des tractions pour gagner son estime. Eh oui, tu as raison de faire cette tête-là, tu vas galérer.

– Je ne te crois pas, réplique-t-elle. Et de toute façon, j'ai réussi à séduire un Styx Rider. Je vais gérer ton père comme une pro.

– Tu ne peux pas savoir à quel point j'ai hâte de voir ça, Nashville…

FIN

Composition et mise en pages
Nord Compo à Villeneuve-d'Ascq